AF792810

Ni yo tan santa ni tú tan Claus

Ni yo tan santa ni tú tan Claus

Yanira García

matchstories

MatchStories es una colección de Esencia Editorial

© Yanira García, 2025
© Editorial Planeta, S. A., 2025
Avda. Diagonal, 662-664, 08034 Barcelona (España)
www.planetadelibros.com

© Ilustraciones del interior: Shutterstock

Primera edición: noviembre de 2025
ISBN: 978-84-08-31090-7
Depósito legal: B. 16.145-2025
Composición: Realización Planeta
Impresión y encuadernación: Unigraf, S. L.
Printed in Spain - Impreso en España

Esta es una obra de ficción. Los nombres, personajes, lugares y sucesos que aparecen son producto de la imaginación del autor o bien se usan en el marco de la ficción. Cualquier parecido con personas reales (vivas o muertas), empresas, acontecimientos o lugares es pura coincidencia.
El editor no tiene ningún control sobre los sitios web del autor o de terceros ni de sus contenidos ni asume ninguna responsabilidad que se pueda derivar de ellos.

La lectura abre horizontes, iguala oportunidades y construye una sociedad mejor. La propiedad intelectual es clave en la creación de contenidos culturales porque sostiene el ecosistema de quienes escriben y de nuestras librerías. Si compras este libro y respetas las leyes de propiedad intelectual al no reproducirlo sin permiso, por ningún medio, total ni parcialmente, estarás contribuyendo a mantener dicho ecosistema vivo y en crecimiento. En **Grupo Planeta** agradecemos que nos ayudes a apoyar así la autonomía creativa de autoras y autores para que puedan seguir desempeñando su labor.
Dirígete a CEDRO (Centro Español de Derechos Reprográficos) si necesitas fotocopiar o escanear algún fragmento de esta obra. Puedes contactar con CEDRO a través de la web www.conlicencia.com o por teléfono en el 91 702 19 70 / 93 272 04 47.
Queda expresamente prohibida la utilización o reproducción de este libro o de cualquiera de sus partes con el propósito de entrenar o alimentar sistemas o tecnologías de inteligencia artificial.

PEFC Certificado
Este libro procede de bosques gestionados de forma sostenible
PEFC
PEFC/14-38-00305
www.pefc.es

Para Nerea.
Gracias por recordarme que la Navidad no va solo de árboles, regalos o villancicos (aunque tú probablemente te los sepas todos). Va de compartir, de reír, de abrazar fuerte y de creer, incluso cuando ya no quedan copos de nieve a la vista.
Esta historia es para ti, porque, si la Navidad tuviera un corazón, sin duda llevaría tu nombre.

Prólogo

Emma

Se cuenta, se dice y se rumorea por ahí que no hay nada mejor que volver a casa por Navidad.

También se cuenta, se dice y se rumorea que no hay nada mejor para afianzar los lazos familiares que permanecer un tiempo lejos de ellos y regresar para recibir todos los achuchones que no te han dado durante meses.

Y, sí, todo lo que he expuesto con anterioridad es cierto. Al menos, en mi caso.

Soy... ¿Es este el instante en el que comienzo con las presentaciones? ¿Así? ¿Tan pronto? ¿Ya de ya?

Vale, no me voy a hacer de rogar, allá vamos: Emma Ashbourne. Veinticinco años. Nacida en un pequeño pueblo llamado Stowe, en Vermont. Enérgica y curiosa, o lo que mi madre y mi abuela definirían como culo inquieto. De ellas y el resto ya os hablaré en otro momento, o quizá se presenten por sí solos porque, ¡ah!, eso no lo he comentado todavía... Se cuenta, se dice y se rumorea por ahí que no hay familia como la mía: extravagante, fuera de lo común, pintoresca. Creo que este también es el momento idóneo para explicaros que a todos esos adjetivos podemos sumarle otro..., algo insignificante, nada grave ni importante en realidad, no os preocupéis; es solo que..., bueno, está bien que sentemos las bases de lo que sea esto y tengamos en cuenta que la familia Ashbourne es un pelín —nada alarmante— competitiva. En fin, que ya nos iréis conociendo y comprenderéis todos estos nimios detalles que os he mencionado y otros tantos que es mejor que vayáis averiguando sobre la marcha. Ejem, ejem.

El caso es que este año me toca a mí. ¡Sí! Lo que yo os diga, es mi turno. Mi ex y yo tenemos la custodia compartida de Stowe para las fiestas navideñas, y me toca disfrutarlas a mí. Ya sé que suena de lo más extraño y también sé que tenéis que estar haciéndoos una y mil preguntas, y aquí estoy yo para resolvéroslas. O, al menos, para intentar hacerlo porque esto... esto tiene tela.

Como todo en esta vida, el amor te da y te quita, y yo he sido un daño colateral en este sentimiento tan complejo a la par que osado.

Desde bien pequeña siempre quise saber qué sería de mí en el futuro. Tenía curiosidad por ver qué me depararía la vida, si conseguiría o no el trabajo deseado, si me casaría, si adoptaría tres gatos o cinco perros, si viviría en Stowe para siempre o, por el contrario, sería un alma libre que viajaría y viajaría hasta que un día me asentase en algún lugar, tal vez en las montañas, para formar mi propio hogar. Era inquieta por naturaleza y sigo siéndolo, así que crecí explicándoles a todos la cantidad de cosas que iba a hacer a partir de que cumpliese la mayoría de edad —pues mi carnet me permitiría hacerlas sin ser una escapista— y mi economía pudiera permitírmelo.

Por eso a nadie le sorprendió que un día, hace ya bastante, decidiese que había llegado el momento de cumplir todos esos sueños para que dejaran de ser solo eso, para que no se quedaran atrapados en mi imaginación y se cumpliesen.

Iba y venía. A veces con él; en ocasiones, con Nevaeh y Piper, y otras tantas, sola. Viajé mucho, recorrí Estados Unidos de punta a punta, viví durante varios meses en Inglaterra y también estuve en distintos países asiáticos. Hasta que surgió la oportunidad de trabajar en Nueva York y no dudé. Estaba lo bastante cerca de casa y, al mismo tiempo, lo bastante lejos de ella. Culo inquieto, sí, pero nostálgica un rato largo.

Ese fue el principio del fin para nosotros. Ya no hubo más «él y yo». Ya no hubo más sueños sobre el futuro que podríamos haber compartido, ni planes sobre nuestro próximo destino, y así es como Emma Ashbourne se dio cuenta de lo efímeros y frágiles que pueden ser los sueños y de cómo la vida puede cambiar en cuestión de horas. Qué digo horas: minutos, e incluso segundos.

No hubo lágrimas, al menos no le di el gusto de soltarlas frente a él, solo salí de allí con un nuevo plan en mente: no dejar que nadie, nunca, condicionase mi vida, mis ideas o mis proyectos. No incluiría a nadie en ellos y sería la protagonista de mi destino desde ese segundo en adelante. Tendría la exclusividad de lo que sucediese, para bien o para mal.

Y lo he cumplido. Llevo tres años cumpliéndolo y pienso seguir así. Establecimos una norma no escrita según la cual no tendríamos por qué coincidir. No, no, yo establecí esa norma porque recordad que era la dueña de mis decisiones. Haría mi vida y él haría la suya. Marqué distancias, alcé un muro, y lucharía con todo lo que tuviese para que no se resquebrajase.

Stowe estaría bajo régimen de custodia compartida, así que regresaríamos en Navidades alternas. No tendría que verle la cara y tampoco contenerme para partírsela, y él... Bueno, siendo sincera, me daría igual lo que hiciese porque ya no formaba parte de mi vida y no lo haría nunca más.

¿Un pelín rencorosa? Puede ser, sí.

Y aquí estoy, dispuesta a gozar de mis Navidades en familia, de mi año, arrastrando hasta la puerta de casa de mis padres una maleta que perfectamente podría decirse que es más grande que yo —sin exagerar ni nada—, con la nieve cubriendo mis viejas botas de montaña de color amarillo, el gorro a juego a un suspiro de deshilacharse y una chaqueta tan gruesa que estoy casi segura de que, si cayese al suelo, sería mi airbag personal. ¿Y...? No importa, porque he vuelto, porque voy a pasar las vacaciones con mis abuelos, mis padres, mis mejores amigas, y pienso sacarle el jugo a cada segundo de las próximas semanas. Regresaré a Nueva York con las pilas cargadas y mi mochila de los recuerdos y de los achuchones llena.

—Emma, ¿eres tú?

El sonido de una voz tenue y suave me hace alzar la vista de la acera por la que camino, o por la que lo intento.

—¡Quimby! —exclamo.

Dejo la maleta a un lado y me acerco hasta la valla de madera cubierta de nieve de nuestro vecino. Apoyo las manos en ella y me asomo a su jardín. Siento el frío y tampoco me importa demasiado. Es la emoción, es eso.

—Sabía que eras la pequeña Ashbourne.

Y así es como se hacen las cosas aquí, ya sabéis, un pueblo pequeño con un alma enorme.

—Apuesto a que es porque mi padre y mi abuelo no han dejado de recordarles a todos que llegaba.

—Y porque han colgado una pancarta en la fachada, de lado a lado. Aquí, entre tú y yo —murmura pidiéndome con el dedo índice que me acerque, cosa que por supuesto hago—, no sé qué familia está peor, si la tuya o la de enfrente.

Chasqueo la lengua. La familia de enfrente no es otra que los

Prescott. No tengo nada en contra de ellos. De ninguno salvo de él. Eso es harina de otro costal. Un detalle de nada, sin importancia... ¿Pilláis mi ironía?

—Llevamos la Navidad en las venas, Quimby. —Le sonrío sin profundizar más. Aunque él no es de esos, un cotilla redomado, quiero decir, el resto de los vecinos... En fin..., ya se presentarán ellos solitos—. Y, cuéntame, ¿cómo estás? Te veo bien.

El anciano baja la cabeza apesadumbrado y en ese mismo instante me arrepiento de haber formulado la pregunta.

—Todavía la extraño muchísimo —sentencia. Cuando alza la mirada y nuestros ojos conectan, siento una profunda tristeza mezclada con una infinita ternura.

No me puedo ni imaginar lo doloroso que debe de ser el perder al amor de tu vida, con quien lo has compartido todo; perder a tu compañera de viaje e intentar seguir adelante sin ella, en una casa en la que todo tiene que recordarte a esa persona.

—Quimby...

—Fui afortunado, Emma —me corta antes de que pueda soltar alguna frase que no es que fuera a estar vacía, pero sí que soy consciente de que no lo hubiese reconfortado lo más mínimo—, porque pude disfrutar de ella muchos años y ese es mi consuelo. Y que nos reencontraremos. En algún momento lo haremos.

Tuerzo el gesto y hago un puchero enorme porque eso, ¿entendéis?, eso es lo que yo busco. Lo que quiero. A lo que todas deberíamos aspirar, a alguien que no se conforme con querernos en esta vida, sino que planee estar con nosotras en las siguientes.

Me despido de mi vecino, prometiéndole antes que nos veremos estos días, y regreso hasta donde he dejado abandonada la maleta. Sigo tirando de ella y mascullando alguna que otra palabrota por no haber avisado de mi llegada. Si lo hubiese hecho, no tendría quince centímetros de nieve cubriendo mis pies y una maleta que con cada paso que doy parece enterrarse más y más y a mí con ella.

O, por lo menos, podría haber intentado aparcar más cerca de lo que lo he hecho. Malditas calles abarrotadas. Pueblo pequeño, dicen, ¡ja!

Enfilo la entrada de mi casa y de pronto siento ese ligero tirón cuando la observo desde aquí. Las cortinas llenas de margaritas de las ventanas de la cocina me permiten distinguir la figura enjuta de mi abuela, que se encuentra frente a la encimera; está amasando algo que, estoy casi segura, será dulce... ¿Tal vez galletas? Regresaré después de las fiestas a Nueva York con la mochila cargada de recuerdos y con un puñado de pantalones que no me abrocharán y, ¿sabéis qué?, que no me importa en absoluto.

Justo delante de ella está mi madre, que lee con detenimiento las etiquetas de los distintos botes de especias. Me alegro de que esta vez sí que lo haga; en mis últimas Navidades aquí, cuando me tocó la custodia, hubo varios pasteles que, en vez de canela, tenían cayena. Acabamos con los labios como salchichas y con las existencias de leche de la casa. Hoy nos reímos de eso; en aquel entonces, creedme, no fue tan divertido.

Decido dejar de fisgar y avanzo a paso lento pero seguro hacia la puerta principal. Me alegra que papá haya despejado la entrada y apenas haya rastro de hielo, porque es mucho más fácil caminar así. Antes de subir los tres escalones del porche, sacudo la nieve de mis botas y me giro para echar un vistazo a la casa de enfrente.

Ni siquiera sé por qué lo hago. Tampoco le busco mucha lógica al gesto. Compruebo que han comenzado con la decoración navideña y ya sabemos lo que significa eso: mi abuelo y mi padre deben de estar planeando cómo conseguir que la suya sea mejor y obtener el premio este año. Mientras sonrío al imaginar la que me espera con ese asunto, alzo la vista y busco su ventana. Justo frente a la mía, como siempre. Las cortinas están corridas, lógico si él no está aquí. Todavía recuerdo cómo esperaba a que se abriesen y pegase alguna de esas notas con mensajes llenos de descaro como él solo y responderle de la misma manera. Ni siquiera me acuerdo de cuándo fue la última vez que hicimos eso...

¿A quién quiero engañar? Sí que lo hago...

Me pregunto si sigue igual de guapo, si ese hoyuelo que por aquel entonces me volvía loca sale a pasear con cada sonrisilla desvergonzada que regala o si continúa desprendiendo el mismo calor abrasador cuando te aprieta contra su pecho.

Sacudo un poco la cabeza e intento que esos pensamientos queden relegados a un segundo plano. Tal vez a un tercero. O a un quinto, ya puestos. No he regresado para pensar en él. Me niego a pensar en él.

Me centro en mi familia. Me centro en la pancarta que Quimby ha mencionado y niego en repetidas ocasiones con la cabeza porque, sí, esta familia, a pesar de todo, es la mejor que existe.

Doy varios pasos, coloco la maleta a mi lado y pulso el timbre. Una melodía navideña resuena y lo envuelve todo. Pondría los ojos en blanco; sin embargo, es la mar de gracioso. Es cosa de mi padre seguro.

Nada ni nadie me va a fastidiar estas vacaciones. Nada ni nadie va a conseguir que se me borre la sonrisa, ni tampoco van a lograr que me quede quieta y no me lance a los brazos de quien me abra la puerta.

Me quedo clavada en el sitio cuando la figura que me recibe no es la que esperaba.

—Vaya, Emma... Cuánto tiempo, ¿no?

Lo retiro. A esos brazos no pienso lanzarme.

Capítulo 1

¿Feliz Navidad?

Emma

—¿Qué haces tú aquí?

Que pueda formular una frase compuesta por cuatro palabras sin balbucear ya es todo un logro, me aplaudiría por ello, pero es una lástima que no sea capaz de mover las manos, que siguen apostadas a ambos lados de mi cuerpo.

—Esa no es la mejor forma de saludar a un viejo amigo, ¿a que no? —se mofa—. ¿A que no? —repite alzando la voz, y es entonces cuando varias cabezas se asoman por el marco de la puerta del salón y otras tantas por el de la cocina.

Es consciente de ello y esto provoca que me enfurezca todavía más.

Mi madre sostiene un bote de especias en la mano y rezo para que sea la cayena. Me visualizo acercándome, quitando la tapa y rociando a mi vecino con ella.

Ladeo la cabeza y lo observo todo a mi alrededor. Es como si el tiempo se hubiese congelado. No me extrañaría nada que eso sea lo que ha sucedido. Miro hacia ambos lados, estirándome exageradamente, hacia el suelo, hacia la planta superior..., y es entonces cuando doy un paso al frente, decidida.

—Es una verdadera lástima que no haya ningún viejo amigo por aquí cerca.

Nash se ríe. Lo hace, y yo me imagino abriendo la boca, sacando la lengua e hiperventilando.

Vale, sí, confirmadas nuestras sospechas, chicas. Sigue igual de guapo... o no, ahora lo es incluso más. El hoyuelo está presente, más presente que nunca, y del calor que desprende no hago mención alguna porque no tengo interés en averiguarlo.

—Siempre tan graciosa —suelta como el que no quiere la cosa.

Os dije que ya nos iríamos conociendo y que os iría presentando a mi entorno conforme fuese apareciendo, ¿recordáis? Vale, pues ha llegado la hora de que os advierta de que no podéis fiaros de él. Por muy atractivo que resulte su descaro, por mucho que os guste que sea un pícaro o que parezca canalla, es un mal bicho de mucho cuidado y mi corazón da buena fe de ello.

Hacedme caso, estos son los peores... ¿Los que van de *quemabragas* de primera? ¡Esos son los *pe-o-res*!

Me encantaría soltarle un chascarrillo, algo del estilo «Y tú siempre tan capullo», «Aléjate, demonio» o algún arma afilada en forma de frase ingeniosa que lo dejara perplejo; sin embargo, mientras me devano los sesos por saber qué hacer o decir para tener la última palabra en este asunto, es mi madre la que se abre paso, empujándolo con una suavidad que no me gusta en absoluto, y me estrecha entre sus brazos.

Entonces suceden dos cosas. La primera es que no puedo hablar, mucho menos ser coherente y pronunciar una frase que sea digna del recuerdo de este encuentro en el que mi madre me estruja con tanta fuerza que el oxígeno empieza a dejar de llegar a mi cerebro y me falta el aire. La segunda es que... ¡Comienza la dosis de achuchones navideños!

¿Qué? No podéis culparme por buscar el lado positivo de todo esto.

Cuando mamá se aparta de mi lado y el riego sanguíneo empieza a circular de nuevo por mi cuerpo, es el turno de mi padre, de mi abuelo y de mi abuela.

—Cómo te echábamos de menos —murmura esta última. La mejor cocinera del mundo. La mejor abuela del mundo. La mejor todo del mundo, y así resumimos.

¿Veis? Ahí está una de las presentaciones.

—Y yo a vosotros.

Un par de carraspeos me hacen alzar la vista y de nuevo ese maldito hoyuelo que parece querer darme la bienvenida, o, mucho peor, recordarme que me fui y lo dejé atrás.

Cómo me gustaba, joder. Cómo me gustaba.

En pasado, sí.

Se cuenta, se dice y se rumorea que, para atrás, ni para coger impulso.

Me arrastran dentro de casa y Nash se hace a un lado, permitiéndome pasar. Da un paso hacia delante justo cuando mi abuela ha avanzado y entonces mi brazo toca su pecho, quiero decir, su sudadera. Toca su sudadera de forma accidental.

Accidental por mi parte, intencionada por la suya.

A ver si se cree que la policía es tonta.

—Aparta, imbécil.

Me dedica un alzamiento de ceja de lo más mono. Mono si no quisiese arrancarle los ojos o las cejas. O desfigurarle la cara, ya puestos. Vaya, me he levantado peleona, achacadlo al hecho de que tengo la custodia de Stowe estas Navidades y el susodicho está aquí de cuerpo presente.

Tal vez todo tenga una explicación razonable, como que él ha venido a pasar unos días antes de que llegase yo y ahora está despidiéndose de mi familia porque se marcha. Porque, sí, hijas mías, es justo lo que estáis pensando... lo adoran. Qué bien todo, ¿no? Que tu familia quiera a tu ex como a su propio hijo tendría que estar penado o, al menos, no sé, debería existir un manual en el que se explicasen las cosas que no se pueden hacer tras una ruptura, algo así como *Manual para familiares y de qué lado posicionarse en caso de separación.* Constaría de una sola página en la que rezaría «Apoya siempre a quien comparte sangre contigo. Eso es todo». Me llevo cuatro ejemplares, no es necesario que los envolváis ni les pongáis un lazo.

—¿Qué es lo que traes aquí, Emma? ¿Un cadáver?

Sonrío de soslayo cuando me giro y veo a mi abuelo y a mi padre dando vueltas en torno a una maleta de color azul cielo llena de margaritas, como esas que tiene la cortina de la cocina y que a mi abuela tanto le fascinan. Fue amor a primer pétalo o algo así. Supongo que la nostálgica que habita en mí se la encontró, le recordó a su familia y fin de la historia.

Me doy la vuelta de nuevo solo para toparme con Nash y sus brazos alzados. Me ha leído la mente.

—Te meteré ahí. —La señalo.

Dudo que quepa porque lo que tiene de guapo lo tiene de enorme. Esa espalda compite con el Everest, coronar la cima tiene que ser complicado de narices.

Se gira dejándome ahí plantada y se acerca a la cocina, donde mi abuela está amasando de nuevo. No entiendo cómo consigue que hasta una bola de harina de un color paliducho tenga tan buen aspecto. Ah, pero yo también soy una experta cocinera, se me da de lujo sacar del congelador y meter en el microondas. ¿Qué? Es válido y también hay que saber hacerlo... No me miréis así y nada de ojos en blanco.

Aprovecho el *impasse* para alejarme y regresar a la entrada.

Tiro de mi padre sin cuidado alguno; casi tropieza y abre los ojos estupefacto.

—¿Me explicas qué pasa aquí? —pregunto.

Mi abuelo, como buen habitante de este pueblo, o, lo que es lo mismo, cotilla de primera, se acerca y finge buscar algo en la repisa del mueble. Alerta *spoiler*: la repisa está vacía.

—Te estoy viendo —farfullo.

—Genial —dice para luego acercarse y que ahora, en vez de dos, seamos tres.

—Tu abuela ha decidido hacer un pastel de algo que no llegará vivo a mañana. Tu madre la está ayudando y se ha comprometido a leer bien las etiquetas de los ingredientes y no meter la pata —de ahí mi manejo en la cocina—, y tu abuelo y yo hemos colgado la pancarta y con esa excusa hemos espiado...

—No —zanjo resuelta; de todo eso que ha mencionado podemos hablar luego. Primero lo primero—. ¿Qué hace *él* aquí?

No señalo a nadie en particular, no es necesario. A buen entendedor...

—No tenemos ni la menor idea —suelta mi abuelo de forma atropellada.

Lo observo todo atenta, recordad que el lenguaje no verbal es tan importante como las palabras que salen de una boca.

—Tienes esa cara —musito alzando el dedo índice y señalándolo con él.

—¿Qué cara? —Me temo que mi abuelo empieza a dudar de haber hecho lo correcto al meter la oreja donde no lo llamaban.

—Esa que pones cuando estropeas la decoración navideña de los vecinos y aseguras que han sido las inclemencias del tiempo o algunos vándalos desconocidos.

Sonríe. Frunzo el ceño. Deja de sonreír y se pone serio de inmediato.

—No sé de qué me hablas.

Corre, literalmente, escaleras arriba y yo lo persigo con la mirada. Y solo con la mirada porque está claro que todavía tengo otra víctima a la que interrogar.

Mi padre ya ha empezado a dar pasos hacia la cocina con el fin de evitar el desenlace. Y yo lo persigo, aunque, claro, es rápido como él solo y, cuando me sitúo a su lado, ya no estamos él y yo exclusivamente.

—Pensábamos que llegarías más tarde. —Mi abuela ha sido quien ha pronunciado esas palabras y, mientras lo ha hecho, se ha acercado con un par de botes de esencias aromáticas abiertos y me los pone frente a la nariz—. ¿Vainilla o ron con pasas?

Alzo la mano y señalo el bote de la derecha. De mi derecha. Ron con pasas, por supuesto. Nash chasquea la lengua. Clavo la mirada en él y sonrío con suficiencia.

—¿Te apetecía vainilla? —pregunto con la voz dulce y acaramelada. Primero frunce el ceño; tras eso, las comisuras de sus labios se alzan y ese maldito hoyuelo está ahí de nuevo. Asiente—. Pues cómprate un pastel ya hecho. —Vocalizo en silencio un insulto y sé que ha sido capaz de leer mis labios—. Voy a subir a deshacer la maleta, nos vemos en un rato. Nos vemos en un rato todos menos tú. —Lo señalo.

Nash no responde, solo me guiña un ojo y eso es peor que si hubiese pronunciado alguna palabra.

Subo las escaleras como si de una manada de elefantes se tratase y es entonces cuando me doy cuenta de que no puedo permitir que siga condicionando mi estado de ánimo.

«Serénate, Emma, estás por encima de eso. Estás por encima de él».

Inspiro, espiro y rezo para que todo esto sea una broma pésima..., aunque hay algo dentro de mí que me indica que no lo es.

Capítulo 2

Regreso al pasado

Nash

Sabía yo que esa mirada tierna de mi abuela no presagiaba nada bueno. «Emma no viene este año», me aseguró... Sí, eso fue justo lo que dijo antes de darme un par de palmadas en la espalda y marcharse escaleras arriba. Esa sonrisa que escondía..., justo esa que imagináis, tendría que haber sido una pista más que suficiente para hacerme sospechar algo.

Es extraño cómo un lugar puede convertirse en mucho más que un sitio en el que vivir. Es el ambiente, las personas que lo forman. Todd y Truman y sus interminables partidas de ajedrez. Eleanor y Mila y sus comentarios sin pizca de mala intención —nótese la ironía— a las puertas del supermercado, en la pastelería de Rachel y hasta en la plaza principal porque, para ellas, cualquier rincón de este pueblo es un buen sitio para compartir sus impresiones sobre los cotilleos y buenas nuevas de las cosas que suceden a nuestro alrededor. Suena ridículo; ahora bien, puedes sacar al chico del pueblo, pero jamás sacarás al pueblo del chico.

A lo que íbamos: debería haber sospechado que algo sucedía porque Emma jamás se pierde unas Navidades en Stowe, excepto las anteriores por esa tontería que se empeñó en pactar de la custodia compartida, y me consta que lo pasó fatal. Mi abuela Sylvia es maravillosa y la adoro por encima de todas las cosas, pero debéis saber que fiarse de ella es casi tan malo como ir al dentista. Crees que no pasa nada y que es una simple revisión hasta que no entiendes cómo o por qué una aguja se acerca a tu encía con la intención de profanarla. No te lo has visto venir y ya te la han liado. Pues ese es el resumen de mi vida con ella.

Me despido con un cálido abrazo de los Ashbourne y salgo de la casa y del jardín, no sin antes pasear la mirada por la pancarta que han colgado dándole la bienvenida a Emma y de la que no sospeché porque mi abuela, de aquí en adelante podemos definirla como la lianta, me explicó que la habían colgado hacía tiempo y que Damian y Gavin, abuelo y padre respectivamente, la quitarían en breve.

No supe ver las señales. O, peor aún, no supe interpretarlas...

Emma tiene razón y un poco imbécil sí que soy. Y por muchos motivos que iréis descubriendo.

Aparto la vista de ese enorme trozo de tela en el que una Emma jovencita y todavía con ortodoncia aparece en un lateral, sonriendo con los ojos achinados. Ahí estaba loco por ella y ni siquiera era consciente todavía.

Fui de esos, ¿sabéis? De esos que no entendían nada de lo que ocurría cuando te gustaba una chica, y lo que hacía era seguirla a todas partes, buscarle las cosquillas y sonreír como un pasmarote cuando ella no me veía. Supongo que podemos achacárselo a que era joven, inexperto y un ingenuo de mucho cuidado. Ahora soy un adulto que se ha dado cuenta de que hay cosas que han cambiado y otras que no.

Como, por ejemplo, esa forma en la que se me ha acelerado el corazón al verla después de tanto tiempo, la mirada acerada que me ha lanzado cuando mi comentario mordaz ha flotado entre los dos y cuando me he percatado de que todo esto no era lo que parecía, aunque no entiendo el motivo por el que mi abuela, y apuesto lo que sea a que compinchada con la suya, me ha engañado en este juego sin sentido, haciéndonos esta jugarreta.

Desvío la mirada un poco más hacia arriba y entonces reparo en la figura de Emma con el brazo extendido, repasando cada mueble, cada trozo de tela, cada lomo de esos libros que sé que ha leído en infinidad de ocasiones..., hasta que coloca una mano sobre un volumen en concreto. No puedo evitar rememorar ese instante, los nervios... Apenas pude dormir esa noche.

Sonrío de medio lado cuando los recuerdos llegan en tromba.

Han pasado años de aquello y todavía siento como si hubiese sido ayer. Con ese pijama que había visto mejores días, esos calcetines que no sé si eran suyos o míos y en esa cocina, justo en esa cocina en la que ahora está su familia y hasta hace nada estábamos nosotros dos.

Hasta que la cagué por completo. Supe que iba a suceder y, aun así, dejé que pasara.

Y estamos en este punto muerto en el que ella sigue haciéndome sentir cosas que están prohibidas para mí y yo no soy para ella más que el chico que le rompió el corazón.

Dejando eso a un lado... Sigue repasando cada parte de la habitación, sonriendo con cariño y con anhelo, como si ella hubiese echado de menos ese espacio y el espacio a ella, hasta que mira hacia el exterior. Apuesto lo que sea a que ha sentido que la observaban. Sus ojos negros como la noche y esas pestañas que hacen que parezca todavía más hipnótico mirarla se clavan en mí y sonríe con suficiencia. Me marcaría un tanto si no supiese que ese gesto que a priori resulta encantador no lo es en absoluto.

Cuando llega a la ventana, levanta el cristal y se asoma. Siento como un estremecimiento recorre su cuerpo cuando la brisa helada impacta contra sus mejillas; aun así, intenta que no se le note.

Alza la mano y me regala... Vamos, que saca el dedo corazón a pasear sin pudor alguno. Porque Emma siempre ha sido de las que no se muerden la lengua cuando tienen algo que decir o algo que enseñar...

Se cuela de nuevo en casa, baja la ventana y cierra la cortina, impidiéndome que la observe más. Y sé que ha llegado el momento de regresar por donde he venido.

Saludo con la mano a Quimby, que sigue en el jardín de al lado intentando quitar nieve de la entrada, y me aventuro a acelerar el paso antes de que un coche pase y me lleve por delante. No pienso darle la satisfacción a Emma de morir atropellado, al menos no frente a su casa. Apuesto a que me colgaría algún cartel en la cara con alguna barbaridad de las suyas porque ingeniosa lo es un rato largo.

No me molesto en avisar de que he vuelto; me quito las botas y camino con los calcetines de rayas que le he quitado a Mason de su cómoda. Sí, para vuestra información, soy cleptómano de los calcetines de mis hermanos, porque es muy divertido robárselos y ver sus semblantes cuando se dan cuenta de lo que has hecho.

—¿Qué tal los Ashbourne? ¿Sabes cómo van a decorar el jardín? ¿Han comprado material nuevo? ¿Te has enterado de algo que tu abuelo y yo debamos saber? —Mi padre me persigue con las manos en los bolsillos y el cuerpo un tanto inclinado hacia delante; camina rápido en busca de información que sea de lo más jugosa.

Me paro, lo que hace que choque contra mí.

—No pienso participar en ese juego. Si quieres saber algo, pregunta tú.

¿Os he hablado ya de la guerra que hay formada entre mi familia y la de enfrente por el concurso navideño? ¿No? ¿Queréis saber de qué va la cosa? Os estoy dando un margen para que os lo replanteéis y decidáis no saciar esa necesidad de estar al loro de todo... En fin, como queráis.

¡Es la guerra!

Nunca supe lo competitiva que era mi familia ni Emma la suya hasta que en Stowe se instauró hace tiempo, por medio de un comunicado por parte del ayuntamiento, un concurso en el que animaban a todos los habitantes a decorar sus fachadas en Navidad, y que desde entonces se repite anualmente. Y vosotros pensaréis «¡Pues menudo premio tiene que haber de por medio si se ha convertido en una guerra!». Nada más lejos de la realidad. Ni siquiera hay recompensa alguna, se limitan a hacer entrega de un diploma a aquel que participe en un acto oficial frente al consistorio y al ganador, además, se le entrega una placa conmemorativa, placa que luego se cuelga en el propio ayuntamiento.

Mi padre y mi abuelo se han vuelto locos. A ver, lo del concurso suena genial, de hecho, lo es; sin embargo..., no le veo la lógica al asunto.

La cosa es que ese concurso, en principio sano e inocente, se ha ido convirtiendo en una fuente de polémica año tras año con la familia de Emma. Y hasta aquí puedo leer.

—Vaya, pues sí que te has vuelto aburrido —masculla mi padre, que parece haber perdido todo el interés en mí.

Baja la vista y observa mis calcetines, alzando los hombros y escondiendo una sonrisilla. Se quita las zapatillas y me muestra los suyos a la vez que mueve los dedos de los pies dentro de unos calcetines de mi hermano Caleb.

—Nos va a caer una buena —digo sonriendo y empujándolo con el hombro.

Mi padre se lleva la mano al pantalón, lo sube un poco hacia arriba y enseña el resto del calcetín.

—Yo no contaré nada sobre lo tuyo si tú me das algo suculento...

Me carcajeo escaleras arriba mientras resuena todavía alguna súplica paterna en el aire.

La primera puerta a la derecha es la de la habitación de Mason, el dueño y señor de estos calcetines y de todos esos planos que tiene desperdigados por su escritorio. De hecho, hay más planos que mesa. Chasqueo la lengua cuando entro.

—Gracias por llamar, es impresionante lo mucho que se valora la intimidad en esta casa, todo un lujo. —El sarcasmo es cosa de genética, os aviso desde ya.

Me tiro en la cama de cualquier manera y varios bolígrafos saltan a mi lado. Una calculadora cae al suelo.

—Upsss —suelto sin más.

Mi hermano alza la vista y me observa. No le parece nada divertido. Tampoco es que Mason lo sea en exceso. Es sumamente cuadriculado, organizado y meticuloso. Y tímido..., pero ya tendréis tiempo de conocerlo bien y sacaréis vuestras propias conclusiones.

A veces dudo de que le corra sangre por las venas; en ocasiones pienso que está hecho de aluminio o algo por el estilo.

—Tengo trabajo, Nash, por favor —me suplica.

Sé que es humano por la manera en la que observa a escondidas a Piper, la amiga de Emma y propietaria de la cafetería más *cute* de este pueblo.

—¿Sabes? —Me observo los calcetines unos instantes. Está tan concentrado en los planos y en la cantidad de cosas que tiene pendientes de hacer, colgadas en un panel de corcho en la pared en forma de un par de folios, que ni siquiera ha reparado en ellos. Por ende, tampoco en mi trastada. A Caleb no se le habría escapado—. Admiro tu capacidad de trabajo, tío —me incorporo un poco en la cama—, pero deberías dejar de hacer eso. —Señalo a todo en general y a nada en particular.

—Me encanta cuando eres tan críptico.

Chasqueo la lengua una vez más.

—Lo que de veras te encanta es cuando no lo soy.

—*Touché.*

No necesito explicar el motivo, ¿verdad?

—La he visto. —Mi hermano parpadea confuso unos segundos—. A Emma. La he visto, Mason. —Hago una pausa, más por mí que por él—. Está aquí, en Stowe.

—¿Aquí... aquí?

Asiento.

—Creo que la abuela tiene algo que ver —declaro.

Él, por primera vez, suelta los lápices y los planos y se levanta.

—Me temo que me lo voy a pasar en grande.

Y tras eso, corre escaleras abajo en busca de la que sin duda ha tramado tremendo plan maquiavélico y con la que, os garantizo, tendré unas palabras.

Capítulo 3

Dí lo que quieras

Nash

Mi hermano es el primero en llegar a la cocina porque se come los escalones de dos en dos, tan rápido que no me da tiempo de hacer mucho más que boquear antes de salir de su cuarto.

Ya veis, mucho croquis, mucha medida y mucha escala y todo eso pasa a un segundo plano cuando el salseo toma el poder.

Caleb abre la puerta del baño y asoma la cabeza. Lleva una toalla anudada a la cintura y se está secando el pelo con otra.

—¿Qué le has hecho a nuestro hermano para que salga de esa habitación?

—Le he concertado una cita con Piper —bromeo.

Caleb suelta una sonora carcajada, a mí se me escapa una sonrisilla.

—Ya, claro. Ojalá pudiese creerte, pero me temo que Mason huiría a otro condado si eso sucediese. Todavía no he visto que sea capaz de pronunciar un simple y sencillo «Buenos días» en su presencia.

—Es capaz de pedir un café.

—No lo es —me rebate—. Me lleva para que yo lo pida mientras él la observa embobado. Fin —zanja sin dar pie a réplica alguna, y lo creo. He visto a Mason sonrojarse en miles de ocasiones frente a esa chica.

Me detendría a charlar un rato más con él porque parece que lo he pillado en un buen momento..., porque, aquí donde lo veis, Caleb es bastante más... menos... Caleb es Caleb. ¿Qué adjetivo o expresión podría usar para definirlo y no quedarme corto? *¿Intenso?* Corto. *¿Frío?* Corto. *¿Directo?* Corto. *¿Parco en palabras?* Corto. ¿Sigo? A pesar de todo eso, lo quiero con locura y sé que, en el fondo, muy muy en el fondo, tiene un corazón enorme.

Muy muy en el fondo.

Desciendo las escaleras y me encuentro a Mason cuchicheando con mi abuela.

—Vaya, no entiendo qué hacéis aquí y no en la puerta del supermercado con Eleanor y Mila; apuesto a que seríais el cuarteto cotilla más mono del condado. —Nótese la ironía.

Alzo el dedo índice y la señalo a ella. Pretende escabullirse; obvio que freno su intento de escapismo plantándome frente a la puerta. Si decide saltar por la ventana, me dejará con la boca abierta.

No lo hace, así que actúa como lo haría cualquiera de los Prescott. Cualquiera menos Mason. Un buen ataque a modo de defensa...

—He cambiado tus pañales, he lavado tus calzoncillos, ¿y así es como me lo pagas?

Tirar de chantaje emocional también se le da de lujo.

—¿Qué me he perdido? —La frase de mi madre interrumpe lo que quiera que pudiese soltar para derrumbar ese pobre pero eficaz ataque contra mi intento de presión.

Caleb también pasa por su lado y se cuela en la cocina.

¿Intimidad? ¿Quién la necesita? Aunque yo no soy el más indicado para hablar de ello cuando me he colado en la habitación de mi hermano hace escasos segundos, y no hablemos de que todavía no se ha percatado de que llevo sus calcetines...

—La abuela me la ha liado. —La señalo y la acuso, todo en uno.

Mi madre no parece sorprendida. Imagino que es porque ya estamos todos acostumbrados a que eso suceda.

—Menuda novedad. —Ese comentario es todo lo que necesito para reafirmarme en mis palabras.

—¿Qué ha hecho ahora? —pregunta Caleb.

Mi abuela nos observa a todos y dulcifica el gesto cuando su mirada se clava en mí.

Ya he desistido y me he apoyado en la pared de enfrente. Si me esforzara muy mucho, podría ver la fachada blanca de la casa de mi vecina y quizá, si lo hiciera mucho mucho más, podría verla a ella. O no, porque me juego lo que sea a que tiene todavía la cortina cerrada.

—¿Te suena una conversación en la que me contaste que te habías enterado, por alguien cuyo nombre ignoro, de que Emma este año no vendría en Navidad? —le pregunto yendo directo al grano.

Caleb ha dejado la toalla con la que se secaba el pelo sobre su hombro derecho. Sigue medio desnudo. No le importa lo más mínimo.

—¿No tienes nada que ponerte? —lo regaña mi madre.

—No pienso perderme nada de esto. Además, ¿tú me has visto? —Se señala.

Mi madre pone los ojos en blanco, mi abuela mira a mi hermano y asiente y Mason suelta un resoplido de frustración.

—La ropa, después; primero lo mío.

Me cruzo de brazos y apoyo una pierna en la pared. Mason repara en los calcetines y abre mucho los ojos; le dedico una media sonrisa y él me amenaza de muerte con un movimiento horizontal de su pulgar por su garganta.

Muy tímido, sí, pero depende de con quién.

—No sé de qué me hablas, y acusar a una anciana inocente de algo así... Rezo para que no tengas que consumirte en las brasas del infierno.

Que sí, que sí, que parece ofendida y no lo está en absoluto. ¿Sabéis eso que hacen los niños cuando la lían muy pero que muy gorda y cierran los ojos porque creen que nadie puede verlos, porque, si ellos no ven, los demás tampoco? Pues mi abuela ha cerrado los ojos y lo ha hecho aposta.

Un silencio sepulcral se adueña del espacio. Mi madre no sabe qué hacer o qué decir y mis hermanos aguardan a que confiese.

No lo va a hacer. Es imposible que lo haga porque nos conocemos, así que decido tomar yo la palabra.

—Emma está enfadada y sabes que no quiero empeorar las cosas —suelto acercándome hasta la encimera.

Mi abuela chasquea la lengua, y es porque quiere replicarme algo; sin embargo, sabe que si lo hace, si abre la boca, estará admitiendo que es culpable de mi acusación aunque sea de forma indirecta.

Vamos, que el tiro me sale por la culata porque no suelta prenda.

Mason se encamina hacia la salida de la cocina, pero antes de abandonarla porque sabe que todo lo interesante se ha acabado coloca una mano sobre mi hombro y lo aprieta.

—No hay nada que empeorar.

Sí, tiene razón. Nada puede ser peor de lo que ya lo es.

Avanza sin mirar atrás y Caleb lo sigue. Mientras sube las escaleras, lo oigo gritar.

—¡Y si no me devuelves los calcetines, si no me los devuelves *limpios*, colgaré fotos tuyas desnudo en todos los locales y en todos los árboles de Navidad de todas las calles del pueblo. Y no querrás que nadie se burle de lo minúscula que la tienes!

Caleb rompe a reír a su lado y yo, por muy absurdo que parezca, también lo hago porque todos sabemos que Mason nunca haría eso. Me quiere lo suficiente como para no actuar así.

De todos modos, me asomo a la puerta y respondo con suficiencia.

—En ese caso, Caleb no te pedirá nada más en la cafetería de Piper.

Mason gira la cabeza y nos observamos unos segundos. Sabe que he dado en el clavo y entonces es mi otro hermano el que le palmea la espalda a modo de consuelo antes de que el primero se meta en su habitación.

—Tenemos que hacer algo con eso —suelta mi abuela.

Niego con la cabeza.

—No hay nada que hacer ni con eso ni con otros asuntos —concluyo.

Sí, igual que a los niños, le está entrando por un oído y saliendo por el otro. No tengo pruebas, ni tampoco dudas.

—Dejemos que todo tome su camino —es la respuesta que facilita mi madre, y yo asiento a modo de confirmación.

—Lo haces con buena intención —añado—, todos lo sabemos, pero las cosas pueden ponerse feas.

Sé que se muerde la lengua para no contestar y yo le sonrío con dulzura.

—Anda, dame un abrazo. —Extiendo los brazos en su dirección y ella se acerca. Antes de que pueda envolverla con ellos, me pellizca las mejillas.

—¿A que la hija de los Ashbourne está preciosa? —me pregunta todavía con los mofletes entre sus dedos.

—Está horrible.

No he soltado mentira más grande en toda mi vida..., o sí.

—Qué mal mientes. Tienes que perfeccionar la técnica —me aconseja.

—¿Tal vez debería aprender de ti? —suelto con sarcasmo.

—Tal vez —es todo lo que me contesta antes de que mi pecho y el suyo entren en contacto.

Puede que Emma quiera que me atropellen, colgarme uno de esos carteles con un insulto astuto y ocurrente y no volver a saber nada de mí. No obstante, es importante que sepáis que es la chica más bonita que he visto nunca. Y eso no va a cambiar jamás.

—Me mantendré alejado de ella —afirmo.

Mi abuela suspira contra mi pecho.

—Eso ya lo veremos.

Capítulo 4

Yujuuu

Emma

Lo primero que veo al abrir la puerta son unas botas altas, muy muy altas, de color rojo y con un tacón tan enorme que consigue que lleve mi mirada bajo sus brazos solo para constatar que traía puestas unas pantuflas de lo más ridículas y que esas cosas que parecen zancos y que mi amiga lleva con orgullo se las ha puesto segundos antes de que el timbre con sonido de villancico sonase y nos avisase de que teníamos visita.

No tengo tiempo de hacer muchas comprobaciones más porque da un salto y de inmediato noto unos brazos que me apretujan fuerte..., con tanto impulso que trastabillo y por los pelos no acabamos las dos comiendo alfombra.

«¿Y qué tal tus Navidades? Mi collarín y yo estamos bien, gracias».

Buena respuesta para darles a mis compañeros de trabajo cuando regresase, sí. Apuesto a que Remi me haría mogollón de fotos y las repartiría por el departamento en forma de *flyers* o quizá con un QR que los llevase a un eslogan ridículo. Sí, Remi tiene esa clase de humor.

—¡Emma! —grita Nevaeh contra mi cuello. Siento su aliento

cálido en él—. No me puedo creer que ya hayas llegado, y esta vez sin avisar. Me he encontrado a Mila y a Eleanor en la paste lería de Rachel y me han contado que, a su vez, Rus y Triss les han contado que, a su vez, Truman y Todd les han explicado...

Me separo y coloco sobre sus labios mi dedo índice antes de que termine por nombrar a todos y cada uno de los vecinos de este pueblo.

—Me ha quedado claro. Todos ellos sabían que llegaba antes de que yo misma lo supiese.

No me preguntéis cómo, pero las cosas en Stowe funcionan así. Todo el pueblo conoce cada detalle antes de que suceda. Quizá se deba a que el agua que beben está contaminada con unas microbacterias megainteligentes que saben predecir el futuro o, yo qué sé, quizá han hecho un pacto con una criatura demoníaca.

Nevaeh solo sonríe y tira de mi mano para estrecharme de nuevo entre sus brazos y... ¡Nueva dosis de achuchones!

—Joder, maldita sea, cómo te echaba de menos. —Esta vez alza un poco más la voz y sonrío en su... ¿pecho?

—Cuando estemos juntas tienes que quitarte esos taconazos porque me hacen parecer más diminuta de lo que soy.

—Tú estás guapa con tu metro sesenta y yo estoy *fantabulosa* con mi metro setenta y cinco.

Odio la genética, que lo sepáis, porque Nevaeh ha heredado todo lo bueno de su madre: ojos verdes, pelo rubio, curvas de infarto, personalidad arrolladora, simpatía, sentido del humor, ingenio..., y paro ya porque con tanto piropo quiero lloriquear. En cambio, yo soy bajita y tirando a las del montón; pelo negro, ojos negros, pestañas negras, humor negro, adoro las medias negras y, si no fuese porque la Navidad es lo mío, Halloween sería mi festividad favorita.

—Nos vamos —declara tirando de mi mano.

Me dejo arrastrar fuera y me repito mil veces que no debo levantar la vista y observar la casa de enfrente. Porque no debo hacerlo. Está mal, muy mal.

Sabéis lo que sucede, ¿no?

Pues sí, miro en esa dirección y Nevaeh me empuja acercándome hasta la valla de madera blanca, también llena de nieve, y saluda a Dustin y Nelson, el abuelo y el padre de Nash, que están quitando hielo de la entrada y tienen unas cuantas cajas enormes que no quiero saber lo que contienen y que desde ya sé que traerán problemas.

—¡Buenos días! —exclama moviendo las manos con frenesí.

Nevaeh es un pelín intensa de la vida en cuestión de presentaciones, es casi mejor que lo sepáis.

—Hola, Nevaeh. ¿Cómo va todo? ¿Y el trabajo? —pregunta Dustin.

—¡Emma! —grita Nelson cuando reparan en mi presencia—. Hacía mucho que no te veíamos. —Se acerca hasta mí y, tal y como he hecho yo hace nada en la parcela de Quimby, apoya ambas manos en la valla y se asoma por encima. Alza una ceja y mira en dirección a mi casa—. ¿Qué se sabe de esos dos? —pregunta directamente y yendo al grano.

Para qué perder el tiempo andándose con rodeos, di que sí.

«Yo estoy bien, gracias por el interés».

—Veo que he pasado a un segundo plano —rumia mi amiga—. No os lo tomaré en cuenta porque me tenéis muy vista y porque yo os tengo muy vistos a vosotros. Sin resentimiento ni nada —pronuncia mientras avanza hacia su coche.

Al menos mi amiga ha sido más inteligente porque ella ha aparcado cerca. Normal si pensaba regresar con esos tacones...

—Sabes que te adoro, Nelson, pero...

—No dañes mi corazón de esa manera, Emma —gimotea haciendo un puchero y todo—. Siempre fuiste mi vecina favorita.

—Tranquilo, no os estoy escuchando —suelta Nevaeh, que ha bajado la ventanilla para no perderse nada.

Nelson se carcajea y yo sonrío de medio lado.

—Seguro que os queda genial. —Señalo hacia Dustin, que está rodeado de cajas y parece sumamente interesado en un plano y en unas instrucciones.

—¿Mejor que la vuestra?

—Tampoco te pases.

Me despido con la mano y me subo al coche junto a Nevaeh, dejando atrás a esos dos.

—Pasaré por alto el desplante y no me sentiré ofendida. Porque te echaba de menos y porque estoy de acuerdo en que eres una vecina increíble y, para colmo, una de mis mejores amigas.

Qué bonita es...

Extiendo la mano y ella hace lo propio con la suya, y entrelazamos nuestros dedos; nos sonreímos con cariño. Esto es lo mejor de volver a casa.

—Es recíproco.

—Ya sabía yo que esa Remi no estaba a la altura en cuestión de mejores amigas —indica, y chasquea la lengua con recelo.

Remi es mi compañera de piso y de trabajo en Nueva York. Ambas fuimos seleccionadas en el mismo proceso de entrevistas y comenzamos a trabajar juntas. Encajamos desde el primer momento. Tenemos un sentido del humor muy similar y somos igual de currantes y responsables. Fue genial encontrarla cuando yo estaba tan perdida al llegar. Y no solo perdida, sino también dolida. En fin...

—¿Eso que percibo son celos?

—Por supuesto que lo son —responde mi amiga. Siempre tan directa y tan clara. Me encanta eso de ella, que no tenga caras ocultas y que siempre vaya de frente.

Pone el motor en marcha y se mueve por las calles de Stowe como si no hubiera veinte centímetros de nieve a ambos lados de la calzada y como si no llevase unos zapatos la mar de peligrosos.

Y como la suerte siempre la persigue, encuentra aparcamiento justo frente a la cafetería de Piper. Sonrío porque no he querido preguntar hacia dónde nos dirigíamos, puesto que ya sabía que esta era nuestra primera parada y que, si no fuese porque mi otra amiga es dueña de este pequeño negocio y que le roba tanto tiempo, es bastante probable que Nevaeh no hubiese llegado sola a mi casa.

—Si Mahoma no va a la montaña... Ya sabes cómo acaba eso.

Le guiño un ojo y me dispongo a bajar cuando Nevaeh me pide en silencio que no lo haga. Lo hace ella, rodea el coche y me abre la puerta.

—¡Qué lujo! —Me río—. Me estás malacostumbrando.

—Me parece justo. —Alza los hombros despreocupada—. En todo caso, debes saber que tienes que sentirte muy especial por este detalle. No le abro la puerta a cualquiera.

—Más bien, la cierras.

Nevaeh suelta una risilla poco comedida que hace que varias personas que pasan cerca claven la vista en ella. En nosotras. Eso tampoco le importa. A mí, menos.

—Vamos. —Vuelve a tirar de mi mano en ese gesto tan característico suyo y me arrastra en dirección a la cafetería.

Piper la ha redecorado entera, al menos por fuera, y por eso dejo de caminar deprisa para entrar a pesar del frío helador, y me detengo a observar todos los cambios que me contó por teléfono que quería hacer y que nunca me confirmó que hubiese hecho.

—Está todo precioso —susurro asombrada.

Nevaeh se cruza de brazos a mi lado.

—¿A que sí? En gran parte es gracias a mí, yo la he ayudado. —Habla como una decoradora orgullosa.

Giro la cabeza y clavo la vista en ella. No habla como tal, lo está de veras, y mucho.

La miro esperando a que continúe, porque la conozco y sé que tiene algo que explicarme.

—Luego te cuento, ¿vale?

Me guardo la pregunta que estoy más que dispuesta a formular en el bolsillo de preguntas que quiero hacer y me limito a analizarlo todo. En la entrada hay un arco de madera de grandes dimensiones. Atraviesa toda la acera, desde la calzada hasta la entrada del local. No es cerrado, sino que está compuesto por columnas y en ellas hay enredadas luces blancas que centellean y guirnaldas de color bronce. En el techo hay muchísimas luces y ahora mismo está cubierto por hojas de abeto navideño. Se me eriza el vello de lo bonito que es todo.

Conforme avanzamos bajo el arco, voy descubriendo detalles. Calcetines, galletas de jengibre, bastones de caramelo, estrellas y copos de nieve. Y al llegar a la cristalera se me corta el aliento cuando me doy de bruces con un árbol en tonos rosas, blancos y verdes. Toda la decoración es delicada, *soft* y encantadora.

Nevaeh me aprieta la mano y achina los ojos un pelín cuando las comisuras de sus labios se alzan. Empiezo a hacerme una idea de lo que sucede aquí.

Estoy dispuesta a formular una de esas tantas preguntas de

las que os he hablado cuando la puerta abatible de cristal se abre y sale mi amiga Piper. La tierna, romántica y sensata de las tres. Me recuerda mucho a Remi.

Y sabéis lo que pasa, ¿verdad?

¡Dosis de achuchones!

Capítulo 5

Se me había olvidado todo

Emma

—¡Emma! —grita cuando se lanza contra mi cuerpo.

Al menos Piper es tan menuda como yo. Y no hay rastro de tacones, eso también es un plus.

Se cuenta, se dice y se rumorea que no hay nada como los reencuentros, y os garantizo que es así.

—¡Piper! —chillo estrechándola entre mis brazos.

—A la mierda todo.

Nevaeh también se suma y nos abrazamos con ganas frente a la puerta de la cafetería sin que nos importe menos lo que los demás puedan opinar o si estorbamos porque alguien quiere entrar o salir. En este instante solo somos nosotras tres.

Cuando por fin nos separamos, veo ese brillo tan característico en sus ojos y cabeceo negando. Como mi amiga se ponga a llorar, no tendré más remedio que hacerlo yo también, un poco por empatía y otro poco porque soy así de sensiblona..., aunque no lo parezca.

—Vamos dentro, que hace mucho frío.

Cuando accedemos, compruebo que la decoración del local sigue la línea que se ve desde fuera. Todo hecho con mimo, con cariño, cada detalle cuidado a la perfección. Ha cambiado las mesas y ahora hay algunas que tienen sillas de un tono amarillo mostaza, otras verde oliva y algunas rosa palo. También hay sofás con cojines de distintos tamaños, formas y colores; sin embargo, de alguna manera, todo combina como debe y da la sensación de confort, como si estuvieras en casa, y me atrevo a asegurar que dan ganas de no marcharte nunca.

—Esto está genial —susurro analizando todo lo que nos rodea.

—Ha sido cosa de Nevaeh —musita ella.

Giro la cabeza unos segundos para ver un par de asentimientos por parte de mi otra amiga.

Ambas me llevan hasta un cómodo sofá al lado de la ventana que parece haber estado reservado desde antes de que yo llegase o de que yo supiese que iba a venir.

—Eleanor y Mila han pasado por aquí hace rato y me han contado que habías llegado al pueblo. He reservado esta mesa, mi preferida, para poder hablar con tranquilidad cuando vinieses. Nevaeh me ha llamado y me ha dicho que iría a por ti y aquí estás, en mi lugar favorito... —Su tono es una mezcla de melancolía y entusiasmo. De lo más extraño, sí.

Puede que, a partir de este momento, este lugar también se convierta en mi favorito.

—¿Cuándo hicisteis todo esto?

A Piper se le escapa una exhalación de lo más mona.

—Hace cosa de dos meses. No hubo que hacer mucha obra, solo algún apaño por aquí y por allá, cosa de Mason. —Hace una pausa y suspira. Lo de Mason trae cola en este grupo—. Ya sabes que a mí estos temas me agobian y que todo se me hace un mundo porque tengo la sensación de que no vale la pena. —Chasqueo la lengua con desaprobación—. Aquí nuestra amiga tomó las riendas y se encargó de todo.

—De todo. —Sí, suena orgullosa y encantada por ello—. Y ahora que estamos las tres aquí reunidas quiero contaros que, gracias a este proyecto, he encontrado mi verdadera vocación en la vida.

Piper aplaude emocionada y yo sonrío con descaro, me cruzo de brazos y me recuesto en el sofá preparada para ser un poco malvada. Nada que no entre dentro de la normalidad...

—Y yo que esperaba que te dieses cuenta de que tu vocación, la de verdad —matizo para que nos entendamos—, era ser una bruja.

Obtengo la respuesta que imaginaba.

—Ese puesto ya está cogido. —Y pasea la mirada por mi cuerpo con una desvergüenza que no le cabe en el suyo.

Piper se carcajea de una forma comedida, tapándose la boca y todo, y en ese momento llega Scott con un par de tazones enormes de café y varios *cupcakes* que tienen una pinta deliciosa.

—¿Son de Rachel? —pregunto señalándolos.

—Por supuesto —ratifica Scott, que parece estar muy interesado en nuestra conversación.

Cuando se hace el silencio y pilla la indirecta, se marcha por donde ha venido.

—Es majo. —Lo señalo.

—Y cotilla —apunta Nevaeh.

—Oh, una cualidad de lo más extraña en este pueblo, ¿no te parece?

Un asentimiento es todo lo que obtengo por respuesta mientras Nevaeh mueve su culete sobre el sofá y se echa hacia delante hasta que nuestras rodillas se tocan.

—¿Entonces? ¿Qué opinas? ¿Qué piensas de todo esto? ¿Qué te parece?

Que mi amiga suene así de nerviosa es un indicativo bastante claro de que se lo está tomando en serio, de que le preocupa de veras mi opinión.

Piper nos observa y apuesto a que ella ya ha dado su veredicto y el veredicto debe de haber sido algo que conlleve grititos, aplausos y tal vez algún tirón de mofletes y besos en la frente.

—La verdad es que creo que... —Pausa dramática.

—¿Sí? —Más cerca todavía.

—Creo que...

—¿Sí? —Empieza a respirar el mismo aire que yo.

—Creo que es una pasada de bonito, chicas. Te has lucido. —Esta respuesta la doy observando a la amiga que me roba el espacio personal, sí, justo esa.

Piper, cómo no, suelta una risilla llena de emoción, y Nevaeh se levanta y hace algo que es difícil de explicar. ¿Baila? ¿Salta a la pata coja? ¿Se contonea de forma sexy y descarada? ¿Todo a la vez y sin orden ni coordinación algunos?

—Buah, sabía que te iba a gustar, se lo dije a Piper un montón de veces. Ella estaba deseosa de explicártelo todo, de hacerte una videollamada y enseñarte los cambios, pero la convencí de que guardase el secreto para que te llevases la sorpresa cuando vinieses estas Navidades. —Lo suelta de carrerilla, y sí que debe de haberme robado el aire, porque a ella no le falta en absoluto.

—¡Lo has bordado! —Nevaeh extiende la mano y la choca con la de Piper—. Aunque me hubiese encantado conocer los detalles, es cierto que venir aquí y, de pronto, verlo todo así... —Señalo el espacio haciendo un círculo con una mano. Las luces, la decoración elegida con mimo y gusto, los tonos nada habituales en una época como esta...—. Me encanta.

—¿En serio? —parece dudar Nevaeh.

—Mucho mucho. —Me reafirmo en mis palabras.

Luego hago una pausa, sujeto la taza con el café con leche y robo un *cupcake* antes de sacar el tema. Sí, la mochila de las preguntas está cargada de ellas.

—Nash está aquí. —Al final resulta que no ha sido formulada como una cuestión, no, porque me temo que, eso de que tal vez tuviese una explicación y que se estuviese despidiendo de mi familia... empieza a parecerme una utopía—. Y se supone que estas son mis Navidades, me toca la custodia —declaro llena de vehemencia.

Por el semblante contrito de mis amigas, no sé si están valorando soltarme alguna patraña o sencillamente decirme lo que piensan sin cortarse.

—¿No te parece que ya va siendo hora de que entierres el hacha de guerra? —Nevaeh siempre tan sincera y tocapelotas. Más lo segundo que lo primero.

Miro a Piper y espero a que ella me dé una respuesta que me guste más.

—Estoy con ella. —O a que termine de hundirme en la miseria.

—¿Vosotras de qué lado estáis?

¿Recordáis el manual ese que os he contado sobre la familia y de qué lado tenían que posicionarse tras una ruptura? Pues estaría bien que hiciesen una segunda parte enfocada a los amigos y esas cosas.

—Del tuyo, siempre del tuyo —asegura Piper—, pero eso no quiere decir que estemos de acuerdo en tu forma de proceder.

—Pues tal vez sea el momento de sacar a la palestra que yo tampoco estoy de acuerdo en que lleves media vida esperando a que Mason te pida una cita y no hayas dado tú el paso antes.

Piper abre la boca anonadada y de inmediato sé que he metido la pata. Estoy sensible con el tema de Nash, es eso..., o que soy un poco bocazas, eso también.

—Lo siento —me disculpo cuando veo el rubor que le sube por el cuello a mi amiga y cuando Nevaeh me aprieta la mano con fuerza. Ha estado yendo al gimnasio fijo, o bien montó ella misma ese arco increíble de ahí fuera—. Estoy nerviosa, es solo eso, no lo había visto desde hace tres años y venía preparada para pasarlo bien sin tener que encontrármelo, y... ¿qué sucede? Que es él, precisamente él, quien me abre la puerta de casa. Es como... como... —Dudo unos segundos porque me cuesta hasta encontrar palabras para definirlo—. Satanash —mascullo. Me encanta ser de lo más ocurrente.

Piper abre de nuevo la boca y Nevaeh también. Valoro las reacciones de ambas porque tal vez... No, no me he pasado. Me reafirmo en todo.

Piper es la primera en reírse y no parece nada afectada cuando varias miradas se fijan en nosotras. Nevaeh la sigue. La sigue en las carcajadas, quiero decir, no es que se hayan levantado para ir al baño ni nada por el estilo. Y yo permanezco aquí plantada sin entender bien lo que sucede.

Muchas horas de coche y mucho shock, es eso.

—Satanash —repite Nevaeh llevándose la mano a la barriga. Al menos ella no es la que tiene la taza en la mano, porque dudo que a Scott le gustase tener que quitar las manchas de café de una alfombra blanca tan mona e impoluta—. Me muero de ganas de decírselo.

—Hablo en serio —insisto—. No debería estar aquí, y estoy bastante convencida de que lo ha hecho a propósito solo para fastidiarme.

—Emma... —Piper arranca a decir algo que no termina de soltar porque Nevaeh alza la mano para interrumpirla.

Mi amiga, la que no oposita para bruja, suspira una vez más y baja la vista. No entiendo nada.

—¿Qué pasa? —pregunto directamente.

—Nash no tiene por qué estar haciendo nada para fastidiarte —lo defiende Piper, y aprovecha la coyuntura para suavizar el tema—. Tal vez eche de menos a su familia y solo quiera pasar tiempo con ellos.

—Es mi turno, este año me toca a mí estar aquí por Navidades, de eso van las custodias compartidas —declaro, como si ese fuese un argumento de peso.

—Esa es una norma que estableciste tú y que él decidió aceptar porque estabas dolida y enfadada con él —asevera Piper. Ella necesita ese manual, lo digo de veras—. No tiene por qué estar toda la vida así. Ya eres mayorcita para aprender a enfrentarte a estas cosas.

Joder con Piper, la verdad. Giro la cabeza hacia Nevaeh y las observo a ambas de forma alternativa.

Asiente a modo de respuesta.

—Aun así, te apoyaremos en lo que haga falta. Son solo unas semanas y luego volverá... —Se frena en lo que quiera que vaya a soltar—. Todo volverá a la normalidad y tú, a tu queridísima Nueva York. —No quiero ni pensar en el retintín con el que Nevaeh suelta esa frase—. ¿Qué podría salir mal? Ni siquiera tienes por qué verlo.

Y una vocecilla en mi cabeza piensa que es cierto, que ni siquiera tengo por qué cruzármelo en este tiempo, a pesar de que viva en la casa de enfrente, a pesar de que sea un pueblo pequeño, de que mi familia lo adore y de que compartamos círculo de amigos.

—Tenéis razón.

Lo verbalizo, sí, pero nada nada convencida.

Capítulo 6

¿Y eso?

Emma

Nevaeh me lleva de vuelta a casa y durante todo el trayecto habla y habla sin parar sobre la cantidad de proyectos de remodelación que quiere llevar a cabo y de las ideas que no dejan de surgirle. Y esa charla incesante es la que me impide preguntarle qué pasa y qué me están ocultando, porque algo dentro de mí me dice que es eso lo que ocurre.

—Anoche apenas pude conciliar el sueño; de veras, Emma, estoy muy emocionada. Ya sabía yo que no estaba hecha para las facturas y la contabilidad; francamente, ni siquiera me gusta ese trabajo, eres consciente de que lo elegí porque mi madre me puso un ultimátum: me dijo que o trabajaba con ella o trabajaba sin ella, pero nada de andar malgastando el tiempo y su dinero.

—Tu madre solo quería que hicieses algo de provecho —la defiendo.

—Y me parece genial. Pero ahora que sé lo que quiero hacer, lo único que necesito es comenzar a tomar decisiones y no tenerle miedo a nada de lo que me tenga preparado el destino de aquí en adelante.

Sonrío, porque me encanta eso de ella; me fascina el valor y el coraje que le echa a todo, sin miedo a lo que pueda suceder y con positividad. En eso Piper y ella son muy diferentes. Mientras que esta chica que está a mi lado es decidida y lanzada, Piper, por el contrario, es insegura e indecisa.

Cuando aparca justo frente a mi casa y bajamos del coche, ella todavía con esas botas altas y yo con mis botas de montaña nada sexis pero muy cómodas, nos encontramos a los Prescott por fuera, en su jardín. Los gritos se oyen desde aquí.

—¡Eso no va así! —exclama Nelson.

—¡Pues claro que va así! ¿Es que eres incapaz de interpretar un maldito plano? ¿Seguro que no compartes genética con los Ashbourne? —Dustin señala en dirección a mi casa, sin ponerse colorado siquiera. Fingiré que no me he enterado y que no se lo contaré a mi abuelo y a mi padre luego.

—Auuu —suelta Nevaeh sujetándome la mano una vez más—. Eso ha tenido que doler.

Total, que esos dedos lo que hacen es volver a arrastrarme a la casa de los vecinos. Casa que en otro momento no tendría inconveniente en visitar si no fuese porque ya sabemos quién está allí. Sí, queridas mías, sí, Satanash.

Quizá el destino sí que esté ahora de mi parte y haya salido, no sé, a afilarse los cuernos y depilarse la cola de demonio o algo por el estilo... ¿Creéis que para eso se coge cita?

—Eh, eh, eh, ¿a dónde crees que vas? —Tiro de mi cuerpo en la dirección contraria hacia la que me arrastra mi amiga.

Chasquea la lengua al darse cuenta de mi negativa a seguir avanzando.

—Necesito hablar con Mason y con Nash, y da la casualidad de que tú no tienes nada que hacer y yo tengo mucho que planear para mi incipiente negocio. En esa casa —la señala del mismo modo que Dustin ha hecho antes con la mía— hay dos personas que pueden proporcionarme información y ayuda de forma gratuita.

Nevaeh debería aprender que en esta vida todo tiene un precio. *To-do.*

—Puedes ir tú solita —replico, y sigo intentando librarme de su agarre. Sí, confirmado, ha estado haciendo pesas o montando arcos decorativos de madera sin cesar.

—O puedes madurar, venir conmigo y enfrentarte a la vida de una vez. Además —sonríe con malicia—, tengo mil ganas de ver cómo reaccionas cuando está él delante.

«Además, tengo mil ganas de ver cómo reaccionas cuando está él delante». Léelo con retintín porque da la casualidad de que es así como lo he repetido en mi cabeza.

—Eso ya te lo puedo responder yo, cielo... Mal, reacciono mal.

No pienso mencionar, ya lo he hecho antes, que mis pensamientos han ido por unos derroteros bien diferentes cuando lo he visto al llegar y que me ha parecido más guapo que la última vez, más sexy, y que su hoyuelo... En fin, es el momento de dejarlo estar.

No opongo más resistencia porque no me da tiempo, que conste en acta. ¿Recordáis esa frase que mi amiga ha pronunciado hace cinco minutos frente a un enorme ventanal en una cafetería que ella misma ha decorado? Sí, te la recuerdo.

«¿Qué podría salir mal? Ni siquiera tienes por qué verlo».

Esa, justo esa, pues ea, que es una mentira como una catedral de grande porque aquí está, arrastrándome sin piedad alguna a casa del que se supone que es el chico que peor me cae del mundo en mis vacaciones de Navidad en Stowe, cuya custodia me pertenece. Todo mal, eeh, todo mal.

Nevaeh se cuela en la casa sin que Nelson y Dustin se den

siquiera cuenta de lo que estamos haciendo. En cuestiones de decoración, mi familia y los Prescott se parecen más de lo que creen. Estoy casi segura de que mi abuelo y mi padre están escondidos en algún lugar de mi casa observando lo que los vecinos hacen solo para planear de qué modo superarlo este año.

Y estas, señoras y señores, son nuestras fiestas navideñas.

—Vale. —Freno los pasos de mi amiga, que se dispone a subir las escaleras en dirección a las habitaciones. Hasta hace unos años, no habría opuesto resistencia alguna a hacerlo yo misma; al contrario, con lo enamorada que estaba de ese chico, sí, ¡ese chico!, habría subido los peldaños de dos en dos. Ahora las cosas son bien distintas, para él y para mí, claro—. Esto no es necesario... No sé —medito—, pega un grito o haz alguno de esos trucos tuyos, con polvos y un caldero —si pilla o no la indirecta lo dejo al azar— y convócalos aquí.

Nevaeh se yergue sobre sí misma y, si ya de por sí es alta, imaginaos cuando estira las piernas, sumado a esas botas con tacón de infarto, cuadra los hombros, se cruza de brazos y sus labios, que de normal son odiosamente perfectos, se convierten en una fina línea apenas visible.

—Yo te apoyo, tú me apoyas, ese es nuestro lema, ¿de acuerdo? Así que vas a subir esas escaleras conmigo, vas a sonreír y, cuando te pida opinión, vas a ser sincera y honesta, porque eso es lo que hacen las amigas y porque, aunque tú no lo creas, esto me importa.

Asiento en repetidas ocasiones porque he llegado a una conclusión aunque quizá lo haya hecho tarde: Nevaeh tiene razón, es mi amiga y esto es importante para ella, y si lo es para ella...

—Vale —concedo.

Comienza a ascender con esa elegancia que la caracteriza.

—Y que sepas —se gira cuando va por el quinto escalón, y

yo todavía estoy pensando cómo enfrentarme a todo esto sin que me duela— que he pillado la bromita de que soy una bruja. —Me guiña un ojo—. No me hagas usar mis habilidades contra tu persona. —Sonríe con suficiencia y ese gesto tan sencillo me saca una carcajada genuina.

Joder, cómo echaba de menos todo esto. En serio.

El caso es que subo los escalones y me siento como si estuviese cruzando el corredor de la muerte, porque un peso se instala en la parte baja de mi abdomen y me cuesta horrores respirar. Rezo todo lo que sé para que Satanash no esté en casa..., pero, cuando llego arriba y oigo su voz, pienso que tal vez debería ir mucho más a misa de lo que voy, porque tengo tan poca fe que ni siquiera Dios me hace el mínimo caso.

Me agarro fuerte a la barandilla de madera cuando la imagen de mi peor pesadilla se materializa frente a mis ojos, y, no, no es una imagen cualquiera. Acaba de salir de la ducha, todavía le quedan restos de agua que resbalan por su cuello y el pelo, normalmente alborotado y rebelde, como el dueño, ahora está igual de indomable, pero empapado. Sí, chicas, el Señor no está de mi parte y el destino tampoco es que me quiera mucho.

No pasa nada, no se lo tendré en cuenta.

Nash alza la vista cuando repara en mi presencia y no puedo evitar fijarme en que su cara de sorpresa es digna de mención.

—Vaya, vaya, vaya. Yo a esto lo llamo allanamiento de morada —rumia. Su voz suena justo como imagináis; es una mezcla de descaro y picardía que, para mi horror, sigue poniéndome cardiaca.

Trago con fuerza y relego esa información a lo más profundo de mi ser. Debe de ser el hambre, es eso, sí. O no, la emoción de la vuelta a casa y de lo mucho que me gustan estas fechas. O peor, todo eso junto.

—Calla, Nash, y deja de comerte con los ojos a mi amiga —apunta Nevaeh, que parece estar dispuesta a decir lo que piensa sin filtro y sin siquiera ponerse colorada. En otra vida me pido ser como ella, que conste en acta—. Tenemos trabajo.

—¿Tenemos? —Esas palabras parecen causar efecto en él porque deja de observarme y eso hace que yo pueda volver a respirar. No con normalidad, pero al menos no me dará una apoplejía en lo alto de unas escaleras con el riesgo que conlleva caerte por ellas y acabar siendo, no sé, papilla para gatos.

—¿Dónde está Mason? Él tiene que estar presente porque es importante.

Nevaeh se gira y eso atrae de nuevo la mirada de Nash hacia mí. Me cuadro y me recuerdo que nada de lo que diga o haga me importa lo más mínimo y que estoy aquí para brindar mi apoyo a mi amiga y no para dedicarle miraditas que no sean asesinas a mi vecino y ex.

Ella camina hacia la siguiente habitación y la abre sin el menor reparo. Creo que Nash está en shock tanto como lo estoy yo, aunque me pregunto si sus motivos y los míos serán los mismos o no.

Niego en un par de ocasiones cuando él levanta el dedo y señala a la que de verdad comete delito tras delito.

—¡Mason! —grita—. Deja esos planos ahora mismo, coge papel y lápiz o lo que quiera que uses y baja, te esperamos en la cocina.

—¿Esperamos? —contesta él con voz trémula.

—Si te portas bien, puede que te cuente algún secreto de Piper.

Sí, hijas mías, sí, Mason es el primero en llegar a la cocina. No te he dicho nada y te lo he dicho todo.

Capítulo 7

Un proyecto, dos conceptos, tres efectos

Nash

—Veamos... —Nevaeh se pasea por la cocina de mi casa como si fuese la dueña y señora de esta, y no sé si eso me divierte o me asusta. Quizá un poco de las dos cosas—. He tomado la decisión de que voy a ser la mejor diseñadora de interiores de todo el estado de Vermont.

—Muy bien, tú siempre tan modesta —apunta Emma con sorna.

Tengo que confesaros algo. Es probable que ya hayáis llegado a esa conclusión vosotras solas, pero, por si acaso, solo por si acaso, no está de más aclararlo... ¿Os habéis dado cuenta de que soy incapaz de apartar los ojos de ella? Y no en plan «Oh, mirad, es mi vecina, ¡cuánto tiempo!», sino más bien en el plan «¿Por qué fui tan imbécil de dejarla escapar?». Y, sí, así están las cosas.

Emma alza una ceja cuando repara en que, de nuevo y para sorpresa de nadie, sigo mirándola como un atontado de mucho cuidado.

Cada uno es lo que es, y aceptarlo es el primer paso para mejorar.

—¿Qué? ¿Ves algo que te guste? —pronuncio. Me encantaría aclararle la de cosas que hay que me gustan a mí. Tal vez ser un pelín más específico y matizar que hablo de ella.

Emma pone los ojos en blanco y aprieta los labios en un gesto que me lleva de regreso al pasado, a esa época en la que estaba seguro de que ambos pasaríamos el resto de nuestras vidas juntos. Ya ves, querido destino, eres un poco capullo, casi tanto como lo fui yo.

Estamos empatados. Tablas, o como quieras llamarlo.

—Veo algo que «no me gusta» —recalca.

Las comisuras de mis labios se alzan lo justo para disimular que esa frase ha sido como un puñetero dardo envenenado que ha dado en el centro de la diana.

—¿Podéis dejarlo ya y centraros en mí? —Nevaeh me sujeta la mandíbula y la aprieta unos segundos, llevando mis ojos a los suyos y negando en repetidas ocasiones—. Nash... No —sentencia.

Sería ridículo negar que no somos amigos, Nevaeh y yo, quiero decir, porque está claro que Emma..., bueno, eso, no voy a repetirlo porque escuece que no veas. El caso es que esta chica que está sujetando mi mandíbula con una fuerza descomunal es una buena persona y que de un tiempo para acá nos hemos convertido en algo más que conocidos que comparten saludos cordiales, tanto que a veces, incluso, cuando el alcohol ha corrido por nuestras venas, nos hemos convertido en confidentes. Así que, sí, me temo que sé lo que va a pedirnos y, sí, sé de antemano cuál va a ser mi respuesta sin necesidad de que me ofrezca algún suculento secreto como contrapartida, como ha hecho con mi hermano.

La verdad es que ella no lo sabe, pero no hacía falta, porque Mason es de esos que entregan y entregan todo lo que tienen sin pedir nada a cambio; ahora bien, si Piper entra en la ecuación..., la cosa se multiplica.

—Entonces... —interviene el susodicho. Desvío la vista unos segundos solo para encontrarme con la sorpresa danzando en los ojos de Emma, porque la detecto. Puede que ella se haya olvidado de mí y de todos mis gestos, de las palabras o del timbre de mi risa, del descaro de mis provocaciones y de lo que me hacía sentir cuando estábamos juntos, pero yo sigo recordándolo todo. Absolutamente todo de ella—. ¿Cuál es el proyecto?

Emma permanece apoyada en la pared del fondo, marcando distancias conmigo, solo conmigo y con nadie más. Os aseguro que eso no extraña a ninguno de los presentes.

Nevaeh se acerca a la mesa donde se ha sentado Mason, apoya las palmas a ambos lados de los papeles que este tiene enfrente y se inclina hacia delante. Si esto fuese un juicio, pagaría porque fuera ella la que me defendiese; ya solo con su actitud, habría intimidado a más de uno.

—En mi proyecto sobre cómo ser la mejor diseñadora de interiores de todo Stowe, de todo Vermont y de todo Estados Unidos, participas tú. —Lo señala. Mason se tensa y no me extraña en absoluto. Las comisuras de mis labios se alzan de nuevo, esta vez por lo divertida que me parece la escena. Cómo acojonar a mi hermano con un pronombre personal. Mi abuelo estaría encantado de formar parte de esta conversación, y ¿Caleb? Caleb hasta pagaría por esto.

—¿Yo?

Aparto la vista unos segundos de esos dos y me dedico a mirar de nuevo a Emma. A ella también le divierte la escena, porque está sonriendo, aunque de una forma tan sutil y comedida que quizá ni siquiera se haya dado cuenta de estar haciéndolo.

No repara en que la observo a mi antojo. Antes, cuando la he visto después de tanto tiempo, no he podido hacerlo como me habría gustado porque, en fin, estaba en su casa, acababa de llegar, ella no sabía nada de esto y yo estaba tan asombrado como encantado con su presencia. Mi abuela sabe lo que se hace; es malvada y pícara como ella sola, ¡qué le vamos a hacer!

—Tú te encargarás de los proyectos de grandes dimensiones, esos que impliquen modificaciones estructurales cuando sean necesarias; ¿me explico?

—Con claridad.

—Harás esas cosas que haces, medir, calcular o lo que sea. —Mueve las manos y entonces alza la vista a la vez que el dedo índice y me señala—. Y tú, como diseñador gráfico, harás esas otras cosas necesarias para crearme una imagen corporativa, una web con fotografías y yo qué sé. Lo mío es decorar con gusto, lo demás es cosa vuestra, que para eso os pago.

—Ah... —Mason abre mucho los ojos. Yo no me atrevo a preguntar porque sé la respuesta de antemano—. ¿Nos vas a pagar?

Nevaeh se acerca de nuevo a él y sé que mi hermano se ha arrepentido de haber abierto la boca.

—Este es el *momento* —hace especial hincapié en su última palabra— en el que me aseguras que no me vas a cobrar porque nos conocemos de toda la vida y sería una falta de respeto. Sería algo así —de nuevo ese movimiento de manos tan despreocupado y a la vez tan meditado— como ultrajar nuestra amistad. A los amigos no se les cobra, Mason. —Le da un par de palmaditas en la mejilla y mi hermano se hace cada vez más pequeño—. No se les cobra.

Mason asiente y mi amiga parece del todo satisfecha con haber conseguido lo que se proponía.

—Doy por concluida la reunión —zanja la susodicha.

A mi hermano le falta tiempo para huir de aquí y encerrarse de nuevo en su habitación. Creo que ha quedado tan asombrado que no se ha molestado en preguntar por su recompensa, y, creedme, esa recompensa le interesa y mucho. Que lo sabemos todos.

—Pues si ya hemos acabado... —arranca Emma, que se incorpora y se acerca hasta Nevaeh a la espera de que pille su frase a medio terminar.

Ese es el instante en el que Caleb hace acto de presencia, y entonces repara en nosotros tres. Y nosotros reparamos en su entrada triunfal sin camiseta. Repito e insisto: sin camiseta. ¿Este chico no tiene ropa o qué?

—¿No tienes frío? —le pregunto. Pero ya sé cuál va a ser su contestación, y será alguna réplica ingeniosa, aunque parca en palabras, sobre meterme en mis propios asuntos.

Frío, fuera, desde luego hace. Mi padre y mi abuelo van a acabar convertidos en cubitos de hielo como sigan mucho tiempo en el jardín montando su nuevo reno. Es algo así como la última escoba de Harry Potter, solo que en versión cuernil.

Caleb no se molesta en responder, alza la vista y observa a Nevaeh, y ella a él. Parecen batirse en un duelo silencioso sobre cuál de los dos se soporta menos o cuál de los dos quiere arrancarle la ropa —otra vez ese tema— al otro. Sí, esto también se las trae, pero, oye, que no seré yo el que intervenga porque ya sabemos quién saldrá manchado de caca si lo hace.

Os doy una pista, empieza por «ene» y acaba por «ash».

—Eyyy —saluda mi hermano de forma despreocupada.

—Eyyy —responde la otra a su vez.

Emma intercambia una mirada conmigo y es la primera vez desde que nos hemos reencontrado —entiéndase el uso del verbo, por favor y gracias— que no me observa como si quisiese matarme, sino como si quisiese que le contase todo lo que sé y, ya veis, no me importaría hacerlo, solo que yo sí que cobraría a mis amigos o a los que fueron mis amigos.

—Emma, me alegra verte. —Hace una leve pausa y, cuando pienso que va a salir de aquí sin mirar atrás, continúa hablando. Cosa rara en él, sí—. Siempre estás guapa, pero creo que este año lo estás incluso más. —Mi hermano y sus provocaciones conseguirán que un día lo tire escaleras abajo sin remordimiento alguno—. Puede que hasta te pida una cita.

Estoy a nada y menos de estamparle mi precioso puño en su bonita cara, y no me escondo en absoluto.

—Puede que hasta la acepte. —Sonríe con suficiencia y no me mira, claro que no, siempre tan... siempre tan ella, joder, porque santa os aseguro que no es, es malvada de cojones.

Y eso me fascina, sí. Sobra decirlo.

Caleb abandona la cocina dejando el gallinero completamente revuelto. Nevaeh, con el ceño fruncido; yo, con el instinto asesino a flor de piel, y Emma pasándoselo en grande a nuestra costa.

Todo bien, sí, todo bien.

—Hablando de citas —interrumpe Nevaeh—, ¿os he contado ya que estoy hablando con un chico a través de una de esas apps?

Yo asiento, porque creo que lo mencionó la última vez que nos vimos. Emma, por el contrario, frunce el ceño y niega.

—¿Qué? —me pregunta.

Yo me limito a pasear la lengua por mis labios con todo el descaro que me cabe en el cuerpo. Y os garantizo que es mucho. ¿Qué? No está nada mal que sea ella ahora la que está un poco celosa, aunque solo sea porque su amiga me ha contado algo que a ella no.

—No me lo puedo creer —farfulla.

Esto se pone interesante por minutos.

—Nash, antes de que os ponga al día sobre el chico en cuestión, tienes que saber cómo te ha llamado mi amiga. —Y la señala.

Sí, me temo lo peor.

—¿Cómo? —pregunto, a pesar de que sé que no hace falta que lo haga.

—¡Nevaeh! —grita Emma, que se lanza a por ella con la intención de taparle la boca con una mano. Como si eso fuese a evitarlo.

Yo me divierto observando como lo intenta y no lo consigue, y luchando por no acercarme y, yo qué sé, estrecharla contra mi pecho.

—Satanash. ¿Lo pillas? Satanash —insiste, y se carcajea.

Yo me cruzo de brazos para nada enfurruñado, aunque fingiendo que lo estoy.

Emma parece haberse puesto colorada.

—Así que Satanash, ¿verdad? —Recorto la distancia que nos separa y me coloco a su altura, solo que un paso a la derecha. Ella no se inmuta, ya lo hago yo por los dos. Bajo unos centímetros la cabeza para que eso que tengo que decirle quede entre ella y yo. Solo entre ella y yo. Emma traga con fuerza, avergonzada; yo lo hago por razones bien distintas, como su cercanía, su olor..., los recuerdos—. ¿Sabes lo que hace Satanás, Emma? ¿Lo sabes? —Ella no niega ni asiente, ni siquiera parpadea—. Portarse mal.

Y me retiro sabiendo que esta jugada ha sido mía. Rezo para que la partida también lo sea.

Capítulo 8

La que has liado, pillina

Emma

Salgo de casa de… de su casa, de la de todos ellos, como si me hubiesen prendido una mecha y fuese un petardo andante.

He contenido la respiración. ¿Lo entendéis? ¿No? ¡He contenido la respiración!

Lo he hecho y me avergüenzo de ello. Cuando se ha acercado de esa manera, cuando ha recortado la distancia con parsimonia, con esos andares tan suyos, como si el cielo y el infierno estuviesen a su merced y fuese un dato constatado por toda la humanidad… Joder, qué patético suena todo, ¿no creéis? Pues, como si no fuese suficiente con eso, he pensado que iba a besarme. ¿Y sabéis qué es lo peor de todo? Lo más triste es que estoy casi convencida de que habría dejado que lo hiciese. Así que, sí, yo también voy a necesitar un manual de esos, en mi caso sobre cómo salir por patas en el momento en que la cosa se pone fea cuando lo observas de más y cuando te das cuenta de que eso de no volveros a cruzar en estas semanas empieza a convertirse en una misión un tanto imposible.

—¿Por qué huyes así? —Me giro en cuanto Nevaeh me sujeta por la muñeca como ha hecho ya en varias ocasiones y frena mis pasos.

—¿Tú qué crees?

Como sonría con presunción voy a acabar rompiéndole esas botas en la cabeza.

Y lo hace, ¡es que lo hace!

—Ya sabía yo que donde hubo fuego...

—No acabes esa frase si quieres seguir respirando...

Nevaeh, que parece inmune a cualquiera de mis amenazas, se limita a llevarse la palma de la mano a la boca como he intentado hacer yo antes con ella en esa cocina para acallar su chismorreo.

—Y tampoco escondas esa sonrisilla pérfida, que nos conocemos.

Mi amiga, o la que fue mi amiga, porque no os puedo garantizar que de este momento en adelante siga siéndolo, se pasea a mi alrededor.

—No voy a abrir la boca y decir lo que pienso.

Me muerdo la lengua porque soy una contradicción andante: no quiero que lo diga y, a la vez, me muero porque lo haga.

—Haces bien. —Tiro de cordura; eso sí, empiezo a pensar que, de aquí a que acaben las vacaciones, no me va a quedar mucha. Regresaré a Nueva York con la mochila llena de abrazos y con una carencia de juicio abismal.

«¿Qué tal esas Navidades? Mi sensatez sigue en Stowe. Gracias por preguntar».

—Tengo que irme. —Aplaude para darle énfasis a su despedida—. Esta noche vamos a ir a cenar a un sitio en el centro. Es el encendido y, ya sabes, no podemos perdernos eso.

No, por supuesto que no me lo pienso perder por nada del mundo.

Esta vez soy yo la que aplaude, dejando atrás el mal trago anterior.

Mi amiga me estrecha de nuevo entre sus brazos y se sube al coche como si nada. Me despide con la mano cuando acelera para incorporarse a la carretera, y yo decido que ha llegado la hora de deshacer la maleta, llamar a Remi y descansar un poco porque, sí, estos días van a ser de lo más divertidos, emocionantes y también agotadores.

Cruzo la calle con miedo a resbalar. Ha comenzado a nevar otra vez y no es que en Nueva York no suceda eso, de hecho, también pasa, solo que... aquí, en Stowe, es todo bien diferente. Es la misma nieve, es el mismo frío, es la misma época y el mismo espíritu navideño, pero, ¿sabéis qué? Que, al mismo tiempo, y aun a riesgo de seguir incrementando ese estado de contradicción andante, no es para nada igual.

Tal vez sea el hecho de haber regresado a casa, o de haberme reencontrado con los míos, con mis chicas, con mi habitación, mis libros y hasta con Quimby... o sencillamente sea que, cuanto más tiempo paso fuera de aquí, más ganas tengo de volver y no marcharme jamás.

Cuando cruzo el umbral de la puerta, mi padre y mi abuelo están sentados en el primer escalón de lo que sería mi vía de escape hacia un descanso asegurado.

Adiós a la maleta y adiós a la llamada.

—Te estábamos esperando. ¿Qué estabas haciendo en esa casa? No deberías haber ido.

Señalan hacia la vivienda de enfrente y os prometo que estoy a nada y menos de explicarles que ese mismo gesto lo han usado Nelson y Dustin para dirigirse a ellos mismos. En fin...

—Salvo que hayas descubierto qué es lo que hay dentro de

esa enorme caja y por qué están mirando planos y dándole vueltas como si fuese una peonza —interviene mi abuelo.

—Porque no tienen ni pajolera idea de lo que hacen, ¿es que no te has dado cuenta, papá? Dustin y Nelson no sabrían montar ni una pelota —suelta mi padre.

—Las pelotas no necesitan montaje —explico.

Mi abuelo alza una ceja y mi padre resopla.

—Ah, ¿sí? ¿En serio, Emma? ¿En serio? —No me gusta nada el tonito sarcástico que se gasta mi padre, que lo sepáis.

—De ahí que no supieran montarla: porque ya vendría montada —esclarece mi abuelo, que es majo de narices y que también parece tirar de sarcasmo en su respuesta.

—Ah, ¿sí? —repito usando su mismo tono, cruzando los brazos bajo mi pecho y soportando el peso del cuerpo en mi pierna izquierda—. Pues ahora, por listos, no pienso contaros nada.

Me cuelo en medio de los dos y subo las escaleras con gracia y energía. Lo siento por ellos, aunque tampoco es que pensase explicar mucho, porque Dustin y Nelson me caen bien y casi que prefiero mantenerme lejos de cualquier idea extraña que se les pase a estos cuatro por la cabeza. Es su competición, no la mía.

Cierro la puerta y me apoyo en esta, para luego ir dejando caer mi peso y acabar sentada en el suelo. Desde aquí, y a través de la cortina, puedo ver la ventana de Nash. Suspiro y niego con la cabeza en repetidas ocasiones. Tomo la decisión de evitarlo a toda costa. Y hablo en serio, a partir de este instante no voy a volver a cruzarme con él. No volveré a ver ese maldito hoyuelo ni tampoco permitiré que se regodee cuando saque a pasear a su amigo el descaro, ese que tanto me gustaba antaño y que tan de los nervios me pone hoy en día.

Sí, si a vuestra cabeza viene el adjetivo *pringada*, no os lo tendré en cuenta. Prometido.

Busco mi móvil dentro del bolso y me percato de que tengo varias notificaciones; algunas de ellas son de Remi, que me ha llamado de forma insistente y me ha enviado mensajes, tanto escritos como de voz. Ni siquiera me molesto en escucharlos ni me paro a leerlos con detenimiento. En lugar de eso, conecto mis auriculares y me dispongo a llamarla con el manos libres mientras guardo mi ropa, así mato dos pájaros de un tiro.

Mi amiga no tarda nada en responder.

—¿Estabas pegada al teléfono o qué? —bromeo.

Remi parece no hacerme caso y va al quid de la cuestión.

—Cuéntamelo todo. Todo todo. Una chica como yo, aburrida y sola en Nueva York, con las fiestas navideñas cerca y sin nada mejor que hacer que comer y comer, debería tener mucha información suculenta proporcionada por su amiga, esa que sí que debe de estar pasándoselo en grande.

Sí, Remi encajaría a la perfección en la dinámica del pueblo, como podéis comprobar.

—Vale, ¿estás sentada? —Percibo como se lanza de golpe sobre algo, rezo para que sea el sofá o eso va a doler.

—Ahora sí.

—Mi amiga Nevaeh ha decorado la cafetería de mi amiga Piper. —Oigo el ruido de una bolsa de patatas fritas y cómo las mastica. El «crunchy, crunchy» es inconfundible. Sonrío, porque me recuerda que siempre nos atiborramos de comida basura mientras nos contamos las penas o nos desahogamos tras un día insufrible en el trabajo—. Y resulta que, gracias a eso, quiere ser diseñadora de interiores. Parece que ha encontrado su vocación..., tras años de búsqueda infructuosa, por cierto. Esto último no se lo digas —cuchicheo.

—Ya, claro..., es probable que esté chateando en este instante con ella solo para mantenerla al día de lo que me estás explicando. ¡Ah, no!, calla, que no tengo su teléfono y tampoco la conozco... —alza la voz al decir esto último—, aunque me encantaría —añade dulcificándola.

¿Y este cambio de humor tan repentino?

—Oye, ¿estás bien?

Dejo a medio doblar una camiseta y me acerco a la ventana. Me permito descorrer la cortina llena de margaritas y echar un vistazo al exterior. La tenue nieve que caía antes se ha vuelto densa y, desde aquí, observo como Dustin y Nelson siguen montando lo que parece ser un reno más grande que su casa. ¿Seguro que no necesitan una grúa para eso? O a Nevaeh, pues, visto lo visto, montar cosas es lo suyo. No me malinterpretéis, hablo de arcos de madera y eso...

—No —claudica, y oigo como la bolsa de patatas sale despedida; estoy convencida de que encontraré trozos de patata por todos lados cuando regrese. Me aparto de la ventana antes de que me tilden de espía y antes de que puedan tacharme de patética—. Mis padres han decidido que se van a ir a pasar las vacaciones de Navidad a la playa porque resulta que aquí hace mucho frío. Y Tim parece que quiere irse con su familia. Solo. —Trago con fuerza. ¿Solo? ¿Tim? ¿Qué coño le pasa al imbécil ese?—. Así que mis vacaciones, esas que tanto me gustan, esas que tanta ilusión me hacen, se han convertido en una auténtica bazofia.

Jo-der.

Ni siquiera sé qué responder o cómo hacerlo para que Remi se sienta mejor.

—¿Y sabes qué? Que no pasa nada. —Se hace un silencio porque ella mastica su mentira y yo la trago—. No, no es cierto, sí que pasa porque estoy cansada de ser la chica buena que pone buena cara y buena actitud, y ya sé que he repetido tres veces el mismo adjetivo a ver si de este modo soy capaz de autoconvencerme de ello; eso sí, para tu información, no lo estoy consiguiendo en absoluto, y tengo que ser honesta contigo. Así que, en este momento, odio mi vida. Lo odio todo, y que tú me cuentes cómo ha sido el regreso al nido familiar es lo único que me salva de tirarme por la ventana.

—Vivimos en un bajo —aclaro.

—Anda, gracias por recordarme que de esa forma tampoco podré acabar con mi mierda de vida.

Me carcajeo, Remi está muy loca.

—Se me ha ocurrido algo... —suelto de pronto.

—Si me vas a decir que nos mudaremos a un quinto para que esa idea salga según lo previsto...

—¿Por qué no te vienes a pasar las fiestas a mi casa? Hay espacio y...

Me quito los auriculares cuando mi amiga comienza a gritar como si no hubiera un mañana.

—¿Remi?

Me los vuelvo a poner al cabo de unos segundos. Sigue desgañitándose. Y yo empiezo a temer que de veras tengamos que buscarnos otro piso cuando regresemos porque nos habrán dejado una orden de desahucio por escándalo.

—En seis horas estoy ahí —pronuncia sin más.

—¿Cómo? —pregunto estupefacta.

Ni siquiera se lo ha planteado, ¿habéis visto?

—Pensaba ir igual, sin invitación ni nada. Eres mi amiga y esperaba que lo hicieses porque vas de chica dura y tal pero todos sabemos que, en el fondo, eres un trocito de pan que no sabe decir que no a nada ni a nadie.

Bueno..., tanto como eso, pues tampoco.

—Así que... ¿ya lo tenías planeado?

—Por supuesto que sí.

Y me cuelga.

Me quito los auriculares, los dejo caer en la cama y me tiro sobre ella, provocando que la ropa de mi maleta, esa que todavía no he terminado de deshacer, salte a mi alrededor.

—Pues sí que se avecinan unas Navidades muy peculiares.

Francamente, no tengo idea de cuánto.

Capítulo 9

Peculium

Emma

—Tengo que informaros de algo y es importante que sea ahora y no cuando llegue.

Me planto frente a mis amigas. Ni siquiera me voy a molestar en describir el atuendo sexy de Nevaeh ni sus tacones, solo diré que son casi más altos que los que llevaba esta mañana. ¡Y está nevando! ¿Entendéis? Apuesto lo que sea a que, si yo me calzara así, perdería todos los dedos, los iría dejando cual salchichitas por el camino o algo mucho peor. Piper, por el contrario, va cómoda y resultona. Ella es guapa haga lo que haga y se ponga lo que se ponga. Y, no, no es amor de amiga, es sinceridad pura y dura.

—Si vas a contarnos que has perdonado a Nash y os habéis liado, ya lo imaginábamos.

¿Es este el momento de abrir la boca y quedarse sin palabras? Espero que sí, porque eso es justo lo que ocurre.

—¿De qué hablas? —pregunto recuperando la compostura. Tengo que decir que mi voz no suena nada segura y sí muy estrangulada.

—Nada, nada... —se adelanta Piper. Nevaeh solo alza una

ceja, escéptica. Me temo que en su mente piensa que eso es justo lo que ha sucedido. ¿Qué coño se les pasa por la cabeza?—. ¿Qué ocurre?

Piper enreda nuestros brazos de tal forma que nuestros codos se entrelazan. Nevaeh parece sentir ciertos celos porque se sitúa junto a mí y hace lo mismo al otro lado. Caminamos por mitad de la calzada, con cuidado de no caernos.

Las casas de la zona ya han empezado a encender las luces navideñas y muchas de las ventanas tienen forma y color. A algunas les han colocado iluminación incluso en los tejados, y en las más atrevidas también en las vallas de la entrada, bordeando de esta manera toda la vivienda. Es precioso, de veras. En Nueva York esto no se ve; al menos no de esta forma, quiero decir. La Navidad es una época del año maravillosa, es... una festividad tradicional que encaja con un estilo de vida comunitario y familiar, y aquí lo es mucho más. Las luces, los olores, la decoración, los pequeños puestos del mercadillo, los reencuentros que se sienten, se viven y se saborean, que te dejan el corazón calentito... Esto es para mí la verdadera Navidad.

Y en Stowe esperamos al último momento para ponerlo todo a punto, ya sabéis: concurso, ganador, placa conmemorativa, palmadita en la espalda y hasta el siguiente año. Eso sí, los vecinos nos lo tomamos muy a pecho... Esa también es nuestra forma de vida.

—Remi va a pasar estas fiestas con nosotras. —Suelto la bomba.

Nevaeh chasquea la lengua y Piper sonríe con dulzura.

—¿Por qué? —Es la primera la que formula la pregunta, y no con un tono cordial precisamente.

—Por qué ¿qué? —pregunto yo a mi vez.

—¿Por qué viene?

—¿Estás celosa?

—Puede que lo esté. —Se cruza de brazos y así impone mucho más.

Piper se adelanta y se planta frente a nosotras.

—No le hagas caso, es así de protectora siempre.

—No, no, no —replica Nevaeh—. Esa chica está todo el año disfrutando de la compañía de nuestra amiga; no puede ser que ahora, en las únicas semanas en las que ella —me señala— es nuestra, pretenda quitárnosla.

Me reiría si no estuviese fomentando esa actitud celosona que no es bien recibida en este grupo.

—Nevaeh —la sujeto por el brazo y termino entrelazando nuestros brazos a la altura de los codos una vez más—, Remi es un encanto; es más, sabes que te cae bien porque, cuando te cuento alguna trastada suya, te ríes a carcajadas.

—Lo hago por pena.

Niego con la cabeza.

—Nunca has hecho nada por pena, ni siquiera por mí. Eres directa y sincera, no tienes filtro ni pelos en la lengua y quiero que trates a Remi con todo el cariño que se merece porque esa chica cuida de mí durante todo el año.

—Visto así... —Chasquea la lengua de nuevo y seguimos avanzando.

—Tú tranquila —me reconforta Piper—. La trataremos y la cuidaremos como se merece.

Decido explicarles a mis amigas lo que pienso. Confío en ellas plenamente y sé que Remi no ha tenido una vida fácil.

—No quiero que se sienta sola, ¿entendéis? Sus padres nunca han estado ahí para ella cuando lo ha necesitado. Siempre ha sido el segundo, tercer o cuarto plato en sus vidas. Han sido muy muy egoístas. Planifican su vida sin pensar en sus sentimientos. Es como si... —medito—, como si no les importase en absoluto. En los últimos años no se han molestado en pasar con ella un cumpleaños, por ejemplo; se han limitado a enviarle un talón, como si eso fuese a suplir su ausencia. —Nevaeh vuelve a chasquear la lengua y ese gesto empieza a ponerme nerviosa—. Sin duda Remi hubiese preferido que estuviesen con ella y le diesen un abrazo, pero... pero ha tenido que contentarse con pasar esos días conmigo y, alguna que otra vez, con Tim.

—Suena... —Piper titubea.

—Suena triste —concreto—. Y ahora vuelve a estar sola y Tim se ha marchado también. Es horrible.

—Joder... ¿Quién cojones es ese Tim? Solo quiero machacarlo. Machacarlo después de machacar a sus padres. —La matona de mi amiga ha salido a pasear.

—Es su novio...

—Su novio —repite Piper—. ¿Y la deja sola en Navidad sabiendo que sus padres pasan de ella?

Ya sé cómo suena porque yo misma me he planteado todo eso cuando me lo ha contado y también cuando he colgado la llamada.

—Tim no me gusta nada, es tan egoísta como sus padres. Confío en que esto que os digo no salga de aquí —les pido—, ¿vale? —Aprieto la mano de Nevaeh porque sé que Piper no abrirá la boca.

—Vale —cede no muy convencida. Tendré que fiarme de ella.

—¡Bien! —Aplaudo—. Pues ahora seremos cuatro, ¿no es genial?

Piper sonríe con mesura y Nevaeh desvía la cara evitando responderme.

—Siempre he sido más de números impares, por eso sigo soltera...

—¡Oye! —Ya que ha sacado el tema en cuestión y que tenemos la oportunidad, doy un salto, tal y como ha hecho Piper antes, y me enfrento a ella... con el dedo índice levantado en actitud amenazadora y todo—. ¿Qué es eso de un chico y una app de citas?

Piper se sitúa a mi lado y formamos un frente unido e indivisible delante de Nevaeh. Como los cartones de leche y los briks de zumos.

—Eso, eso, cuéntaselo con detalle —la anima Piper. No sé si su tono indica que está de acuerdo o totalmente en contra.

A mi otra amiga, la tercera en discordia, y nunca mejor dicho, no parece hacerle mucha gracia el asunto.

—Fue cosa de mi madre.

Empezar una historia así diciendo que fue cosa de tu madre... Ufff. Estoy como Piper, no sé si feliz u horrorizada que no veas.

—¿Y...? —Decido ser prudente antes de posicionarme.

—Mi madre se había hecho un perfil, es más, está intentando convencer a Quimby de que se haga otro. —¡Ay, Señor! ¡Ay, Señor! Piper me da un codazo que parece más una caricia que otra cosa— y resulta que le ha funcionado.

—Funcionado ¿qué exactamente?

¿Debería haber formulado esta pregunta?

—Mi madre le está dando al tema que no veas.

No, no debería haberla planteado, ni de broma.

—Puaggg —suelto.

—Ah, mira, ya ha salido la remilgosa de paseo. Mi madre sigue siendo joven y está de muy buen ver.

—Que no digo que no, pero, joder, ¡que es tu madre!

—¿Y...? —insiste ella.

Muevo la mano porque sé que tiene razón, aunque no por eso deja de ser un tanto incómodo. Es su madre, que tiene la edad de la mía, o aproximada, y no quiero pensar en determinadas cosas sobre determinados temas y sumar, a mi larga lista de traumas provocados por estas Navidades en Stowe, uno más.

—Aquí, nuestra amiga se hizo un perfil falso —pongo los ojos en blanco— para ligar.

—Ah, mira, pues qué bien. ¿Falso? Maravilloso —La ironía y el sarcasmo también se heredan, que conste en acta, y no me siento mal por admitirlo.

—A ver si pensabas que, a la primera de cambio, iba a facilitar a cualquiera mi nombre, a qué me dedico, dónde vivo y una foto mía real. Que en esas aplicaciones hay un montón de pervertidos. —Abro la boca con la firme intención de explicar que ella no es precisamente una santurrona, pero, antes de que tenga la posibilidad de soltarlo, mi amiga pone el dedo índice sobre mis labios y me acalla—. Ni se te ocurra.

—No *fabes* lo que *ifa* a *defir* —balbuceo con su dedo presionando todavía mis labios e impidiéndome pronunciar bien.

—Nos conocemos lo suficiente como para intuir de qué iba la cosa.

Tiene razón.

—*¿Entonfes?*

Retira el dedo de mi boca y retoma la conversación. También comenzamos a acercarnos al centro y empezamos a sospechar que este año va a estar masificado como de costumbre porque nadie quiere perderse el encendido navideño. Lógico, ya que es una de las cosas más bonitas del pueblo. El concurso también lo es, pero es que el encendido... es otro nivel.

—Entonces, todos mienten.

—¿Incluso el chico con el que hablas a cada momento? —tantea Piper con ternura.

Nevaeh entrecierra los ojos.

—Apuesto a que ese más todavía.

—Y si sabes que miente, ¿por qué chateas con él?

Mi amiga, la de la app de citas y decoradora en potencia, alza los hombros despreocupada.

—Me cae bien, tiene algo que me atrae y su foto de perfil, aunque falsa, es la bomba.

La bomba, traducido al idioma de Nevaeh, quiere decir que está para hacerle un traje de saliva.

—¿Me la enseñas?

—Solo si te portas bien.

—Yo ya la he visto. —Piper aplaude.

—¿Y...? —La curiosidad mató al gato.

—Ella no va a contarte nada —se carcajea mi examiga, sí, esa, la de los tacones kilométricos.

Tiran de mi mano las dos y me arrastran hasta la plaza principal. Y allí se me olvida todo; se me olvida Remi, se me olvida Nash y se me olvida la app de citas.

Porque lo que sucede en los minutos siguientes es catastrófico.

Capítulo 10

Sí, exacto

Nash

El codazo que me ha dado Mason ha sido totalmente innecesario. La he visto llegar, no me preguntéis el motivo, cómo ha sido o por qué he sentido que tenía que mirar en esa dirección; el destino, en ocasiones, es un cabronazo de mucho cuidado.

He sentido su presencia en el mismo instante en que ha puesto los pies en la plaza, con sus brazos entrelazados con el de Piper y el de Nevaeh, que parecen estar contándole algo de lo más divertido, porque ella no deja de sonreír. Frunce un poco el ceño en un momento dado y me encantaría preguntarle por qué lo hace. O preguntarme a mí mismo por qué un gesto tan ridículo o tan simple como ese me trastoca como lo hace.

No es preciso que busquemos respuesta porque me temo que, a estas alturas, todos los presentes la conocemos.

—¿Has visto a Piper? —pregunta Mason a mi derecha.

Por más que tengo las manos metidas en los bolsillos, sigo notando el frío intenso que me cala los huesos y siento admitir que nada tiene que ver con la nieve que cae sin cesar desde que ella ha llegado al pueblo. Tal vez esté más relacionado con saber que esas sonrisas no me las dedica a mí, y que es muy difícil saber qué debo hacer para ganármelas de nuevo.

—La he visto —confirmo. Mi hermano da un pequeño paso hacia delante para observarlas mejor—. Sigo sin entender por qué no te decides ya, te la van a robar.

Mason alza la vista y, si en vez de arquitecto fuese, yo qué sé, mago, habría reducido mi cuerpo a cenizas al instante.

—No tiene gracia; lo sabes, ¿no?

—¿El qué no tiene gracia?

Caleb llega en ese momento a nuestro lado. Trae consigo tres vasos enormes con chocolate bien caliente porque esta es nuestra tradición, o al menos lo es las Navidades en las que estoy aquí.

—Chocolate, hermanos y encendido navideño; ¿se puede pedir más?

Caleb también percibe la presencia de esas tres chicas porque lleva la mirada hasta ellas. La diferencia en su reacción es abismal. Mientras que Mason contempla a Piper con cara de haber encontrado la cuna del azúcar y las almendras dulces y yo miro a Emma con descaro y anhelo, Caleb solo frunce el ceño, pone los ojos en blanco y aparta la vista con desaprobación.

—¿Se puede saber qué te pasa a ti? —pregunto.

Caleb no es muy dado a expresar sus emociones. Cuando era pequeño, se peleaba por cualquier cosa en el colegio. Tuvo una época rebelde que le duró unos treinta y dos años, sí, quiero decir justo eso: sigue en esa época rebelde todavía y no se avergüenza en absoluto.

—Qué me pasa ¿con qué? Me pasan muchas cosas en mi día a día, como, por ejemplo, soportar los suspiros de mi hermano más pequeño o el lloriqueo incesante de mi otro hermano porque lo han juzgado de forma incorrecta por algo que no ha hecho y, en vez de ser honesto con la chica de la que lleva toda la vida enamorado, ha preferido dejar que crea que es un gilipollas de campeonato para que ella pueda ser feliz. En lo concerniente a que pase algo, tal vez deberías hacértelo mirar en vez de preguntar a los demás.

Mason me vuelve a dar un codazo y no sé si es porque las chicas se están acercando a nosotros sin habernos visto o por la estocada que me acaba de dar Caleb y que ha herido más que si me hubiese apuñalado con un cuchillo oxidado. En la frente.

—Vaya, sí que estás hoy comunicativo... Muchas gracias por tus dulces palabras, las necesitaba —ironizo.

Su respuesta no se hace esperar y me la proporciona en forma de gruñido. Se puede decir que ya hemos vuelto a la normalidad. Me tiende el vaso de chocolate caliente y aprovecho para caldear mis manos con él.

Las chicas siguen acercándose, intentando encontrar un buen sitio desde el que ver toda la plaza. Han puesto muchas casetas de madera aquí y allá, que mañana se convertirán en pequeños puestos de artesanía, comida, ropa, bisutería y juguetes, todos fabricados a mano en el pueblo, y en ellos los habitantes aprovecharán para vender sus trabajos estas fiestas. Este año también han colocado un enorme estand con flores frescas, idea de Celine, la madre de Nevaeh, y Rus, una de esas vecinas cotillas que seguro que está por ahí con el resto, libreta en mano, anotando los sucesos de la tarde noche para mañana contarlos frente al supermercado y que correrán por Stowe como la pólvora. No me extrañaría que mi abuela, para desayunar, nos tenga preparados café humeante, *croissants* recién horneados, mantequilla y una de habladurías. No precisamente en ese orden.

—Deberías saludarla —propongo.

Mason alza la vista entendiendo a quién me refiero y veo como traga con fuerza. Al menos, en esta ocasión no niega de inmediato como todas las otras veces que le he dado el mismo consejo.

—Yo solo te aviso de que —interviene Caleb bajando el vaso que hasta hace un segundo estaba en sus labios, y aprovecho para beber del mío—, como no espabiles, va a llegar uno que sea más listo y más rápido que tú y te la va a robar, y entonces... —Hace una pausa y las comisuras de sus labios se alzan—. Entonces —repite con cierto retintín— llorarás de verdad porque la habrás perdido. No habrá vuelta atrás, Mason. Se habrá acabado todo.

Esta vez soy yo el que le da un codazo a Caleb. Él alza una ceja, hace lo mismo con los hombros y da un paso bastante estudiado hacia delante para empujar a Nevaeh, que pasaba muy cerca.

¿Qué coño ocurre entre estos dos?

Nevaeh tropieza y tira de Emma y de Piper, que también lo hacen. Me adelanto y me digo que es solo por inercia, porque tengo unos reflejos increíbles y que nada tiene que ver con que quiera abrazarla una vez más.

Solo una vez más.

Una más y me conformaré.

Caleb sujeta a Nevaeh, que en un primer momento abre la boca asombrada. Yo me pierdo el resto de lo que sucede porque Emma cae en mis brazos. El vaso de chocolate, por suerte ya casi vacío, se estrella contra el suelo, y si me salpica, o no lo hace, me da absolutamente igual.

—Pero ¿qué...? —murmura Emma sin entender nada.

Alzo una ceja, sonrío con suficiencia y me preparo para convertirme en el imbécil que nunca demuestra nada porque es el mejor papel que se me da interpretar, al menos desde que me convertí oficialmente en ese chico que la jodió bien jodida.

—Emma, Emma, Emma —susurro—. Si querías acabar entre mis brazos, solo tenías que pedirlo. No era necesario este numerito.

Dejo que la provocación flote entre los dos y la mastico y saboreo. También lo hago con su mirada, que en un principio muestra desconcierto para, después, revelar enfado y desagrado.

No debería sorprenderme que sea así, pero eso no hace que sea menos doloroso.

«Te lo has buscado tú solito. Tú. Solito».

Se aparta como si de pronto se hubiese dado cuenta de dónde está o quizá con quién. Me empuja.

—Preferiría que una vaca me lamiese la cara o que me escupiese una llama —suelta con menosprecio. Apuesto lo que sea a que, en una escala de afecto, la vaca y la llama ocuparían puestos superiores a ese en el que me encuentro yo.

De esto tampoco la culpo.

Me aparto de su lado, aunque no dejo de mirarla.

Ladeo la cabeza y no contengo la boca.

—Gracias —suelto mientras meto las manos en los bolsillos de mi chaqueta.

Alza una ceja. Sigue resultándome tan adorable como siempre.

—¿Gracias? —pregunta mordiendo el anzuelo.

—De nada. —Le sonrío con suficiencia, con chulería y, por qué no, con satisfacción por haberlo conseguido—. Me alegra ser tu salvador —indico—, haber evitado una caída que, con toda probabilidad, hubiese sido nefasta para ti. Esa es mi prioridad. Vivo para eso —añado con ese tono que sé que tanto le molesta.

Es su turno de ladear la cabeza y sonreír con presunción. No es para nada el tipo de sonrisa que les ha dedicado a sus amigas poco antes, cuando estaban compartiendo alguna confidencia o chismorreo. Y, aun así, me conformo.

Cuando pienso que va a soltarme alguno de sus comentarios mordaces, se carcajea, y abro la boca totalmente desconcertado por su reacción. Tardo unos segundos en percatarme de que se ríe de mí. Se está burlando de mí.

—¿Se puede saber de qué te ríes? —pregunto confuso.

Ella sigue riendo, solo que, en esta ocasión, un poco más comedida. Mi abuela mañana disfrutará contándome esto en el desayuno, apuesto lo que sea a que así será.

—De ti, Satanash, de ti. —Usa el apodo que antes me ha mencionado Nevaeh en la cocina. ¿Cómo de mal está que me haga gracia ese juego?—. Le daría las gracias a alguien que me importe, que lo haga de veras, y siento decirte —me palmea las mejillas, y me conformo con ese gesto tan sencillo y lo transformo en una victoria: me ha tocado por voluntad propia—, que tú no me importas en absoluto.

Auuuuu.

Vale, eso ha dolido.

—No es necesario que alguien te importe para darle las gracias, es cuestión de educación, de respeto...

—Es una lástima que tú me hables de respeto cuando en su momento me lo faltaste.

Se aleja un par de pasos, decidida a dejarme atrás. A dejarnos atrás a todos. Y, sí, quizá interpretéis esto como una derrota; sin embargo, ¿habéis pensado que solo cuando alguien ha dejado de importarte ese sentimiento de desprecio se convierte en indiferencia? Pues, queridas mías, a Emma sigo importándole y lo ha demostrado.

Lo. Ha. Demostrado.

Nevaeh empuja a Caleb y Piper saluda con la mano a todos en general y a nadie en particular.

—Pues parece que se ha quedado buena la noche para un encendido navideño y una cita para el psicólogo —rumia Caleb con su buen sentido del humor. Nótese la ironía.

Es mi turno de empujarlo e irme en otra dirección mientras oigo las risitas de mis hermanos, esos a los que quizá esta noche les corte el pelo mientras duermen. O les robe toda la ropa y la lance por la ventana, aunque mucho me temo que Caleb no tendrá reparo en salir desnudo a la calle mañana. Tal vez no sea un buen castigo para un exhibicionista como él.

Capítulo 11

Sí, es ella. Sí, soy yo

Emma

El encendido navideño fue una maravilla. Si tuviese que darle una puntuación —los números han sido toda la vida lo mío y las letras, lo de otros—, evidentemente sería un diez sobre diez. Solo hubo un pequeño e insignificante detalle que hizo que se emborronase.

«Sí, Emma. No te lo vas a cruzar, Emma. Lo vas a evitar, Emma».

Blablablá.

—¿Qué haces despierta tan temprano, cariño? —Mi abuela está en la cocina horneando algo justo cuando cruzo el umbral de esta. Al menos no está mi madre por aquí porque, si fuese así, los pasteles no serían comestibles.

He madrugado, sí, pero no porque el olor a dulce me haya atraído como la luz a una polilla, que también; tampoco por el hecho de que Remi duerma a pierna suelta en mi cama porque llegó un poco más tarde de lo previsto anoche y no había preparado su habitación, por lo que terminó invadiendo la mía. Tiene mucho más que ver con el hecho de que no he podido quitarme de la cabeza la sensación de sus brazos rodeando mi cuerpo y el aliento cálido de Nash rozando mi mejilla cada vez que abría la boca.

«¿Qué tal esas Navidades? Bien, solo me han hecho falta tres semanas para darme cuenta de que soy una contradicción andante».

Tres semanas, digo... Con veinticuatro horas ha sido más que suficiente.

—No podía dormir. —Esa es toda la información que doy.

Mi abuela se acerca y apoya las manos en la encimera, sobre uno de esos paños repletos de muérdago que han sustituido a las margaritas. En esta casa, cuando llega la Navidad, lo hace por todo lo alto.

—Yo creo que hay otro motivo, por lo que me han contado Eleanor y Mila.

Chasqueo la lengua porque esto ya me lo veía venir yo.

—No entiendo cómo sigues haciendo caso de lo que te dicen esas dos cuando sabes que se inventan la mitad de la información.

—Exacto. Se inventan la mitad y la otra mitad es cierta. Mi misión es escuchar y luego contrastar y... aquí estamos, ¿no?

Sonríe con presunción, y toda la ternura que suelen desprender sus rasgos desaparece.

—¿Y papá y el abuelo?

—Los intentos de cambiar de tema los inventé yo. Soy vieja, por lo tanto...

—Ya lo sé... Tienes más experiencia en la vida.

—Veo que me escuchas cuando te digo algo, muy bien —pronuncia—. Tu abuelo y tu padre se han levantado temprano. Han oído hablar de un lugar nuevo en Burlington donde se supone que tienen abetos navideños enormes. Ya sabes —señala hacia la casa de al lado—, para competir con el que han puesto los Prescott.

—Los Prescott no han puesto... —Alzo la vista y observo la casa de enfrente unos segundos. La mitad de la vivienda está tapada por un árbol que ocupa gran parte de su jardín y me atrevo a asegurar que también ocupa la de los Melene. La otra parte tiene pinta de ser un reno que ya va tomando forma. La nariz es tan grande como un coche—. ¿Qué han hecho esos dos?

—No tengo ni la menor idea, pero no hay duda de que tu padre y tu abuelo han estado toda la noche espiando tras la ventana. He encontrado los prismáticos en el alféizar de la del pasillo. También he tropezado con una caja de herramientas a la que le faltan muchas cosas. Se avecinan problemas —concluye mi abuela, que no teme dejar asomar la sonrisilla—. ¿Y bien? ¿Qué pasó anoche, entonces, en esa plaza y en ese encendido?

—¿Qué plaza y qué encendido?

Remi, mi amiga y compañera de trabajo, se despereza en la entrada de la cocina. Lleva un pijama de lo más mono lleno de bastoncitos de caramelo y caras regordetas de Papá Noel; en algunas enseña la lengua, en otras guiña un ojo, y en varias más se baja unas ridículas gafas de sol.

—Ese es nuevo. —Lo señalo.

Anoche estaba tan desconcertada que apenas me di cuenta de lo que se puso. Podría haber dormido con un traje hecho de luces de neón, que yo no me habría dado cuenta de nada.

—Autorregalo porque me quiero mucho.

—Di que sí —la aplaude mi abuela, que empuja en su dirección sobre la encimera un plato lleno de galletas y *cupcakes* rojos con una deliciosa crema de mantequilla y virutas de miles de colores... mientras que frente a mí no pone nada de nada.

—¿Qué pasó anoche? —Remi me aleja el plato y se lleva un delicioso *cupcake* a los labios porque es perfectamente consciente de que mi intención era robárselo. Cómo me conoce.

—Nada que sea digno de mención.

Salvo que quiera demostrar que no tengo lo de Nash superado, y vosotras y yo sabemos que ya no se puede caer más bajo.

—Mi nieta cayó en los brazos de Nash y se dieron un apasionado beso de tornillo.

Ea, mi abuela tenía que abrir la boca.

—¡¿Qué?! —La reacción de Remi llega sin duda a casa de Quimby; también los Prescott han debido de enterarse.

—Eso no es cierto —me defiendo.

—¿Podrías concretar lo que es y lo que no? ¿Caer en sus brazos o el intercambio de fluidos?

Puaggg, eso tampoco suena nada bien. Se me ha quitado el apetito.

—Insisto... ¡¿Qué?!

Remi deja el *cupcake* mordido sobre el plato y, bueno, en fin, que eso de que se me había quitado el apetito era mentira. Se lo robo y lo engullo, por dos motivos: para que no me lo reclame y porque quiero hacer tiempo antes de responder. ¿Cómo se supone que tengo que explicar que no hay nada que explicar?

—Nash, el famoso Nash, ¿está aquí?

Mi abuela asiente con la cabeza y yo lucho para que no se me salgan los trozos de pastel por las comisuras de los labios ni acabe escupiéndolos. Todo muy sexy y natural, sí.

Mi amiga mueve el taburete en el que se había sentado y se planta frente a mí, con un brazo apoyado en la encimera y el otro sobre una de las caras regordetas de Papá Noel rapero. Porque seguro que esas gafas tienen que pertenecer a una estrella del rap. Es Papá Noel WTF.

—Hablamos ayer, te dije que me lo contases todo, que un alma abandonada y desvalida como la mía solo podía consolarse con comida e información suculenta. Abrí el último paquete de patatas fritas de los cinco que me había comprado la tarde anterior. Cinco en una tarde. —Me enseña los cinco dedos de una mano y temo que me los estampe en la cara—. Me preguntaste si estaba sentada y me soltaste un rollo sobre una remodelación, que sí, que es genial, fantástica, divina y maravillosa. —Mi abuela sigue asintiendo, como si ella hubiese estado presente o hubiese tenido forma alguna de saber lo que sucedió tras la puerta de mi habitación—. Yo engullí las patatas fritas y me alegré por eso que me contabas..., ¿y lo verdaderamente importante te lo guardaste para ti? —Chasquea la lengua. Nevaeh se sentiría orgullosa de ella. Apuesto a que Piper también—. Eso no te deja en muy buen lugar. ¿A que no la deja en muy buen lugar, Eliza?

—La deja en muy mal lugar. En el último puesto de las mejores amigas.

Ahora que ya he tragado, no sé cómo puedo evitar responder.

Así que finjo tener un ataque de tos. Sí, muy maduro por mi parte.

«¿Qué tal tus Navidades? He vuelto a la adolescencia. Niñata e infantil por un tubo».

—No le di importancia.

Sí que se la di y eso me convierte en una amiga pésima y en una mentirosa de campeonato.

—¡Ja!

—¿Hubo tornillo o no hubo tornillo? —insiste mi abuela. Extiendo la mano en busca de algo más que llevarme a la boca y ella me la palmea—. Son para Quimby y vas a ir a llevárselos ahora y le preguntarás si necesita algo.

Asiento. Porque es una buena manera de escapar. Me incorporo y ya iré a desayunar algo a donde sea con tal de salir de aquí.

—De eso nada. —Remi tira de mí. Ella no ha estado montando arcos, pero, joder, ¿qué come esta chica? Además de patatas fritas y *cupcakes*, apuesto a que ingiere magnesio o, no sé, ¿aluminio?

—No hubo tornillo.

—Ahí está la mitad de la información incierta.

—Y, sí, me caí en sus brazos, pero no fue intencionado, fue un accidente. —Mi abuela alza una ceja; apuesto a que está pensando de qué modo su nieta puede caer en los brazos de su ex de forma accidental—. Fue un tropiezo por culpa de Nevaeh.

Eso ya le cuadra más, no por nada, sino porque mi amiga siempre nos está metiendo en líos.

—¿Y lo mío?

—No te lo dije porque no hay mucho que contar —expongo.

No parece convencida; eso sí, guarda silencio. Entonces saca el teléfono y me lo enseña.

Mi abuela lo sujeta y lo analiza con ojo clínico.

—¿Tim? —pregunto.

Mi amiga asiente.

—¿Quién es Tim?

—Mi novio —responde Remi.

—¿Tim está en la playa? ¿Y no sabías nada?

—Ya sabes que Tim no es muy dado a contarme sus cosas.

De hecho, Tim no es dado a comunicarse con mi amiga, porque, sí, ha llegado el momento de su presentación: es un completo capullo. Un capullo integral. En la escala de capullos, él es un diez..., o no, un nueve; el diez se lo lleva Satanash.

—Seguro que te llama y te cuenta que ha habido un cambio de planes —miento.

Lo hago por ella y porque tal vez su chico no me caiga bien, pero eso no quiere decir que tenga que confesarle a mi amiga mi aversión por su novio y mis sospechas sobre él, ¿no? Ella no tiene la culpa de mi desconfianza con el sexo masculino. No, qué va, la culpa la tiene el que está en la casa de enfrente y el mismo que me hizo temblar anoche entre sus brazos.

Niego con la cabeza y me dispongo a no pensar más en ello.

—¿Quimby estará levantado ya?

—Quimby está esperándote.

Y dejo a mi abuela aquí junto a Remi. Tal vez no se conozcan, pero sé de antemano que se van a adorar.

Capítulo 12

Un adorno por aquí y un capullo por allá

Emma

Efectivamente, Quimby me está esperando. Bueno, no a mí, que tampoco hay que ser presuntuosa, está esperando la llegada de una tanda de bollos recién horneados por parte de mi abuela.

—Pasa, Emma, pasa.

Me permite que entre y, sin pensármelo —ataviada con mi chándal más roñoso, la sudadera navideña que más me gusta y que más vieja está, mi gorro de lana y mis botas de montaña—, me cuelo en su casa, eso sí, después de haberme asegurado de que ya no tengo nieve en el calzado, para evitar dejar un reguero de agua por todas partes cuando se derrita.

Accedo al recibidor de mi vecino decidida a dirigirme a la cocina y dejar allí la caja en la que mi abuela ha puesto dulces varios para un par de semanas, aunque, sabiendo lo mucho que le gustan a Quimby los pasteles, mañana esa caja estará prácticamente vacía. Casi tropiezo cuando veo que, en el salón de su casa, justo al lado del televisor, se encuentra el chico con el que se supone que no me iba a cruzar en estas tres semanas y al que el destino se empeña en poner en mi camino una y otra y otra vez. Ya veis, no me siento muy querida por él. Seguro que, en su pirámide de las personas a las que más quiere, yo estoy en lo alto, junto a las carnes rojas y los azúcares, esos que solo puedes consumir de forma esporádica. Pues eso, el destino me ama de forma puntual. Puntual tirando a nada y menos.

—Buenos días, santa Emma.

Si las miradas matasen, ese que está ahí sería un precioso cadáver en el suelo de este salón.

—Eran buenos hasta ahora.

Me quedo plantada en el mismo sitio observando la escena. No me malinterpretéis, no lo hago regodeándome en su hoyuelo, que sí, que sale a pasear cada vez que sonríe con presunción y eso es bastante a menudo. Hay cosas que no cambian. Lo hago por motivos bien diferentes...

—¿Qué pasa? —pregunta entrecerrando los ojos y evaluando mi gesto.

—Estoy aguardando con paciencia solo por si te electrocutas con ese cable lleno de luces de colores. Sería de lo más divertido.

Ya veis, esos son los motivos bien diferentes a los que me refiero.

—No pienso darte esa satisfacción.

—Oh, qué pena. Esperaba recibir mi regalo de Navidad con antelación.

—¿Un montón de cenizas? —pregunta arrogante.

—En una caja roja con lunares blancos y un enorme lazo dorado. —Suspiro como si lo estuviese visualizando—. Son mis favoritas.

—Lo tendré en cuenta para el futuro...

—Si llegas a él...

Sonrío con suficiencia y es la carcajada de Quimby la que nos saca de nuestro duelo dialéctico. Reconocerlo es horroroso, pero me lo estaba pasando en grande.

—Sois de lo más entretenidos. Todavía recuerdo cómo os peleabais ahí en la calle, delante de vuestras casas. ¿Cuántos años han pasado...? —Quimby parece meditar mientras arrastra los pies, con esas zapatillas grises de andar por casa forradas de pelo de oveja. Me giro para observar como se pierde en la cocina y me debato entre seguirlo o no hacerlo, solo por si mi regalo de Navidad..., ya sabéis—. ¿Emma? ¿Nash? ¿Venís o qué?

Decido acercarme y llevarle la caja; al fin y al cabo, para eso he venido. Cuando entro en la cocina, todavía está hablando en voz baja.

No tardo nada en sentir la presencia de Nash a mi espalda y me vuelvo solo para comprobar que se ha colgado una guirnalda alrededor del cuello y, cuando entiende que ha captado mi atención, finge asfixiarse con ella, tirando de uno de los extremos con cada mano.

Procuro no sonreír y solo queda en eso, en un triste y patético intento, porque tengo que admitir que ha resultado una broma de lo más graciosa.

—Por si morir chamuscado no da buen resultado, siempre puedes... Ya sabes. —Vuelve a tirar, pone los ojos en blanco y saca la lengua.

—Lo tendré en cuenta.

—Seguro que sí.

—No sé cuántos años han pasado, pero sí que recuerdo que Brielle y yo os veíamos tiraros bolas de nieve de jardín a jardín. Tú, Emma —me señala y le presto atención a la persona que de veras se lo merece, ya me entendéis—, habías montado un fuerte con cartones y habías abierto unas pequeñas ventanas en ellos. Les pusiste cortinas vichy de color rojo y blanco a esos huecos en el cartón. Nash, por el contrario, no tenía ninguna protección, siempre tan aventurero...

Recuerdo eso, lo recuerdo porque era algo muy nuestro. Una guerra de bolas de nieve en plenas Navidades. También rememoro las broncas y los castigos porque muchas de esas bolas impactaban en cualquier lugar menos donde nosotros queríamos que lo hiciesen. La puntería nunca fue lo nuestro. Una de las veces, le estampé una de las bolas en medio de la frente a Nelson, el padre de Nash. Cayó hacia atrás y pensé que lo había matado. Literal y figuradamente, vaya. Me prometí, mientras cruzaba la calle con el corazón a punto de salírseme por la boca, que dejaría de hacer eso si no le pasaba nada al señor Prescott.

Cuando llegué a su lado el padre de Nash gimoteaba en el suelo, despidiéndose del mundo, de todos nosotros, y de pronto, con las lágrimas corriendo ya por mis mejillas, me cargó sobre su hombro y me llenó las botas de nieve. Me quemaban los pies del frío. Me reí tanto y tan alto que mi familia terminó por salir a ver qué sucedía.

Nash no dejaba de burlarse de mí, señalándome con el dedo, hasta que su padre le hizo lo mismo, solo que dentro de los pantalones. Yo daba saltitos de un lado a otro mientras me carcajeaba a su costa. Apuesto lo que sea a que se le puso el culo rojo como un tomate.

—Esas eran unas buenas Navidades —comenta Nash, que parece estar recordando lo mismo que yo.

Me permito observarlo unos segundos. Él tiene la vista clavada en la ventana y me atrevería a decir que lo hace con anhelo, como si echase de menos todo eso y como si quisiese retroceder en el tiempo y regresar a cuando todavía éramos inocentes y no había corazones rotos de por medio.

O, sencillamente, a cuando no había nada que recriminarle al corazón porque, en aquel entonces, lo que de verdad nos importaba era dejarnos notas escritas en la ventana que el otro leyese con los prismáticos y respondiese de la misma forma, lanzarnos bolas de nieve, robarnos la merienda o colarnos en casa del otro y escondernos los calcetines, las sudaderas o los deberes.

Teníamos una relación de lo más peculiar y, aun así, era lo más verdadero que había en el mundo.

Dejo escapar un suspiro, porque lo cierto es que esos eran buenos tiempos.

—¿Recordáis cuando tuvisteis que hacer de elfos en la actuación de sexto curso? Brielle siempre llegaba a casa contando alguna anécdota nueva sobre vosotros dos. Una vez me explicó que os habíais maquillado el uno al otro y que ambos, sin saberlo, os habíais escrito en la frente...

—¡Pardillo! —grito yo.

—¡Pardillo! —exclama Nash a su vez.

Nos miramos y... en fin...

«Nada de sonreírle al demonio, Emma. Nada de eso».

—Exacto —rememora Quimby trayéndome de regreso a la zona segura.

Es imposible no acordarse de eso, sobre todo porque nos castigaron. A mí, por su culpa, y a él, por la mía. Nos hicieron actuar con la dichosa palabra escrita en la frente para que aprendiésemos a respetarnos, y también que cada acto tendría su consecuencia.

—Es que era un pardillo, Quimby.

—Bah. —Mueve la mano frente a nosotros—. Erais adorables.

Quimby guarda silencio unos segundos y nos mira a uno y a otro. Estoy un poco incómoda, pero no por la mirada en sí, sino por este silencio denso que se instala entre nosotros y por lo vulnerable que me siento cuando recuerdo los instantes vi-

vidos con esa versión de Nash que tanto me gustaba y que murió cuando me engañó.

Es extraño cómo la vida te da y te quita. Es de lo más raro cómo crees conocer a una persona hasta el punto de que confías en ella ciegamente y entonces llega un momento en el que averiguas que no es de esa forma. Porque las personas cambian. Tal vez sea evolución, o no, a saber, no estoy del todo segura. Sin embargo, el cambio puede dar paso a una versión nueva y no siempre mejorada. A veces es una versión dañina y egoísta. Nacemos puros, crecemos formándonos y acabamos siendo un conjunto de sentimientos que no siempre son sanos, válidos o potencialmente buenos. A veces nos convertimos en algo que no somos por el simple hecho de querer que nos acepten, sin entender que lo que de verdad importa es aceptarnos a nosotros mismos y que lo demás está de más.

—Lo éramos —admito.

Y no digo nada que no piense. Lo fuimos. En pasado.

¿Escuece? Joder si lo hace.

Nash sigue sumido en un silencio que me encoge un poco el pecho. Sé enfrentarme a él cuando se convierte en ese descarado charlatán, pero no cuando se transforma en el meditabundo a quien parecen afectarle los recuerdos tanto como a mí.

Hasta en eso es capaz de mentir, eeh. Fijaos, sí que parece afligido. No os lo creáis. De veras. Es el demonio con una cara bonita y un envoltorio delicioso.

Y es entonces cuando me doy cuenta de que tengo que seguir siendo inmune a esa parte de mí que quiere pensar o creer que todavía, ahí dentro, queda algo de lo que un día fue o de lo que un día fuimos juntos.

Sí, Remi y yo nos parecemos demasiado porque a veces queremos confiar en las personas cuando no se lo merecen.

Tomo asiento y abro la caja de dulces, no porque tenga hambre, sino porque mantener las manos y la mente ocupadas en otras cosas hará que me olvide de lo que acabamos de compartir. De esos recuerdos que laceran porque yo también pienso que éramos adorables..., y creía que dos personas adorables quizá podrían serlo para siempre. Juntas.

Quizá sí.

Quizá no.

Quimby coloca frente a nosotros dos tazas de té y extiendo la mano para sujetar la mía a la vez que Nash hace lo mismo con la suya.

—Sigo pensando que sois adorables —comenta Quimby.

Fuerzo una sonrisa.

Capítulo 13

Vaya que sí

Nash

Está obligándose a sonreír.

—Ya no lo somos tanto —digo yo.

Lo hago porque quiero que salgamos de ese momento incómodo en el que nos hemos sumido de pronto y porque Quimby ya tiene bastante con lo suyo como para tener que soportar una mañana con dos personas que se sumergen en sus pensamientos. No, Quimby necesita alegría porque estoy convencido de que, cuando llega la oscuridad, la soledad se cierne sobre él como una pared que se mueve y presiona y presiona y empuja y empuja y empuja.

Emma gira la cara hacia mí, como si captase el derrotero por el que van mis pensamientos y remase en la misma dirección. Ambos ponemos de nuestra parte tras un asentimiento.

—Y dime, Quimby, ¿cuál es tu idea de decoración este año? —pregunta ella cambiando de tema.

Se lo agradezco con un leve cabeceo que ni siquiera sé si llega a ver porque está concentrada en la labor de colocar las galletas y *cupcakes* que ha traído en un plato y repartirlos siguiendo un orden de lo más curioso.

—Veo que continúas haciendo esas cosas —digo señalándola.

—Veo que continúas sin poder cerrar el pico —suelta ella al instante.

Alzo los hombros despreocupado y de esta forma hemos vuelto a ser esas dos personas que dejan sus recuerdos atrás. O, al menos, esa parte de los recuerdos que duele pero no lastima. No como otros.

—La verdad —Quimby suspira—, este año no pensaba decorar la casa. Ya sabéis, Brielle no está y... —Hace una larga pausa y siento su dolor en mis propias carnes. Quimby y su mujer formaban esa clase de matrimonio que todos envidiamos, esa que todos queremos. Eran un núcleo sólido de amor, comprensión y paciencia infinita. Iban de la mano en sentido literal y figurado. No tengo un solo recuerdo de ellos en el que no paseasen de esa manera por las calles de Stowe. Se hacían carantoñas y se daban besos en cualquier lugar sin importarles lo más mínimo lo que los demás opinasen de ellos—. Brielle no está —repite para finalizar su explicación.

—Quimby. —Emma exhala, y sé que no sabe siquiera cómo continuar esa frase.

—Yo te ayudaré —me ofrezco de inmediato. Emma gira la cabeza y parte de su cuerpo para quedar frente a mí. En su mirada leo cientos de preguntas—. ¿Qué? —es todo lo que respondo.

—Es que no sé si... —Otra larga pausa hasta que retoma lo que estaba diciendo—. Tampoco sé si poner el árbol de Navidad, aunque sea dentro de casa. A Brielle le encantaban estas fechas y adoraba colgar del árbol un montón de bolas decorativas. Cada año compraba una nueva en el mercadillo y la añadía, pero este año... —Insiste una vez más en lo mismo.

—Este año lo haremos nosotros contigo —interviene Emma.

Y esta vez el que se sorprende soy yo, porque ha utilizado un pronombre en plural. Ha formulado un «nosotros». No «Satanash y yo», no ella y yo. «El vecino» o «el capullo que me rompió el corazón y yo». Ha usado el «nosotros», y a mí eso me basta para sentir ese cosquilleo insano. Y digo «insano» porque me gusta cómo suena. Porque acaba de terminar de hablar y ya estoy deseando que lo repita, que se refiera a ambos de esa forma. Que lo haga.

Quimby da un paso hacia delante y deja la taza sobre la encimera.

—¿De veras haríais eso por mí? —pregunta esperanzado, aunque no debería utilizar ese tono porque estoy convencido de que Emma y yo pensamos de la misma manera.

—Por supuesto —afirma Emma—. ¿Verdad, Satanash?

Contengo la carcajada al percatarme del modo en el que baja la voz en las dos primeras sílabas de mi apelativo para luego alzarlo cuando llega el momento de pronunciar mi nombre.

—Por supuesto, Emma —secundo.

Quimby se bebe de golpe el té y sale de la habitación sin mirar atrás.

—¿Crees que se ha...?

—Sí —responde ella convencida sin siquiera saber cómo iba a terminar la frase.

—¿... quemado la boca? —finalizo.

—Estoy convencida de ello.

Y como si quisiese probar mi teoría, me llevo la taza a los labios solo para comprobar que, en efecto, es imbebible todavía.

—¡Chicos! —nos llama nuestro vecino desde el salón.

Emma da un paso hacia la salida, en dirección hacia la voz que nos reclama, justo cuando la sujeto para que se detenga. Lleva la vista hasta mis dedos, que encierran su muñeca, y yo hago lo mismo, solo que el camino de vuelta lo hago con extrema lentitud. Asciendo por su brazo, recorro su cuello, su mentón y me detengo en sus labios.

Un beso.

Solo un beso.

Si ya estoy condenado al infierno, ¿qué más da seguir sumando puntos para llegar a él?

Me acerco con la convicción de que es lo que debo hacer, lo que quiero hacer, lo que anhelo hacer, y entonces ella retrocede unos pasos. Si ha leído o no mis intenciones, no me queda del todo claro.

—Esto no nos convierte en amigos —susurra señalándonos—. Ni se te ocurra pensar eso.

Me detengo de inmediato. Es lógico que establezca unos límites infranqueables.

—¿Y en qué nos convierte esto, según tú, Emma?

Ella cierra los ojos unos instantes, los suficientes como para recrearme en sus largas pestañas, en su pelo oscuro y largo, en sus labios llenos y del color de las cerezas. En sus pecas. En lo mucho que la echo de menos.

—En dos personas que van a ayudar a alguien a pasar unas Navidades menos solitarias y que llevan la ilusión a alguien que la ha perdido. Si para eso tenemos que fingir que nos soportamos, lo haremos, ¿te queda claro?

Entonces lleva las manos hacia los extremos de la guirnalda que cuelga de mi cuello y tira con suavidad. Presiona mi cuello y saco la lengua. Emma se ríe. ¿Lo entendéis? ¡Se ríe! Tal vez esto no nos convierta en amigos, pero, ingenua de ella, no se ha dado cuenta de que tampoco nos acerca a la enemistad. Así que... Sí. Bueno. Es otro tanto que me anoto mientras ella se encamina hacia el salón.

Tras robar y comerme una galleta que sé que Eliza ha horneado con todo el cariño del mundo, sigo sus pasos y la encuentro arrodillada frente a una enorme caja llena de adornos navideños de cientos de colores y guirnaldas de distintos tamaños y formas. Unos son largos, otros más cortos, a algunos les falta volumen, algunos parecen nuevos y otros deben de tener tantos años como mi abuelo. No le trasladéis este comentario, por favor.

Me recreo en la imagen unos segundos y rememoro la de veces que hicimos esto años atrás. En su casa o en la mía. Siempre fuimos de esos niños a los que les encantaban estas fiestas. Algunos de nuestros amigos preferían las vacaciones de verano alegando que eran más largas y que podían disfrutar más tiempo, viajar, ir a la playa y cosas de ese estilo. A Emma y a mí no nos importaba nada de eso. Solo queríamos que llegase diciembre para sacar el árbol de Navidad y dedicarnos a decorarlo. A veces pensábamos en montarlo y desmontarlo solo por el simple hecho de volver a vivir la experiencia. Cuando las fiestas navideñas llegaban a su fin, siempre nos sentíamos igual. Trescientos sesenta y cinco días eran demasiados días hasta las siguientes.

Limpio los restos de galleta de mis manos y me sitúo, también de rodillas, a su derecha. Quimby ha acercado un pequeño taburete bajo y se coloca justo frente a Emma, a mi izquierda.

—Son una pasada, Quimby. Creo que estos son los adornos navideños más bonitos que he visto en mi vida.

—Gracias —responde sonriente.

Nuestro vecino me regala un par de palmadas en la espalda y se carcajea ante mi descaro.

—Este chico me cae bien.

—Todo tuyo —suelta Emma, que no aparta los ojos de la caja llena de bolas, espumillón, copos de nieve y demás.

La entiendo, entiendo que haga eso, porque a mí me sucede lo mismo, solo que con ella.

Quimby nos cuenta algunas cosas acerca de los adornos que Emma va sacando y colocando sobre la alfombra. Cómo Brielle se enamoró de ese color, de su purpurina o sus manías por ponerlos según las tonalidades.

—Y yo que pensaba que el rosa era rosa y el verde era verde.

Emma chasquea la lengua y pone los ojos en blanco.

—Hay distintos matices en los colores, ¿es que no los ves?

Quimby asiente sin perder la sonrisa. Yo, por el contrario, cabeceo negando.

—No.

—Ni siquiera sé por qué me sorprende eso.

Resoplo y ella intenta ocultar una leve sonrisilla que se escapa de sus labios.

—¡Bien! —Se pone en pie de un salto y aplaude. Me recuerda a Piper con ese sencillo gesto—. Tengo un plan y os lo voy a contar —apostilla.

—¿Y si no estoy de acuerdo? —interrumpo.

—Yo estaré de acuerdo —dice nuestro vecino convencido de ello.

—¿Crees que me importará que estés o no de acuerdo? —pregunta ella a su vez. Lo hace con seguridad y descaro.

Me fascina eso.

—Por supuesto que lo hará.

No lo hará en absoluto.

Se lleva los dedos a la barbilla y otro recuerdo acude a mi mente. Mis dedos alzando su mentón y mis labios aproximándose a los suyos.

Niego con la cabeza.

—¿No respondes? —me aventuro.

—Estaba pensando una respuesta a la altura porque... «Me trae sin cuidado tu opinión» está muy vista.

Quimby se carcajea a mi lado y yo... Yo intento que no se note lo bien que me lo estoy pasando.

Recordadme que le dé un beso a mi abuela, porque, sí, ha sido una idea demoníaca y, sí, es probable que Emma se marche odiándome todavía más. Sin embargo... Sin embargo, ¿quién sabe? Tal vez el destino me esté dando una segunda oportunidad y tal vez este sea el momento de aprovecharla.

Capítulo 14

No me queda claro

Emma

Llevo a Remi de paseo por el pueblo y está encantada con cada paso que damos. Todo le fascina, todo la hace reír, señala cada escaparate por el que pasamos y me pide que no le permita gastarse todo su sueldo en ropa navideña. Cosa que, como sabe de antemano, no pienso hacer.

Entramos en algunas tiendas de camino a la plaza principal y nos probamos varios jerséis a juego. Ella se decanta por uno lleno de «Ho, ho, ho, de, te», tal cual, sí, y yo algo más convencional. «Feliz Stowedad».

Nos los ponemos y salimos con ellos a la calle dispuestas a lucirlos hasta que caemos en la cuenta de que va a ser imposible con las temperaturas que nos acompañan y terminamos poniéndonos encima nuestros plumones.

—¿Y bien? ¿Alguna novedad? —pregunta entrelazando mi brazo con el suyo a la altura del codo. Es como si fuese ella la que me guía por las calles y no al revés.

Teniendo en cuenta el enfado monumental de mi amiga al no ponerla al día de lo que sucedió a mi llegada a Stowe, decido no omitir nada y le explico todo lo de esta mañana.

Y cuando digo «todo», me refiero a que incluyo en el testimonio las miraditas de soslayo que le he dedicado a Nash cuando él no se daba cuenta y colocaba en la parte superior del árbol las bolas, porque él es alto y yo soy más bien tirando a un elfo resultón.

—Ha habido un instante en el que he querido matarlo de veras.

—¿Uno solo? —inquiere regalándome una sonrisilla pérfida.

—Era una forma de hablar...

—Así que... habéis acabado trabajando juntos —suelta, y no me gusta nada ese tono que utiliza. Sí, ese, como si ella supiese cómo va a terminar todo y yo no me enterase de nada.

—Solo vamos a ayudar a Quimby, Remi. Deberías haber visto su cara. Cada vez que hablaba de su difunta esposa se me rompía un poco más el corazón. Ese hombre ha perdido al amor de su vida —le explico.

Mi amiga pone un mohín de lo más mono. Sí, he tocado su patata y eso que ella no ha estado de cuerpo presente hoy.

—Debe de ser horrible, ¿no crees? Pasar toda tu vida con alguien a quien amas y, de pronto, levantarte un día y encontrar su lado de la cama vacío. —Mi amiga baja la vista unos segundos y se observa las botas, como si estuviese visualizando en ellas eso que ha descrito—. A veces pienso que la parte buena de estar tan sola es que nunca echaré de menos a nadie cuando se vaya.

Puede que Quimby haya perdido al amor de su vida, pero, sin duda alguna, estoy segura de que, si volviese para atrás, no se quedaría sin sentir todo lo que ha sentido estos años; a pesar del dolor de su partida, volvería a hacerlo. En cambio, Remi tiene mucho que dar, mucho que entregar, y a nadie que quiera recibir lo que guarda dentro. Y no solo eso, es que ella en sí se merece que alguien esté dispuesto a darle todo sin esperar siquiera una contrapartida.

—Escucha, Remi... —Me dispongo a contarle con honestidad lo que pienso. Lo que pienso sobre Tim o sobre sus padres, aunque no le va a gustar en absoluto. Me he mantenido al margen todo este tiempo porque, bueno, en fin, es su vida. Yo no la juzgo y ella no me juzga, y hemos asentado esos pilares sin haberlo expresado de forma tácita. Ha sido como una norma no escrita que está ahí, entre las dos. Voy a soltárselo, pero entonces... Su mirada temerosa me impide continuar. Trago con fuerza. No es el momento para esto—. No estás sola —finalizo.

Y esto tampoco deja de ser cierto, no he dicho ninguna mentira. Puede que sus padres no la tengan en cuenta ni tampoco el imbécil de Tim, pero sí que estoy yo y estamos aquí. Y Nevaeh, aunque celosa como ella sola, la va a adorar, y Piper..., Piper va a ser su mejor amiga desde que abra la boca.

—Vamos a cambiar de dirección —le propongo.

Eso hacemos y se ríe a carcajadas cuando acelero el paso y resbalamos sobre el hielo. Saludamos a un par de vecinos. Remi actúa como si los conociese de toda la vida, incluso se para frente a Triss sin saber que es una maruja de primera y le explica que es mi amiga, que pasará las Navidades con nosotros y que se ha comprado ese jersey con un mensaje de lo más elocuente que le enseña. Eso hace que Triss se escandalice y que yo tenga claro que en unas horas «seremos» dos almas descarriadas que van diciendo palabrotas por todo el pueblo.

No me importará lo más mínimo que así sea.

A Remi le hará gracia saberlo.

Atisbo el local de Piper y el famoso arco blanco, lleno de luces y que desde esta distancia me parece todavía más precioso que cuando lo vi por primera vez. El cielo está tan gris y tan oscuro que acentúa la iluminación, convirtiéndolo en una maravilla digna de contemplar.

—Guau —suelta Remi conforme nos acercamos.

Dejo que disfrute de las vistas y me recreo en su gesto. Está muy contenta, y en ese instante me doy cuenta de que me alegro muchísimo de que esté aquí conmigo, con nosotros. Me alegro de haber vuelto y de tener la suerte de que se encuentre a mi lado.

Cuando accedemos a la cafetería, suena la campanilla y Piper y Scott alzan la cabeza. Mi amiga me lanza un beso y me guiña un ojo mientras que Scott nos hace una reverencia al más puro estilo caballeresco. No le pega nada y, a su vez, le sienta bien.

Remi me da un codazo en el costado y yo me llevo la mano hasta allí.

Nos dirigimos hacia la mesa en la que me senté ayer mismo cuando regresé. La alfombra atenúa nuestras pisadas y me entran unas ganas enormes de quitarme las botas y pasear los pies por ella solo para descubrir si es tan mullida como creo que es. Dejamos las chaquetas a un lado y lucimos nuestros jerséis con arte y gracia.

—Joder, este lugar es una pasada de bonito.

Sonrío. Apuesto lo que sea a que, si pronuncia esa misma frase delante de Nevaeh, ese momento extraño e incómodo que imagino no se dará en absoluto.

Cuando estoy dispuesta a darle voz a ese pensamiento, aparece Piper con una bandeja llena de *cupcakes* que tienen incluso mejor pinta que los de ayer. Remi se abalanza sobre estos como si no hubiese visto nada mejor en esta vida.

—Hola. —Mi amiga, todavía de pie frente a nosotras, saluda con timidez. Es taaan tierna cuando se comporta de esa forma... Es como un osito al que dan ganas de achuchar y achuchar.

Remi da un salto, decidida a tomar las riendas de una amistad que sé que en su cabeza se está fraguando sin necesidad de verbalizarlo.

—Soy Remi —dice, y se mira la mano intentando dilucidar cuál es el mejor gesto para presentarse ante la que es una amiga de tu amiga que a la vez quieres que también acabe siendo la tuya. Piper, por el contrario, le tiende la suya a la vez que pronuncia su nombre con vergüenza.

—Yo, Piper.

Remi da un paso adelante y la mano de mi amiga, la amiga tímida quiero decir, queda suspendida entre las dos cuando mi amiga no tan tímida la abraza con ímpetu —¿A vosotras también os ha resultado toda esta explicación un poco trabalenguas?—. Vaya, como si se conociesen de toda la vida y se extrañasen como un piojo a un pelo.

No, la comparativa es un poco asquerosa.

Como la mantequilla a los *cupcakes*. Eso es.

—Emma me ha hablado muchísimo de ti.

Piper me observa buscando una confirmación a eso. Obviamente, asiento, porque es la realidad. Tal vez Remi no las conozca en persona, pero, con todo lo que le hablo de ellas, es como si fuese así.

La campanita suena de nuevo y Nevaeh entra como si un tornado la hubiese perseguido y necesitase un refugio seguro. Para no perder las costumbres, su atuendo no es nada cómodo para este clima adorablemente frío.

Mueve la cabeza en varias direcciones hasta que nos localiza y, entonces, sus pasos se vuelven calculados y tan gélidos como el hielo que cubre la acera en este momento. Entrecierra los ojos cuando nos observa, sobre todo cuando repara en Remi.

Me incorporo con la intención de recordarle que me ha hecho una promesa y, no sé, tal vez buscar un bozal por algún lado. Entonces Remi repara en ella, abre los ojos y apuesto a que la reconoce..., o si no lo hace es que está demasiado segura de sí misma, porque da un par de pasos y también la abraza sin dudar.

Nevaeh, que no está del todo acostumbrada a las muestras de afecto provenientes de personas que no conoce y, en ocasiones, de las que conoce tampoco, tiene los brazos a ambos lados de su cuerpo con actitud rígida mientras Remi apoya hasta la cabeza en su pecho. Sí, hijas mías, Remi tampoco es que sea tan alta como doña portada de revista y envidia insana por mi parte.

Las comisuras de sus labios se alzan cuando le da un par de palmaditas en la espalda y la aparta.

—Ya está, ya está. Si es que causar este efecto es una cualidad que deberían investigar en un laboratorio.

Pongo los ojos en blanco; mi amiga y su descaro sí que es una cualidad que deberían estudiar en un laboratorio.

Cuando se separan del todo, nos damos un abrazo conjunto. Conjunto las cuatro, porque la recién llegada no pensaba perderse eso.

—¿Qué os contáis? —pregunta Nevaeh.

—Emma ha visto esta mañana a Nash en casa del vecino y ha estado fantaseando con cosas sucias y marranas con él.

Abro los ojos como platos ante esa afirmación —bastante acertada, por cierto, pero del todo inesperada—. Si ya tenía claro que el comentario sobre la decoración haría que se la ganase, esto la ha hecho convertirse en su persona favorita del mundo.

Nevaeh reacciona como nadie esperaba.

—Esta chica me cae bien.

Piper aplaude y yo frunzo el ceño y me cruzo de brazos.

—Traidora.

Remi sonríe y, a pesar de que sea a mi costa, me alegra que sea sincera y natural. Me alegra que encaje. Y me alegra que sea en este pueblo.

¿Quién sabe? Tal vez estas Navidades sean especiales para todas.

Capítulo 15

En estas Navidades, turrón de Nevaeh

Emma

No, no me he vuelto loca. Y, no, no es que esté precipitándome y se me haya borrado de golpe y porrazo todo eso de que con él aquí la cosa se complica. Creedme, hablo con conocimiento de causa cuando os aseguro que tener a Nash cerca es como estar al lado de un volcán a punto de erupcionar.

Sabes que vas a quemarte y no eres capaz de huir en ninguna dirección. Te paraliza el miedo, aunque, en mi caso, lo que de verdad me tiene perturbada —más aún, quiero decir— es que ya ni siquiera me importa tanto tenerlo aquí. Cerca. Vosotras ya me entendéis.

Debería hacérmelo mirar, ¿no os parece?

—Quiero que sepas que este lugar me parece increíble, Piper —interviene Remi cambiando de tema, y se lo agradezco porque mi cabeza es como la centrifugadora de una lavadora—. Es una pasada y tiene un aura mágica. Aquí dentro se respira un ambiente mezcla de unas Navidades idílicas, de esas de película y manta, y unas Navidades que producen envidia, porque así es justo como me siento. —Mi compañera de piso se gira hacia mí—. Así es como deberíamos decorar nuestro apartamento el próximo año.

Asiento porque no le falta razón. No solo en la manera en la que lo ha descrito, sino también en la ilusión que le pone a cada cosa que pronuncia.

—Insisto —Nevaeh la señala con el pulgar—, esta chica me cae bien.

—Si es que ya lo sabía yo. —Pongo los ojos en blanco porque es que...

—¿Yo? ¿Por qué? —Remi nos observa sin entender bien de qué va la cosa. Y prefiero que no lo sepa.

Piper bate las manos, porque esa es su manera de restarle importancia a la situación y de avisarnos de que ese tema no es que le guste demasiado.

—Volvamos a lo que de verdad importa, a lo trascendental, a lo que nos atañe, a lo que podríamos tildar del cotilleo de estas fechas..., y no es otra cosa que tú. —Nevaeh me señala directamente, ladea la cabeza y dulcifica el gesto.

Alerta máxima: ¡No os fieis de ella!

—Conque fantaseas con Nash... —apostilla.

Alerta roja: ¡Cuidado con su tono inocente!

Nadie en su sano juicio confiaría en ese tonito...

Sabéis lo que sucede cuando se menta al demonio, ¿no? Que aparece de la nada. Es como cuando frotas la lámpara mágica de Aladino o cuando te plantas frente al espejo y repites tres veces «Bloody Mary».

El mismísimo centro de sus conversaciones, que no de las mías, hace acto de presencia..., y no solo él, también Mason y Caleb.

El mismo tornado que perseguía a la última de nosotras en llegar es el que sacude el local porque todas las miradas —y cuando digo «todas» no exagero ni un ápice— se centran en esos tres chicos que cruzan el umbral, sonríen, se empujan con los hombros y levantan pasiones allá por donde pasan.

Es como una de esas manadas de lobos de *Crepúsculo*... Hablo en serio, con músculos portentosos incluidos.

—*Jo-der* —profiere Remi. No la culpo en absoluto—. He muerto y he subido al cielo de los tíos cachas y buenorros.

—Se mira, pero no se toca, ¿eh, cielo?, que tú tienes a un tal «imbécil Tim» esperándote.

Remi ni siquiera le recrimina a la deslenguada de mi amiga nada por ese comentario. Apuesto a que sus neuronas están meditando sobre la forma en que podría montárselo con esos tres sin que se convierta en infidelidad.

Tampoco la culpo por ello. La mitad del pueblo debe de haber pensado lo mismo en algún momento de su vida. ¿Los habéis visto? Son como los hermanos Marx, como los Bee Gees, como el trío de *Toy Story* o como los tres mosqueteros, es decir, un *pack* indivisible... que quieres llevarte a casa y cenarte.

—Vale, ha llegado la hora de que me hagáis caso. Me siento tremendamente ofendido porque estéis observando a esos tres hombres de calendario y a un servidor ni un «Oye, Scott, ¡qué bien te veo! Sigues tan sexy y descarado como siempre. En otra vida, me pediría ser tú para tener ese culito».

En fin... Que tenemos que reírnos porque «sexy» y «descarado» no sé...; ahora, ingenioso es un rato.

—¡Hola! —Remi, de nuevo, saca a pasear su sentido de la educación y se adelanta unos pasos, recortando la distancia con el recién llegado. Si también le da un abrazo a él, la mando de vuelta a Nueva York—. Soy Remi y soy amiga de Emma, es esa que está ahí —aclara.

Sí, está nerviosa, sí, le está dando un repaso y, sí, está aguardando el momento en el que se dé la vuelta para comprobar si es cierto eso de su «culito» o no.

Scott, por su parte, parpadea perplejo. Mi amiga ha decidido que dar abrazos es excesivo en esta ocasión y se limita a tenderle la mano. El susodicho la observa como si se fuese a electrocutar si la toca. ¡Qué mono!

—Joder, Scott, que es una mano —balbucea Nevaeh, que empuja a Remi y esta casi casi cae en sus brazos.

Trago saliva y desvío la vista lo suficiente como para observar al chico con el que protagonicé esta misma escena anoche, pero sin el casi. Me observa desde la barra, con los codos apoyados en ella. Caleb le está contando algo a su derecha y gesticula sin parar, cosa rara en él; tiene que ser algo importante si Caleb habla más de lo indispensable. Mason, en silencio, observa a Piper. Solo a Piper.

La que reparte un codazo en esta ocasión soy yo.

—Piper... —Por si dudabais de hacia qué dirección lleva ella su mirada, os lo aclaro: el hermano menor de los Prescott, alias el arquitecto que se acojona cada vez que mi amiga saca su descaro a paseo, y creo que somos conscientes de a qué amiga me refiero. Aunque con la otra tampoco es que le vaya muy bien...

—Soy Scott —se presenta.

Remi le regala una amplia sonrisa antes de sentarse de nuevo a mi lado.

—Ahora vuelvo, chicas, voy a... —Piper titubea a la vez que sale huyendo de aquí solícita, como buena dueña de la cafetería que es y para nada interesada en el chico de la barra. En uno en concreto, quiero decir.

—Encantado... Esto... —Scott se mesa el pelo con una mano mientras sujeta con la otra una bandeja que tiene vacía. Titubea y estoy convencida de que, si me fijo muy mucho, podría distinguir su rubor.

Finalmente sale por patas de aquí.

—¿Y a ese qué le pasa? —pregunta Remi aturdida por su escapismo.

Nevaeh niega con la cabeza en repetidas ocasiones. Se gira y echa un vistazo a la barra. Apuesto lo que sea a que le está dando un repaso al tercero en discordia.

—A los tíos no hay quien los entienda —alego yo. Que, vamos, tampoco pierdo detalle de lo que acontece a unos metros de aquí.

—Vale. —Nevaeh se cuadra y saca su teléfono—. Tengo noticias frescas.

—Ajá —pronuncia Remi.

—El chico con el que chateo...

Remi alza una mano, frenando sus palabras.

—De esa historia no sé nada.

—Créeme..., yo tampoco sé mucho y, francamente, ni siquiera sé si quiero saberlo.

—Créeme —repite Nevaeh con retintín ante mi interrupción—, quieres saberlo...

—A mí me ha convencido.

—Ya... —A mí no del todo.

—El chico con el que chateo... anoche quería tema que te quemas.

Abro la boca dispuesta a pedirle que pare porque no quiero conocer ciertos detalles. Es probable que, si fuese a la inversa, Nevaeh tomase notas como hacen Triss, Rus y compañía. Yo prefiero vivir en la ignorancia y seguir pensando que Santa Claus existe y que Rudolph es el reno más achuchable del mundo.

—Define «tema que te quemas».

Y ya está, así es como se le da cuerda a una bocazas que entra en detalles escabrosos.

—Quería que hiciésemos sexo telefónico.

—¿Por llamada?

—Por mensaje. Tengo una foto.

Esto sí que es demasiado para mí.

Nevaeh se dispone a enseñar una foto de algo que no estoy preparada para ver. Creedme, ¡no estoy preparada para verlo! Aguardo a que Remi ponga alguna objeción sobre ese asunto y, sin embargo, me veo sola, sentada entre dos chicas que observan con detenimiento lo que estoy casi segura de que es un cimbrel.

Y aquí estoy, en una encrucijada entre quedarme y añadir un trauma más a mi larga lista de ellos, o largarme en dirección hacia donde se encuentran tres de los cuatro jinetes del Apocalipsis y que sea lo que tenga que ser.

—¡Es enorme!

—Me largo.

Me dirijo hacia la barra sopesando mis distintas opciones. No son muchas, la verdad, así que, cuando llego, Mason es el que me saluda con efusividad mientras Caleb me sonríe de medio lado. No, no tiene hoyuelo como Satanash.

—Hola, Emma —me dice Mason.

Piper abre la boca y no entiendo el motivo.

—Mason, ¿qué tal? ¿Todo bien?

—¡Bien!

Mi amiga, tras la barra, se limpia las manos y sale de allí en dirección a la cocina. Cruza la puerta abatible, que se mueve impidiéndome ver qué hace luego.

Caleb chasquea la lengua con desaprobación y Nash cabecea negando.

—¿Qué pasa? —pregunto.

Ninguno responde. Mason por fin se ha dado cuenta de que Piper se ha marchado y la decepción se refleja en su semblante. Nash se acerca hasta su hermano, le da un par de palmadas y le susurra algo.

El cotilleo de la mesa de allá no quiero conocerlo, pero este... este ya te digo yo que sí.

Capítulo 16

Las desconocidas sí que saben

Nash

Mason baja la cabeza y decide marcharse cuando lo hago partícipe de su cagada monumental. Sé que no lo ha hecho con mala intención, porque mi hermano no es así. Es reservado, tímido y muy suyo, pero todos sabemos que está loco por Piper, y son esas pinceladas de su personalidad las que lo hacen meter la pata sin siquiera darse cuenta.

Suspiro con fuerza cuando la campanilla suena y abandona el local. Scott alza la vista y me temo que hasta él se ha percatado de la historia.

Caleb se pellizca el puente de la nariz y cierra los ojos con exasperación.

—La abuela va a tener razón —apostilla a mi derecha.

—¿Qué pasa? —insiste Emma.

Piper asoma la cabeza en ese instante movida por el sonido de la campanilla de la puerta. Repara en que no es que haya llegado un cliente, sino que ha salido uno. Uno muy concreto.

Emma y ella permanecen en silencio unos segundos de más y, al final, regresan a la mesa. Scott se nos acerca.

—¿Se puede saber por qué vuestro hermano es incapaz de

abrir la boca para hablar con Piper pero, en cambio, se le ve tan cómodo conversando con otra?

Sí, Scott se ha dado cuenta de todo.

—Porque es un imbécil —farfulla Caleb.

Lo golpeo con el hombro.

—Tienes la sensibilidad en el culo.

—Dicen que el ano en los hombres es...

—Preferiría que no terminases esa frase.

—No te niegues a probarlo, Nash.

Scott suelta una risilla y le dedico una mirada reprobatoria. A mi hermano con poca cosa le basta para liarse la manta a la cabeza y darnos una disertación sobre anos, terminaciones nerviosas y formas de penetración.

Y lo sabéis.

Los dejo solos en la barra y me dirijo hacia el grupo de chicas. La conversación por esta zona no parece mejorar puesto que Nevaeh les está explicando algo sobre sexo telefónico, fotos de miembros y depilación integral.

¿Prefiero irme a casa?

Lo prefiero.

—Se me ha quitado el apetito —rezonga Emma, que empuja el plato.

La chica rubia que está sentada a su lado lo atrae hacia ella y lo devora sin mediar palabra. Parece muy interesada en lo que Nevaeh explica.

Piper sigue mirando por la ventana, así que tomo asiento a su lado y me apretujo contra ella. Le propino un pequeño golpe con el hombro y eso capta su atención.

—Eyyy —musito.

Piper fuerza una sonrisa. Lo sé porque Emma también lo hace. Es un gesto muy de ellas dos.

—Nash... ¿O debería llamarte Satanash?

Suelto una carcajada genuina. Las chicas alzan la vista y la apartan cuando se dan cuenta de que no están invitadas a esta fiesta. Emma, por el contrario, se acerca a nosotros, aunque no abre la boca.

—Tú puedes llamarme como quieras —le susurro.

Emma sonríe a su lado y sé que lo ha oído.

—Esto ha quedado impresionante, ¿no crees?

Piper suspira y lo observa todo a su alrededor. Lo hace con un brillo en su mirada que dice más de lo que pensáis.

—Es un sueño hecho realidad.

—Y lo he hecho yo —interviene Nevaeh desde la mesa.

—Quiero saber cómo es capaz de atender a dos conversaciones a la vez —suelta Emma señalándola.

—Soy mujer. —Esa es su respuesta. Una muy empoderada, dicho sea de paso.

Piper desvía de nuevo la vista hacia el exterior y sé, por su postura sé, que está desanimada, no está bien.

—No se lo tengas en cuenta, ¿vale? Se pone muy nervioso —afirmo—. Cuando algo o alguien le importa, se pone muy nervioso.

No estoy traicionando a mi hermano, aunque de antemano sé que, si le cuento esta conversación, se pasará unos días sin hablarme y me robará y triturará todos los calcetines que pille a su paso. A su paso en mis cajones, dato importante donde los haya.

—Yo... Es que... Ni siquiera... No... —Comienza muchas frases sin ser capaz de acabar ninguna.

—¡Ya está bien! —Nevaeh toma la palabra y se acerca seguida de una desconocida para mí. Bloquea la pantalla de su teléfono y provoca que varias personas en mesas cercanas se queden quietas y claven la mirada en nosotros—. Vamos a hacer algo con este asunto. Porque, además de la mejor diseñadora de interiores que existe, soy la mejor celestina que haya visto Stowe. Creedme, por mucho entrometido que haya en el pueblo, a mí, como alcahueta, no me gana nadie. Vamos a conseguir que Mason deje de hacer el capullo... para que vayan quedando menos. —Señala a mi otro hermano, que está de espaldas hablando con Scott y bebiendo lo que sé que no es chocolate—. Eso sí, tiene un culito que... Hummm... —Finge darle un mordisquito.

Emma abre la boca. Yo contengo una carcajada y la chica que nadie me ha presentado... se sonroja un pelín.

—Soy Nash... —Extiendo la mano y me presento.

La muchacha en cuestión abre mucho los ojos, intercambia una mirada con Emma y esta niega con la cabeza.

—¿Es Nash?

—Así que... ¿le has hablado de mí? —presupongo.

—Calla, Satanash —suelta—. Más quisieras tú que le hablase de ti a alguien.

—Me ha hablado de ti.

—Traidora.

Perdonadme que me recree en el instante y que lo anote en la libreta de «Esto me importa y mucho».

—¿Y qué te ha contado? Esto se pone interesante... —Me acerco deliberadamente a la chica. ¿Cotilla yo? Por supuesto.

—No pienso contarte sus secretos, por muy guapo que le parezcas, por mucho que le flipe tu hoyuelo o por mucho que te haya mirado el culo con descaro esta mañana mientras colocabas las bolas en lo alto del árbol de Navidad del vecino.

Abro los ojos impresionado. Esperaba una respuesta más del tipo «Esa de ahí es mi amiga y no voy a darte ningún dato. Al menos, mientras ella esté delante».

Sí, esto cada vez se pone mejor.

—¿De veras, Remi? ¿De veras?

Emma y sus mofletes, que ahora se tiñen de un precioso rubor que me fascina, la recriminan sin cortarse un pelo. Vale, vale, todo en ella me fascina... Soy un simplón. Insisto, Emma y sus mejillas ruborizadas me evitan a conciencia y esta información, chicas, esta información me la guardo para otro momento.

—Encantado, Remi —digo con todo el descaro que me cabe en el cuerpo.

—¿Podemos centrarnos en lo que nos atañe? —nos riñe Nevaeh, que se ha recostado en el sofá y se ha cruzado de brazos.

Ese es el instante en el que mi hermano, el que queda, hace acto de presencia y le tira de la coleta a la que está haciendo uso de la palabra.

—Serás imbécil.

Él le lanza un beso y ella le hace una peineta en respuesta.

—¿Alguien puede aclararme cuál es el tema en cuestión, por favor y gracias? —interviene Remi de nuevo.

—Tú mejor no hables más en lo que te queda de día. O de semanas —suelta Emma.

Así que se va a quedar aquí bastantes días. Abro la boca para preguntar, pero no me da tiempo.

—Y tú mejor te esfumas. —Me señala.

—Mi culo y yo nos iremos cuando sepamos más. Porque esto, Emma, se pone interesante por momentos.

Balbucea un «idiota» que me saca una leve sonrisilla.

Caleb se sienta en el reposabrazos de mi sillón y se dedica a lanzarle miradas cargadas de algo que no sé identificar a Nevaeh. Os juro que algún día llegaré a entender la relación que se traen estos dos. O casi que mejor vivir en la ignorancia.

—¿Y bien?

—Piper necesita un novio falso. —Suelta la bomba y sonríe enseñando dientes y encía, vaya, orgullosa como ella sola.

—¡¿Qué?! —No logro averiguar quién es la que ha formulado la pregunta, o la exclamación, o todo a la vez, porque varias bocas pronuncian la misma palabra. Dudo que no lo haya hecho yo también.

—Un. Novio. Falso. —Recalca cada palabra como si fuésemos niños de infantil.

—Me temo que es eso lo que he oído —dice Emma.

—¡Qué buena idea! —aplaude Remi al otro lado.

—Esta chica me cae bien.

Emma pone los ojos en blanco y frunce el ceño.

—Solo por curiosidad, por eso de que estoy aquí presente y porque se supone que soy yo la protagonista de este plan tan ridículo: ¿Puedes explicarme qué voy a conseguir con algo tan tonto como eso?

—Ay, Piper. —Nevaeh se inclina hacia delante y mi hermano exhala a mi lado cuando la falda se le sube. Lo observo de soslayo solo para comprobar que mira hacia donde creo que mira. Cuando lo pillo con las manos en la masa, aparta los ojos de ahí y echa un vistazo por la ventana. Ya, claro. A mí me va a engañar—. Parece mentira que no sepas que los chicos son muy básicos. No saben lo que tienen hasta que lo pierden.

Siento ser yo el que diga esto, pero, sí, estoy de acuerdo con esa afirmación.

Que me lo digan a mí.

Capítulo 17

Una de tejemanejes

Emma

Salimos del local con otro plan que no sabemos si va a terminar bien, regular o si nos va a convertir en exiliadas del pueblo. Ni siquiera entiendo cómo Piper ha cedido ante la locura de Nevaeh. ¿Y Caleb? ¿Justo con Caleb?

Porque, sí, hijas mías, ha sido él quien se ha ofrecido a liarla gorda.

—Es tu hermano —insisto frente a la puerta, donde nos hemos detenido. Es la decimoquinta vez que lo pronuncio y no exagero ni un ápice.

—¿Y...? Eso hará que sea mucho más efectivo.

—Y que te corte el pelo de madrugada mientras duermes —apostilla Nash.

—Tengo el sueño ligero —se defiende de su ataque.

—No cuando te atiborre de somníferos que le haya robado a la abuela —reitera el otro.

—Joder, y yo iba a perderme todo esto por quedarme en Nueva York.

Mi amiga está más entusiasmada que cuando la revista *Cosmopolitan* regaló muestras de un perfume de Elizabeth Arden o cuando hizo un reportaje de tres páginas sobre cómo conseguir ponerte el *eyeliner* y que te quede perfecto e igualado a la primera.

Caleb se limita a alzar los hombros y a observar hacia el interior porque Nevaeh se ha quedado ahí, con Piper, alegando que necesitan perfeccionar la técnica para que a nuestra amiga la más tímida no se le note que todo es mentira.

Ya. Tarea complicada.

—Me largo —suelta.

Ni siquiera se despide de una forma normal y corriente, yo qué sé, con dos besos y un par de abrazos. Se limita a cabecear y se aleja con las manos metidas en los bolsillos; si hasta parece que arrastra los pies y no es por la nieve, sino porque se la sopla todo.

Nash, por el contrario, se acerca a Remi y mi amiga, que poco le falta para venderme en un mercado ilegal de órganos o algo mucho peor, se lanza a sus brazos y lo estrecha entre ellos.

Oculto un «Traidora» con un par de carraspeos que ella tiene a bien ignorar.

—Para ti también tengo —musita Nash abriendo los brazos. Sonríe de medio lado y ese maldito hoyuelo sigue ahí.

¿Por qué, Señor? ¿Por qué me castigas de esta manera? ¿Qué te he hecho yo para merecer esto?

—Es evidente que tienes para todas.

Me cruzo de brazos dejando que la pulla flote en el ambiente. Remi se pone tensa y se aleja unos cuantos pasos, dejándonos a solas.

Nash, por el contrario, no huye, sino que se acerca y, bueno, contengo la respiración porque no está robándome el aire, estamos ya en la calle y eso; sin embargo, es como si lo dominase todo. Incluida a mí.

—Dicen que lo bueno se hace esperar —suelta él.

Si le ha ofendido mi comentario, no lo demuestra.

—Pues deseo, de corazón, que lo hagas bajo techo porque morirás congelado.

—¿De corazón? Qué cosas tan bonitas me dices, Emma.

Gruño mientras me alejo, dejándolo allí plantado.

«No te lo vas a cruzar, Emma. Lo vas a evitar, Emma. Será pan comido, Emma».

Maldita pirámide del destino que no me quiere en absoluto.

Para cuando me reúno con Remi está hablando con Truman y Eleanor. No sé dónde han dejado a Todd y a Mila, porque suelen ser inseparables.

—Y necesitamos toda la ayuda posible en el mercadillo..., repartiendo bebidas calientes, envolviendo regalos y pintando caras. Así que, si te animas y conoces a alguien...

No ha finalizado la frase cuando me planto al lado de mi amiga. Eleanor me sonríe y yo le devuelvo el gesto. Siempre cotilla, nunca *incotilla*. Ese es su lema en la vida.

—Tal vez quieras ayudar tú también, Emma. Me he enterado de que estas fiestas las pasarás aquí y seguro que tienes mucho tiempo libre.

Claro, entre mi familia, la decoración de Quimby, intentar que mi padre y mi abuelo no acaben en la cárcel, no acabar yo misma en la cárcel y que mis amigas dejen de tramar maldades, tendré tiempo para muchas cosas.

Tal vez para escribirle una carta a Santa Claus y pedirle una nueva identidad.

—Ayudar ¿en qué? —pregunto, porque seré una mujer ocupada, pero también soy educada.

—A ella se le da bien envolver regalos —se aventura a contar Remi señalándome.

¡Ja! No he tenido el gusto de estar presente en una mentira más grande en toda mi vida.

—Se me da bien meter regalos en cajas —la rectifico, a ver si nos vamos a pensar cosas que no son.

—¡Nos vale!

Se nota, se siente, el entusiasmo está en el ambiente.

—Y yo me ofrezco a pintar caras. Siempre se me ha dado bien dibujar, desde pequeña quise ser pintora; me hubiese encantado dedicarme al arte, es mi vocación frustrada.

—¿Y por qué no lo hiciste? —pregunta Eleanor.

No es una pregunta al azar, es información necesaria para contarla mañana frente al supermercado a todo el que esté ávido de su chisme mañanero.

—Bueno..., mis padres no estaban de acuerdo.

Malditos padres *quitasueños*. Los míos me habrían preparado una habitación para pintar si ese hubiese sido mi sueño...; incluso, si hubiera decidido ser princesa, me habrían comprado un unicornio..., si los unicornios existiesen y esas cosas, claro.

—Pues os espero mañana en la plaza. Traed ropa cómoda y navideña.

Remi aplaude entusiasmada sin saber que mañana todo Stowe sabrá que es la niña a la que sus padres truncaron sus ilusiones y, si me apuras, también se habrán enterado de que encima la dejan siempre sola para vivir su vida loca. Quizá este chisme sí que sea cien por cien real.

Cuando nos quedamos a solas de nuevo, me giro hacia ella.

—¿Puedes explicarme cómo es posible que en menos de veinticuatro horas ya tengas amigos en el pueblo y parte de tu agenda ocupada?

Ella alza los hombros y me sujeta por el brazo. Hace tanto

frío en la calle que lo mejor es apretujarnos los unos con los otros para que el calor corporal haga el resto.

—Así que ese era Nash...

Tropiezo. ¿Entendéis? Se supone que, cuando algo no te importa nada, actúas como si fuese así... Ya sabéis, la indiferencia y la impasividad son tus mejores aliadas, no un tropiezo que da mucha información.

—Sí.

«No añadas nada, Emma, no le des carnaza al lobo hambriento».

—Es guapo.

—Si tú lo dices...

Remi se carcajea y nos encaminamos hacia la plaza en la que se supone que mañana envolveré regalos porque, ya veis, tengo dos amigas que me meten en líos y ahora llega una tercera que se suma al grupo. Si es que Dios las cría y ellas se juntan.

Permanezco en silencio mientras damos pasos firmes. Remi, en alguna ocasión, se desliza y patina por culpa del hielo y nos reímos por ello, sobre todo cuando terminamos por caer al suelo de culo y nos limpiamos el trasero la una a la otra.

—Apuesto a que otra persona desearía estar en mi lugar en este instante.

Cierro la boca. De veras que lo hago. Tal vez esté hablando de un desconocido cualquiera y sea mi mente perversa la que me muestra una cara, unos ojos y un hoyuelo maravilloso.

«¿"Maravilloso"? ¿He soltado eso? ¡Quería decir "horripilante"!».

—Apuesto a que le has dado un repaso de la leche a Scott.

A ver si se piensa ella que puede ser la única que lanza pullas, que me he criado con mis padres, mis abuelos y con un vecino que no paraba de sacarme de mis casillas.

—¿Has visto como ha salido huyendo? Por un segundo he pensado que me había salido una verruga peluda en medio de la nariz o algo mucho peor.

Nos deslizamos por la nieve de nuevo y Remi me sujeta antes de que mi culo vuelva a aterrizar en el suelo.

—Scott se ha puesto nerviosillo, es eso —indico sin perder la sonrisa.

Es genial cuando no eres tú el centro de las conversaciones.

—¿Por mí? ¿Crees que ha sido por mí?

Alzo los hombros con indiferencia.

—Supongo, al resto ya nos conocía.

Mi amiga parece pensar en ello detenidamente y guarda silencio.

Ya cerca, comienza a verse la plaza principal del pueblo, y no solo eso, sino que...

—¡No puede ser! —grita Remi con entusiasmo al llegar a la misma conclusión que he llegado yo—. ¡No puede ser!

Remi tira de mi cuerpo sin importarle que resbalemos, que haya nieve y hielo por todos lados y que nos crucemos con varios vecinos que tienen que apartarse para que dos piradas sueltas puedan avanzar sin descanso.

—Ajá —pronuncio por ella.

—¡Una pista de patinaje sobre hielo! Este pueblo es el sueño de mi vida.

La veo correr y acercarse a la pista de hielo que han instalado en el centro y que anoche, de forma oficial, se inauguró junto con el alumbrado navideño. Apoya las manos en la barandilla de aluminio que delimita el borde por el que no se puede cruzar y observa como varios niños hacen piruetas como si fuesen profesionales y otros tantos caen al suelo. Algunos adolescentes, aprovechando las vacaciones, van en grupos, patinan de frente o de espaldas y se ríen alto. Este es el espíritu de Stowe, el que hace que año tras año me traiga de regreso, al menos... al menos las Navidades en las que Nash no estaba aquí.

Y entonces me doy la vuelta al sentirme de nuevo observada y lo veo allí, a pocos metros de nosotras, con una chaqueta de cuero, un gorro de lana que es del todo familiar para mí y por el que escapan varios mechones tan rebeldes como lo es él, y suspiro.

Tal vez, y solo tal vez, no sea tan malo estar aquí.

Y que él esté también.

Capítulo 18

Se armó el Belén

Emma

Esta noche no puedo culpar a Remi de mi falta de sueño; es más, debería llevar horas dormida y no estar comiendo techo, que es lo único que hago.

Salgo de la cama cuando llego a la conclusión de que una hora dando vueltas y otra media observando la ventana del vecino es suficiente motivo para bajar a por algo de leche caliente.

Mi abuela siempre asegura que no hay nada que ayude más a dormir que un vaso de leche con miel, un par de somníferos o un tequila bien cargado. Mi madre le añadiría alguna mezcla extraña y acabaría en urgencias, eso seguro.

Empezaré por lo que menos me destroce el hígado y ya vamos viendo.

Desciendo por las escaleras con el sonido de mis pasos amortiguado por mis calcetines en la moqueta, y es entonces cuando oigo algo, tenues voces y cuchicheos en la cocina. Tal vez nos hayan entrado a robar o, peor aún, quizá quieran secuestrarnos y pedir un rescate por nosotros..., sin saber que nadie pagaría un dólar por esta familia tan atípica.

Estamos bien jodidos.

Ni siquiera sé por qué continúo descendiendo escalón por escalón, quizá sea esa parte aventurera que sigue en mí, ya sabéis, culo inquieto y esas cosas que se cuentan sobre mi persona. O porque soy masoquista, porque lo soy, no hay más que ver lo poco que pongo de mi parte para evitar darle un repaso a mi vecino, ese que me rompió el corazón hace unos años, cada vez que aparece en escena. Y ya sabemos que aparece más que nadie.

El caso es que llego a la cocina y me llevo la mano al pecho cuando me encuentro con dos enmascarados. Y no es coña.

No. Es. Coña.

Llevan puestos en la cara lo que parecen unas medias o unos pasamontañas que los desfiguran. Sus narices están completamente aplastadas y eso les confiere un aire cerdil. Cerdil de nariz de cerdo, para que nos entendamos y hablemos el mismo idioma.

—¡Qué cojones...! —suelto.

Una frase aleatoria que bien podría haber sido un grito y me hubiese ayudado más, despertando a mi padre y a mi abuelo. O mejor a mi abuela, que, en cuestión de defensa, creo que es la más capacitada de la familia. Nunca subestimes el poder de una mujer con una escoba en la mano.

Nunca.

Las dos figuras, vestidas de negro, se giran en mi dirección y compruebo que ambas sujetan un martillo con la mano derecha y llevan un juego de destornilladores en la cintura, colgando de una especie de cinturón de primero de albañil, mientras que en la mano izquierda tienen lo que parecen botes de pintura en espray.

No solo nos van a secuestrar, sino que además planean hacernos una reforma integral en la casa, por lo que veo.

—Chist —replican ellos.

La voz les sale apagada. Joder. El volcán a punto de estallar hace de las suyas porque sigo sin poder moverme y debería huir de ahí. Debería correr como si no hubiese un mañana o, yo qué sé, al menos gritar. ¿Para qué quieres cuerdas vocales si cuando las tienes que utilizar de verdad se vuelven inútiles?

—Yo... ¡Podéis llevaros lo que queráis! —Lo suelto de carrerilla, tanto que suena todo como una única palabra, así... *Podéisllevarosloquequeráis.*

Y ambas figuras dejan caer los martillos sobre la encimera y entonces sé que soy mujer muerta. Me van a descuartizar en la cocina de mi propia casa. Eso es de asesino de primer nivel, son los nuevos Jeffrey Dahmer, y lo peor es que será en estas fechas, que eso hace que nunca se olvide, y mi familia, alertada por los gritos, saldrá a la calle y me recordará toda la vida como la hija y nieta que se sacrificó por el bien de sus consanguíneos.

Visto así, ni tan mal.

El caso es que, mientras veo mi vida pasar ante mis ojos y pienso en Nash... ¿Se puede ser más patética? Pensar en el último hombre en el que debes pensar cuando la vas a cascar. Ya podría venir a mi mente alguien buenorro y sexy a rabiar, tipo... ¿Nash de nuevo?

«Que sepas, subconsciente, que tú y yo vamos a tener una charla después de esto, en el otro lado, quiero decir».

El caso, insisto, es que, mientras veo a Nash pasar frente a mis ojos —los pondría en blanco si pudiese reaccionar—, ambos hombres tiran de las medias que llevan puestas y..., ¿adivináis?

Si no me mata el impacto, lo hace la realidad.

—¿Se puede saber por qué no estás durmiendo como una persona normal y corriente? —pregunta mi padre.

—Déjala, le agradezco la intromisión. Creo que le he robado las medias de compresión a Eliza, no es normal que esto me apriete tanto. Mira, se ha llevado parte de mis pestañas. ¡No tengo pestañas! Soy como un mapache sin pestañas, como un pez globo, como un gato...

Me reiría del drama que está montando mi abuelo en esta cocina, no sé, si mi corazón pudiese latir de nuevo con normalidad.

—¿Estáis locos o qué?

Mi padre chasquea la lengua mientras mi abuelo saca un bol de ensalada, enciende un mechero e intenta ver su reflejo en él.

—¡Las medias de compresión se han llevado mis pestañas! —exclama.

Las balancea frente a mis ojos y yo me muero del asco porque, o son sus pestañas, o son los pelos de las piernas de mi abuela. O ambas cosas, que todo podría ser.

—Calla —lo reprende mi padre—. Y póntelas de nuevo, que tenemos trabajo que hacer.

—¿Descuartizar a personas?

Mi padre me señala mientras mi abuelo se toca los ojos con los dedos. Recemos todos una plegaria por sus pestañas, por favor.

—Descuartizar cosas...

—La palabra *descuartizar* da miedo.

Mi padre me sonríe con suficiencia.

—No pienso volver a ponerme esto. Póntela tú y yo me pondré la tuya —pide mi abuelo, que extiende el brazo y la media flota entre los dos.

—No pienso hacer eso. ¿Qué más te da? Si ya no te queda ni una.

—Serás...

Mi padre se ríe, a su costa, es obvio, a la vez que observo la situación perpleja.

—¿Me vais a explicar lo que estáis haciendo a estas horas, en esta cocina y con esas cosas?

—No quieras saberlo —es la respuesta que da mi padre.

Salen en silencio y abandonan la casa sin añadir nada más. Yo ni siquiera sé cuánto tiempo permanezco en la cocina, intentando interiorizar lo surrealista de la escena que acabo de vivir..., y no solo eso, medito cómo puedo estar tan bien de la cabeza con tanto cucú cerca.

Alzo los hombros, me caliento un vaso enorme de leche, añado miel y regreso sobre mis pasos. Cuando cierro la puerta de mi habitación, en completa y total oscuridad, me acerco hasta la ventana. Hay una luz tenue que sale de la de Nash y me pregunto si él tampoco podrá dormir, si estará trabajando o estará hablando con su mejor amigo el demonio, porque me figuro que los del otro lado solo salen a pasear de noche y esas cosas.

La cortina de su ventana se hace a un lado de pronto y estoy segura de que está mirando en mi dirección, que su mirada también se posa aquí. No me preguntéis cómo lo sé. Simplemente es así. Y tal vez sea valiente o una ridícula de narices, pero hago algo de lo que me arrepentiré mañana.

Cojo lápiz y papel y escribo.

Todavía falta mucho para la hora prohibida, Satanash.

Pego el papel a la ventana y aguardo a que repare en él.

Percibo movimientos en su habitación y luego vuelvo a verlo junto a la ventana. Su cuarto tiene una luz débil, debe de proceder de la lámpara de su mesilla de noche, pero ilumina lo suficiente como para dejarme captar que ha cogido los prismáticos.

Como cuando éramos unos renacuajos.

Como antaño.

Ese pellizco me sacude las entrañas porque ahí todavía confiaba en él y creía... Creía...

Ya no sé lo que creía.

Veo como se aparta de nuevo y al cabo de unos segundos regresa, se inclina y garabatea. Espero su respuesta, sí. Espero la provocación por su parte. Busco los prismáticos entre los cajones hasta que doy con ellos. Los repaso unos segundos porque, en fin, no pensé que nunca volviese a darles este uso.

Me temo que hoy no voy a tener ninguna visita, salvo que quieras cruzar la calle y venir a hacerme compañía. Mis amigos infernales no se pondrán celosos.

Aprovecho para fijarme en su gesto; la sonrisilla sigue ahí, solo que no es tan pronunciada como para brindarme las vistas de esa mejilla con eso tan especial que todas ya conocemos.

Le doy un largo sorbo a la leche y me agacho para escribir en el cuaderno. Cuando alzo la vista dispuesta a enseñarle el dibujo que he hecho de él con cuernos y cola, hay otro mensaje en su ventana.

¿Tú tampoco puedes dormir?

Niego. No necesito responder, me está observando. Otra nota.

¿Cuál es tu excusa?

Me tomo el resto de la leche.

Estaba pensando en una chica. Una de pelo negro, ojos negros y largas pestañas. Me temo que tiene algo que me quita el aliento.

Contengo la respiración cuando leo la respuesta que me da y trago con fuerza. Esa chica soy yo. Vosotras lo sabéis, yo lo sé y él también lo sabe.

Me estremezco por la sinceridad y por el cariz que está tomando la conversación. Porque no me siento preparada para este tipo de mentiras. Porque un día fui suya y fue culpa de Nash que dejase de serlo. Porque he dejado de serlo, ¿verdad? Ese pensamiento, sumado al anterior en la cocina cuando he creído que moriría descuartizada por dos desconocidos y a mi cabeza ha acudido él... Es suficiente. Es demasiado.

Me alejo de la ventana dando pasos hacia atrás y cierro la cortina llena de margaritas.

No respondo, solo me meto en la cama y me cubro con el edredón, tapando mi cara y mi cuerpo.

Esa noche sueño con los niños que fuimos. Con los adolescentes que fuimos. Y con los adultos que no llegamos a ser.

Capítulo 19

¿Otra vez?

Emma

Arrastro los pies hasta la cocina acompañada de mi malhumor por haber bajado las defensas con cierta persona que no quiero mencionar y que espero que vosotras tampoco mentéis, seguida de mis ojeras fantásticas. Vamos las dos de la mano porque somos así de colegas.

Porque, sí, ha sido una noche terrible. ¡Terrible!

Dejadme dramatizar, por favor y gracias.

Cuando entro en la cocina de casa, Vito y Michael Corleone ocupan dos sillas muy cercanas. Mi abuela también está aquí, frente a los fogones, con una sartén en la mano, haciendo unos huevos a la plancha.

Mi estómago es el primero en adelantarse y saludar.

Mi padre no se molesta en apartar la mirada del plato y mi abuelo sigue observando el suyo mientras le da vueltas a un par de lonchas de beicon bien tostadas. Le robo una, lo que provoca que alce la vista y nuestros ojos se encuentren. Es decir, mis ojos y sus pestañas postizas.

—Ni una sola palabra —me susurra.

Mi abuela se gira y él vuelve a bajar la mirada.

Boqueo unos segundos y me acerco hasta él. Mi padre decide que esta conversación sí que le interesa.

—Son de lo más naturales, Paris —bromeo dándole un par de toques en el hombro.

Mi abuelo gruñe algo, aunque mejor no entro en detalles, y se levanta con la intención de largarse cuando de pronto suena el timbre de casa. Aunque sonar, lo que se dice sonar... Digamos que la persona que está presionando el botón es muy fan del villancico que repiquetea a través de él porque no para en ningún momento. O bien se ha quedado enganchado a la corriente. Como broma para Halloween es la monda; en Navidad, no tanto.

—Ya voy yo —me ofrezco antes de que una de esas pestañas que lleva mi abuelo me apuñale.

Me incorporo, todavía con el sonido del villancico retumbando en toda la casa, y abro la puerta sin más dilación.

Dustin y Nelson están plantados frente a mí, con cara de haberse depilado las piernas con una pinza herrumbrosa mientras les electrocutaban los pezones.

—¿Dónde están? —Lo sueltan a coro. Tal vez hayan estado ensayando para conseguir canturrearlo de forma sincronizada.

—¿Qué...?

Me apartan de un empujón y se cuelan en casa. Choco contra la puerta y me quedo patidifusa por la reacción de estos dos. No entiendo nada.

Cierro de un puntapié y los sigo mientras llaman a mi padre y a mi abuelo, la nueva Paris Hilton de Stowe. Mi sentido del salseo sale a la palestra, sí.

Los encuentran en la cocina y desde el pasillo ya empiezo a oír acusación tras acusación. Cuando llego, mi abuela tiene la sartén en una mano, una paleta de madera que tiene más años que yo en la otra, y cara de estar pasando por los mismos estados de sorpresa que la menda.

—¿Qué habéis hecho?

Mi padre, al que le he de reconocer una entereza que ni yo misma siento ante el tono acusatorio de Nelson, se levanta, se retira del cuello la servilleta de tela, la deja sobre la mesa al lado del plato y se sacude un montón de migas invisibles. A eso lo llamo yo tocar las narices a base de bien.

—¿De qué hablas? —pregunta a su vez.

Tocar. Las. Narices. A. Base. De. Bien.

Nelson suspira a la vez que Dustin da un paso adelante. Mi abuela levanta la paleta de madera. A ver qué piensa hacer con eso: ¿croquetas? Porque para defender, lo que se dice defender, servirían más las pestañas del abuelo que ese palo medio torcido y a punto de desintegrarse.

—Anoche alguien se coló en nuestra *propiedad* —que se note como recalca la última palabra—. En nuestro *jardín* —esta última también— y decidió redecorar a Juguetón.

¿Soy yo o acaba de mencionar a uno de los renos de Santa Claus?

—¿Juguetón? —pregunta mi abuelo.

Esta vez sí que se incorpora del todo, lo que provoca que Dustin le ponga la mano en la barriga a Nelson y lo empuje hacia atrás. Y, a la vez, también me empujan a mí y, no, no pienso perderme nada de esto porque empiezo a sospechar.

Entrecierro los ojos y aguardo paciente.

—¿Qué coño te has hecho en los ojos? —exclama Dustin.

Mi abuela bordea la mesa y entonces mi abuelo se cubre con una revista. *Men's Health*. Mi abuelo jamás leería eso.

—Eliza, ¿estás leyendo esto otra vez? ¿No te dije que para chicos guapos ya me tienes a mí?

Mi abuela da un paso hacia atrás, impactada con lo que ve, y, vaya, no la culpo, estamos todos exactamente como ella.

—¿Chicos guapos? Perdóname, Kim Kardashian —replica ella, y le hace una reverencia y todo.

¿Qué os voy a decir yo? Esa ha sido buena.

Sí, os lo dije, la ironía y el sarcasmo van en nuestra genética.

Total, que el implante pestañil vuelve a pasar a un segundo plano porque la acusación sale de nuevo a la palestra.

—¿Qué le habéis hecho a Juguetón?

Y yo estoy muy interesada en eso.

—No sé de qué habláis. Os coláis en nuestra casa —y venga a darle énfasis al asunto— porque sí, levantando falsos testimonios contra dos hombres que no saben lo que sucede. O bueno... —mi padre desvía la vista hacia mi abuelo—, un hombre y una chica virginal. —Señala a mi abuelo, quien, por cierto, bate las pestañas. Toda mona ella.

Tened claro que Mila y Eleanor se van a enterar de esto.

Dustin y Nelson se cruzan de brazos, a dúo. Sí. De nuevo, sí.

—Juguetón parece la llama del *Fortnite* —escupe Nelson.

—Uy, cuánto lo siento. —¿Lo notáis? Es el tono falso de disculpa de mi padre.

—Es violeta, azul celeste, azul fuerte, violeta de nuevo..., y no solo eso, ¡le habéis arrancado los iris de los ojos y lo habéis vuelto bizco!

Esto no me lo pierdo por nada del mundo.

Corro en dirección a la puerta de mi casa y abro sin dudar. Capto pasos detrás, pero estoy tan impresionada con lo que tengo frente a mis ojos que ni siquiera pienso en quiénes me siguen o en intentar permanecer cerca de esos cuatro por si la cosa llega a las manos.

—Joder —suelta mi abuela. Deja caer la cuchara de madera.

—Nos habéis estropeado a Juguetón.

Mi padre se planta frente a ellos y se cruza de brazos.

—Os ayudaremos a encontrar a los que lo hayan hecho y se lo haremos pagar. Somos cuatro contra... —otra vez mira a mi abuelo—, tres y medio —y lo señala— contra esos vándalos.

Dustin y Nelson meditan sobre ello. No sé si se lo terminan de creer o no, pero abandonan mi casa con ganas de guerra.

Cuando cierro la puerta, echo el cuerpo hacia delante y los increpo con el dedo índice alzado y todo.

—No habréis sido vosotros, ¿verdad? Porque anoche yo...

Mi abuelo me tapa la boca e intento continuar hablando a pesar de eso. Y queda en nada, en intento y bastante pobre.

—¿Habéis sido vosotros dos? —pregunta mi abuela yendo al meollo de la cuestión.

Niegan. Niegan como bellacos..., porque los tres..., dos y medio, sabemos que sí que han sido ellos y que justo por eso anoche estaban en la cocina, con pintura, martillos y unas medias de compresión que mi abuela echará en falta porque esa mujer tiene contados hasta los granos de arroz de los paquetes.

Va a correr la sangre.

O la pintura.

O el pegamento, porque esas pestañas no se unen solas.

—Entonces..., ¿vais a ayudarlos?

Mi abuelo y mi padre se miran, se sonríen y asienten.

—Claro que los ayudaremos.

Se frotan las manos mientras suben las escaleras riéndose. Riéndose, ¿entendéis?

—Han sido ellos —asevera mi abuela. Y espérate a que le cuente la escena de anoche.

Me limito a asentir sin añadir nada, lo que me convierte en cómplice de los hechos delictivos.

Mi abuela y yo nos metemos en la cocina y, en completo silencio, observamos a través de la ventana al reno tuneado.

—No me lo puedo creer —masculla ella.

Niego con la cabeza y me relajo.

—Sabes lo que significa esto, ¿no?

Mi abuela cierra la cortina, se apoya en la encimera igual que yo y asiente antes de continuar.

—Esto es la guerra.

«¿Qué tal tus Navidades? Ah, muy divertidas. Aparezco en las noticias, pues justo entre los casos de asesinatos y los anuncios por palabras van los culpables de boicot».

Bienvenidos a Stowe, el pueblo en el que pasar las mejores Navidades del mundo.

Capítulo 20

La fiesta está servida

Nash

Mi padre y mi abuelo entran en casa dando un sonoro portazo. Si Caleb todavía estaba durmiendo, es probable que ya no lo haga y que en nada se plante aquí medio desnudo pidiendo explicaciones a aquellos que le han fastidiado su sueño reparador.

Me llevo la taza de café a los labios, robo algunas galletas del plato que mi abuela ha dejado sobre la mesa y aguardo con calma. La paciencia se ha convertido en una de mis mejores aliadas en estos últimos tiempos.

—¿Te has creído alguna de las palabras que han soltado por su boca? —le pregunta mi abuelo a mi padre, obviándonos a conciencia.

Tranquilos, no os preocupéis, estáis aquí solos. ¿Para qué dar los buenos días a los presentes?

—Ni una sola. ¿Y tú? —contrataca mi progenitor mientras da vueltas con las manos tras la espalda y la vista clavada en el suelo.

Está meditando sobre algo; ¿el qué? No tengo ni la menor idea.

—¿Tú has visto la actitud con la que nos han recibido?

Mi abuelo se rasca la barbilla, reflexionando sobre algo, también ignoro el qué porque me falta contexto. Mi abuela decide que ese es un buen momento para entrar. No me lo tengáis en cuenta, pero me siento mejor cuando me percato de que tampoco reparan en su presencia.

—¡Han sido ellos! —asevera mi padre alzando la mano y el dedo índice, y señalando hacia la puerta.

Mi abuela toma asiento a mi lado, tira del plato y me roba la taza de café para bebérsela ella de un sorbo.

Nada, no os preocupéis ahora tampoco, no me siento como un cero a la izquierda ni por asomo.

—¿Tú sabes qué les sucede a estos dos? —Ella los señala, como si uno de ellos no fuese su marido.

—Acaban de llegar. No han entrado en detalles —dilucido—. Me temo, por la forma en la que papá ha señalado hacia allí, que ha sucedido algo con los Ashbourne.

—Es con ellos, claro que es con ellos. ¿Acaso podría no serlo? —responde mi padre a mi suposición previa. Está que echa humo.

—Vaya, para que digan que los hombres no pueden hacer dos cosas a la vez, acusar y escuchar. —Mi abuela es todo burla, como podéis comprobar—. ¿Alguien me va a explicar qué ha sucedido?

Me levanto y lleno mi taza, esa que mi abuela ha tenido tan a bien vaciar sin pedir permiso. De paso, sirvo otra para ella y la coloco frente a sus manos. Me lanza un beso y me guiña un ojo.

—¿Es necesario que repita la pregunta? —insiste la mujer que bebe café a mi lado.

—Los Ashbourne nos la han jugado. Se han colado en nuestro jardín en medio de la noche y le han hecho una conversión a Juguetón. —Mi abuela alza una ceja—. Al reno que hemos puesto en el jardín. Ese reno era nuestro caballo ganador de este año —gruñe mi padre, que sigue dando vueltas y vueltas por la cocina—. Con él lo teníamos todo hecho.

—Sin contar la cantidad de horas que nos ha llevado montarlo. ¡Nos las van a pagar!

—Tal vez no hayan sido ellos —los defiendo.

Mi padre y mi abuelo forman un frente común muy unido. Como podéis imaginar, no les ha sentado nada bien el comentario que he hecho. Así que bebo para no añadir nada más y que no me crucifiquen.

—No puede ser para tanto —musita mi abuela.

Ambos nos sujetan de la mano y nos arrastran, literalmente, al jardín de casa y... en fin...

—¡Pues sí que es para tanto! —exclamo.

Me fijo con detenimiento en lo que tengo delante y veo que han pegado unos ojos nuevos donde antes estaban los afables del reno, unos maquiavélicos; son como los de ese muñeco azul del videojuego que, si aparece frente a ti, eres hombre muerto.

Mi abuela se lleva la mano a la boca ocultando una sonrisa, sin duda está aguantando una carcajada; a mí me resulta imposible no dejarme llevar y soltarla en alto.

—No tiene maldita gracia, Nash —me recrimina mi padre.

Entiendo que esté enfadado porque es cierto que se han pasado varios días montando a Juguetón, pero, oye, nadie puede negar el arte que le han puesto los vecinos. Y lo originalmente diabólico que lo han dejado.

—Han sido ellos. Nos aseguran que no, pero sabemos que han sido ellos.

Observo la casa de enfrente y, de pronto, una de las cortinas del salón se mueve. Las comisuras de mis labios se alzan porque, no tengo pruebas ni tampoco dudas, Damian y Gavin están espiándonos desde allí, intentando averiguar si mi padre y mi abuelo se han tragado el cuento y cuál será su siguiente paso.

No es necesario que os lo explique, ¿no?

—Vamos a desmontarlo —propone mi padre—, no podemos dejar a Juguetón así. Luego iremos a Vermont en busca de un sustituto.

Con ese objetivo en mente, salen de aquí en tromba, imagino que en busca de herramientas para ponerse manos a la obra cuanto antes. Mi abuela tira de mi brazo y, cuando entramos, se apretuja los brazos y los mueve con fruición para volver a entrar en calor. Hemos salido desabrigados y ahí fuera hace cada vez más frío. Ha debido de nevar durante toda la noche porque la altura de la nieve en la calle es mucho mayor que la que había cuando llegué a la hora de cenar.

Y que cuando me asomé por la ventana para comprobar si Emma ya dormía o si leía en el alféizar como tanto le gustaba hacer.

Emma...

—Ya deberías estar vestido —comenta mi abuela, que vuelve a rellenar su taza de café. Humea y me veo tentado de servirme otro.

—¿Para qué?

—¿No te lo dije? —me pregunta mi abuela.

No os fieis un pelo de su tono. Suena dócil y calmado. Es todo mentira.

—¿En qué lío me has metido esta vez?

—Te he apuntado como ayudante en el mercadillo. Me encontré a Eleanor y a Mila en el supermercado ayer por la mañana, ya sabes, cuando fui a comprar costillas para ahumarlas hoy y almorzarlas junto a los macarrones con queso que tanto te gustan. —Un par de palmadas en la mejilla y sigue sin convencerme su actitud de no haber roto un plato. Intenta comprarme con comida—. Me explicaron que necesitaban ayuda en los puestos. Buscaban un poco de todo. Personas que se encargasen de los niños, gente para envolver regalos, alguien que sirviera las tazas de chocolate caliente o que recogiera los tickets de la pista de patinaje además de comprobar que se cumplan las normas en ella.

Abro la boca con la intención de protestar. Estoy de vacaciones, es evidente, como cada año, y aun así tengo mucho que hacer. Sobre todo porque Nevaeh me ha pedido que nos veamos para tomar algo, y su «tomar algo» implica que quiere hablarme del proyecto que se trae entre manos, y yo soy su mano de obra barata. Y tan barata que es gratis. Porque, al menos, Mason se supone que va a sacar algo de esto; yo, como mucho, no perderé.

—Escucha, abuela...

—Vas a ir a envolver regalos y no acepto un no por respuesta. Esto funciona de la siguiente manera —aclara—. Yo ofrezco la ayuda de mi nieto y él dice que sí sin rechistar porque soy mayor que él, porque me adora y me venera y porque quiere seguir manteniendo la cabeza sobre los hombros. ¿Me he explicado con suficiente claridad?

¿Veis? No os fieis ni un pelo de su actitud.

—Como el agua. —Esa es mi respuesta.

Sonríe complacida porque ha conseguido lo que quería.

—Ahora sube, vístete con ropa navideña y despierta a Caleb porque él se va a encargar de los tickets de la pista de patinaje.

Me carcajeo escaleras arriba porque, bueno, ¿qué le vamos a hacer? ¿Conocéis el refrán ese de «Mal de muchos, consuelo de tontos»? ¿Sí? Pues me representa.

Hago lo que mi abuela me pide y desaparezco antes de que la cosa se ponga fea. En muchos sentidos.

Salgo a la calle y me enfundo el gorro de lana. Cuando alzo la vista, me encuentro con Remi saliendo de la casa de enfrente; alza la mano para saludarme y yo le devuelvo el gesto.

Me cae bien. Es espontánea y dicharachera. Entiendo que Emma y ella hayan congeniado como lo han hecho.

Me dirijo hacia el mercadillo y aprovecho para enviar varios mensajes a Nevaeh y comentarle mi plan para el día. Ella me responde al instante riéndose de mí y llamándome pringado. No me sorprende y no se lo tengo en cuenta. Me propone vernos esta noche y acepto de inmediato.

Cuando llego a la plaza principal de Stowe veo que los puestos están comenzando a abrir. Muchos están todavía levantando las ventanas abatibles de sus casetas de madera, encendiendo las luces blancas que los decoran y colocando guirnaldas en la parte superior.

Triss y Todd aguardan en la entrada con una carpeta en una mano y varios bolígrafos en la otra.

—¡Buenos días, Nash! —me saluda la primera con voz cantarina. Todd se limita a asentir sin más.

—Buenos días. Mi abuela me ha dicho que...

Triss no me deja terminar, me señala con el bolígrafo la caseta en la que se supone que voy a pasar seis divertidas horas envolviendo regalos y hasta allí me dirijo sin mediar palabra.

—¡Ah! Y recuerda sonreír porque una sonrisa es el mejor regalo que puedes darle a cualquiera que se acerque.

Le dedico ese gesto a ella y parece aprobarlo porque alza el pulgar. Ambos pulgares.

Actúo de la misma manera que todos los demás. Coloco luces, guirnaldas, calcetines de tela que lleno con bastones de caramelo para regalarlos a los pequeños y los utensilios y cajas con los que se supone que voy a trabajar.

—No puedo creer que me haya dejado convencer... —mascullo para mí mismo.

Un par de carraspeos me hacen incorporarme.

—Y yo no me puedo creer que estés tú aquí.

Capítulo 21

Ya ves, el destino y esas cosas

Emma

—Emma, esto empieza a rozar el acoso —suelta incorporándose.

Ni confirmo ni desmiento que, durante unos segundos de más, me he quedado embobada observando como se movía a su antojo. Comienza a rozar lo bochornoso.

Lo que no puedo desmentir es que, muy a mi pesar, empiezo a parecer una acosadora en potencia porque no paramos de cruzarnos.

—En mi defensa diré que no ha sido elección mía. Remi, esa que ves allí pintando caras... No, pintando su propia cara —rectifico; no me puedo creer que mi amiga haya decidido hacer esperar a esa larga cola de pequeñajos que hay en fila frente a ella solo para dibujarse un par de mariposas en las mejillas; y, oye, le están quedando de lujo—, la que me ha metido en este jaleo. Ella, Truman y Eleanor.

—¿Te has dado cuenta de lo bien que encaja en la dinámica del pueblo? —comenta Nash, que la observa con una sonrisilla mona en los labios.

Una sonrisilla ridícula en los labios.

Ejem, ejem.

—Ya te digo, a mí me lo vas a contar. —Lo empujo hacia la derecha y sé que lo permite porque, si este chico de aquí opusiese un mínimo de resistencia, ya te confirmo que no podría conseguir moverlo ni un solo centímetro—. Hace poco más de cuarenta y ocho horas que está aquí y se ha ganado a medio Stowe. De camino, ha estado chafardeando con Mila. Parece ser que es vox populi cierto reno que ha sido maquillado.

—Menudo eufemismo ese. Tu padre y tu abuelo se han lucido.

Abro los ojos como platos y me dispongo a negar la evidencia. Lamentablemente, son los principales sospechosos de haber cometido ese delito... y eso no es cuestión de cotilleos, es cuestión de que ni siquiera hacen falta pruebas veraces, que no tienen, pero que tampoco son necesarias.

—No pienso ser yo la que te dé información alguna al respecto. Me debo a mi familia.

¿Habéis visto qué bien me ha quedado el discurso?

—Si no tienes información alguna que darme a mí al respecto —se señala—, es porque ciertamente hay información que conoces, pero que no quieres compartir con un servidor. —Apoya los codos sobre el mostrador y coloca ambas manos bajo su mentón, me sonríe con amplitud y su cara resplandece. Ya me estoy arrepintiendo de haber venido, y... ¿quién lo ha invitado a él?—. A los amigos se les cuenta todo, lo sabes, ¿no?

—Obvio. —Sonrío a mi vez, me cruzo de brazos y apoyo el peso de mi cuerpo sobre mi pierna derecha. Su mirada se pasea por todo todo mi cuerpo. Ni siquiera sé si sentirme avergonzada o alterada por ello—. Por eso he hablado con Remi, y también he llamado a Nevaeh y Piper. ¿Adivina a quién no le he contado nada? ¡Espera! —Me adelanto cuando veo que abre la boca con la intención de soltar alguna de las suyas—. Te daré una pista. Empieza por «ene» y acaba por «ash». Suma tú solito..., si es que sabes, claro.

No solo suma él solito, sino que suelta una carcajada que me provoca cierto pellizco. Un pellizco que no debería sentir en absoluto; sin embargo, ahí está, empujando.

Me percato de que me he quedado demasiado obnubilada observándolo cuando Nash se incorpora, alza una ceja y se cruza él también de brazos. Se apoya en la mesa en la que se supone que tenemos que envolver los regalos y me observa con atención.

—Te preguntaría si algo de lo que ves te interesa...

—Todo lo que veo me interesa.

—... pero sonaría presuntuosa. —Cada palabra que añado para finalizar la frase va perdiendo fuerza conforme sale de mi boca y conforme asimilo su respuesta.

Nash da un paso hacia mí. Un paso lento y deliberado. Un paso certero y seguro. Firme. Y mi corazón comienza a latir de manera apresurada.

Va a besarme.

Lo va a hacer.

Contengo la respiración cuando apenas unos centímetros separan su boca de la mía e hiperventilo porque una parte de mí quiere que eso sea lo que suceda. La parte terrorista, la que se lanza al vacío y no piensa en que este chico que está frente a mis ojos es el mismo que me rompió el corazón hace tiempo. Ese que me utilizó para desecharme a la primera de cambio cuando se le presentó la oportunidad. Ese que permitió que me fuese; de hecho, me empujó a hacerlo, no opuso resistencia. ¿Es eso amor?

Doy un paso hacia atrás porque, por suerte, la parte racional que queda dentro de Emma toma las riendas.

No quiero que juegue conmigo. No estoy dispuesta a permitir que Nash me haga daño porque este chico es encantador, sí, pero a la vez es destructivo.

Mi corazón da buena fe de ello.

—Creo que tienes algo aquí —murmura.

No iba a besarme. Solo quería... Qué ridícula me siento.

—Déjalo. —Le doy un golpe en la mano cuando me quita una hoja húmeda que se había enredado en mi pelo suelto.

¿Por qué sueno decepcionada? O, peor aún, ¿por qué me siento tan decepcionada?

Esa parte racional no es lo suficientemente fuerte como para evitar las emociones que burbujean dentro de mí.

Durante unos segundos me dedico a colocar las cosas sobre la mesa, en orden. Cinta adhesiva, papel de regalo, tijeras, cajas de distintos tamaños y colores, lazos, cintas decorativas, rotuladores y tarjetas que pegaremos después de escribir el nombre de la persona que va a recibir dicho presente en estas fiestas. Lo hago como si me fuese la vida en ello... o, peor aún, como si supiese siquiera empaquetar un regalo.

Y lo hago enfadada. Conmigo misma, por permitirme tener estos pensamientos, y con Nash, por estar aquí en mis Navidades, cuando no le toca la custodia de Stowe porque me toca a mí.

Que sepáis que no me siento nada orgullosa de mi persona en este instante.

—¿Cuánto tiempo hace que conoces a Remi?

Nash se ha acercado para ayudarme a ultimar los detalles. Prepara un cubo de basura con una bolsa para que sea ahí donde depositemos los restos que luego se puedan reciclar. Me fastidia que se le vea tan tranquilo cuando yo no me siento de esa forma en absoluto.

«Claro, normal, porque no le importas un pimiento. Y porque él tampoco debería importarme y aquí estoy, hablando conmigo misma».

Inspiro con fuerza y exhalo.

—Nos conocimos cuando ambas presentamos nuestra candidatura para unas vacantes en la empresa en la que las dos trabajamos actualmente, en Nueva York —respondo.

Hablar de Remi me tranquiliza, o, por lo menos, hace que se me olvide lo decepcionada que me siento por bajar la guardia con tanta facilidad.

—Eleanor le ha contado a mi abuela que tu amiga siempre quiso ser pintora, dedicarse al arte, pero que sus padres se lo prohibieron tajantemente y la obligaron a dedicarse a algo que no le gusta en absoluto.

Valora mi semblante y vuelve a apoyarse en la mesa con actitud despreocupada.

Niego con la cabeza un par de veces.

—La realidad no es esa, al menos, en parte.

—Me temo que la vida es un poco eso —susurra él. Nuestras miradas conectan y me quedo ahí, conteniendo la respiración solo por la forma en la que me observa, como si... como si fuese capaz de ver algo en mí. De ver todo en mí—. Siempre hay tres versiones: la propia, la externa y la de verdad. ¿Cuál es esta última?

Ladea la cabeza y un mechón rebelde cae por su frente. Nash casi siempre ha llevado el pelo bastante largo. Es verdad que ha habido períodos, no muchos, en los que se lo ha cortado más, sobre todo en verano, por el calor o a causa de alguna trastada en forma de chicle pegado en él por parte de Caleb, que se lo enganchaba mientras dormía cuando le robaba la ropa. Me pregunto si los hermanos Prescott siguen haciendo esa clase de cosas.

—Digamos que los padres de Remi dejan mucho que desear.

Chasquea la lengua con desaprobación. Nevaeh estaría encantada con el gesto. Yo lo estoy con el desagrado que encuentro en su mirada y en su rictus serio. Sí, Nash es un libro abierto para mí.

O, al menos, lo era.

—¿Y dónde están sus padres ahora?

Muevo las cosas, ordenando y desordenando el material de nuevo, porque quiero contarle lo que pienso, porque me muero de ganas de poder ser yo misma otra vez con él. Porque quiero encontrar frente a mí al Nash que fue cuando estábamos juntos.

—Emma. —Me sujeta las manos y una sensación cálida me recorre las palmas, me sube por los brazos y se enrosca en mi cuello, caldeándolo todo a su paso.

Cierro los ojos unos segundos. Unos segundos de más.

—Sus padres han pensado que sería mucho mejor pasar unas vacaciones de Navidad en la playa. Unas vacaciones navideñas que no incluyen a su hija.

—Pero ¿es algo puntual? Quiero decir, ¿alguna vez cuentan con ella cuando hacen sus planes?

Es mi turno de chasquear la lengua y entonces giro la cabeza en busca de Remi. Se ríe a carcajadas mientras le dibuja una mariquita a uno de los niños en la mejilla. Una mariquita navideña, porque tiene gorro y un bastón de caramelo en la pata. Nash lleva su vista hacia donde yo tengo la mía.

—No —es mi respuesta. Contundente y categórica—. Remi los adora y no se lo merecen. Es demasiado bondadosa con todos los que la rodean: con sus padres, con Tim, con nuestros compañeros de trabajo. Pone la otra mejilla una y otra y otra vez y permite que la vapuleen. ¿Y sabes cuál es su reacción? ¿Sabes qué les devuelve? —Nash niega, aunque apuesto lo que sea a que sabe perfectamente cuál va a ser mi respuesta—. Una sonrisa. Siempre tiene una sonrisa a punto para regalar, a pesar de que nadie se la haya ganado. Esa, esa es ella. —La señalo.

De pronto, como si se sintiese observada, alza la mano y nos saluda. Incluso se incorpora y grita en nuestra dirección.

—¡Envolved muchos regalos y no os matéis! ¡Es Navidad!

Nash le devuelve el saludo y yo le lanzo un beso. Lo de no matarnos está por verse...

—Has hecho bien en traerla aquí, en traerla a casa.

Cuando tengo el valor suficiente de despegar la vista de mi amiga, lo miro una vez más.

«De traerla a casa».

«A casa».

—Gracias, Nash.

—¿Por qué? —me pregunta de vuelta.

—Por recordarme qué significa Stowe para mí.

Porque él no lo sabe y porque siempre quise irme. Esto se me quedaba pequeño; tenía muchos planes, quería comerme el mundo sin entender que todo eso que había ahí fuera sería pasajero; sí, lo viviría y me sentiría genial, pero nunca nunca como cuando estoy aquí.

Con los míos. Conmigo misma.

Y hasta con él.

Capítulo 22

Primer día superado

Nash

—Anoche Emma y yo nos escribimos notas a través de la ventana.

Nevaeh, que se ha convertido en una de mis mejores amigas y es, a su vez, una de las mejores amigas de Emma, deja a medio camino la patata frita a rebosar de kétchup de la que pretendía dar buena cuenta.

—¿Cómo dices? —Esa es justamente la reacción que esperaba.

La ignoro.

—Y, esta mañana, hemos envuelto unos tres millones de regalos y no hemos sacado el tema, ni siquiera lo ha mencionado. Yo tampoco.

—¿Tres millones? ¿Ella?

Me carcajeo porque sé a lo que se refiere. Yo los he envuelto y ella les ha puesto el lazo, eso se acerca mucho más a la realidad.

—Es una manera de hablar. —Le robo la patata y me la trago de un bocado. Nevaeh frunce el ceño y se cruza de brazos—. Eso no es lo importante.

—Ya sé lo que es importante —sentencia ella.

—Soy todo oídos.

—Cada vez que dices eso, me imagino una oreja megagigante pegada a una cabeza minúscula y...

—Las descripciones, para después. Ahora lo que nos atañe de veras es otra cosa.

—Es la cobardía —rezonga ella.

Empiezo a pensar que no ha sido una buena idea esto de explicarle lo que ha sucedido.

—Gracias, eso no ha escocido lo más mínimo —ironizo.

—Si buscabas a alguien que te dijese lo que quieres oír y no la verdad, haber hablado con Mason.

¡Marchando una de sincericidio, por favor y gracias!

—¿Sabes que a mi hermano ese tipo de comentario le dolería en lo más profundo de su ser?

—Apuesto a que no más de lo que le va a doler que vea que su hermano mayor está levantándole a su chica.

No encuentro fallos en su lógica...

—De ese tema podemos hablar luego si quieres.

—No hay nada que hablar porque he tenido la mejor idea del mundo. En la escala de ideas geniales propuestas por Nevaeh —simula una escalera con las manos—, en lo más alto se encuentra ser decoradora de interiores..., seguida muy de cerca —continúa gesticulando— de buscarle un novio falso a Piper. Los hombres son muy básicos, Nash, y siento que estés presente en este instante y tengas pene, porque eso te convierte en uno de ellos; eso sí, que conste que yo te quiero igual.

—¿Me quieres?

—Te aprecio, y no te flipes —concluye rompiéndome el corazón por el camino—. El caso es que en esta vida funcionamos a base de cachetadas. Cuando la hostia es considerable, es ahí donde reaccionamos y aprendemos..., y tu hermano es un santo, aburrido, pero un santo al fin y al cabo, y mi amiga está loca por él.

—Y...

—¿Y por qué no es ella la que se adelanta y le pide una cita?

—Asiento porque esa es justo la pregunta que iba a formular antes de que me interrumpiese con su verborrea incesante—. Porque son tal para cual. —Me sonríe con descaro y no sé si darle un premio a la mejor analizadora de personas o huir antes de que esas técnicas las aplique conmigo—. Así que, ya ves, en esas estamos, interviniendo porque es lo único que podemos hacer.

—También podemos mantenernos al margen y que se arreglen ellos solos.

—Eso ya lo hemos probado.

—Ah, ¿sí?

Nevaeh asiente, cogiendo del plato, esta vez, un puñado de patatas. Nada de conformarse con una. Se lleva medio bote de kétchup de paso.

—Claro, a ver si te crees que Emma y tú estáis separados porque hemos intervenido. Si lo hubiésemos hecho, estaríais casados y tendríais al menos media docena de hijos.

—¿Media docena?

—Te enseño la mano y me miras el dedo —ironiza.

—No sé si me gusta tu sentido del humor.

—¿Te refieres a mi sentido del humor ácido? Te encanta y lo sabes. —Ladea la cabeza y en el proceso me guiña un ojo. Se mete el puñado de patatas fritas en la boca y mastica como un pez globo. Cuando traga, no me he recuperado todavía de la mordacidad de sus palabras—. Me pediste que no interviniese cuando quise explicarle que nada de lo que sucedió aquella noche fue real; que actuaste pensando en ella y no en ti.

Chasqueo la lengua al rememorarlo todo. Tres años que han sido como veinte.

—Ya sabes por qué hice eso, Nevaeh, lo hemos hablado.

Alza los hombros y sé de antemano que le suda muy mucho lo que le estoy explicando. Joder, ojalá a mí también, porque no la habría perdido.

—Eres un caballero y te felicito por ello. —Me da un par de cachetadas en la mejilla y, en fin, ¿estas son las nuevas muestras de cariño en el siglo XXI? Lo pregunto para estar a la moda y esas cosas—. Sin embargo, ahora pagas las consecuencias. Emma está dolida y resentida, enamorada, pero dolida y resentida...

—¿Qué has dicho? —pregunto interrumpiendo su discurso. Puede que sea el efecto de la música que suena de fondo, o la forma en la que se me ha acelerado el corazón.

—Dios, no me lo puedo creer, estoy rodeada de imbéciles.

—*¿Qué-has-dicho?*

—¿Es que no te has dado cuenta de nada? Nash, por favor, te tenía por un tipo inteligente y avispado. Yo solo me rodeo de esa clase de personas y eres uno de mis mejores amigos, no hagas que te quite el título que con tanta estima te he otorgado.

Pongo los ojos en blanco porque es la única manera en la que sé reaccionar al sarcasmo que utiliza Nevaeh. No tengo claro si por sus venas corre sangre o cinismo.

—No creo que sea de esa forma, ella..., Emma...

—Por favor... —Se lleva la mano a la frente, se golpea con ella y luego me la acerca; en realidad acerca las dos, apoya las palmas en mis hombros y aprieta en un masaje nada agradable; al contrario, me duele.

—¿Has estado entrenando?

—Para matar a gilipollas.

¡Marchando otra de sincericidio! ¿Quién necesita enemigos si tienes amigas como ella?

—El caso es que todas... *¡todas!* —grita, apuesto a que lo habéis leído haciendo hincapié en la palabra porque así es justo como lo ha expresado— sabemos que ella sigue loca por tus huesos. ¿Por qué? Pues porque hay amores que nunca en la vida se olvidan, o porque es masoca o tal vez está loca. ¿Has visto? Me ha salido un pareado sin siquiera haberlo planeado. ¡Y otro! A ver si a partir de este momento, en mi escala de cosas que se me dan genial, también voy a tener que añadir la poesía.

Guardo silencio mientras Nevaeh suelta algún discurso de los suyos sobre lo buena que es en todo lo que hace. Y, ojo, me parece cojonudo porque ya está bien de estar machacando nuestra autoestima. A eso se lo llama confianza en una misma, aunque otros lo llamen presunción.

Tal vez por eso me caiga tan bien Nevaeh, porque es consciente de que nadie la va a querer tanto como lo hará ella misma.

—¿Me estás escuchando? —Otra patata frita.

Niego con la cabeza.

—Estaba... pensando.

Suspira, como si ya estuviese llegando al límite de su paciencia.

—Mira, Nash, esta es tu oportunidad. Espabila porque, en caso contrario, nosotros hemos planeado algo.

—¿«Hemos planeado»? —Bate las manos antes de llevarlas a mis pantalones—. ¿Te estás limpiando en mi ropa?

—No entiendo cómo has llegado a esa conclusión.

No, claro que no.

Yo tampoco entiendo cómo ha conseguido cambiar de tema y que me olvide por un segundo de ese pronombre personal en plural, nada menos.

—Joder... —profiero cuando lo recuerdo.

Nevaeh esconde una sonrisilla.

—Si no quieres que intervengamos —sonríe ladina—, te aconsejo que te pongas las pilas... porque no descarto, no descartamos, tomar las riendas y acabar con esto, ya que, créeme, Nash, estamos cansados de verte suspirar por Emma y que no hagas nada por reconquistarla.

—No hay nada que me apetezca más que hacer eso.

—Pues que se te note, Nash, que se te note.

—¿Y qué esperas que haga? ¿Que la acorrale en la calle? O no, mejor en el puesto donde envolvemos regalos... Cierro la caseta, la subo a la mesa y le demuestro sin palabras lo loco que sigo estando por ella y que nunca he dejado de estarlo.

El brillo malicioso en los ojos de Nevaeh es inconfundible, y apuesto lo que sea a que todo eso que he mencionado le parece perfecto.

—No pienso hacer eso —concluyo.

¿O sí?

Ella se encoge de hombros, termina de comerse una patata frita solitaria y empuja el plato hacia mí.

—Qué aburrimiento de hombre, por favor, en esta vida hay que coger el toro por los cuernos.

—Y darse de hostias —argumento.

—O que te las den, ¡qué más da! La cosa es actuar y no ser un simple espectador.

—¿Eso es lo que tú haces y por eso ligas a través de una app de citas?

—Lo hago porque me divierte..., ya sabes, ese juego entre dos desconocidos que se gustan y se mienten.

Sí, es sincera hasta con ella misma. O no tanto, porque lo de Caleb y ella...

—Eres una marrana —la insulto, eso sí, siempre con cariño.

—Señorita marrana, un respeto, por favor.

Dicho esto, alza la mano, pide más patatas fritas y nos ponemos manos a la obra con su proyecto de decoración. O, lo que es lo mismo, ella da órdenes y yo las acato.

Capítulo 23

La que has liado, pollito

Emma

Quinto día superado.

Parece ser que esto de envolver no se me da tan mal como se rumorea por ahí... No, las habladurías son ciertas, se me da aún peor... Dejando eso a un lado, hablemos de lo ilusionada que está Remi porque cada mañana, al llegar, ya cuenta con una fila enorme de niños que quieren que les dibuje en sus rostros alguna decoración, algún animal o algún motivo navideño, y ella, encantada de la vida, no solo acepta la petición, sino que siempre termina por superar las expectativas de los demás.

—Que sepas, Quimby, que además de pintar caras también ha empezado con los cuellos. Los pobres críos quieren que dibuje también en sus brazos, pero, como comprenderás, estas Navidades están siendo de lo más frías y no entra en los planes de Remi que todos los padres se enfaden con ella por pillar pulmonía tras pulmonía.

Mi entrañable vecino, desde abajo, sigue abriendo cajas y cajas mientras yo las voy sacando de la buhardilla de su casa y se las entrego. Iba en serio cuando me ofrecí a decorar su casa, una vez que ya acabamos con el árbol, a pesar de que mi padre y mi abuelo me hayan tildado de traidora cuando se lo he comentado esta mañana durante el desayuno y ahora no me dirijan la palabra.

Para que digan que los más pequeños son los más infantiles.

—¿Y dónde está tu amiga?

—Piper necesitaba ayuda en la cafetería. Parece ser que se ha puesto de moda. —Saco una caja más y se la tiendo—. Cuidado —lo aviso—, esta pesa.

Quimby me regala una sonrisa de agradecimiento por la advertencia y la sujeta con el doble de fuerza.

—Por cierto, ¿ya has ido a verla?

—Todavía no he tenido el placer... Ya sabes, no me siento muy animado como para salir. —Aparto la vista de las cajas que todavía quedan en el altillo, me agarro a la escalera y miro hacia abajo, hacia el suelo, donde Quimby amontona cajas o retira un poco de suciedad de estas—. Sigo sintiéndome extraño —concluye.

El timbre de su casa suena y eso hace que una frase de consuelo acabe muriendo en mis labios.

—Ya vuelvo.

—Puedo ir yo —me ofrezco, y me dispongo a descender. Quimby, sin embargo, niega en repetidas ocasiones y se marcha, con sus pantuflas y su sudadera navideña puestas.

Cuando he llegado hace un rato me ha contado que la había encontrado al fondo del armario y que se la había puesto en mi honor porque sabe lo mucho que me gustan estas fiestas y lo feliz que me haría verlo con ella puesta. Algo me dice que no es solo por mí por quien lo ha hecho y que a su mujer también le habría encantado.

No he dicho nada al respecto; eso sí, creo que me ha entrado algo en los ojos y por eso se me han acumulado las lágrimas en ellos.

Subo un escalón más y empujo cajas hacia el borde para seguir bajándolas. Brielle siempre fue una mujer con un gusto para la decoración exquisito. No es solo que cada año comprase un adorno nuevo para el árbol, sino que además lograba que, de alguna forma, todo fuese precioso, que encajase, que tuviese vida. Y eso no lo consiguen los adornos, uno al lado del otro, sino que lo consigue el alma que le pone la decoradora.

—¿Cuántas quedan? —pregunta mi vecino desde abajo.

No me asomo, sino que sigo acercando cajas y sujeto la más cercana a donde me encuentro y la muevo con la intención de entregársela.

No es Quimby el que está debajo esperando el bulto. Es otro vecino bien diferente, con otra sonrisa muy distinta y un deje de lo más canalla.

La reencarnación del diablo.

—¿Todo bien por ahí arriba? —me pregunta con descaro.

Me fijo en su pelo, despeinado y rebelde, y me pregunto si será a causa de ese gorro de lana que no se quita nunca y que es así desde que..., da igual, o si es por el viento helado que nos acompaña hoy.

—¿Todo bien por ahí abajo? —respondo yo a mi vez.

—No podría estar mejor —concluye. Y por la zona en la que clava la mirada, sé bien lo que está observando.

—Deja. De. Mirar —exijo.

—A ver... —Alza las manos disculpándose. Como si me fuese a creer que es de esa manera, ya, claro—. Digamos que no estoy haciendo nada que no hayas hecho tú con anterioridad. —Y señala la planta baja.

Maldita Remi, tenía que abrir la bocaza y contarle eso precisamente a Nash, no podía haberlo hablado con su sombra o algo así, no, claro que no.

—Borra esa sonrisa petulante que tienes o la siguiente caja te la tiraré encima. Disfrutaré viendo como te aplasta.

Las comisuras de sus labios se alzan con presunción. Y yo me muero de rabia porque me gusta la forma en la que lo hace. Soy una imbécil de primera. Aquí me tenéis, negándome a acercarme a él y muriéndome de ganas de que así sea, ¿cómo se define eso? No respondáis, por favor y gracias, con una dosis de realidad ya me basta.

—Anda, baja de ahí, ya me encargo yo de las que quedan.

Me cruzo de brazos dispuesta a soltar alguna réplica sarcástica y anotarme un tanto victorioso, hasta que me tambaleo, me agarro al suelo de la buhardilla y me acojono.

—Vale —cedo sin más.

Desciendo por las escaleras y, cuando todavía faltan un par de peldaños, Nash me sujeta por la cintura y me coge en volandas, obligándome a descender los escalones que me faltan y no solo eso, a hacerlo y acabar pegada a su pecho.

No sé cómo de rápido latirá su corazón; eso sí, os garantizo que el mío va al galope. Es como si tuviese una manada de elefantes correteando en el centro de mi pecho y amenazándome con matar ese músculo que tiene vida propia.

—Gracias por tu ayuda.

—De nada —murmura.

Todavía recuerdo su broma, esa misma en la que me recordó que tenía que darle las gracias por haberme salvado de una caída que me hubiese tachado de patética y penosa. Nada nuevo, vaya.

Sus manos todavía envuelven mi cintura y coloco las mías en su pecho con la intención de empujarlo para que nos separemos de una vez. Porque no me hago responsable de lo que suceda si lo tengo cerca.

¿Recordáis la lamida de vaca y el escupitajo de la llama?

Pues a mí se me ha olvidado.

Quimby carraspea a nuestro lado y entonces caigo en la cuenta de lo que debe de parecer esto desde fuera, y *lamentable*, como adjetivo, se le queda corto.

—¿Puedes soltarme ya? —le pido.

—Esa no es la pregunta correcta.

—¿Cuál es la pregunta correcta?

Nash se acerca a mi oído, como hace siempre que quiere que un secreto inconfesable quede entre nosotros dos.

Es un asco que tu cuerpo reaccione a algo a lo que sabes que no debe responder.

—¿Quiero soltarte ya? Porque, no, no quiero, Emma. No quiero —recalca.

Y ahí está de nuevo la manada de elefantes surcando mi cuerpo de arriba abajo en tropel.

Nash se retira poco a poco, solo unos centímetros porque nos quedamos cerca. Muy cerca y, a la vez, demasiado lejos.

«¿Qué tal tus Navidades? Bien, mi bipolaridad y yo hemos estado batallando, pero no sabemos cuál de las dos ha ganado».

—Te he echado de menos —susurra.

Esta vez no lo hace para que quede entre nosotros. Tampoco es una nota que pueda disimular y actuar como si no lo hubiese escrito. Son palabras. Palabras que rasgan, que constriñen, que hacen que cientos de mariposas quieran emprender el vuelo en lo más profundo de mi cuerpo y que me permitan dejarme llevar.

—Siento que no sea recíproco.

Lo aparto y Nash, una vez más, me permite que lo haga.

Me cede mi espacio y me dirijo hacia la entrada. Quimby se ha marchado para que nos quedemos a solas, y no lo culpo;

apuesto a que, desde fuera, parecíamos dos personas que no han dejado de sentir algo una por la otra.

Chasqueo la lengua y abro la puerta de la calle. Salgo al exterior, con nada más que una sudadera llena de pingüinos con gorros de Santa Claus y ojos como platos. Apuesto a que esos ojos no estaban ahí antes y que son producto de mi triste intento de no caer rendida a los brazos de mi vecino.

No tendría que haber venido.

No tendría que haberlo hecho.

¡Qué coño!

No tendría que haber vuelto él porque este es mi turno de custodia, me tocan estas Navidades.

Y me dispongo a entrar y recriminarle ese tipo de cosas cuando Quimby se sitúa a mi lado, coloca una manta sobre mis hombros y deja en mis manos una taza de chocolate que humea.

Durante unos segundos de más creo que no va a hablar y que sencillamente se ha apiadado de la chica que necesitaba salir a coger aire porque las implicaciones de quedarse dentro podían resultarle catastróficas.

—Ese chico sigue enamorado de ti, Emma.

Giro la cabeza y Quimby no me observa, se limita a mirar hacia el cielo. Y sé lo que pasa por su cabeza.

Cuando me mira de nuevo, solo me sonríe y yo le devuelvo el gesto. Porque solo hay una pregunta que cruza por mi mente... ¿Seguiré yo enamorada de él?

Capítulo 24

Son las cosas de la vida, son las cosas del querer

Emma

—No pude terminar de decorar nada, Remi, ¿lo entiendes? La frase de Quimby fue lapidaria en muchos sentidos, y no solo eso... —Suspiro sin siquiera saber cómo continuar y no sentirme una contradicción andante.

—Con nosotras no tienes que sentirte mal ni disimular. Lo sabes, ¿no? Te conocemos. —Piper posa una mano sobre la mía—. Las dos lo hacemos. —Se señala a sí misma y luego a Remi, que está sentada a su lado, asintiendo con efusividad ante tal afirmación.

—Es que es complicado... ¿Cuánto tiempo hace que he llegado al pueblo? ¿Una semana? ¿Diez días? Ha sido como un suspiro y no he parado de cruzarme con él; es como si el destino estuviese jugando conmigo, como si yo me hubiese convertido en su marioneta y quisiese hacer de las suyas a mi costa.

Remi ladea la cabeza y me dedica una sonrisilla llena de ternura.

—Tal vez sea hora de pasar página, ya sabes, perdonar.

Piper abre la boca con la intención de añadir algo a la frase que ha pronunciado Remi, o quizá rectificarla, pero se contiene.

—¿Qué? No te lo guardes, Piper. Puedes decirlo abiertamente, puedes ponerle nombre a eso que todas ya sabemos. A lo que soy.

Piper niega en repetidas ocasiones y termina por inclinarse un poco hacia delante, recortando la distancia. En este instante solo nos separa la mesa de centro y se nos ha hecho tan tarde, las horas han pasado tan rápido, que ya ni siquiera llevo las botas y esta alfombra sobre la que están mis pies es maravillosa. Por si había alguna duda sobre ello.

Quiero tres para mí.

Nota mental: Preguntarle a Nevaeh dónde la compró y hacer un pedido urgente.

—No es nada —suelta al fin.

Remi la observa con fijeza; en realidad, la evalúa. Se han convertido en uña y carne. Nash tiene razón, Remi se ha adaptado a la dinámica del pueblo con una facilidad pasmosa, y no solo eso, sino que también ha encajado con mis amigas. Nevaeh se sentía recelosa al principio y, ya veis, con cuatro frases la ha conquistado, y Piper... Piper es de las que entregan sin dudar todo lo que tienen. Eso sin contar a Scott, que se pasea por delante de mi amiga como un pavo real enseñando las plumas.

—Lo que Piper quiere decir es que no tienes nada que esconder. Todas tenemos nuestras virtudes y nuestros defectos, y lo bonito de una amistad es aceptarse de esa manera. Qué triste sería todo si fuésemos perfectas. Resultaría de lo más aburrido.

—Coincido —la secunda Piper señalando a Remi, que sigue sentada a su derecha.

Suspiro al oír las sabias palabras de una persona más sabia aún.

—Estoy hecha un lío. Es que... no debería...

—¿No deberías dejarte llevar? ¿No deberías sentirte atraída por él? ¿No deberías estar pensando en besarlo? ¿No deberías...?

—Ya basta —la corto porque, ¡joder! No sabía cómo expresarlo y aquí, mi amiga la dicharachera, ha dado en el clavo a la primera—. ¿Me espías o algo así?

Niega con la cabeza sin perder el buen humor que la caracteriza.

—Algo mucho mejor que eso... Te veo.

Abro los ojos dispuesta a, no sé, ¿balbucear? A veces pienso que no me merezco a estas chicas, que no me merezco a mis amigas porque son todo lo bonito que hay en el mundo. Es cierto que somos muy diferentes, ¿y sabéis qué? Remi tiene razón en eso. ¿Qué pasaría si fuésemos un calco unos de otros? Sería aburrido y cargante. No habría chispa, compartiríamos opiniones y nos limitaríamos a confirmar los pensamientos de los demás sin dejar esa llama prendida dentro de cada uno cuando no pensamos igual, cuando las opiniones no coinciden o cuando tomamos distintas direcciones en la vida. ¿Y la chispa? ¿Y la gracia? ¿Y esa mecha que se enciende siempre que alguien pronuncia algo que te hace pensar o replantearte cualquier cosa? O incluso valorar distintas ideas y plantearte alternativas.

Sí, no puedo sentirme más orgullosa de lo que me siento, porque somos diferentes, pero hemos aprendido a complementarnos, y lo mejor de todo es que lo hemos hecho sin siquiera obligarnos a ello. Esa es la verdadera amistad, mostrarte tal y como eres, enseñar esa versión de ti misma y ser capaz de sentir que encajas en ese lugar y que no tienes que disfrazar tu personalidad para que otros te acepten, porque lo hacen sin dudar.

Porque quieren hacerlo sin dudar.

—No puedo volver a caer en eso —digo, y exhalo todo el aire que tengo en los pulmones de manera sonora—. Y dejemos de hablar de mí un rato, por favor. ¿Tú qué tal andas, Piper?

Esta se remueve en el asiento, incómoda, y Remi la observa una vez más alzando una ceja.

—¿Estás nerviosa por lo de Caleb? —tanteo.

Asiente en silencio y, aunque no estoy del todo convencida de que sea solo eso, imagino que, con la forma de ser que tiene mi amiga y la de Caleb..., pues es normal que esté un poco inquieta.

—Todo va a salir genial, ya verás. De todos modos —apostilla Remi—, yo que tú aprovecharía la coyuntura e intentaría pillar cacho. Ya puestos, eso que te llevas.

—No pienso hacer eso, estoy enamorada de Mason. Caleb es... Caleb me da miedo —admite—. Y tengo que irme, porque Scott empieza a lanzarme miradas desde la barra y, a pesar de que sé que no va a quejarse porque es un buen chico, está a punto de pegar un grito y tirarse de los pelos, o de salir corriendo sin mirar atrás.

La sola imagen de Scott haciendo eso me saca una carcajada.

—Pagaría por verlo.

—Apuesto a que sí.

Piper nos deja y Remi se pone en pie con la intención de ir detrás. Sí, se han convertido en uña y carne no solo porque pasa mucho tiempo aquí, ayudando sin que nadie se lo pida, sino también porque tienen una forma de pensar similar y distinta. ¿Otra incongruencia más? ¿Y lo bonita que es en este caso?

—Oye, ¿estás bien? —indago.

Remi asiente, aunque con reticencia.

—Es solo que me estoy replanteando muchas cosas. —Toma asiento, esta vez a mi lado—. ¿Sabes? No sé nada de Tim desde hace días. He estado mirando sus redes sociales, ¿se puede ser más patética?

—No hablemos de ser patéticas porque la menda se lleva la

palma. —Me señalo con ambos pulgares, Remi chasquea la lengua con desaprobación—. No es malo que quieras saber qué pasa con tu novio. —La boca me sabe a hierro cuando pronuncio esa última palabra, que lo sepáis.

—¿Tan ocupado está que no es capaz de escribirme? ¿Eso es lo que le importo? —Me muerdo la lengua porque quiero ser franca con ella—. ¿Es eso el amor? —Bajo la vista y Remi coloca la mano debajo de mi barbilla, alzándola—. Tienes que ser sincera conmigo, no me gusta cuando te callas lo que piensas por miedo a herirme. Si hasta Nevaeh, que me conoce desde hace nada, lo ha tachado de mierdecilla andante. —No me extraña en absoluto y corta se ha quedado—. Quiero tu opinión —me pide.

Aprieto los labios y dudo durante unos segundos. ¿Qué querría yo en su situación? ¿Sinceridad a pesar de que me doliera o comentarios neutros y vacíos sin más y que no hirieran?

Claudico.

—Creo que Tim no te merece, Remi, y no solo porque no quiera pasar las fiestas de Navidad contigo, compartir sus vacaciones con su pareja... Me da la sensación de que lo vuestro es una relación desigual, en la que él no se esfuerza en absoluto por hacerte feliz. No da nada y tú lo das todo. Por ejemplo, nunca te invita a salir a cenar por ahí, se limita a comprar un par de platos precocinados en la tienda de debajo de casa, que os coméis con cubiertos de plástico, para luego compartir algo de sexo de «aquí te pillo, aquí te mato» y después marcharse sin más. Tú te mereces a alguien que te quiera de verdad, que vea todo lo bueno que hay en ti y... —La freno colocando el dedo índice sobre sus labios cuando me va a soltar alguna frase que no me gustará y que hará que me convierta en una asesina en potencia porque, sí, buscaría a ese tipo, le daría la paliza del siglo y no me arrepentiría de ello jamás de los jamases—. Y... —retomo—, créeme, Remi, nadie se merece que la quieran como te lo mereces tú.

Mi amiga traga saliva y asiente, rezo por no haberle hecho daño.

—¿Algo más? —me pregunta.

Me parte el alma que su tono haya pasado de jovial y distendido a compungido y apático.

—Tus padres... Ellos tampoco es que lo estén haciendo del todo bien, ¿no crees?

Ya está. Ya lo he dicho. ¿Y sabéis qué? Que me alegra mucho haber podido soltárselo por fin.

Mi amiga asiente un par de veces, se incorpora y se aleja sin añadir nada y yo me quedo observando cómo lo hace... No, no pienso hacer eso. No pienso ser una mera espectadora.

Me levanto de un salto y esquivo las mesas y a las personas que hay en ellas compartiendo dulces de la pastelería de Rachel o alguna bebida preparada con cariño y, cuando estoy justo detrás de ella, la estrecho entre mis brazos. Le doy uno de esos abrazos fuertes e impetuosos, uno de esos que demuestran más que mil y una palabras. Porque las palabras se borran, pero los hechos, ¡ay, los hechos! Cómo desgarran por dentro.

—Te quiero mucho, Remi.

Mi amiga se da la vuelta y me estrecha entre los suyos.

—Yo sí que te quiero a ti.

Y permanecemos así unos segundos hasta que otros brazos se nos unen y ambas alzamos la vista.

—¿Qué? Es la envidia —apostilla Scott, quien, a lo tonto, se ha abrazado a mi amiga—. Yo también soy un oso amoroso. Uno sexy y pícaro, de esos que dan ganas de achuchar y mordisquear, pero amoroso al fin y al cabo.

Lo empujo con cariño y Scott se ríe. Remi se separa y baja la vista hasta mis calcetines.

—¡Esos son míos!

—¿Y vienes a darte cuenta ahora? —le pregunto.

—Estaba entretenida con el hecho de que mi amiga está pillada por un tío y se empeña en negarlo.

Me giro y le hago una peineta, a lo que ella responde con otra además de sacarme la lengua.

—¡No me esperes despierta esta noche! —grita cuando recojo mis botas y comienzo a calzármelas.

—¿Tienes una cita?

Sí, todos nos miran.

—Tengo una cita.

—¿Con quién?

Remi no responde, se da la vuelta y yo me pongo el chaquetón, la bufanda y el gorro de lana antes de abandonar el local.

Sonrío hasta que llego a la calle y una mano me sujeta. Resbalo y caigo sobre algo. No, no, sobre algo no, sobre alguien.

Capítulo 25

Una bonita forma de morir

Nash

Llevo un rato esperando a que salga, observándola desde el otro lado de la calle. No hay rastro de sonrisas como las otras veces, ni siquiera un leve alzamiento en las comisuras. Lo que detecto en su semblante es preocupación y algo más..., y algo dentro de mí se retuerce como un nido de serpientes que llevan mucho tiempo sin encontrar una presa y están hambrientas.

—Emma. —Susurro su nombre y esas mismas serpientes se enroscan en mi garganta.

—¡Aparta! —grita a la vez que me empuja.

Mi distracción, unida a la fuerza con la que me impulsa, consigue que me tambalee, trastabille y acabe en el suelo..., sobre un montón de nieve y hielo..., con su cuerpo encima del mío.

—¿Nash? —pregunta cuando alza la vista—. ¡Joder, Nash! Me has asustado, ¿entiendes? —Comienza a incorporarse con extrema lentitud, apoyando las manos en mi pecho con la idea de coger impulso para ponerse en pie. Mientras, yo permanezco quieto en el suelo. Se me escapa una carcajada—. Me has asustado, te he empujado y nos hemos caído, ¿y encima te ríes? Estás peor de lo que pensaba —concluye.

Antes de que le dé tiempo a moverse ni un ápice más, tiro de nuevo de su mano y aterriza sobre mi cuerpo otra vez.

Esta sería una forma increíble de morir, congelado con ella sobre mí. Sí, ¿dónde hay que firmar?

No puedo dejar de reírme. Mañana todo el mundo sabrá que el chico mediano de los Prescott y la pequeña Ashbourne han acabado enredados en el suelo.

Emma hace por levantarse otra vez, pero se lo impido.

—Espera, no te vayas —le pido. Le ruego. Le suplico.

Emma abre más los ojos y me evalúa. Finalmente, los entrecierra desconfiada.

—¿Qué estás tramando, Satanash? ¿Quieres que muera congelada o algo así? Porque no pienso darte esa satisfacción.

Niego con la cabeza y me dejo llevar, solo eso.

Ni siquiera respondo con algún comentario mordaz. Me limito a saborear el momento. A sentirla cerca.

La sitúo a mi lado, con lo que su cuerpo también se queda sobre la nieve. Ya pensaremos en cómo recuperar el calor corporal luego, aunque, siendo totalmente honesto, a mí se me ocurren unas cuantas ideas y todas son de lo más indecentes.

—Mira. —Señalo hacia arriba.

El cielo se cierne sobre nosotros de una forma maravillosa. No hay rastro de nubes, por lo que no nieva. La oscuridad de la noche nos permite observar como las estrellas brillan en el firmamento y es...

—Precioso —musita ella al alzar la vista.

Giro la cabeza en su dirección y me quedo embobado contemplándola.

—Sí que lo es —susurro.

«Sí que lo eres», quisiera añadir.

Cuando Emma se mueve y sus ojos buscan los míos, encuentro en ellos esa sonrisa sincera que tiempo atrás me robaba el aliento. Y lo único que consigue es demostrar que no importa cuánto tiempo haya pasado entre nosotros dos porque sigo estando enamorado de ella. Tal vez en cuestión de amor no haya axiomas, no haya verdades únicas e irrefutables, porque es un sentimiento poderoso y descarnado que afecta a cada persona de una manera diferente. Dicen que el amor tiene el poder de volverte completamente loco, que por amor se puede morir y que, cuando el amor llega de verdad, cuando arrasa con todo a su paso, dejas de ser tuyo para pertenecerle a esa persona. Por siempre jamás.

—¿Por qué me has pegado ese susto? No habría salido huyendo si me hubieses saludado en lugar de atacarme como un lobo solitario.

—¿Seguro que no habrías salido huyendo?

Intenta ocultar cómo se alzan las comisuras de sus labios, y es otro tanto que me anoto.

—Bueno... Ahora no lo sabremos.

Me incorporo y le tiendo una mano para ayudarla a levantarse. La observa unos segundos de más y, cuando creo que la va a rechazar, la sujeta y esa maldita chispa sacude mis cimientos. Apuesto a que derretirá la nieve bajo nuestros pies o competirá con la iluminación navideña.

—Me he vuelto una experta en escapismo —murmura mientras se pone en pie.

—No me cabe la menor duda. —Dejo que el comentario flote entre los dos y ambos lo interioricemos. No es necesario que haga referencia a la forma en la que esta mañana ha salido de casa de Quimby, estoy casi convencido de que sabe que me refiero a eso.

—Escucha, Nash... —comienza a decir.

Bajo las manos hasta sus muslos y sacudo los restos de nieve que quedan en él. Emma ahoga un jadeo cuando se da cuenta de lo que hago.

—Puedo yo sola.

—¿Y lo divertido que es que lo haga yo? —contesto.

No replica, solo se deja hacer..., y puede que esté fantaseando, que me esté autoengañando o algo mucho peor, pero tengo la sospecha de que, en este instante, hay algo diferente, algo nuevo, algo lleno de oportunidades, de una infinidad de ellas, que se está abriendo paso entre nosotros y, como dice Nevaeh, tengo que poner de mi parte y hacer que se note.

—¿Quieres ayudarme tú a mí? —la provoco.

Emma entrecierra los ojos, pero sonríe. Lo hace de manera comedida, como si no quisiese que me diese cuenta de que le ha hecho gracia y fuese mucho más sencillo fingir que no ha sido así.

«Qué puta preciosidad, joder. Qué puñetera preciosidad».

Cuando he terminado con ella y comienzo a sacudir la nieve, cuya humedad ya se ha colado a través de mis pantalones, Emma me quita el gorro de lana. Alzo la vista sin incorporarme del todo. Lo sujeta entre las manos y empieza a darle vueltas entre los dedos.

—No entiendo cómo es posible que siga de una pieza. ¿Cuántos años hace que te lo regalé? ¿Quince? Y lo que es peor, ¿cómo es posible que te quepa todavía? Tu cabeza es del tamaño de una sandía —musita.

Ladeo la cabeza y tiendo la mano en su dirección.

—Es mi gorro favorito y no importa que tenga cinco más en algún cajón del armario, este es especial.

—¿Por qué? —pregunta.

«Porque hace juego con tus ojos, Emma. Porque me recuerda a ti. Porque me lo regalaste tú».

Me encojo de hombros, restándole importancia.

—Me cubre las orejas. —Es toda la respuesta que le doy.

Muevo los dedos y ella duda unos instantes.

—Devuélvemelo —le pido.

Emma da un tirón y lo pega a su pecho.

—No soy esa niña buena. Ya no.

Suelto una maldición.

—Nunca fuiste una buena chica, Emma. Eras traviesa y siempre te metías en líos. De hecho, te metías en más líos de los que puedes recordar.

—Créeme, lo recuerdo todo. —Ese brillo de nuevo acude a su mirada y sé lo que está pasando por su cabeza.

—Yo también. —Doy un paso al frente y ella lo esconde tras la espalda—. Se me van a congelar las orejas.

Me las toco y Emma retrocede unos pasos. Lo hace lentamente, como si fuera algo casual, aunque yo sé que no es así. No ha colado; nada de lo que ella haga puede pasarme desapercibido.

—Me encantaría ver qué sucede. Tengo entendido que, a los que cruzan al otro lado, ya sabes —señala hacia abajo, hacia el suelo—, vuelven a crecerles las partes del cuerpo que han perdido. Como las estrellas de mar, que, si pierden una pata, un brazo o como se llame, lo regeneran.

—Veo que eres una experta en biología marina —concluyo sacándola de sus casillas.

—Y yo veo que sigues teniendo matrícula en ser un capullo de campeonato.

—Me quitaría el sombrero y haría una reverencia ante esa afirmación, pero, ya sabes, alguien se ha apoderado de él. Una pequeña ladronzuela.

Y así es como Emma echa a correr sobre la nieve.

¿Una pésima idea? De las peores que ha tenido, seguramente. ¿Divertida? A más no poder.

Le doy cierta ventaja mientras me froto las manos y las caliento con mi aliento. Luego corro calle abajo detrás de ella. Mi gorro se sacude entre sus dedos, con el pompón rebotando contra su pierna. Oigo las carcajadas de Emma desde aquí y... ¡Sí! Joder, ¡sí! Es la risa más bonita que he oído en mi vida.

No sabía que la echaba tanto de menos hasta ahora. Hasta que me la regala de nuevo. Ojalá ella fuera consciente de lo mucho que he anhelado esto; de lo mucho que la he extrañado a ella y solo a ella.

Cuando llega a la pista de patinaje ya casi la he alcanzado. Varias personas nos saludan y se ríen al vernos.

Incluso Truman me grita un «¡Tú puedes, Prescott!» cuando paso por su lado.

La acorralo entre dos casetas de madera, Emma pega un grito cuando la sujeto por la cintura y me fijo en cómo su pecho sube y baja acelerado. Mi respiración está exactamente igual que la suya; sin embargo, lo que me asusta, lo que de verdad lo hace, es la manera en la que mi corazón late desbocado dentro de mi pecho al sentirla tan cerca. Al permitirme estar tan cerca.

Emma suspira y entre su cuerpo y el mío se abre paso el gorro de lana.

—Me has pillado, así que... es hora de que te lo devuelva —susurra.

Su voz también falla. Está nerviosa, aunque estoy convencido de que no tanto como yo.

«Nash, estamos cansados de verte suspirar por Emma y que no hagas nada por reconquistarla».

«No hay nada que me apetezca más que hacer eso».

Lo sujeto con dedos temblorosos y me inclino hacia delante

con él en la mano. Su respiración se acelera. La mía no ha dejado de desbocarse.

—Aun a riesgo de que mis orejas se congelen y que Lucifer no permita que me salgan unas nuevas, estoy casi convencido de que tú lo necesitas más que yo.

Le pongo mi gorro en la cabeza y lo deslizo por ella con sumo cuidado, deleitándome con el tacto de su pelo. Emma cierra los ojos y yo me acerco más todavía.

Deposito un beso bajo su oreja, justo debajo de esta, y Emma se estremece ante ese gesto.

Me retiro con lentitud, evaluándola. Emma no abre los ojos mientras me alejo y yo regreso a casa con la certeza de que podría haber ido más rápido, que podría haberla besado e, incluso, con suerte, ella me habría dejado que lo hiciese. ¿Qué es lo que me ha frenado entonces?

Ella.

Quiero que ella elija.

Quiero que ella me elija.

Que me elija otra vez.

Capítulo 26

¿Qué me pasa?

Emma

Mi padre, mi abuelo y sus pestañas postizas me evalúan desde sus sitios. Ambos se han sentado delante de mí, en un frente común y unido. Como cuando la han liado con los vecinos o como cuando deciden que de este año no pasa ponerse a dieta solo para medio segundo después comer macarrones con queso como si no hubiese un mañana.

—¿Qué? —pregunto.

—¿Tú oyes algo, Damian?

—Nada de nada, Gavin —responde el otro, que sigue sin apartar la vista de mí a pesar de que resulta ser que me he vuelto invisible para ellos.

Como podéis comprobar, el resentimiento sigue ahí, latiendo con fuerza. No pienso disculparme por ayudar a Quimby le pese a quien le pese.

Mi abuela entra en la cocina y me da un beso en la cabeza antes de acercarse a mi abuelo y darle uno en la mejilla.

Me transporto a la noche anterior, a ese mismo instante en el que unos labios bien distintos me besaron bajo la oreja y a la marabunta de sensaciones que me sacudieron, y todas, ¡todas!, me hicieron reconsiderar mis decisiones.

La bipolaridad apareciendo en tres, dos, uno...

Oímos un estruendo en el jardín y mi abuela pega un bote frente a la ventana.

—Pero ¿qué...?

Mi abuelo y mi padre se levantan de un salto y yo corro hacia la ventana para saber qué sucede.

El gordinflón que tenemos fuera saludando e inclinándose, ese de traje rojo y barba que tanto trabajo les costó a mi abuelo y a mi padre montar, está ardiendo.

Mi padre suelta una retahíla de maldiciones a la vez que mi abuelo lo empuja hacia la salida.

Me dispongo a ir tras ellos en pijama y calcetines cuando mi abuela me sujeta por la mano.

—Mejor que no.

—¿Qué? ¿Por qué? —pregunto.

—Porque eso que ha sucedido ahí es la respuesta a lo que tu abuelo y tu padre les hicieron a los Prescott, aunque he de decir que ellos han tenido la valentía de hacerlo a plena luz del día y sin robarme unas medias por el camino.

Vale. Se ha dado cuenta.

Sabíamos que eso sucedería.

—¿Cómo lo has averiguado?

—Las pestañas hablan por sí solas. —Esa es toda la información que me facilita.

Me pregunto si lo dice de forma literal porque, con lo grandes que son, no me extrañaría nada que no solo tuviesen boca, sino también sentimientos.

Oímos los gritos de mi padre y los insultos de mi abuelo. Al otro lado de la calzada, unas cuantas carcajadas retumban tan fuerte que llegan hasta aquí. Mi abuela niega con efusividad.

—Son como niños pequeños —farfulla.

—Los niños pequeños no pintan renos ni queman a Santa Claus. Ellos son peores.

—Ya lo dije el otro día: es la guerra.

—Se va a liar, ¿no?

—Me temo que ya ha pasado. —Asiente mientras habla y luego guarda silencio cuando me sirve otra taza de café y ella se llena la suya hasta arriba—. ¿Y bien? ¿Quién estuvo anoche corriendo por el pueblo seguida de Nash? —indaga. La sonrisilla que me regala hace que me remueva en el asiento.

—¿Quién ha sido esta vez? —Voy directa al grano.

—Truman. Me ha llamado por teléfono para contarme, sin apenas sutilidad, que os perdió la pista cuando os escabullisteis entre dos casetas del mercadillo. Y yo que pensaba que odiabas envolver regalos.

—Y sigue sin gustarme. —Y sin dárseme bien.

—Bueno —chasquea la lengua, ahí viene el dardo envenenado—, parece ser que hay otra cosa que te gusta más.

Sonríe de medio lado y yo me llevo la taza a los labios a pesar de que se me han quitado todas las ganas de beber y me ha entrado un enorme anhelo de salir huyendo de aquí.

—No es necesario que hables conmigo del tema si no te apetece —hace el amago de incorporarse—, solo quiero que sepas que me parece bien.

—¿Te parece bien que corra por las calles del pueblo?

—Me parece bien que pases página porque ese chico se lo merece.

Me enfado cuando esas palabras salen por la boca de mi abuela porque no me puedo creer que todo el mundo haya decidido salir en su defensa cuando fue a mí a la que le rompieron el corazón.

Mi abuela alza una ceja al percibir el cambio en mi estado de ánimo.

—¿Hay algo que quieras saber? —pregunta.

Niego con la cabeza. Me levanto y estoy a punto de salir cuando recuerdo algo.

—Al menos Truman ha sido sincero y no ha añadido nada falso al cotilleo.

—Ah. —Mi abuela mueve las manos—. Mila también me ha llamado y me ha confirmado lo que me ha contado el primero, pero luego ha añadido algo de sexo desenfrenado y gemidos. He supuesto que esa era la parte inventada.

—¿Y si no lo hubiese sido? —contrataco.

La sonrisa de mi abuela se hace más amplia y me enfada todavía más.

—En ese caso estaría pidiéndote los detalles yo a ti.

Y esa simple respuesta hace que abandone la cocina, sonrojada, porque mi abuela es una descarada de mucho cuidado.

Subo los escalones de dos en dos y compruebo que Remi sigue durmiendo. Cuando llegué anoche a casa, ella todavía no lo había hecho y, como bien sabéis, lo de la curiosidad es cosa de familia, por lo que estoy deseando que se despierte para hacerle un tercer grado sobre esa cita misteriosa de la que no tengo datos y de la que lo quiero saber todo.

Me cuelo en mi habitación y me acerco al armario. Elijo una camiseta térmica, una sudadera y unos pantalones vaqueros. La cortina de mi ventana está abierta y, cuando paso frente a esta, miro hacia la casa del otro lado de la calle.

Dustin y Nelson siguen allí, observando sin perder detalle cómo mi padre y mi abuelo le echan cubos de nieve a un Santa

Claus que ha comenzado a convertirse en una mancha de un tono entre rojizo y negro en el jardín.

Entonces, alzo la vista y miro en su dirección.

Un trozo de papel blanco recubre la parte baja del cristal de Nash y me acerco hasta la cómoda para coger los prismáticos y poder leerla.

Anoche recibí la visita de ese que tanto mencionas, y deberías saber que me explicó que, si se me caen las orejas, no podrá sustituirlas. Te lo digo solo por si quieres devolverme el gorro y apiadarte de mí.

Firma como Satanash y se me escapa una carcajada al terminar. Y así es como ese enfado se desvanece.

No veo que esté por allí, así que me limito a escribir yo a mi vez.

Querido Satanash:

Es hora de que sepas que... «Si me das, al cielo, y si me quitas, al infierno».

A buen entendedor, pocas palabras bastan.

Me meto en la ducha y me preparo para encontrarme con él. Suspiro cuando salgo del baño y allí, esperándome, veo a Remi, que sonríe como si hubiese descubierto algo de lo más interesante..., no sé, como que el dinero crece en los árboles. No hay nada más interesante que eso.

Habla la pobreza y tal.

—¿Y ese suspiro?

—¿Y esa cita misteriosa? —Se la devuelvo.

—He preguntado yo primero.

Alzo los hombros e intento ganar algo de tiempo poniéndome la sudadera.

—No tiene nada que ver con lo que piensas —pronuncio.

—Uy, mírala a ella. Santa Claus no te va a traer nada este año por mentirosilla.

—Vale... —cedo—. Tiene todo que ver con quien piensas.

—Mucho mejor. —Me aplaude y me estrecha entre sus brazos—. Buena chica. —Me acaricia la cabeza.

—¿Desde cuándo me he convertido en tu mascota? —bromeo.

—Una muy guapa, por cierto —se burla.

Cuando Remi se separa, nos observamos unos segundos.

—Anoche tuve la mejor cita de mi vida —confiesa.

Y mentiría, otra vez, si dijese que no me chifla oír eso.

—¿Con quién? —Scott es mi primera opción.

—Con una persona que me quiere, o que al menos va a intentar quererme de verdad.

—Tú sí que sabes crear expectación.

Remi se carcajea.

—Anoche salí conmigo misma y fue una cita inolvidable. Nada, absolutamente nada, salió mal. ¿Y sabes qué?

Guardo silencio porque, en ocasiones, no hay nada que puedas decir que esté a la altura.

—Que empiezo a pensar que es justo lo que necesito.

—¿Citas contigo misma?

Asiente y concluye:

—Aprender a quererme.

Capítulo 27

Satanash

Nash

Como era de esperar, al levantarme y ver la que mi padre y mi abuelo han liado, decido que desayunar fuera es una de las mejores ideas que he tenido nunca.

Ya sabemos que la peor fue aquella en la que decidí hacerle caso a esa parte de mí que en ocasiones se comporta como un cabeza hueca y dejé escapar a la chica que no he podido olvidar.

A la que no voy a poder olvidar nunca.

Cuando me dispongo a ponerme la chaqueta y la bufanda, Mason desciende por las escaleras junto a Caleb. Ambos están enzarzados en una conversación en la que es probable que no me quiera meter.

Cuando de mis hermanos se trata, no sabes cómo puede acabar todo.

—¿A dónde vas?

Estoy a punto de responder cuando las voces de Dustin y Nelson suenan demasiado cerca.

—¿Qué les pasa? —pregunta Mason.

—No quieras saberlo —responde Caleb por mí—. Vamos contigo, sea a donde sea.

—¿Y si es mi día de envolver regalos?

—Estamos dispuestos a correr ese riesgo también —admite sin perder el buen humor.

Ambos se ponen los chaquetones y las bufandas que hay colgados en los percheros de la entrada y abrimos la puerta.

Los quejidos llegan con mucha más claridad ahora que estamos al aire libre. Y vuelve a nevar.

—¡Habéis sido vosotros!

—Tranquilidad —pide mi padre alzando las manos y apaciguando los ánimos—. Os ayudaremos a encontrar a los que han hecho eso con vuestro pobre Santa Claus. No creo que haya sufrido.

—Vuestro reno tampoco.

—Han sido ellos —dice Mason al tiempo que los señala, refiriéndose a las pintadas del pobre Juguetón.

—¿Lo dudabas? —pregunto de vuelta.

—Yo no —sentencia Caleb—. ¿Y tu gorro de lana? —añade alzando una ceja.

—Se lo he prestado a Emma.

—Uuuh.

—No empieces.

—¿Por eso le has escrito esa nota que le has dejado en la ventana? —Caleb me palmea la espalda y a mí me entran unas ganas enormes de palmearle la cara con un bloque de hielo.

—¿Nadie te ha pedido nunca que te metas en tus asuntos? —le recrimino.

—¿Nadie te ha contado que te pones adorable cuando estás enamorado?

Mason bufa a nuestro lado y sale en mi defensa.

—Deberías dejarlo tranquilo. Estoy orgulloso de ti, Nash. Estás dando un paso hacia delante y aprovechando la situación.

Caleb y yo nos miramos unos instantes de más, compartiendo sin palabras esa mirada cómplice que dice más de lo que pensáis.

—¿Me he perdido algo? —inquiere.

Ambos negamos en silencio y me subo más la cremallera de la chaqueta.

—Creo que las cosas están cambiando entre nosotros, o, al menos, esa es la sensación que me dio anoche.

Dirijo mis pasos hacia la cafetería y ambos me siguen sin hacer pregunta alguna.

—Explícate —me pide Mason.

—No sé... Tal vez sean las ganas que tengo de que todo vuelva a ser como antes; de que Emma me mire y me sonría con calidez, que me provoque cuando haya algo que la divierta y que necesite de mi abrazo cuando se sienta incompleta. —Caleb resopla; el romanticismo no es lo suyo, claro está—. La cosa es que anoche... Anoche fuimos de nuevo esos dos chicos que estaban enamorados. Anoche me sentí otra vez ese chico que era capaz de hacerla feliz y no el imbécil que lo jodió todo.

Mason me pasa un brazo por los hombros y me atrae hacia él.

—Tal vez la abuela tenga razón y esta sea tu oportunidad para resarcirte.

Alzo una ceja, suspicaz.

—¿Qué te ha contado la abuela que yo no sepa?

—No mucho. —Mueve los hombros arriba y abajo de forma despreocupada—. Solo que estás contento y que Emma también lo está. Aah, y ha mencionado algo sobre que Mila había llamado esta mañana para decir que el mediano de los Prescott y la nieta de los Ashbourne anoche habían tenido sexo entre dos casetas del mercadillo.

Os lo advertí.

—¿Pasó algo de eso? —pregunta Caleb, al que el romanticismo, no; ahora bien, el cotilleo sí que le gusta.

—No. Ni siquiera nos besamos —contesto negando también con la cabeza.

—¿Hemos retrocedido de siglo y no me he enterado? —pregunta él a su vez.

—Si fuese así, tú habrías acabado colgado en la plaza por desvergonzado.

Mi hermano mayor suelta una carcajada y avanza hasta que se adentra en la cafetería el primero.

Mason me frena sujetándome del brazo.

—Escucha, Nash, creo que haces bien en ir despacio con Emma porque, bueno, en fin, mírame, soy el rey de ir lento en cuanto al amor se refiere. —Asiento. Lo que él no sabe es que, a partir de ahora, va a tener que ponerse las pilas—. Y te admiro, porque te sacrificaste por Emma, por su felicidad.

—Mason —lo corto—, no —niego—, me arrepiento de eso. De veras que lo hago.

—Las cosas ya no se pueden cambiar, ya solo te queda luchar por solucionarlas.

Entonces, todas esas preguntas, todos mis miedos, salen a la luz, bajo un arco de madera lleno de guirnaldas, con mi hermano pequeño justo frente a mí.

—¿Y si es tarde? ¿Y si Emma no lo entiende? ¿Y si se me acaba de nuevo el tiempo?

—¿Y si ella se da cuenta de que no ha dejado de quererte? ¿Y si te elige? ¿Y si ese tiempo que ha estado fuera le ha hecho entender que lo que tiene aquí es mejor que todo eso que encontró lejos?

Chasqueo la lengua y observo la calle. Varios niños están haciendo muñecos de nieve. Algunos les han puesto guantes y tienen varias prendas más tiradas en una canasta de mimbre cerca. También hay zanahorias y calcetines negros. Sonrío al ver la ilusión en su mirada y al reencontrarme con ese renacuajo que fui y que también lo vivía de esa manera.

—Voy a intentarlo —concluyo.

—Vas a intentarlo —añade mi hermano—. Y va a salir bien.

Con esa premisa y con energías renovadas, entramos en la cafetería. La campanilla suena cuando la puerta se abre y vuelve a sonar cuando se cierra. Caleb ni siquiera mira en nuestra dirección; sabe que somos nosotros, lo tiene claro. En cambio, Piper sí que desvía la mirada unos segundos. Mason avanza hasta la barra con la parsimonia que lo caracteriza y se queda petrificado entre dos mesas cuando el dedo de Caleb se posa bajo la barbilla de la chica, se inclina hacia delante y le da un beso en la comisura de los labios a la propietaria de esta cafetería y del corazón de mi hermano menor.

Permanezco quieto evaluando la situación hasta que entiendo que Mason ha captado el mensaje. Uno alto y claro. Caleb se gira y nos guiña un ojo, dejando ahí plantada a una Piper sonrojada por el beso, por la presencia de mi hermano —en realidad, de ambos hermanos— y por lo que acaba de suceder.

Cuando Caleb pasa por nuestro lado con un café con leche en un vaso de usar y tirar, le da una palmada a Mason en un hombro y avanza sin soltar ni una sola palabra.

Mason da la vuelta y abandona el local y Piper, que hasta ese momento estaba esperanzada por si la escena causaba algún efecto en el pequeño de los Prescott, se viene abajo cuando se da cuenta de que tal vez no haya ido todo como esperaba.

Nevaeh es la primera en acudir en su ayuda y Emma se acerca hasta colocarse a mi lado. Brazo con brazo. Codo con codo.

—No sé si ha sido una genialidad o la cagada del siglo —pronuncia ella a mi lado.

Trago con fuerza y cabeceo negando.

—Confiemos en que sea lo primero y no lo segundo. —Porque..., bueno, casi que prefiero ser positivo, porque es así como Mason me ha hecho replantearme las cosas, aunque esa vocecilla insidiosa y molesta sigue ahí rondando.

—Supongo que lo averiguaremos pronto —claudica ella dando un paso hacia delante y acercándose a sus amigas.

—Oye, Emma...

—¿Sí? —Se gira y su melena cae sobre su hombro. Alzo la vista unos milímetros y la sitúo bajo su oreja... Sabe que estoy mirando esa zona en concreto por la forma en la que se ruboriza.

—¿Y mi gorro?

Me toco las orejas. Emma sonríe.

Señala hacia la puerta y sigo con los ojos esa dirección para luego volver a ella, que me dedica una mirada de lo más condescendiente...

—¿En serio? —pregunto.

No responde, se limita a alejarse y yo me decanto por ir a recuperarlo.

Emma, Emma, Emma..., sabes quién inventó las travesuras, ¿no?

Capítulo 28

El drama está servido

Emma

No he visto a Nash desde ayer, desde que nos cruzamos en la cafetería y Piper se vino abajo. Estaba... estaba desolada por lo que acababa de suceder. No dejaba de repetir que había sido una mala idea, no, una idea pésima, y que todo era culpa de Nevaeh.

La otra, por el contrario, estaba feliz como una perdiz e insistía en que Mason por fin había reaccionado. Había huido, sí, pero esa era una reacción, al fin y al cabo.

El caso es que, y aquí es donde podéis lapidarme, de hecho, estoy barajando el haraquiri como medio de castigo para mí misma, esperaba que, al salir, Nash estuviese agazapado tras el murete de la cafetería y que me sujetase de la mano, tropezáramos y... ¿tal vez caer sobre su cuerpo y enredarnos en el suelo como la noche anterior?

No me lo tengáis en cuenta, estoy siendo una insensata de campeonato; ahora bien, si no puedo sincerarme con vosotras, ¿con quién voy a hacerlo?

No hubo rastro de él y tampoco hubo ninguna nota ventanil explicando que había logrado recuperar su gorro, ese que les había dado a unos críos antes de entrar en la cafetería comentándoles que lo había encontrado en un cubo de la basura cercano y que no tenía dueño.

¿Esto le molestaría a mi vecino? Sí, ¿y qué?

Tenéis que saber que coincido con Nevaeh en que es mejor obtener algún tipo de reacción, sea cual sea, antes que limitarte a saborear la indiferencia.

Y por si queda alguna duda, no es un sabor agradable.

Desciendo las escaleras arrastrando los pies de mala manera.

Mi abuela está montando guardia en la puerta de la cocina. En una mano tiene una caja roja y, en la otra, una taza de café.

—¿Ha venido Santa Claus y no me he enterado?

—Algo así. —Es todo lo que responde.

Bastante críptica, cierto.

—¿Qué sucede?

—Tu padre y tu abuelo se han marchado vete a saber a dónde... —alzo una ceja y ella niega con la cabeza— en busca de «la sorpresa final que causará estragos en el vecindario y les hará daño a los de enfrente». Yo solo cito sus palabras —se excusa.

Me tiende la taza y la sujeto como si la vida me fuese en ello.

—Te creo.

—El caso es que ellos iban hoy a ayudar en el mercadillo, y como se ha torcido la cosa...

—¿No envuelvo regalos? —Llamar envolver a lo que hago tiene delito. Es el momento de contaros que Nash lo hace realmente bien y eso me hiere un pelín. Sobre todo cuando la cola para que él envuelva es enorme y la mía se reduce a cualquier gato que pasa por allí y quiere mimos sin ton ni son.

—Hoy no.

Me tiende la caja, dejo la taza en el mueble de la entrada y la abro con cuidado. A ver si dentro va a haber cualquier cosa que salte por los aires y me haga gritar. Y, no, gracias, no me apetece nada de eso.

El caso es que no hay nada que asuste, o sí. Según se vea...

—Es un traje de...

—¡Sí! —grita mi abuela por mí.

Lo evalúo y no sé si reírme o llorar.

—Halaaaaaa, ¡qué chulo! —grita Remi mientras desciende por las escaleras dando saltitos.

—¿Lo quieres? —le ofrezco.

—¿Me lo puedo quedar? —le pregunta a mi abuela. Ya sabemos cuál es su respuesta.

—Eres la elfa de hoy. Tienes que ayudar en el mercado porque es una de las actividades más esperadas del día. Viene Santa Claus y los niños quieren entregar sus cartas, pedir sus regalos y sacar sus fotos.

Titubeo.

—Siempre podemos intercambiarnos los papeles —propone Remi.

Me cruzo de brazos. A ver, mi amiga me quiere, pero ¿tanto como para no darse cuenta de que soy una pésima pintacaras?

—No sé envolver regalos de forma decente, ¿y crees que voy a ser capaz de estar a la altura de los dibujos que haces tú?

Aprieto el traje contra mi cuerpo y me deleito con lo suave que es; al menos, veo que han invertido dinero en él y que será calentito, cómodo y confortable.

—Nadie va a poder estar a la altura de los dibujos que hago yo; de hecho, Mila y Eleanor me han preguntado que qué voy a hacer las próximas Navidades y si pueden reservarme con antelación. —Remi aplaude emocionada—. Tal vez tenga que volver.

No sé por qué, la idea me gusta más de lo que pensáis. O sí, sí sé por qué... Porque esto sin Remi es genial, pero con ella es increíble.

—Estaremos aquí siempre que quieras —le dice mi abuela.

Le regalo una sonrisa llena de agradecimiento y ella asiente como si entendiese lo que he querido transmitirle con esta.

Subo a mi habitación y compruebo una vez más la ventana de enfrente solo para dar fe de que no hay novedades. Me ducho, me deshago de mi ropa y me pongo la nueva. Me observo en el espejo y me percato de que me gusta más de lo que imaginaba.

—¡Las medias son comodísimas!

Cuando llego abajo, mi abuela me tiende los zapatos, esos que acaban en una punta curvada hacia arriba y que tienen un cascabel de color dorado a juego con el de mi sombrero.

—Te recomiendo que te las pongas cuando llegues al mercadillo o se humedecerán y tus dedos pasarán a mejor vida a causa del frío.

—Eso no va a pasar porque amo a mis salchichitas.

Me tiende un bocadillo también y a Remi otro. Salimos de casa con energías renovadas y con ganas de pasarlo bien.

—¡Emma! —grita Quimby desde su jardín—. ¡He encontrado nuevas cajas! —vocea—. Ah, y he visto a Nash hace un rato. Me ha prometido que se pasará esta noche y que colocará las luces en la fachada. ¿Podrías venir a echarle una mano?

Remi se adelanta y contesta por mí.

—¡Señor Quimby! —vocifera ella de vuelta—. Estoy segura de que Emma no solo querrá echarle una mano, sino las dos.

Por suerte, Quimby es un alma pura que no entiende las segundas intenciones de aquí mi amiga la descarada.

—Por supuesto que los ayudaré —le digo a ella.

—A unos más que a otros, ¿no? —replica.

—Calla —le pido sin perder la sonrisa y consciente de que me estoy sonrojando.

Salimos a la calle y Remi es la primera en abrir el bocadillo y darle un mordisco enorme.

—Hay hambre, ¿verdad?

—*Mufcha* —responde mientras mastica. Lo del decoro tampoco es lo suyo.

Damos buena cuenta de nuestros desayunos improvisados y, al llegar a la plaza, vuelve a estar Triss con el bolígrafo y la carpeta en mano. El primer día casi no me dejó hablar y hoy parece que la cosa va por el mismo camino.

Me evalúa durante unos segundos y le muestro los zapatos que traigo solo para que no me haga marcharme por donde he venido por no cumplir sus expectativas.

—Tu abuela es la mejor —sentencia. Dejaré que el mérito se lo lleve ella cuando la que va vestida de elfo soy yo—. Hoy estarás en la carpa principal. Acuérdate de sonreír... Remi, tú ya lo haces de maravilla. Tienes cola, muchos niños esperando. De hecho, hay algunos padres que quieren que les pintes algo también.

Mi amiga, ni corta ni perezosa, se marcha sin siquiera despedirse.

—A eso lo llamo yo adorar su trabajo. Si fuese mi hija, no permitiría que malgastase su talento en una oficina.

Frunzo los labios porque puede que Triss sea una chismosa de primera categoría, pero está claro que ha sabido captar a mi amiga y ha entendido la veracidad del chismorreo que circula por el pueblo. O que circulaba, porque apuesto a que se ha visto sustituido por sexo descontrolado en medio de unas casetas de mercadillo.

De sexo, poco, y de invención, mucha.

Con un leve movimiento de bolígrafo, me despacha. Y yo le hago caso. Camino hacia la carpa principal, donde otros días ha habido un grupo de renos vigilando un buzón enorme en el que los niños han metido sus cartas. Sin embargo, esos mismos niños hoy traerán un nuevo folio en el que habrán añadido bastantes regalos nuevos. Lo sé porque Nash y yo lo hicimos en infinidad de ocasiones.

La decoración de la caseta es increíble y no se nota el frío. La nieve nos está dando tregua desde hace dos noches, esa misma en la que Nash me señaló el cielo y yo me quedé embobada observándolo. En Nueva York no nos paramos a hacer este tipo de cosas, no nos tiramos en una calle cualquiera a observar las estrellas, tampoco nos sacudimos la nieve ni le robamos el gorro de lana al chico del que estuviste... del que estuviste locamente enamorada.

—Ho, ho, ho...

Me giro con mi mejor sonrisa en la cara solo por si Triss está observándome desde la distancia cuando oigo ese sonido tan característico. Lo siento, me gusta Santa Claus y me da igual tener edad suficiente para que ya no debiera ser así. La ilusión por la Navidad es un estado mental en el que me encuentro inmersa todo el año y, sí, la espero con ansia.

—Vaya, veo que el señor Claus... —Las palabras van muriendo en mi boca una a una al darme cuenta de que esos ojos... esos ojos... ¿Cómo podría siquiera no reconocer esos ojos?—. ¿Nash?

—Soy Claus, señorita elfa. —Alzo una ceja ante su referencia y me observa de arriba abajo—. Una elfa preciosa, por cierto.

Capítulo 29

De santo, nada

Emma

Sí, mis ojos no me engañan y el resto de mis sentidos tampoco.

—Te has excedido comiendo bollos, ¿no crees?

Nash se pasa la mano por su enorme barriga de manera despreocupada.

—Tal vez este sea mi futuro, ¿a que no está tan mal?

Ladeo la cabeza y el cascabel de mi gorro tintinea por el camino. Nash me regala una sonrisa sincera. Maldita sonrisa, aunque, claro, con esa espesa barba blanca, su hoyuelo no sale a pasear y, ya veis, resulto algo menos patética, por lo menos no bizqueo mirándolo como una tonta.

Rectifico... Sí que lo estoy mirando como una tonta.

«¿Y qué tal tus Navidades? Oh, bien. O no. Ay, no lo sé, mi doble personalidad no suele aclararse».

—Depende, tu mujer puede que tenga miedo de que te la comas una noche cualquiera mientras duerme. —Me siento más que satisfecha por la mordacidad de mi comentario. *Check* al ingenio, por favor y gracias.

Santa Claus recorta un poco la distancia hasta que sus botas tocan mis zapatos y los cascabeles tintinean de nuevo a la vez que su enorme panza choca contra mi ropa.

—Desde luego. —Se acerca. ¿Contener la respiración en este momento es bueno o malo? Es para una amiga—. Mi mujer debería estar preocupada porque me la coma una noche cualquiera.

Adiós al *check* y bienvenido el tanto que se anota él.

Doy un par de pasos hacia atrás porque... En fin, no quiero que hablemos de esa sensación de malestar que me recorre ahora mismo.

Nunca me he parado a pensar en nuestro futuro. En el de Nash. Es decir, sí, estuvimos juntos, sí, estaba enamorada de él y, sí, me sentí traicionada y esas son cosas que rompen y duelen y que, en cierto modo, me empujaron a hacer eso que ya pasaba por mi cabeza. Me fui. Lo hice a pesar de que hubo un tiempo en el que no sabía si era lo correcto, pero una parte de mí, esa de la que os he hablado y que hemos tachado de culo inquieto, tenía necesidades. Deseaba comerse el mundo y en Stowe era imposible hacerlo.

En todo caso, volviendo al tema, no me planteé qué pasaría después, pero ahora... ¿Qué va a ser de Nash en adelante? ¿Se casará con otra chica? ¿Tendrá hijos con ella? «Con cualquier otra persona que no sea yo», hagamos este matiz importante y trascendental.

Y aquí estoy, con una sensación que no me gusta en absoluto, una mezcla de acidez y desasosiego al pensar en su futuro y en que, evidentemente, yo no estaré en él.

¿Por qué pienso en eso cuando he estado tanto tiempo sin hacerlo?

Es una pregunta maravillosa a la que no le quiero buscar la respuesta por las implicaciones que puede traer.

«Ese chico sigue enamorado de ti, Emma».

Esa frase me hace dar otro paso hacia atrás y, entonces, Nash reacciona.

—¿Estás bien? —me pregunta.

¿Qué respondo a eso? ¿Qué respondes cuando no tienes claro lo que te sacude por dentro? O, peor todavía, cuando tienes miedo a la respuesta por las implicaciones que pueda conllevar.

Malditos sentimientos.

—Estoy bien —contesto escueta y distante.

Una mirada de dolor se instala de inmediato en los ojos de Nash.

—Emma...

«No hagas eso, ¿vale? No te preocupes por mí. No quiero que seas tierno, quiero que seas el capullo arrogante en el que te convertiste cuando me rompiste el corazón y que me ponía fácil huir».

Muy fácil.

Este hombre que está frente a mí con esa mirada apesadumbrada es el hombre del que me enamoré y del que...

«Emma, no termines esa frase».

Se dice, se cuenta y se rumorea que es muy sencillo mentirse a uno mismo, solo tienes que mirar hacia otro lado. Pero, y aquí es donde está el quid de la cuestión, las mentiras tienen las patas muy cortas y tarde o temprano, más temprano que tarde, la verdad te dará caza y no podrás volver a escapar de ella.

—¡Bien! —Truman hace acto de presencia y estoy a nada y menos de lanzarme a sus brazos por interrumpirnos—. Santa Claus, toma asiento en tu trono, y tú, pequeña elfa, a su lado de pie. Cuando comiencen a aparecer los niños —señala hacia el exterior—, tienes que asegurarte de que no se lancen sobre él —tarea ardua cuando yo misma acabo de pensar en hacerlo, ya sabéis, esperar a las puertas de la cafetería, tirar de mi mano, caer sobre su pecho...; ¿necesitáis que siga recordándoos lo patética que soy?—, que hagan fila y pasen de forma ordenada. Tú —señala a Nash— sé el mejor Santa Claus que existe y desbanca a Damian.

Alzo una ceja.

—Se lo contaré a mi abuelo —amenazo a Truman.

—De hecho, rezo para que lo hagas.

Dicho esto, sale de la carpa, pero al menos enciende una estufa enorme que me calienta el cuerpo al instante.

—Emma —susurra Nash de nuevo.

—Vienen los niños —indico.

Una fila de renacuajos comienza a formarse. Mi abuela tiene razón, esta es una de las actividades más esperadas. Nash y yo también veníamos; de hecho, arrastrábamos a nuestros padres literalmente, o a los padres de alguno si los nuestros no podían venir.

—Esto no va a quedar así —gruñe en voz baja.

Por supuesto que va a quedar así.

Me acerco al primer crío que hay en la entrada, justo donde comienza la alfombra roja, y me agacho, apoyando las manos en mis rodillas para acercarme a él.

—¡Hola! ¿Cómo de bien te has portado este año, pequeñajo?

El niño me observa con atención y me sonríe con calidez. Le faltan las dos paletas de arriba y os juro que me dan ganas de morderle un moflete de lo mono que me resulta.

—He sido el mejor de la clase —garantiza. Se lleva un empujón del niño que está detrás.

—¡Eso es mentira! El mejor de la clase he sido yo.

—No, ¡yo! —grita otro.

Y ya veis, con qué poco la he liado.

Una pregunta inofensiva en manos de unos niños llenos de emoción es un arma de destrucción masiva.

Me incorporo y silbo cuando veo que ya no distingo las voces de ninguno de ellos, sino solo gritos y gritos para ver quién ha sido el mejor y también para ver quién queda coronado como el peor.

—Estoy convencida de que todos habéis hecho cosas increíbles.

—Todos menos él —señala una niña—, porque tirarse pedos en clase está mal.

Me llevo la mano a la boca para contener una carcajada y me giro para mirar a Nash, que alza una ceja. Aquí, el señorito, era un pedo andante.

—Ni se te ocurra —susurra para que solo pueda oír yo lo que él dice.

Le tiendo una mano al primer niño y lo acerco hasta mi vecino. Lo sujeta por la cintura y lo sienta sobre su pierna derecha.

—Y bien —usa una voz grave, de la misma manera en que lo ha hecho cuando ha llegado y me ha pillado fuera de juego—, ¿cuánta verdura has comido este año?

La pregunta lo pilla desprevenido, pero no solo al pequeñajo, sino también a mí y a todos los que están haciendo cola, que comienzan a taparse la boca y a cuchichear entre ellos. ¿Estarán concretando una mentira común?

—No... —titubea—. No me gusta mucho la verdura —claudica.

Todos evalúan la reacción del dios de los regalos, esperando a que responda para saber lo que deben hacer ellos cuando llegue su turno.

—Vale. Te entiendo. Cuando la señora Claus prepara brócoli, y que conste que odio el brócoli, tengo un truco para comérmelo todo y que no se enfade conmigo.

El niño, de pronto, parece de lo más interesado y mentiría si negase que yo no lo estoy también.

—¿Cuál? ¿Cuál es el truco, Santa?

—Llámame Claus porque ahora somos amigos —le pide.

El crío esboza una sonrisa más grande aún.

—Claus —repite como un autómata.

—Pues lo que hago es muy sencillo. Le doy el brócoli a los renos.

Los niños comienzan a reír a carcajadas ante la respuesta, ingeniosa, todo hay que decirlo, del señor de barriga prominente y ojos de un océano profundo.

Es más, hay algunos que aplauden.

—No le contéis el secreto a la señora Claus —les pide—, o tendré que dormir con los renos y hace mucho frío en el Polo Norte.

Todos niegan cuando los observa de uno en uno.

—Ahora cuéntame lo que quieres que te traiga y extiéndete, que tengo todo el tiempo del mundo.

No sé por qué, es a mí a quien mira cuando pronuncia esas últimas palabras y, tampoco sé por qué, quiero que me las dirija a mí.

Capítulo 30

No ha sido una buena idea

Emma

—Sí, la verdad es que esa ha sido una manera muy aguda para llevar a los niños por el camino de los carbohidratos y apartarlos de la senda de las verduras. Sin duda alguna, Satanash, lo has bordado hoy —murmuro cuando la fila de pequeñajos ya se ha evaporado y se han marchado todos a por castañas recién asadas y algodón de azúcar.

¿Una mezcla extraña? Quién soy yo para juzgarlos si nosotros comíamos cosas peores y aquí seguimos.

—Gracias —contesta él aceptando mis palabras como un cumplido que no lo es en absoluto.

—Mi intención no era la de...

—Ya sé cuál era tu intención. Siempre se te ha dado bien tirar de sarcasmo.

—Y a ti siempre se te ha dado bien buscarme las cosquillas.

Alza una ceja; bajo esa enorme barba sé que se esconde mi enemigo el hoyuelo.

—Una vez más, gracias.

—Eso tampoco era un cumplido —bufo.

—Viniendo de ti, cualquier cosa es un cumplido.

—¿Incluso si te llamo Satanash?

—Sobre todo si me llamas Satanash —sentencia—. Anda, ven, pequeña elfa.

Se palmea la rodilla derecha, esa que seguro que tendrá dormida de tanto niño que se ha sentado sobre ella, o, peor, quizá ha pedido cita para una prótesis que la sustituya y acabe con su sufrimiento.

—¿Qué?

—Venga —me pide.

Tira de mi mano, y mis piernas y el resto de mi cuerpo quedan encajados en el suyo... y de una manera bastante pecaminosa porque, sí, queridas mías, le he puesto mi delantera en la cara sin intención alguna.

—Vale. Empiezo a preocuparme por no haber pillado las señales, Emma. Primero te caes en mis brazos la noche del encendido navideño, después sobre mi pecho el otro día delante de la cafetería y ahora... —Carraspea y lleva la mirada hacia ese sitio. ¡Hacia ese sitio!—. Y ahora esto. —Al menos tiene la decencia de no verbalizarlo, aunque que no lo haga no quiere decir que no se sobreentienda a lo que se refiere.

Me aparto y él vuelve a tirar de mi cuerpo hacia el suyo.

—Eres insoportable.

—Gracias.

—No era un cumplido.

—Para mí sí que lo es —replica sonriendo—. Venga... —Se palmea de nuevo el muslo y me pide que me siente en él—. Ven, pequeña elfa, y dime cómo de buena has sido y lo que quieres que te traiga Santa Claus.

No sé qué es lo que me sucede, ¿vale? En otro momento y en otras circunstancias me plantearé preguntar antes de actuar, pero aquí y ahora solo hago lo que me pide. Tomo asiento sobre su pierna y, si a Nash le molesta algo, si la tiene resentida después del paso de más de setenta críos y algunas madres que le han pedido lo que él quisiese traerles y le han entregado una carta en forma de teléfonos —ojos en blanco aquí, por favor—, no da muestra de ello. Sé que sonríe, no solo por la forma en la que su espesa barba blanca se mueve, sino porque Nash tiene un modo de hacerlo también con los ojos.

Los achina de una manera divertida que, cuando menos te lo esperas, imitas, porque te contagias de él.

—Te queda bien —comento llevando una mano hasta la espesura blanca.

—¿Quieres que me la deje? —Me carcajeo y Nash se ríe mucho más—. Estoy dispuesto a ello; de hecho, Emma —susurra cerca, muy cerca. De pronto hace mucho calor aquí, ¿no creéis?—, estoy dispuesto a hacer cualquier cosa.

«Por ti».

No lo añade, pero... va implícito.

Por mí.

Un temblor me sacude las entrañas y él lo percibe porque me aprieta más contra su cuerpo.

—¿Tienes frío? —me pregunta.

Niego con la cabeza porque lo que en realidad tengo no se acerca nada al frío, a pesar de las temperaturas que hay ahí fuera. Es por él y por mí misma.

«¿No deberías dejarte llevar? ¿No deberías sentirte atraída por él? ¿No deberías estar pensando en besarlo? ¿No deberías...?».

Todas las preguntas de Remi acuden a mí de nuevo y en tromba enroscándose en mi garganta, impidiéndome pensar con claridad.

Estoy hecha un lío de veras.

—¿Sabes? —Procuro reconducirme cambiando de tema—. No pensé que te gustasen tanto los niños.

—¿Por qué dices eso?

—Porque los has atendido sin perder el buen humor, aceptando todos los comentarios, hasta del crío de los pedos. Ya lo sé —me adelanto—, es la empatía y no pasa nada.

Nash me pellizca un costado y me remuevo sobre su pierna.

—Esto te resta puntos, es probable que, bajo tu árbol, este año haya un regalo menos —me advierte entre risas.

—Siempre he sido un poco malvada.

—¿Qué dices? —Su tono es de guasa.

—Ya sabes... Ni yo tan santa ni tú tan Claus —bromeo haciendo referencia a su papel a representar y a la villana que vive en mí.

Nash niega con la cabeza.

—Siempre fuiste una niña traviesa, eso es cierto, y por suerte conservas esa forma de ser, pero también guardas dentro toda la parte buena: la bondad, la lealtad hacia los tuyos, la entrega... —Sus palabras son como puñales que se clavan en mí. Si sigue diciéndome cosas así... Si sigue comportándose de esta manera...—. Mira hacia allí —me pide señalando hacia un puesto lleno de críos que bailan alrededor de Remi—. Parece otra persona, sonríe de verdad..., no solo con la boca, también con los ojos. —Como Nash, lo hace como Nash—. Le has dado la oportunidad de pasar unas Navidades increíbles. Y mírame a mí. —Se señala. Lleva su mano hasta mi mandíbula y gira mi cara. Nuestras miradas conectan y volvemos a estar cerca, muy muy cerca—. Estas están siendo las mejores Navidades desde hace mucho tiempo. Desde hace tres años. —Desde que me fui de Stowe—. Y no es porque tu familia y la mía hayan decidido boicotearse, tampoco es porque sea el mejor señor Claus de la historia o porque Nevaeh me haya propuesto un proyecto irrechazable —bromea—. Son mis mejores vacaciones porque las estoy pasando contigo.

Conmigo.

Por mí.

Palabras. Tres palabras que se enroscan como una enredadera que conquista la fachada de una casa, que la cubre, poco a poco, paso a paso, hasta que se hace con ella, hasta que la conquista y la hace suya. Hasta que esa fachada se convierte en su hogar y ambas se unen siendo una sola, imposible vivir sin la otra.

Y entonces, entonces hablo, solo que de una forma diferente, sin palabras. Como la enredadera que invade y conquista, que trepa y se hace con todo.

Me veo desde fuera, ¿sabéis? Soy como una mera espectadora de lo que sucede a continuación.

Cómo me inclino, cómo coloco la mano derecha sobre su barba blanca, cómo cierro los ojos cuando poso mis labios sobre los suyos, cómo Nash exhala cuando lo hago. El modo en el que su pecho se hincha bajo mi mano y mi pecho se llena de una sensación extraña, familiar y conocida y, a la vez, una que echaba de menos.

No es un beso pasional, ni uno de esos que conquistan, tampoco es uno que excita y, a pesar de ello, es todo eso y más. Porque encierra promesas pasadas, planes futuros, recompone, reconstruye y repara.

O rompe.

Quizá rompe y desgarra. Porque...

¿Qué va a ser de mí después de esto?

¿Qué va a ser de él?

De nosotros...

Cuando me separo, Nash solo me aprieta contra su pecho y yo me dejo. Me digo a mí misma que es un momento de flaqueza, que mañana volveré a ser esa chica que sabe que tiene que marcar distancias y que olvide la verdad que encierran las mentiras, la certeza de que, todas y cada una de ellas, tarde o temprano te pillan, más temprano que tarde lo hacen, porque no me he separado de él y ya lo echo de menos.

Y esta vez no voy a tirar de ironía, no voy a hablar de mis dudas o de esos pensamientos contradictorios que no consigo entender, solo se lo achaco a la Emma que una vez estuvo enamorada de este chico y que hizo planes de futuro con él sin saberlo.

Porque quizá es por eso por lo que no he imaginado a Nash con otra persona, porque algo dentro de mí siempre ha creído que volveríamos a encontrarnos.

Tal vez él sea mi Claus y yo sea su Santa.

Mañana... Mañana será otro día.

Mañana volveré a engañarme.

Capítulo 31

Cuando llegue mañana

Nash

Toco en la puerta de Quimby cuando la nieve ha comenzado a caer de nuevo con fuerza, con intensidad. Es como si ella y yo nos hubiésemos mimetizado y nos hubiésemos convertido en uno solo. Como si los dos necesitásemos hacernos sentir. Sentir, por poco que sea.

Mi vecino, como siempre, me recibe con ropa de deporte y esas zapatillas que apuesto lo que sea a que son lo más confortable y caliente del mundo.

—¿Por qué sonríes? —me pregunta apartándose de la entrada para permitirme el paso. Señalo hacia sus pies y él los mueve de un lado al otro—. Son cómodas. Horribles, pero la mar de acogedoras.

—No son horribles —lo contradigo.

—¡Qué buen chico eres! —Me palmea el hombro cuando accedo a su recibidor y me detengo—. Aunque no es necesario que le mientas a un pobre viejo como yo. Y tampoco es necesario que esperes ahí o se nos va a enfriar el té —añade.

Cuando llegamos a la mesa de la cocina veo que hay tres tazas dispuestas, una tetera humeante y el azúcar en el centro, además de unas pastas que apuesto lo que sea a que las ha traído Eliza.

—Esta mañana he visto a Emma y me ha asegurado que vendría a echarnos una mano, por eso lo de las tres tazas. —Después de servir nuestras tazas, Quimby mira la hora en el reloj que tiene dispuesto encima de la nevera—. Ya no debería tardar.

Trago con fuerza porque estoy bastante convencido de que Emma no va a venir hoy. Es más, estoy seguro de que hará lo posible por evitarme en lo que queda de Navidad.

—¿Y esa cara? —Se abre un silencio extraño entre los dos y aprovecho para darle un sorbo a mi té tras ponerle azúcar, como vía de escape—. Y no me mientas, Nash, que ya sabemos todos lo que sucede cuando mentimos. Tú más que nadie debes de saberlo, porque llevas unos cuantos años engañando a esa chica. —Señala hacia la casa de al lado y llevo la mirada hasta allí, como si, de alguna forma, pudiese ver a Emma paseándose en calcetines y pijama por ella o encontrarla sentada en el salón con su abuela, frente al árbol de Navidad, viendo una película de esas que tanto le gustaban, de esas empalagosas con final feliz, sí, justo de esas que me hacía ver y ver hasta aprendernos los diálogos. Ella, aprenderlos, y yo, negar que lo hacía.

—No va a venir —sentencio bajando la vista.

Quimby chasquea la lengua con desaprobación.

—Me ha asegurado que vendría y yo la creo.

Niego con la cabeza y exhalo todo el aire hasta que siento el ardor en mis pulmones.

—Creo que hoy... En fin. —Sonrío, aunque no es una sonrisa del todo sincera—. Creo que por hoy ya ha sido suficiente.

Me llevo de nuevo la taza a los labios y agradezco el hecho

de que no tengamos que enfrentarnos a esta conversación sin nada que usar como pretexto para no responder.

—¿Me lo quieres contar? —indaga él.

Hay una pequeña vocecilla que me susurra que hablar las cosas hace que todo tome forma y sentido y eso es lo que hago, explicárselo todo a Quimby, desde la travesura de mi abuela, esa en la que ni confirma ni desmiente haber participado, hasta el beso compartido en una caseta, ella como elfa y yo como Santa Claus... Me escucha con atención, y no solo eso, sino que además capta la sinceridad implícita en todas y cada una de mis palabras, de mis confesiones veladas; de mis reacciones cuando ella está cerca.

—Es el destino —concluye Quimby—. El destino quiere que estéis juntos porque sabe que sois almas gemelas.

Me río, solo que no es una de esas risas ridículas; es una risilla nerviosa, como cuando sabes que algo no es cierto pero deseas que lo sea por encima de todas las cosas.

—Emma es mi alma gemela, Quimby, lo supe desde que tuve la edad suficiente para entender que lo que me sucedía con ella iba más allá de la amistad.

—¿Te he contado alguna vez cómo nos conocimos Brielle y yo? —Me lo ha contado miles de veces y, aun así, me gusta que lo haga, porque la manera de que una persona nunca se marche del todo es recordarla, hablar de ella, que permanezca en la tierra porque nosotros demos voz a su ausencia.

—No lo has hecho y me muero de ganas por saberlo todo.

Me inclino hacia delante y escucho con suma atención.

Quimby deja escapar el aire y baja la vista hasta sus manos, esas que envuelven la taza y que sé que, antes de que me vaya, habremos rellenado en varias ocasiones.

—Mis padres no estaban del todo de acuerdo en que quisiese estudiar... Mejor dicho, querían que lo hiciese, pero económicamente no podíamos permitirnos tantas bocas y tan pocos sueldos, ya que mis abuelos estaban enfermos, así que, cuando ya había aprendido a leer, a escribir y a hacer los cálculos básicos, me dijeron que tenía que ponerme a trabajar y que ya era hora de que dejase la escuela. Sé que a mis padres les dolió obligarme a hacer eso, porque ambos sabían lo ilusionado que estaba por seguir formándome, por empaparme de saber; siempre me gustó estudiar, aprender, y necesitaba más y más y más, pero..., pese a ello, entendí que mi familia necesitaba de mí y no me importó sacrificarme porque la lealtad que les profesaba a ellos era superior a mis ansias de conocimiento.

»Y así fue como encontré un empleo en una carpintería, aprendí un oficio y, a pesar de que trabajaba de sol a sol, me alegraba poder llegar a casa y ver la sonrisa de agradecimiento de mi familia por colaborar, por ayudarlos, y la gratitud por poder alimentarnos y calentarnos en los inviernos.

»Por aquel entonces, mi madre comenzó a impartir clases de costura en el salón de casa a cambio de unos dólares. Y Brielle fue una de sus alumnas.

—Así que le echaste el ojo, ¿eeeh? —pregunto provocador.

Quimby me regala una mueca de lo más divertida y no lo oculta, sino que asiente, con fuerza, con ganas, con ímpetu.

—Al principio me sonrojaba cada vez que ella entraba en casa. Imagínate, llegaba lleno de serrín, con virutas en el pelo y la ropa... Bueno, no era lo que se dice un chico atractivo ni pudiente. Aun así...

—Te eligió.

—Bendita sea, Nash, me eligió, a mí, ¿lo entiendes? Al pobre aprendiz de carpintero que nada, ¡nada! —recalca con más energía—, tenía. Era esto. —Se repasa de arriba abajo—. Solo esto.

—No digas eso... —Le tiendo la mano y Quimby encierra la mía con las suyas.

—No me importa; de hecho, Nash, lo que realmente tiene valor no es el exterior, no es la cáscara, es lo que esta contiene, lo que encierra... y lo que nace de ella. Y Brielle, bajo ese cuerpo delgaducho y desgarbado, ese pelo indomable y esas sonrisas nerviosas, entendió que había algo que valía la pena descubrir.

»Aprendió a tejer. Y mi madre, que de tonta no tenía un pelo, se dio cuenta de todo y propició nuestros encuentros. Brielle venía cada vez más y hasta invitaba a sus padres a tomar té o café. Éramos pobres, es cierto, no teníamos mucho, pero, aun así, cualquier cosa que pudiésemos compartir éramos los primeros en hacerlo.

—Tu familia era muy honrada y bondadosa, Quimby.

Mi vecino solo asiente a modo de respuesta.

—Y fuimos felices, Nash. El destino me permitió encontrar a mi otra mitad, y no solo eso, también vivir con ella, casarnos, dormirme abrazado a su espalda cada noche y levantarme cada día con su olor envolviéndolo todo. Y sé que, pase lo que pase, suceda lo que suceda, nos volveremos a encontrar porque dos personas que están destinadas a quererse lo harán por toda la eternidad. Nuestro último aliento nunca será el definitivo, siempre siempre se convertirá en el inicio del siguiente viaje. Yo la espero a ella aquí —pisa el suelo— y ella me espera a mí allá arriba —señala con el índice—, para comenzar nuestra siguiente aventura juntos y descubrir qué es lo que nos depara el destino en esa ocasión.

Cuando el anciano termina de hablar, cuando lo hace, sé que en mi semblante encuentra un sinfín de emociones y todas ellas son una contradicción de las otras. Hay pena por su ausencia, hay alegría por la forma en la que habla de ella, hay amor porque eso es lo que transmite Quimby cuando la menciona, hay esperanza porque puede que sea cierto y, cuando dos almas gemelas se encuentran, lo harán en todas y cada una de sus vidas.

—Ya puedes pasar, Emma, y sentarte. Sé que estás ahí y también sé que lo has escuchado todo.

Me giro veloz para descubrir a mi vecina, a la chica que me roba el aliento y también los besos, apoyada detrás de la pared; es su pelo el que la delata. Cuando se asoma y se queda justo bajo el dintel de la puerta, varias lágrimas solitarias se deslizan por sus mejillas. Me levanto y me acerco; ni siquiera evalúo las distintas opciones, no pienso en si se sentirá mal por mi reacción, si rechazará mi cercanía o si es lo correcto o no lo es. Es sencilla y llanamente la necesidad de consolarla, de acompañarla, de asegurarme de que estará bien pase lo que pase.

La misma respuesta que tuve cuando supe que debía dejarla marchar y lo hice.

—Me emociona cómo hablas de ella, cuánto amor desprenden tus palabras, Quimby —susurra con su cara apretada contra mi pecho. Huele a ella; huele a cerezas, a fresas, a macedonia de frutas. Huele a hogar. Huele al amor de mi vida. A mi alma gemela.

—Esa es la historia de mi vida y sé que os la he contado unas cuantas veces... Aun así —pasa por nuestro lado, me da un par de palmadas en el hombro y un beso a Emma en el pelo, todavía con su cabeza enterrada en mi pecho—, aun así, os agradezco que me permitáis volver a contarla porque Brielle está aquí —señala su corazón— y ahora también está en los vuestros; de esa manera nunca podrá marcharse porque todos la recordaremos como la mujer que fue.

Quimby abandona la cocina dejándonos atrás y da un par de pasos antes de detenerse, mirarse las zapatillas, alzar la vista y mover los labios para que solo yo pueda enterarme.

—Esa chica está enamorada de ti, esta vez no sacrifiques nada. No lo hagas. No vale la pena.

Y yo me limito a asentir porque tiene razón. Y porque he aprendido de mis errores.

Capítulo 32

¿Estás bien?

Emma

Me aparto de Nash al darme cuenta de que me he refugiado en su pecho sin dudar. Y ha sido... reparador, de veras.

—Emma, ¿estás bien?

Clavo mis ojos en los suyos y recuerdo esta misma pregunta horas atrás, cuando yo todavía era una elfa y él era Santa Claus.

Un Santa Claus adorable, que se ha ganado a todos esos niños y que me ha hecho suspirar. Malditos sentimientos y maldito corazón que me confunde. Con lo bien que estaba yo siendo racional...

—Sí, se me ha metido algo en el ojo, no ha sido Quimby ni su historia, ha sido una pestaña.

—Por supuesto, una pestaña. —Me sigue el juego y eso lo complica todo una vez más.

—¿Sabes? —pregunto. Nash ni siquiera me responde, al menos, no con palabras; se limita a llevar las manos hasta mis mejillas y limpiar los restos de las lágrimas—. Era mejor cuando te comportabas como un insolente. —Alza una ceja, expectante—. Un desvergonzado al que quieres bajarle los humos a base de porrazos —aclaro para que me entienda.

—No sé si tomármelo como un cumplido o no.

—Créeme, no es un cumplido.

—No, eso de los porrazos no suena demasiado bien —sentencia él.

—Depende de para quién. —Baja las manos hasta que quedan al lado de las mías..., hasta que nuestros dedos se enredan de una forma extraña. Extrañamente familiar—. A mí me suena fantástico.

—Por supuesto, la Emma guerrera siempre buscando algún lío en el que meterse.

—Para no perder la costumbre —agrego desenfadada—. Debes saber que esto —formo un círculo a nuestro alrededor, uno que abarca la habitación—, me ha metido en un buen lío porque mi padre y mi abuelo no quieren hablarme. Han decidido que me he puesto en su contra y ya sabes cómo funcionan los Ashbourne en Navidad...

—O estás con ellos o estás en su contra. —Concluye la frase por mí—. ¿Qué me vas a contar? Recuerda que mi padre y mi abuelo piensan igual.

—Y digo yo... —doy un paso atrás sin perder la sonrisa—, ¿no crees que se parecen demasiado para estar enfrentados?

Nash alza los hombros y ahora es él quien da un paso, pero hacia mí, propiciando de nuevo un acercamiento. Uno que no me molesta lo más mínimo.

Y, creedme, debería hacerlo.

—Ya sabes lo que se dice... Lo que ha separado el concurso navideño que lo unan las pestañas postizas.

Me carcajeo ante sus palabras.

—¿Se dice eso? Te lo estás inventando...

—Las pestañas postizas son el nuevo chismorreo del pueblo —agrega Nash con desenfado.

—Al menos no hablarán del sexo desenfrenado entre dos casetas del mercadillo —apunto yo.

—Todavía —conviene él, y me guiña un ojo con picardía, logrando que me sonroje porque, sí, hijas mías, lo he entendido a la perfección.

—¿Ves? Ahí está el descarado, a este sí que lo manejo bien.

—Ahora puedes castigarme a base de besos —propone.

Niego en repetidas ocasiones, eso sí, sin perder la sonrisa porque con él es complicado hacerlo. Siempre lo ha sido y siempre lo fue.

—No te pases.

—Tenía que intentarlo.

Se encoge de hombros y se aleja, y yo... Yo me quedo aquí plantada mirándolo. Mirándolo embobada, quiero decir, para que nos entendamos y eso.

Si Remi estuviese aquí, en este instante me estaría dando codazos en el costado o empujándome en su dirección.

A ver cómo les explico a ellas lo que ha sucedido. A ver cómo me lo explico a mí misma.

—¿Me ayudas o has venido a supervisar? —Alza la voz antes de ponerse en cuclillas y abrir la caja que contiene las luces.

—Me apunto a ambas cosas.

Nash suelta una risilla y ladea la cabeza para mirarme. Ese maldito hoyuelo ha vuelto a hacer acto de presencia. Me lo pediría por Navidad y esas cosas.

Total, que me coloco a su lado, de rodillas yo también, y comenzamos a sacar circuitos de luces.

—Voy a enchufarlas para saber qué colores son los que hay y así intentar colocarlas en la fachada de tal forma que haya coherencia. Ya sabes, por la estética y eso —le explico. Nevaeh se sentiría muy orgullosa de mí en este momento.

Nash asiente mientras me acompaña hasta el enchufe más cercano. Probamos todas las tiras de luces que encontramos y descubrimos que hay de tres colores diferentes: blancas, rojas y azules.

—¿Una bandera estadounidense? —pregunta Nash.

—Ni lo sueñes. —Me niego en rotundo—. Colocaremos las blancas alrededor de la fachada y mañana iré a comprar algunas nuevas. Eso de los colores es demasiado típico. Hagamos algo diferente.

—Me parece bien —acepta Nash.

Las siguientes horas nos las pasamos colocando las luces blancas de modo que enmarquen la fachada. Quimby toma asiento en la entrada de su casa hasta que la nieve empieza a caer con más fuerza y a mojar su ropa al derretirse sobre él.

Dejamos la primera tanda de luces colocada cuando ya ha anochecido del todo y, entonces, nuestro vecino saca la cabeza por una de las ventanas.

—Tenéis que ver esto —nos dice, y al poco aparece por la puerta con un mando en la mano—. Mientras estabais poniendo las luces, que, por cierto, han quedado genial, he revisado unas cajas porque me he acordado de que Brielle, años atrás, compró un sistema de sonido, y mirad... ¡Atentos! —grita empujándonos hacia la calle.

Observo las demás casas, que ya han comenzado a iluminarse. En la mía, el Santa Claus chamuscado ha desaparecido y, en su lugar, mi abuelo y mi padre están montando algo. No sé si quiero saber lo que es porque en esta ocasión han puesto una sábana blanca trabada entre dos palos de metal. Sí, como mencionó mi abuela..., «la sorpresa final que causará estragos en el vecindario y les hará daño a los de enfrente».

Regreso a lo que nos atañe cuando comienza a sonar «Jingle

Bells», y no solo eso, sino que la música y las luces van a la par, es como si se hubiesen fusionado en una sola.

—Pero ¿cómo? —cuestiono señalándolo todo.

Quimby se ríe y aplaude con ganas cuando se da cuenta de que todo funciona como debe.

Varias cabezas asoman por las ventanas y mi padre y mi abuelo se agarran a la valla de madera blanca y asoman la cabeza por encima. Observan la casa, entrecierran los ojos y fruncen el ceño.

Lo hacen al compás. Se han mimetizado de tanto tiempo que pasan juntos tramando maldades.

Entonces clavan la mirada en mí y a continuación en Nash para, de nuevo, posarla en su nieta e hija. Perdón, exnieta y exhija. Hablemos con propiedad.

—Traidora —mascullan ambos antes de regresar a lo que sea que están montando ahí. Lo mismo es un robot de cocina o una aspiradora gigante.

Quimby, ajeno a todo eso, aplaude y le brilla la mirada cuando nos observa.

—Me encanta el resultado. —El villancico no ha dejado de sonar, y entonces nuestro vecino se acerca y nos da un abrazo enorme; nos unimos los tres formando uno y, en fin, se me vuelve a meter algo en el ojo.

—Son las pestañas —remarco cuando nos separamos.

—Pobre, a mí también me molestan a veces.

Quimby entra en casa; eso sí, antes grita:

—¡La cena estará lista en diez minutos!

Ambos asentimos y permanecemos un rato más ahí, solo para comprobar que, cuando «Jingle Bells» deja de sonar y da paso a «White Christmas», las luces vuelven a centellear al ritmo de la música.

Me giro hacia Nash, que se ha cruzado de brazos y observa la casa entre fascinado y orgulloso.

—¿Sabes a quién no le van a molestar las pestañas? —pregunto.

Nash se gira y me observa unos segundos, alza una de sus cejas y sonríe de medio lado.

—Te va a matar si se entera —me asegura él.

Alzo los hombros despreocupada.

—Nadie se lo va a contar —aseguro yo.

Entonces, y para sorpresa de nadie, Nash comienza a dar pasos en dirección a mi casa, pero el muy imbécil ni siquiera se gira, al menos hasta que me doy cuenta de sus intenciones y comienza a correr.

—¡No serás capaz! —grito a la vez que acelero el paso.

—Esta me la debes, por mi gorro de lana favorito. Tuve que regatearles a esos niños para que me lo devolvieran.

—¡Era una broma! —exclamo alzando la voz de nuevo mientras intento pillarlo.

—Anda, y esto también es una broma —replica él.

Justo cuando entra en nuestro jardín y estoy a punto de darle alcance, frena sus pasos, se da la vuelta y me levanta.

Siento como cada zona de mi cuerpo que está en contacto con el suyo se caldea de una manera entre excitante y bochornosa. Qué triste que tu cuerpo tenga vida propia, ¿no?

—Siempre puedes, no sé... —Parece meditar. No os fieis de él. No. Os. Fieis. De. Él—. Sobornarme.

Nash pone morritos y, sí, hijas mías, sí.

Sabéis lo que pasa, ¿no?

Capítulo 33

Besus interruptus

Emma

—Los traidores fuera de esta parcela, eeh. Eeh. ¡Eeeh! —grita mi abuelo.

Señoras y señores, aquí está el «salvados por las pestañas».

—Esto no va a quedar así —murmura dejándome en el suelo.

Mi padre, que a listo no lo gana nadie, observa la escena y me sonríe antes de guiñarme un ojo. Mi abuelo, que tampoco se queda atrás, le da un codazo y entonces se pone serio de nuevo.

Vale. Ya pensaremos en ese guiño cómplice de mi figura paterna y en...

—¿Eso es un elfo travieso? —pregunto al darme cuenta de lo que están acabando de montar.

—Vaya, es una ingrata, pero no está ciega —arguye mi abuelo, que se cruza de brazos—. Esto es lo que decantará la balanza en el concurso. Ya sabéis —incluye a Nash en la conversación—, no ha habido nadie que haya colocado nada igual. Ni siquiera el reno ese que montaron los tuyos —nótese el desdén, por favor y gracias— y que está en el cielo de los renos destrozados por unos vándalos que desconocemos. Apuesto a que llegaron de visita al pueblo y les pareció tan tan feo que tuvieron que tunearlo.

Nash alza una ceja escéptico y yo me cruzo de brazos.

—Oh, ya, claro... Es probable que haya sido esa clase de gente, sí. La misma que os destrozó al Santa Claus bailarín.

—RIP Santa. —Mi padre y mi abuelo se persignan como si de veras lo echasen de menos.

—En fin, el muerto al hoyo y el vivo al bollo. —Y señalan al nuevo miembro de la decoración navideña.

Dicho esto, se afanan en continuar con la labor. La nieve es densa, pero eso no parece suponer inconveniente alguno para ellos. Nos giramos con la intención de volver por donde hemos venido y dirigirnos hacia la casa de Quimby cuando Remi sale por la puerta de mi casa.

Alza la mano y nos saluda.

—¿Qué hacéis? —pregunta al llegar a nuestra altura. Gira la cabeza unos segundos para evaluar el trabajo de esos que me han echado de la familia a la mínima de cambio y los señala—. ¿Quiero saber lo que están haciendo?

—No, no quieras saberlo —respondo.

Remi se cuelga de mi brazo y también del de Nash y nos arrastra hacia la salida.

—¿Qué hacéis? —repite—. ¿Qué habéis hecho? Y lo más importante, ¿qué pensáis hacer? —Y así empiezan los juicios en Stowe, Vermont.

Yo titubeo un pelín. Vamos, nada que sea muy exagerado; es más, es probable que vosotras ni siquiera os hayáis enterado de que lo he hecho hasta ahora que os lo he contado. Eso sí, la cosa se pone fea porque Remi es la reina de los detalles y a ella con un poco le basta para hacerte recorrer el corredor del juicio final. ¿O era el corredor de las confesiones? ¿El corredor de los secretos hacia tus amigas? ¿Todo a la vez?

—Hemos estado montando las luces navideñas de Quimby.

—Lo suelto de carrerilla. Sí, como las otras veces—. Y ahora vamos a ir a cenar con él porque nos ha invitado —añado. La velocidad es la misma, porque estoy nerviosa—. Y porque tenemos hambre y hay que comer. Solo por eso.

—Os habéis besado, ¿a que sí?

—No —niego apresurada.

—Sí —replica Nash—. Y ha sido ella la que me ha buscado a mí. —Me señala con el pulgar y, sí, el corredor de la muerte se me va a quedar corto cuando lo cruja por lengua larga—. Como ves, Emma no es tan santa como aparenta.

—¿Qué? —lo increpo.

Es más, la cosa no queda ahí, me giro e intento darle un golpe en el pecho, en plan... «Sujétame, que me lo cargo», sin tener en cuenta ciertos detalles como su rapidez, la forma en la que lee mis emociones —maldito— y lo transparente que resulto ser para todos menos para mí misma.

Me coge las manos y, nada, que vuelve a ponerse la cosa complicada porque se las lleva a los labios y las besa. Las besa con ternura.

—Si es que sois taaan monos... —Mi amiga suspira a nuestro lado.

El tono la delata. Yo seré un libro abierto, pero Remi es como las letras que encuentras dentro de él.

—¿Qué pasa? —pregunto.

Remi baja la vista y niega con la cabeza, y eso es señal inequívoca de que algo sí que pasa.

—Anda, ven. —Nash extiende los brazos frente a ella y mi amiga, ni corta ni perezosa, se cobija entre ellos—. Los abrazos no resuelven los problemas —apunta él—, pero siempre ayudan a mejorar las cosas.

Vale, las pestañas, son las pestañas, porque ese chico de ahí está consolando a Remi. Está empatizando con ella, está entendiendo que no quiere hablar y respeta su decisión de no hacerlo, ya sea porque él esté delante o porque, sencillamente, no es el momento para exponer ciertos asuntos, porque eso sería darles voz a los hechos y no todos estamos dispuestos a enfrentarnos a la crudeza de la realidad.

Como yo, que sé que sucede algo; en cambio, no ponerle nombre y no verbalizarlo hace que me sienta mejor.

Hasta que esa mentira que me proporciono a mí misma también me pille. Y sé que lo hará.

Así que contemplo la escena con una infinita ternura y un agradecimiento eterno por lo que está haciendo, porque no la conoce lo suficiente y, a pesar de ello, está actuando como si lo hiciese.

Cuando Remi se separa, ladea la cabeza y le sonríe con afecto.

—Eres un buen chico, Nash Prescott. Eres un gran chico —le susurra antes de avanzar por el camino y dejarnos aquí solos.

Yo me limito a observar como se marcha, imagino que en dirección a la cafetería a encontrarse con Piper, y Nash..., cuando me giro, él solo me observa a mí.

—¿Por qué lo has hecho? ¿Por qué haces eso?

«¿Por qué no te comportas como un capullo de campeonato y me pones las cosas fáciles?».

Nash da un paso adelante y el aire se congela. No es la nieve, no son las bajas temperaturas, no es que de pronto haya helado. Soy yo respondiendo a su cercanía.

—Lo hago porque todo lo que te importa a ti me importa a mí. Todo lo que tú quieras lo querré yo. Todo lo que tú seas yo lo seré. Todo lo que pidas te lo daré.

Y ahí está.

El «por ti». El «por mí». El «por nosotros» que tanto tanto miedo me daba oír. Porque no sabía cómo podría reaccionar a él. Porque ni siquiera sé si me siento preparada para las implicaciones que todo eso conlleva.

El cambio o la evolución. El pasado que se une con el presente y crean un futuro que no sabes si será seguro o incierto.

Aunque... ¿qué futuro lo es?

No sabía si necesitaría huir o si, por el contrario, me quedaría; si sería capaz de explicarle con palabras lo que me sacude por dentro: las inseguridades, el miedo, la desolación, el no saber por qué no pudo ser y qué cambiaría ahora para que sí fuese.

Los sentimientos, en ocasiones, son como una tormenta de verano: se inician de forma inesperada, se convierten en emociones intensas, como la lluvia, capaces de trastocarlo todo a tu alrededor en un instante, como las gotas empapándolo todo; son sensaciones potentes y contradictorias; y en cuanto la tormenta amaina, trae consigo ese fresco alivio de la calma de cuando todo acaba, de cuando comprendes lo que ha sucedido y entiendes que es incontrolable.

Y mientras yo pienso en todo eso, en que nosotros fuimos, somos y es probable que seamos como una tormenta de verano, Nash se limita a observarme con atención, a dejarme elegir, a permitirme que sea yo la que lo haga. La que espere si es eso lo que necesito, la que me aleje si es lo que me pide el cuerpo o la que me lance al vacío si es lo que me dicta el corazón.

—Desde luego, Nash Prescott, me lo estás poniendo complicado.

Alzo la vista y observo mi ventana, esa que ha sido mi cómplice de tantos mensajes y desde la que nos observábamos... y desde la que, aunque no quiera reconocerlo, seguimos haciéndolo.

—Y digo yo... ¿Vais a besaros ya o tengo que empujaros de una vez? —pregunta mi abuela desde la ventana de abajo.

—Yo no quería interrumpir —suelta Quimby desde la valla—, pero la cena se está enfriando y he hecho pollo como para unas diez personas. ¿Te apetece venir también, Eliza?

—Oh, vaya, y nosotros aquí siendo espectadores —apostilla mi padre, que sigue cruzado de brazos. No había contado con tener tanto público— y resulta que lo habéis fastidiado.

—Y así es como se rompe un momento tierno en Stowe —comenta Nash, que tira de mi mano y me saca de aquí sin dudar—. Sin embargo... —me frena en la calle—, tienes que saber que soy el rey de las segundas oportunidades, porque no sé si a la tercera va la vencida, pero a la segunda te garantizo que sí.

Corremos calle abajo. Siento como mi pelo se mueve en mi espalda y como mis piernas siguen el ritmo mientras estoy riendo, riendo de veras. Riendo con Nash. Por Nash.

—¡No nos esperes para cenar, Quimby! —grito desde la distancia.

—No te va a responder —dice Nash.

Y ¿sabéis qué?

Que hoy ya es mañana y sigue gustándome esto. Me gusta mucho esto.

Capítulo 34

La tormenta de invierno

Emma

La mano de Nash no suelta la mía en ningún momento. Ni siquiera cuando resbalo. Sobre todo cuando eso sucede.

—No me sueltes —le pido al deslizarme sobre la nieve que se ha convertido en hielo.

No sé si alguno de los dos llega a ser consciente de lo que encierran esas palabras.

—Nunca —contesta él, y me lleva por los distintos callejones del pueblo.

Probablemente él tampoco lo sea de lo que me hace sentir la suya.

Cerca, distingo el olor tan familiar de los puestos que hay montados en el mercado central. Sigue oliendo a vino dulce, a almendras, a castañas y a patatas fritas grasientas; sin duda alguna, las mejores de todo Vermont.

Caleb está apostado en la entrada de la pista de patinaje sobre hielo y alza una ceja cuando nos ve llegar, más aún cuando se percata de que lo hacemos con las manos unidas y los dedos entrelazados.

Nash continúa avanzando sin detenerse siquiera a saludar y

yo lo sigo, aunque sí que alzo la otra mano y muevo los dedos a modo de saludo. Caleb solo me sonríe de esa forma tan suya, como si supiese que esto estaba destinado a suceder.

Tal vez fuese así. Como si ese destino del que hablaba Quimby hace horas en la cocina de su casa tuviese vida propia y capacidad de elección y, pasara lo que pasase, sucediera lo que sucediese, los caminos de dos personas que están unidas de alguna manera no pudieran hacer nada por evitar que diesen pasos para ir al encuentro de la otra. Los trenes... somos dos trenes que salen cada uno de un lugar y chocarán en algún punto del trayecto, provocando que todo salte por los aires.

Y debería asustarme mucho que no me asuste en absoluto.

—¿A dónde me llevas? —pregunto. A pesar de ello, lo sigo sin mirar atrás.

—Siempre tan impaciente.

Esa soy yo, sí.

—Mañana estaremos en las primeras páginas de los cotilleos del pueblo. Acabo de ver a Truman darle un codazo a Mila y esta, a su vez, dárselo a Caleb.

—¿Y...? —Nash frena sus pasos y se gira, y mi pecho choca contra el suyo. Me roba el aliento y no es por la carrera, es por todo lo demás.

Por todo lo que tiene nombre y a lo que me da pavor ponérselo.

«¿Qué tal tus Navidades? ¡Bien! Salvo por ese pequeño detalle de ser una cobarde de primera».

—No queremos que hablen de nosotros. —Señalo dos casetas de forma despreocupada.

—No, no queremos. Ahora bien, si lo hacen, no tiene que importarnos lo más mínimo. Tu familia o la mía harán algo escandaloso que nos relegará a ocupar el segundo puesto de los desvergonzados y, si no, será Nevaeh la que consiga desbancarnos, y seremos pasado.

Pasado, como ese que tuvimos y rompió el futuro en el que podríamos habernos convertido.

«Hoy no, Emma. Mañana».

Asiento tras sus palabras y me dedica una sonrisilla condescendiente, sacando a pasear a su amigo, el adorable hoyuelo.

—¿Has pensado alguna vez en ponerle nombre?

Nash alza una ceja y arrima mi cuerpo con más ímpetu al suyo.

—Miedo me da preguntar.

—Eres el chico que corre riesgos.

—Solo cuando esos riesgos tienen nombre y apellido —añade—. Espera, te daré una pista del nombre. —Siento la calidez de su aliento cerca de mí cuando, una vez más, se acerca hasta mi oreja. Me estremezco y tiene el decoro de no preguntar si es por el frío. Sabe perfectamente que no tiene nada que ver con eso—. Empieza por «Em» y acaba por «ma» —concluye satisfecho.

Hace días era yo la que usaba ese juego de palabras con él, cuando me explicaba que a los amigos se les contaba todo. Como podéis comprobar, este chico aprende rápido.

—No has sido muy ingenioso, teniendo en cuenta que ese recurso lo he usado yo antes.

No responde y eso me da pavor, porque Nash es imprevisible. Y es de los que se acuerdan de todo.

De. Todo.

Cuando nos plantamos frente a la caseta en la que hemos trabajado envolviendo regalos, es decir, él envolvía regalos y yo hacía un pobre intento de paquete que sin duda terminó en la basura al llegar a casa para ser sustituido por una caja, le aprieto la mano.

—Es una caseta —mascullo.

—Muy buen dato. La vista no te falla.

No mencionemos a mi amigo el sentido común, porque eso es harina de otro costal.

Le propino un golpe. O hago el intento porque Nash, como otras tantas veces, me sujeta la mano y besa mis nudillos. Me estremezco.

«Maldito cuerpo con vida propia. No sé, ya podrías congelarte o algo».

Nash saca una llave de la chaqueta y abre la puerta lateral. Al menos, pase lo que pase o suceda lo que suceda, no habrá dos casetas involucradas.

Se cuela dentro y sacude sus botas en las pequeñas escaleras, me tiende una mano y yo titubeo. Porque una parte de mí, la que piensa en el presente, quiere seguirlo de forma incondicional. La parte racional que tiene el corazón roto, que continúa uniendo pedazos, quiere huir cagando leches de ahí.

«Mañana, Emma. Mañana».

Le sujeto los dedos y Nash exhala todo el aire de sus pulmones, como si no tuviese nada claro que eso iba a suceder, que aceptaría su propuesta. Admitir que lo tenía claro no hubiese estado bien por mi parte. Sería otra mentira que me encontraría en un futuro no muy lejano. Tan cerca que me visitaría esta misma noche en la soledad de mi habitación.

Cuando entro y cierra tras de mí, nos quedamos ahí, a oscuras, aislados del exterior, pero con la certeza de que el verdadero depredador se encuentra dentro de este espacio.

Doy un paso al frente y de nuevo, como aquella noche en la que escribí una nota que coloqué en el cristal de mi ventana, puede que vuelva a ser valiente o una ridícula de mucho cuidado. Ya tendré tiempo para valorar el cataclismo de colocar las manos en su pecho, ponerme de puntillas y tirar, en esta ocasión, de la parte alta de su chaqueta.

—Aquí no hay guirnaldas con las que asfixiarte. —Un comentario del todo inapropiado, fruto de los nervios del momento.

Nash se separa unos pasos de mí y soy perfectamente consciente del vacío que deja su distancia.

Y eso también tiene nombre. Un nombre muy claro. Una etiqueta que no voy a colocar.

—Por supuesto que las hay.

Prende un pequeño botón y alzo la mirada para seguir el contorno del techo de la caseta llena de pequeñas luces, similares a las luciérnagas que salen a pasear en verano.

—Esto es increíble —susurro.

Da un paso hacia mí y su mano se posa en mi mejilla, ladeo la cabeza y me recuesto sobre ella; cierro los ojos, porque permanecer con ellos abiertos en un segundo como este es devastador para mi pobre corazón malherido.

—Nunca dejamos de serlo —sentencia.

Lo hace antes de apoderarse de mis labios.

Antes de que yo me ponga de puntillas y lo acerque todavía más a mi cuerpo. Antes de entender que habla de él y de mí.

De nosotros dos.

Capítulo 35

Ahora, Nash, ahora

Nash

La sujeto por las caderas y la siento sobre la mesa donde hace dos días ella cortaba cintas y yo sonreía al ver lo mal que lo hacía. Hasta que me lanzó la tapa de una caja vacía y la esquivé de puro milagro.

Las consecuencias de tener cerca a la chica de la que estás enamorado son catastróficas porque tus sentidos, los más básicos, dejan de funcionar como deberían.

No los culpo.

Me separo lo suficiente de ella como para permitir que elija, que de nuevo lo haga, porque es su decisión y, pase lo que pase, haga lo que haga y suceda lo que suceda, no quiero que se sienta mal con ella misma tras esto.

No quiero que se arrepienta.

—¿Qué ocurre? —pregunta desconcertada.

Ese pelo largo y negro, esos ojos color azabache y esos labios rojos e hinchados por mis besos casi casi me hacen ponerme de rodillas.

Casi.

—Solo te estoy dando tiempo. —Abre la boca con la intención de decir algo, pero prosigo antes de que lo haga—. Eso sí, debes saber que, si eliges esto —nos señalo—, si lo haces, no habrá vuelta atrás.

—Vaya, Nash Prescott, diseñador gráfico y neandertal. Eres todo un partidazo, no entiendo cómo no tienes una cola de mujeres esperando a ser elegidas. Ah, espera, sí que la tienes.

Las comisuras de mis labios se alzan y ella responde de esa forma tan suya.

Pone los ojos en blanco e intenta empujarme.

Lo que ella no sabe, lo que ella no llega a comprender, es que no necesito a ninguna otra mujer cuando ella es todo y más para mí. Siempre lo ha sido y siempre lo será.

—¿Y eso te pone celosa? —La provocación va implícita en mis palabras.

Ya sabemos cómo responde ella siempre.

—Oh, claro, espera... —Se hace el silencio y se lleva los dedos hasta la barbilla, que, por cierto, pienso morder mientras me deslizo hacia abajo. Hacia abajo. Hacia abajo—. No, resulta que no encuentro ni una pizca de celos.

—¿Segura? —pregunto colocándome entre sus piernas. Llevo mi mano derecha hasta su nuca y la rodeo con ella. Siempre me ha fascinado que, a pesar de ser tan alto y corpulento y Emma tan pequeña y delicada, encajemos a la perfección. No todos los puzles tienen el mismo número de piezas ni estas tienen la misma forma, y ahí están, dando vida a algo maravilloso cuando encuentran su lugar.

—Muy segura.

Se remueve inquieta y presiono un poco más. Deja escapar un gemido quebradizo y eso es todo lo que necesito para romperme yo también.

Esa misma mano que sujetaba su cuello aparta el pelo y se

encuentra luego con la otra para bajar la cremallera de su chaqueta.

—¿Qué...?

—No irás a preguntarme qué hago, ¿verdad?

Traga. Lo noto. Yo también lo hago. Como el depredador que se relame por la presa conseguida en un frío y extenuante invierno.

Niega en silencio y me limito a lamer su mejilla, desde esa barbilla que me fascina cuando la alza con insolencia hasta la sien por la que he paseado la nariz en miles de ocasiones y que en otras tantas se convirtieron en recuerdos. En recuerdos y anhelo.

Emma ladea la cabeza permitiéndome el acceso total. Desciendo, hasta que llego a sus labios, donde jugueteo con ellos. Cada vez que recorro con la lengua su contorno, Emma se acerca en busca de más y yo me retiro dejándola deseosa.

—Dime, Emma —mi nariz sobre el lóbulo de su oreja—, ¿esto te parece lo suficientemente ingenioso? ¿Ingenioso nivel «Oh, Nash, eres mi dios en la tierra» o ingenioso del tipo «Oh, Nash, te rendiría pleitesía»?

Sé su respuesta incluso antes de que me la dé.

Sus manos se colocan en la parte alta de mi chaqueta una vez más y tira de ella, nuestras narices se rozan y me llega su olor de nuevo; de hecho, jamás lo he olvidado, por más tiempo que haya pasado.

—Ingenioso nivel «Oh, Satanash, deja de comportarte como un engreído y bésame de una vez».

Quizá no os deis cuenta del matiz que ha tomado este intercambio de palabras. Quizá lo hayáis visto como una simple provocación que me ha convertido a sus ojos en un engreído, pero no es así... Tal vez no os hayáis percatado durante todo este tiempo de algo muy sencillo y es que tengo muchas versiones, muchas capas, como una cebolla, pero lo único que quiero es provocar algún tipo de reacción en ella, porque cualquier frase, cualquier respuesta ingeniosa o sarcástica, cualquier empujón, cualquier mirada, cómplice o no, implica algo, algo tan sencillo como una respuesta, un contacto, un acercamiento, y, sea cual sea, es un camino mucho mejor que la indiferencia.

Y en este caso en concreto, vamos un paso más allá, porque me está eligiendo, de forma voluntaria elige esto. Me elige a mí y elige mis besos.

No necesito más.

De momento, no necesito más.

Si Emma percibe mis dudas o mi diatriba, no da muestras de ello. Se limita a acercar su boca con decisión y toma mis labios.

Toma mis labios sin saber que todo lo que tengo, que cada partícula de mí, es suya desde hace años. Desde siempre.

Abro la boca para ella y dejo que marque el ritmo del beso. Mis manos, por el contrario, no se muestran nada de acuerdo con ceder todo el terreno, más bien quieren conquistarlo, así que se pasean por su ropa eliminando capas, eliminando barreras. Las de Emma responden del mismo modo, solo que no dejo que me desvista.

—Cuánta prisa —pronuncio en sus labios.

Su lengua entra en mi boca y me devora con ansia. Su deseo no hace más que catapultar el mío y complicar la labor de comportarme como ese caballero que Nevaeh asegura que soy y que yo no tengo tan claro que sea. Al fin y al cabo, el apelativo de Emma tiene cierta razón, siempre he sido un chico infame con un alma cándida.

Cuando mis dedos rozan la piel expuesta del pecho de Emma, rompo el beso y doy un paso atrás.

La contemplo. Contemplo sus pechos, la manera como se amoldan a mi mano, como encajan, tal y como lo han hecho siempre.

—Os he echado de menos, pequeñas.

Le pellizco los pezones antes de que suelte algo por la boca y, en fin, tenga que silenciarla de nuevo.

El juego de provocar se nos ha dado siempre bien a los dos, de eso no hay duda.

Gime a la vez que su cabeza cae hacia atrás. Apoya ambas manos en la madera y un rollo de papel de regalo cae al suelo y se mueve hasta que choca contra la pared que está a mi espalda.

Paseo el dedo índice desde ese cuello níveo hasta el botón de su pantalón.

—Alza ese precioso culo que tienes para mí, Emma.

Ella lo hace sin dudar.

Otra elección. Otra vez conmigo.

Le retiro la ropa y la deslizo por sus piernas. Me agacho cuando está a la altura de sus tobillos porque no puedo avanzar más y siento su mirada puesta en mí.

—Todavía estás vestido —protesta ella.

Tiembla y sé que es de anticipación; aun así, pregunto:

—¿Estás bien? ¿Necesitas...?

—Estoy genial.

Su respuesta me deja más tranquilo. Así que prosigo con mi labor de desvestirla.

Una bota. La otra. Un calcetín. Otro.

—Prometo que no se los he robado a Remi —me cuenta.

Alzo un pelín la mirada, sin apartar los ojos del todo de sus piernas largas y torneadas. Esas piernas siempre encajaron tan bien en mi cintura...

Siempre.

—Prometo que no le he robado los míos a Mason.

Mi comentario la hace sonreír.

Cuando la ropa se arremolina en el suelo, la recojo y la dejo sobre la mesa, a nuestro lado, para que no se enfríe del todo.

Mi dedo recorre desde su empeine hasta la rodilla. El vello se le eriza y sé, de nuevo, que tampoco tiene nada que ver con el frío.

Dejo que todo el aire se escape de mis pulmones al ver la humedad brillar entre sus piernas.

Emma no parece nada nerviosa por ello y siempre me ha gustado mucho eso de ella, la seguridad que siente cuando está desnuda frente a mí.

—Me encanta tu cuerpo —murmuro antes de sustituir esos dedos que se mueven perezosos por unos labios que lo hacen resueltos, que reconocen en Emma su casa, su hogar.

Apuesto a que ellos también la han echado de menos.

Otra de sus frases se ahoga en esos labios que me muero por morder cuando mi lengua se desliza por su centro.

Sé lo que le gusta, sé cómo le gusta, y me limito a hacerlo.

Ambas manos se apoyan en sus muslos, abriéndola para mí.

Emma deja caer la cabeza hacia atrás y gime. Y mientras ella hace eso, mi polla pulsa dentro de mis pantalones.

Más húmeda que antes, me acerco, y mi nariz sigue el contorno de su sexo. Jadea más fuerte en respuesta a algo tan sencillo como eso.

Y ese es el pistoletazo de salida. Lento, pero decidido. Cadente y atrevido. Sin prisa, pero sin pausa. Deslizo la lengua desde su clítoris hasta el final y vuelta a empezar. Se contonea sobre la mesa con cada lametón certero que le doy.

Nunca más volveré a ver esta mesa del mismo modo. A partir de ahora solo podré imaginarme a Emma expuesta frente a mí, moviéndose extasiada, con ansia, con ganas, con necesidad.

Me recoloco la polla dentro de los pantalones e introduzco dos dedos en ella. Mientras la punta de mi lengua hace de las suyas sobre su clítoris hinchado, la penetro con ellos. Mi lengua y mis dedos se convierten en uno y se mueven de forma coordinada. Dentro. Fuera. Lametón. Dentro. Fuera. Lametón.

Sé que está cerca y nada tiene que ver con los tirones de pelo que me propina, tampoco con sus gemidos, ni con su respiración errática. Lo sé porque siempre he conocido a Emma mejor que a mí mismo.

—Nash —jadea. Le falta el aire.

Yo estaré dispuesto a darle eso también.

—Emma —susurro.

Y con esa última lamida, profunda, fuerte, desgarradora, con mis dedos hundidos en lo más hondo de ella, grita mi nombre.

Mi nombre.

Mi nombre.

Puede que la soberbia sea uno de los pecados capitales; sin embargo, debéis saber que ninguno de los siete que existen le hacen justicia a ella.

A Emma.

Porque esta chica siempre ha sido y siempre será mi pecado capital.

Capítulo 36

Mi pescado caspital

Emma

Enfrentarse a un desayuno rodeada de tus amigas tras un orgasmo bestial en la caseta en la que has envuelto los regalos la noche anterior, esa a la que sabes que tienes que regresar en un rato, aunque no a hacer cosas marranas e indecentes —oooh—, sino a prestar ayuda al pueblo, tiene que ser una genialidad o la tontería más grande que he cometido nunca.

Apostemos por esto primero, por favor y gracias.

Eso sin contar con el silencio sepulcral que nos rodea. ¿Por qué? Pues porque he abierto la boca y las he dejado sin habla.

Aplaudiría por mi logro, salvo que no me siento con fuerzas para ello.

—Y eso que yo traía una foto de lo más marrana del tío con el que estoy chateando. Así es como se les roba el protagonismo a las amigas. —Nevaeh me señala. No hay resentimiento en su voz, solo una burla de lo más mona. Si las burlas pudiesen ser monas, claro.

—¿Qué has dicho? —suelta Piper, que ha dejado atrás su estado catatónico por culpa del plan de Nevaeh para hablar por primera vez sin suspirar abatida.

Oye, algo es algo, al menos está participando en la conversación. Solo por esto, ha valido la pena.

—Yo ya me lo imaginaba —apostilla Remi.

Ha conseguido que todas clavemos la mirada en ella, porque, sí, esa afirmación hace que se levanten ciertas sospechas. Ciertas sospechas sospechosas, ya me entendéis.

—No habrás sido capaz de contárselo a ella antes que a nosotras, ¿no? Por muy amiguitas que seáis, por mucho que viváis juntas en Nueva York o por muy bien que me caiga —razona Nevaeh, y atentas al retintín—, no te lo perdonaría. Te tenía cierta estima y estabas aquí arriba —marca la macarra del grupo mirando a Remi y alzando la mano para que entendamos que rozaba el cielo de las personas a las que tiene aprecio—. Ahora estás aquí abajo. —Su mano desciende con rapidez y, tras eso, pisotea el suelo con otros de sus famosos tacones. Los de hoy son incluso más altos que los de las otras veces. ¿Cómo es posible? Eso quisiera saber yo también.

—¿Me puedes explicar dónde compras esas cosas? —Las señalo.

—No te voy a explicar nada porque está claro que no te importamos en absoluto.

Me muevo en el sofá y me acerco a ella, ladeo el cuerpo y apoyo las manos en sus muslos.

—¡Ay, mi celosita favorita!

—No estoy celosa. —Hace un puchero de lo más encantador.

—Sí que lo estás —la corrijo.

—Sí que lo estoy.

Apoya la mejilla en mi hombro y le paso la mano por el lado de la cara que queda expuesto.

Remi chasquea la lengua; eso sí, a pesar de todo no pierde la sonrisilla.

—No me ha contado nada —aclara echándose hacia atrás en el asiento que ocupa al lado de Piper—, es mi sexto sentido. Como veis, lo tengo muy desarrollado.

Le lanzo una mirada airosa a la que ella responde guiñándome un ojo como si tal cosa.

—A ver... No es que no esperásemos que fuera a suceder —interviene Piper.

La observo unos segundos de más y ella me sostiene la mirada.

Entonces caigo en la cuenta de la frase que me dijeron en este mismo sitio bastantes días atrás.

«Si vas a contarnos que has perdonado a Nash y os habéis liado, ya lo imaginábamos».

Frunzo el ceño desconcertada.

—¿Por qué? —pregunto.

—A ver..., resulta obvio que seguís sintiendo algo el uno por el otro —argumenta Piper con ese tono dulce que la caracteriza y que me llena de paz—. Y no es malo, Emma, de veras, al igual que tampoco lo es que tengas miedo de que te hagan daño, un daño que, definitivamente...

—Daño como el que me hace esta foto —suelta Nevaeh, que saca el teléfono y la muestra sin contemplaciones para que todas podamos ver lo que está claro que es una foto de un miembro masculino.

Un miembro un poco...

Ladeamos la cabeza. Mi cuello y el de las aquí presentes juegan al tetris para intentar enfocar eso que mi amiga nos enseña.

—Suficiente. —Piper se levanta con la intención de marcharse y yo me quedo sin palabras cuando lo que de verdad debería estar haciendo es preguntar qué coño acaba de explicar

Piper y por qué no ha terminado. Nevaeh siempre interrumpiendo, es una bocazas de mucho cuidado.

—Espera, yo sí que quiero verlo bien. —Remi extiende el brazo, abre la mano y mueve los dedos con presteza y agilidad. Yo, por el contrario, me sitúo en el bando de Piper porque no quiero saber nada más de ese asunto.

—No entiendo cómo puedes estar chateando con alguien que no conoces.

—¿Y el morbo que me produce eso? Es un juego inofensivo.

—Esto, de inofensivo, no tiene nada —concluye Remi, que le devuelve el teléfono a su propietaria—. Eso es como un misil nuclear.

Nevaeh parece encantada con el comentario.

—Pues esperad a ver la del chico con el que habla mi madre. Es una hormiguita al lado de un saltamontes. —Se carcajea y saca otro teléfono de dentro de su sujetador.

En serio, entre las botas y eso que acaba de hacer, me estoy replanteando nuestra amistad por momentos.

—¡¿Le has robado el teléfono a tu madre para cotillear con nosotras?! —exclamo estupefacta.

—Lo he «tomado prestado» para cotillear con vosotras. Si eso no es amistad verdadera, nada lo es.

—Esto es lo que soporto yo durante todo el año —arguye Piper.

Nevaeh le lanza un beso y Piper, al final, le sonríe.

Mi amiga, la que está sentada a mi lado, intenta desbloquear el teléfono mientras yo formulo la pregunta, que sé que no es del todo adecuada, pero..., en fin.

—¿Y tú cómo estás? ¿Has visto a Mason después de...? —Señalo la barra y no es necesario que añada ningún dato más.

Piper baja la vista y mira la alfombra de pelo blanca que amo con todo mi ser.

—No, no lo he visto. Caleb ha venido por aquí y hemos tomado café. En silencio. Me da miedo, os lo juro.

—Miedo, ¿por qué? Es inofensivo —sentencia Nevaeh, que alza la vista unos segundos.

—¿Tú lo has visto? —pregunta Piper.

—Por supuesto que lo he visto.

Lo siento, su réplica suena a algo más que a una respuesta inocente. Remi y yo intercambiamos una mirada y ambas sonreímos porque hemos llegado a la misma conclusión.

Las dos tenemos un sexto sentido cojonudo, que lo sepáis. O eso creo...

—Es terrorífico. Es grande, enorme de hecho, impone una barbaridad y tiene esa voz profunda que hace que...

—Que se me pongan duros los pezones —suelta Nevaeh.

Un aplauso por ese apetito que se va y ya no piensa volver.

—Gracias por esa imagen tan específica, y ya van dos en el día de hoy —ironizo.

—Tres. —Porque nos tiende el teléfono de su madre y nos enseña otro cimbrel.

«¿Qué tal tus Navidades? De mal en peor».

—Por favor —Bajo la vista. Piper también lo hace. Remi, para variar, mueve la mano una vez más y lo pide para examinarlo con detenimiento.

—Tienes razón —comenta—, nada que ver con la otra. Este chico es rubio.

—Y joven —apunta Nevaeh quitándole el móvil—. Parece ser que mi madre tiene un fetiche oculto con los menores que ella o algo de eso, porque últimamente solo sale con ese tipo de hombres —nos cuenta mientras rebusca en el móvil.

Si me vuelve a enseñar otra foto de esas, me marcho.

Todas observamos cómo pasa foto tras foto, deteniéndose

en algunas para hacer *match*, mientras busca el perfil del chico en cuestión. Su madre la va a matar. Remi no pierde detalle y sonríe con cada locura de Nevaeh..., y Piper también parece bastante interesada en el asunto.

Cuando Nevaeh exclama un «¡Aquí está!», esos dedos que tapaban mis ojos se hacen a un lado y me fijo en el teléfono yo también, porque esto funciona como funciona: si no puedes con el enemigo... A la vez, Remi se acerca más y más a la pantalla y... de pronto, le arrebata el móvil.

—Oh, mierda, joder —mascullo al asimilar lo que acabo de ver.

Y lo que mi amiga acaba de ver al mismo tiempo.

Remi se pone de pie de un salto. Nevaeh lo hace también, aunque no entienda el motivo, pues ni siquiera ha llegado a mostrarnos más imágenes de ese chico rubio y joven con el que se supone que su madre mantiene ese rollete. Piper y yo nos quedamos en shock. Os juro que el shock de cada una es por motivos bien diferentes: el de ella es porque la campanilla ha sonado y Mason y Nash han hecho acto de presencia en el local. Mi motivo es mi amiga, la que está frente a mí y pasa por distintos estados.

La palidez de su piel me pone en alerta y doy un paso adelante, me arrodillo y apoyo las manos en sus piernas cuando deja caer el teléfono al suelo.

—¡Oye! Que es el móvil de mi madre —protesta Nevaeh. Le dedico una mirada llena de reproche y parece darse cuenta de que algo no va bien porque cambia la expresión y el tono de inmediato, realmente preocupada—. Remi, ¿qué pasa?

Le ha cogido cariño de veras.

Mi compañera de piso mira hacia el suelo, hacia el teléfono. Me giro y busco a Nash con la mirada, y en menos de un segundo está a mi lado; de hecho, también se ha arrodillado frente a Remi, como si... como si le importase de verdad.

Como si le importase todo lo que me importa a mí. Fueron esas sus palabras, ¿no?

—Es Tim —concluye con la vista clavada al frente, a un punto en el que no hay nada..., o quizá sí que lo haya, pero su mirada, su mirada está perdida, y así es como sé que se siente en este instante, porque yo... yo también fui ella no hace tanto—. El chico de esa foto es Tim.

Capítulo 37

No te diré que me lo veía venir, pero, vamos, me lo veía venir

Emma

—¿Perdona?

Nevaeh, la macarra de Nevaeh, se incorpora en todo su esplendor —y, creedme, es mucho— y se lleva las manos a la cintura.

—Es Tim —repite Remi.

No dejo de acariciarle el muslo sin decir nada, dándole algo de tiempo para que asimile la realidad de este descubrimiento. Ese tiempo es necesario para todas porque... ¿esto está pasando de verdad?

—¿El mierdecilla de Tim? —Podría reprender a mi amiga por la forma en la que se dirige a él, pero, siendo honesta, ese adjetivo se me queda corto—. Esto lo arreglo yo en un santiamén.

Se agacha y pilla el teléfono, lo desbloquea con una habilidad pasmosa y entonces Nash se lo quita de las manos.

—No, Nevaeh. —Niega con la cabeza y la mueve señalando a Remi—. No es el momento de ningún plan, de ningún plan de ningún tipo —repite, reitera y recalca. Su voz ha sonado seria y firme. Si no estuviese compartiendo el dolor con la chica que tengo justo delante, me pararía a pensar en lo que dice, sí, y sobre todo en el tono protector en el que lo ha hecho.

Piper también se ha acercado hasta nosotros e incluso Scott, que se sitúa al lado de Remi mientras ella... ella llora. Cuando aparta la vista de la pared de enfrente, clava los ojos en mí.

—Tenías razón. Todas teníais razón y yo, la imbécil de Remi, no fui capaz de darme cuenta de las señales. Ni vacaciones, ni cumpleaños, ni San Valentín, ni Acción de Gracias... Nunca tuvo tiempo para mí porque, obviamente, yo no era importante para él. Era la pobre Remi que estaba y estaba, daba y daba, ponía la otra mejilla y la cama mientras él se dedicaba a montárselo con la que pudiese a través de una app.

Nevaeh está a punto de abrir la boca; sin embargo, otra negativa de Nash es suficiente para que apriete los labios y no añada nada.

—No digas eso —murmuro.

—¡No! —exclama, y se levanta. Mis manos caen al suelo y la observo desde abajo—. Ni se te ocurra comportarte de forma condescendiente conmigo, Emma, tú no —añade—. Sobre todo —remarca—, tú no.

Se hace a un lado y se marcha en dirección a la puerta. Me incorporo con la intención de ir tras ella, pero una mano me sujeta. Cuando miro hacia arriba, me encuentro con el rostro serio de Mason, el más pequeño de los Prescott.

—Deja que se vaya, a veces es importante pasar un rato a solas para darte cuenta de ciertas cosas. —Me lo explica a mí; sin embargo, es a Piper a la que mira y ella... ella también lo observa a él.

Ojalá sea cierto y Mason se haya dado cuenta de lo que podría perder. Por su parte, Piper se va con Scott y Mason no frena sus pasos como ha hecho conmigo.

—¿Vas a ir detrás de ella o qué? —le pregunta Nevaeh.

—No —sentencia Mason—. Y quizá sería buena idea que te metieras en tus propios asuntos por una vez en la vida —añade.

Y de esa manera y con esa respuesta, Nevaeh cierra la bocaza, Nash resopla frustrado y yo... yo no entiendo cómo todo ha cambiado en cuestión de segundos.

Mason sale también de la cafetería y Piper lo sigue con la mirada. Niega en un par de ocasiones y clava sus preciosos ojos azules en mí.

—¿Y a este qué mosca le ha picado? —pregunta mi amiga, la que queda—. Aunque tengo que admitir que ver como saca su carácter cuando pensé que por sus venas corría agua bendita ha sido todo un descubrimiento, para que luego digan que mis planes no funcionan. Si me hubiesen dejado, habría concertado una cita entre ese capullo y mi madre y hubiésemos aparecido todas para montarle la de Dios. O la de Satán... —Nash me coge de la mano y me la aprieta—. Pero, no, mis planes nunca funcionan, ¿verdad? Mis planes son un fracaso.

Nevaeh también sale del local, refunfuñando, y me temo que todo se ha torcido en menos que canta un gallo.

Nos quedamos a solas él y yo. Y un pequeño pellizco me sacude las entrañas al darme cuenta de que Remi... Mi amiga, ella y yo...

—Sé lo que estás pensando —dice Nash.

Trago con fuerza y asiento, porque, sí, ambos sabemos el poder que tienen los recuerdos y cómo llegan cuando menos te lo esperas para trastocar todos tus planes.

—Debería ir con Remi —le indico—. Debería...

—Deberías ir con ella, sí.

Nash da un paso al frente y pasea la mano por mi cuello, asciende con suavidad y coloca un mechón de pelo detrás de mi oreja. Cuando se acerca, me percato de que he cerrado los ojos.

—Yo también quiero que vayas tras ella, pero no sin antes besarte.

Y lo hace, frente a todos los que están presentes en la cafetería. La mano baja de nuevo hasta mi cuello y se queda ahí. Estoy convencida de que es capaz de sentir lo rápido que late mi pulso, y presiento que el suyo va igual de acelerado.

Cuando se aparta, lo observo unos segundos y él a mí. Es como si no hubiese nada a nuestro alrededor, como si todo hubiese desaparecido, solo que... no es así.

—Estamos dando un espectáculo —pronuncio.

No me preguntéis cómo he sido capaz de hacerlo.

—¿Crees que me importa? —Me la devuelve en forma de pregunta.

¿Me importa a mí? No mucho, la verdad.

Así que se echa hacia atrás, me sonríe con presunción y su amigo el hoyuelo hace acto de presencia de nuevo.

—Deberías ponerle nombre —le propongo otra vez.

Me ruborizo al recordar que eso mismo se lo dije anoche y en unas circunstancias bien diferentes. No tuve tiempo de explicarle a qué me refería ni él tampoco insistió en ello. Voy dando pequeños pasos hacia atrás mientras me percato de cómo alza una ceja y se cruza de brazos.

—Esto no va a quedar así —declara.

Niego con la cabeza, sonrío y me marcho.

Dejo parte de mis recuerdos del pasado en la cafetería, sabiendo que se unen a la enorme lista de cosas pendientes por resolver, por afrontar y por nombrar, pero ahora soy consciente de que mi amiga me necesita.

Me cruzo con varias personas de camino a mi casa. Algunas llevan cestas llenas de dulces; otras, vasos con vino caliente, y muchas se paran a ver y oír al coro, que, como cada año, está formado por vecinos del pueblo y se pasean de casa en casa, tocando a las puertas y cantando algún villancico al azar.

Nash y yo adorábamos esos ratos; de hecho, en muchas ocasiones los veíamos juntos. Cuando cantaban delante de su casa, abríamos la puerta llenos de impaciencia, colándonos entre las piernas de sus padres o empujando a Caleb para poder ver mejor, pues siempre ha sido más alto que nosotros. Cuando acababan y cruzaban la acera, hacíamos una apuesta sobre el villancico que le cantarían a la otra familia. A veces acertábamos y otras no.

Esta vez no me paro a escuchar, sino que ando con paso acelerado, o, al menos, todo lo rápido que puedo por miedo a resbalar y caer al suelo, hasta que mi casa aparece en mi campo de visión entre las demás viviendas de la calle.

El elfo travieso se atisba desde lo lejos y sé que mi padre y mi abuelo han acabado de montarlo. También han puesto un equipo de sonido y, esperad..., lo que se oye son ellos mismos cantando. ¡Cantando!

—¿Qué coño...?

No me puedo creer que hayan grabado sus propios villancicos... Lo de esta familia es de manual, en serio os lo digo.

Cuando me acerco a la entrada, veo a mi padre fuera, dando vueltas por el jardín, con un bate de béisbol apoyado en su hombro izquierdo. Lleva un abrigo que le cubre casi todo el cuerpo y unas botas de agua.

Se para cuando percibe mi presencia, y lo peor de todo es que mueve el bate frente a mí.

—¿Qué haces? —pregunto estupefacta ante su amenaza velada.

—¿No debería ser yo el que pregunte eso? Tienes que usar la contraseña. ¡La contraseña! —grita para hacerse oír sobre su propia voz, que en este mismo momento se oye cantando, si a eso se le puede tildar de cantar, «Silent Night, Holy Night».

—¿Una contraseña? —Lo que me faltaba.

Total, que mi padre saca un *walkie-talkie* y me deja hablando sola.

—Aquí Santa Chamuscado a Kim Kardashian. Hay un intruso de nivel dos. No es necesario lanzar los huevos podridos. Cambio.

—Aquí Kim Kardashian, recibido. Ya van dos, Santa Chamuscado. Cambio y corto.

Mi padre asiente cediéndome el paso mientras yo... En fin, otro trauma que añadir a la larga lista de traumas a los que les daría importancia si en realidad no supiese que lo que de verdad importa en este instante no soy yo, sino la chica a la que le han roto el corazón.

Y es allí a donde me encamino.

Me cruzo con mi abuelo y con mi abuela, que alza la vista y señala hacia arriba. Me quito la chaqueta, me descalzo y me preparo para subir. Mi abuelo me sujeta la mano y frena mis pasos.

—Me ha contado Mila, que le ha contado Truman, que lo sabe por Triss y a su vez por Caleb —lo que me faltaba es que él también se haya vuelto un cotilla de primera—, que te has liado con el vecino de enfrente. Liado de verdad, no ese patético intento de beso que casi os dais frente a nosotros y del que nos privasteis. Yo no te he educado de esa manera, Emma. —Abro la boca para, no sé, ¿disculparme y pedirle que no me eche de casa?—. Tengo que ser el primero en conocer todos los detalles, ¿entiendes? ¡El primero! —insiste—. La información es poder y en este pueblo no hay nada más importante. —Se lleva la mano a la mandíbula y se rasca la barbilla, luego la sube hasta las pestañas y se las peina... ¡Se las peina! Me pregunto si también se las rizará o se pondrá rímel... A saber—. O sí, es lo segundo más importante...

»Y me ha contado tu abuela, que a su vez le ha contado Mila, que a su vez le ha contado Eleanor, que a su vez le ha contado Celine, que Caleb anoche salió a horas intempestivas de casa de Nevaeh. Tal vez haya sufrido un cortocircuito con las luces navideñas y necesitase ayuda.

En fin, que sí, hijas mías, que sí, que en este pueblo no hay nadie que esté en sus cabales.

Ni siquiera yo.

Sobre todo, yo.

Capítulo 38

El sustituto

Nash

—Me gusta esto de ser el segundo plato, Nash, tranquilo, no te lo tendré en cuenta —ironiza mi hermano menor, ese que está cortando cinta y papel de regalo con adornos de renos en el mismo lugar en el que enterraba mi cara entre los muslos de Emma hace menos de veinticuatro horas.

Veinticuatro horas en las que no he dejado de pensar en ella.

¿A quién pretendo engañar? ¿Acaso he dejado de pensar en ella alguna vez?

No respondáis, ya sabemos lo obvio que resulta.

—Emma no puede venir esta tarde, así que...

—Así que aquí está tu hermano para salvarte el pellejo.

—No diría yo tanto. —Me acerco hasta él y le paso el brazo por encima—. Además, eres consciente de que nos viene bien estar juntos y, ya sabes, confraternizar, hablar sobre sentimientos...

—Poner verde al hermano que falta.

Aparto la mirada y la llevo hasta la pista de patinaje. Anoche pensé que invitar a Emma a perdernos en el hielo, ya sabéis, un par de vueltas, algún que otro giro mortal y... sí, estoy fardando un poco. Con no perder los dientes, me es más que suficiente.

Caleb, como si sintiese mi mirada, me dedica una sonrisilla y un leve movimiento de cabeza hacia Mason. Yo me encojo de hombros y él se centra en su labor de recoger tickets.

La verdad es que no apostaba un duro a que se implicase de la forma en la que lo está haciendo, porque Caleb es un poco pasota, va a su bola; ya lo conocemos.

—No me puedo creer que me haya hecho eso. —Mason interrumpe mis pensamientos.

—¿De qué hablas? —pregunto, sabiendo a la perfección a lo que se refiere, pero tirando del hilo.

Un grupo de chicas se acerca hasta nosotros y nos entrega un par de bolsas.

—¿Hoy no está Emma? —pregunta una de ellas.

Mason niega con la cabeza.

—Volverá mañana —aseguro.

—¡Menos mal! —exclama con una sonrisa cómplice—. Entonces, hoy es el día perfecto para ponernos al día con las compras, porque ya sabes que con Emma los paquetes acaban pareciendo un crimen navideño.

Las demás se ríen y asienten antes de alejarse con entusiasmo, y justo antes de irse me lanza un guiño. Abro la boca al comprender la broma.

—No creo que a Emma le haga maldita gracia eso. —Las señala.

—Apuesto a que no —confirmo.

—Aunque es cierto que envuelve horrible. El otro día le traje un cubo de Rubik que le quiero regalar a papá por Navidad y la caja cuadrada terminó convirtiéndose en un rombo deforme y arrugado. ¡Una caja cuadrada!

Niego con la cabeza sin perder la sonrisa.

—Te creo. —Me carcajeo.

—Apuesto a que esto tampoco le hará gracia. —Se refiere a nuestra forma de contar lo mal que se le da eso de envolver regalos.

—Estoy convencido de que ella sabe que lo hace fatal y aun así... lo intenta, ¿sabes?

Me callo y aguardo a que Mason interiorice mis palabras. Él, por su parte, sigue cortando cintas como si la vida le fuese en ello. Cuando el silencio incómodo se ha instalado entre nosotros, me pongo manos a la obra con las bolsas que nos han entregado las chicas, consciente de que volverán con más y que no serán las únicas.

—No pienses que no me he dado cuenta del doble sentido de tus palabras. —Ladeo la cabeza para encontrarme con la mirada taciturna de Mason puesta en Caleb—. Y prometo que esta mañana, cuando he entrado en esa cafetería, estaba decidido a pedirle una cita a esa chica, aunque esté saliendo con mi hermano.

—Robarle la chica a un hermano está mal.

Lo pillo de nuevo mirando a Caleb.

—Pregúntame si me importa y pregúntale a él si lo tuvo en cuenta cuando jugó a mis espaldas.

Desde la distancia, Caleb alza la mano y lo saluda con los dedos; le está buscando las cosquillas porque eso también se le da de lujo. Me temo que es cosa de familia o algo así.

—No encuentro fallos en su lógica —es todo lo que añado.

Mason se sitúa a mi lado y me ayuda con cada uno de los regalos. Yo los envuelvo y él los vuelve a colocar en las bolsas de donde los ha sacado, para que no haya confusión ni mezclas extrañas. No queremos que eso suceda.

—¿Puedo preguntarte algo? —inicia de nuevo la conversación.

—Claro.

—¿Cómo puedo ser...? —Deja la cuestión en el aire y ese intervalo de duda me hace apartar la vista del regalo. Espero no marcarme un Emma con este paquete y rezo para que ella no me lea los pensamientos o seré hombre muerto—. ¿Cómo puedo ser más descarado?

Oficialmente, se me cae el regalo al suelo, convirtiéndome en un empaquetador peor de lo que es Emma. Y ya es decir. Como ahí dentro haya algo delicado...

Recojo el regalo, lo muevo por si suena de forma rara y, cuando compruebo que no es así, lo dejo a un lado y me llevo a mi hermano hacia una zona algo más escondida. Apoyo ambas manos en sus hombros, lo acerco hasta mí y no sé si lo estoy intimidando o no porque... noto cierto recelo en su mirada.

—Así, quiero imponer con una mirada —me explica él.

—Mason, ni siquiera pretendo amedrentarte.

—Peor me lo pones, porque lo consigues sin intentarlo. Necesito aprender. Y también necesito aprender para machacar a ese otro. —Señala hacia donde está Caleb apostado. Si es que sigue allí, porque desde aquí no lo vemos.

—Mason —insisto—. Tú no eres así —le indico, todavía con las manos en sus hombros.

—Por ser como soy me han robado a la chica de la que estoy enamorado. Porque... Porque Nevaeh tiene razón y me falta sangre en las venas —sentencia. Abro mucho los ojos—. Sí, ¿qué pensabas? ¿Que no me entero de nada? ¿Que no sé lo que se dice de mí?

—No le hagas caso a Nevaeh, está chalada. —Espero que ella tampoco me lea la mente o me pateará el trasero y, creedme, esas botas que usa tienen que hacer pupa y de la buena.

—No, tiene razón. Si a Piper le gustan los malotes, tengo que ser un malote por ella.

Chasqueo la lengua con desaprobación.

Al final, niego con la cabeza.

—Lo que tienes que hacer es ser tú mismo... Eso sí, ser tú mismo pidiéndole una cita.

—Está con Caleb —arguye.

—Antes no te importaba —le recuerdo.

—No me importaba hasta que he caído en la cuenta de que tal vez yo no sea lo que ella necesita.

Y ahí está, el problema de todo hombre. De la humanidad al completo. Las inseguridades y las diatribas por no ser suficiente saliendo a flote..., y eso, eso le afecta a todo el mundo por igual. Tierno, romántico, capullo, canalla, seguro de sí mismo, tímido... Todos, absolutamente todos, escondemos dentro algún tipo de miedo al rechazo o a no ser suficiente.

Pasando por mí mismo... Tal vez, si yo hubiese tenido agallas y le hubiese echado valor al asunto, no habría metido la pata de la manera en que la metí y no habría perdido tres años de mi vida con ella.

—Tú te sacrificaste por su felicidad —comenta mi hermano, que apoya las manos en mis hombros y ahora estamos en igualdad de condiciones.

—Deja de leerme la mente —le pido—. Y estamos hablando de ti, no de mí. —Desvío el tema—. Lo que quiero que entiendas es que si resulta que no eres suficiente para ella es porque no te valora como debe, Mason. De todos modos, lo que no puedes hacer es vivir siempre pensando en lo que pudo ser y no fue, ¿me explico?

—Entonces... —titubea—. Entonces..., ¿no me vas a enseñar a ser un malote?

Niego en repetidas ocasiones y él hace un mohín de lo más mono. Me recuerda cuando éramos pequeños y le robaba de la caja sus galletas favoritas y corría con las manos en alto para que no las alcanzase... hasta que llegaba Caleb, me las robaba a mí y entonces nos quedábamos sin galletas los dos.

Luego, luego compraba dos cajas y nos las dejaba encima de la cama. Una para cada uno. Cuando le preguntábamos si había sido él, aseguraba que no tenía ni idea de lo que estábamos hablando. Aun así, sabíamos la verdad.

—No te voy a enseñar a ser un malote porque eres un buenote, y eso, Mason, eso es mucho mejor.

Mi hermano se separa, deja caer los brazos a ambos lados, abre la boca y la cierra de nuevo. Sale de la caseta dejándome solo y me apoyo en la madera.

—¡Oye! —protesto—. Vaya ayudante estás hecho —farfullo sabiendo que no me va a oír. Se acerca a Caleb, le da un par de golpes con el dedo índice en el pecho y regresa sobre sus pasos.

Caleb se limita a guiñarme un ojo y volver a lo suyo.

Siempre tan parlanchín...

—¿Qué ha sido eso? —pregunto cuando se coloca de nuevo a mi lado, me tiende la bolsa y me anima a que siga envolviendo.

—No voy a contarte todos mis secretos, Nash, porque entonces dejarían de serlo.

Contengo una sonrisilla; Nevaeh va a dar saltos de emoción cuando sepa que su plan parece que sí que está funcionando.

Quién sabe, tal vez sea la magia de la Navidad.

Capítulo 39

Tim Tuerton

Emma

Toco con suavidad a la puerta de la habitación de Remi. No obtengo respuesta, así que pego la oreja.

Una parte de mí quiere entrar y le da igual que le permitan o no hacerlo. La otra, la que respeta las emociones ajenas, prefiere ser madura y dejar que sea la persona que está herida la que decida.

Yo también quise estar sola, yo también quise aislarme de todo. Yo también fui Remi.

La puerta se abre y los ojos rojos de mi amiga me reciben al otro lado. Ha dejado de llorar. Remi se hace a un lado y se cuela en la oscuridad de la estancia. Ha cerrado las cortinas.

Sigo sus pasos y la encuentro sentada en el suelo, con la espalda apoyada en la cama, las piernas extendidas y unos calcetines que de suyos tienen poco y de míos tienen mucho.

—Esta vez lo dejaré pasar. —Los señalo tomando asiento a su lado—. La próxima, me robaré tus vestidos y sabes que son mucho más bonitos que mis tejanos.

Me parece vislumbrar una leve sonrisa apenas perceptible, y tal vez me lo esté imaginando por las ganas que tengo de que esté mejor, de que todo pase, de que se sienta bien. Solo que... hay que tener días malos para valorar los días buenos, ¿no?

—Tus tejanos me gustan, pero estos calcetines... Estos calcetines me gustan todavía más.

—Puedes robarme todos los calcetines que quieras, Remi —le aseguro.

—¿Lo dices porque te doy pena porque ahora mismo soy un despojo humano?

Gira la cabeza y me observa. Está oscuro y, sin embargo, soy capaz de detectar el brillo inequívoco de su mirada que dará paso a las lágrimas.

—¡Cuidado! Estás hablando de mi amiga. —La empujo con el hombro—. No hagas que tenga que defender su honor y obligue a la chica más macarra del pueblo y a sus tacones kilométricos a que te hagan una visita —me encanta que sepa de quién hablo sin siquiera nombrarla— y que tome represalias.

Las comisuras de sus labios se alzan un segundo. Otro tanto que me anoto.

—Eso sería terrible.

—Mucho —apunto.

Remi apoya la cabeza en mi hombro y yo apoyo la mía en su cabeza. Nos quedamos mirando la nada. Yo, queriendo formular preguntas y ella... Ella, queriendo que el tiempo corra acelerado. Esa es la crónica de un desengaño amoroso. Solo quieres que todo pase, olvidar, seguir adelante sin entender que, vayas a donde vayas y hagas lo que hagas, eso también forma parte de ti, te moldea, te hace más fuerte, te cambia. Con cada arañazo que recibe nuestro corazón, nace una nueva versión de lo que somos. Y eso no es malo. Es doloroso, sí, y necesario también.

—¿Quieres que hablemos de ello? —le propongo con timidez.

Remi exhala como si temiese que esa pregunta llegase más pronto que tarde.

—No quiero —concluye. Me dispongo a guardar silencio y a respetar su decisión porque ella lo hizo conmigo. Supo que no estaba bien y, aun así, se limitó a darme lo que necesitaba, a prestarme su apoyo y su compañía—. Sin embargo, debo hacerlo.

—No debes hacer nada. —Me coloco de lado mientras Remi sigue sentada igual, mirando al frente, a la nada.

—Ni siquiera sé por qué me duele cuando llevo tiempo preparándome para esto. —Abro mucho los ojos por la sorpresa que me suponen sus palabras—. ¿Qué pensabas? ¿Que no me había dado cuenta de que Tim no me quiere? —Mi amiga también se coloca de lado y nos quedamos una frente a la otra—. Has sido una buena amiga todo este tiempo —chasqueo la lengua—, porque siempre he sabido que Tim no era de tu agrado y porque tenías razón cuando me dijiste que me merezco a alguien que me quiera de verdad, alguien que me valore. —Las comisuras de sus labios se alzan, aunque no es una sonrisa del todo sincera, no es de esas que Remi te regala y que hace que todo a tu alrededor cambie; es una de esas que salen forzadas, como si le doliese siquiera hacerlo, como si le doliese saber que eso que ella pronuncia no es lo que realmente encuentra en la persona que tiene a su lado—. Pero siempre me has apoyado y me has acompañado. Has hecho que me sintiese menos sola, Emma.

Vale. Me ha entrado algo en el ojo de nuevo, si es que... Una no puede dejar de emocionarse.

—No he hecho nada porque tuviese que hacerlo. —Le tiendo las manos y ella pone las suyas sobre las mías.

—Eso solo te convierte en una amiga increíble y en una persona maravillosa. No te creas que no me he dado cuenta de lo que sucede; de que, a veces, ocultas ese carácter afable, esa lealtad que llevas dentro —separa nuestras manos y las coloca en el centro de mi pecho—, cubriéndolo con un humor ácido y con ironía. Y no pasa nada, Emma, todos necesitamos una forma de protegernos ante lo que nos duele. Pero ¿sabes qué?

Sé que no es una pregunta como tal y, aun así, contesto con otra.

—¿Qué?

—Que has madurado. Has crecido. Has evolucionado. Has perdonado. ¿Hay algo más bonito que esta versión de Emma con la que te has reencontrado?

¿Es eso? ¿Es eso lo que sucede? Que Emma, la Emma que conocí, la que antes fui, la que soy ahora, no ha cambiado, solo ha evolucionado o, como dice Remi, ha crecido.

—Me gusta esta versión.

—A mí me gusta la versión de lo que somos estando aquí —señala sujetándome de nuevo las manos—. Me gusta esto, me gusta sentir que pertenezco a algo, porque en Nueva York estaba rodeada de gente y, a pesar de todo, seguía sintiendo que estaba sola.

Es triste que a mí me ocurriese lo mismo. Un culo inquieto, ¿no? Un culo inquieto sin sentido de pertenencia, uno que nada tiene que ver con lo que siente cuando está aquí. Cuando está con él.

—¿Crees que el destino es el culpable de esto?

Remi no duda, asiente sin más.

—Creo que todo en esta vida tiene un porqué. Creo que tenía que venir aquí para encontrar la verdad, y no solo la verdad de una traición amorosa. Entender que la palabra *familia* no se limita a dos personas que han copulado y han tenido un bebé.

Un padre y una madre no son esos que te traen al mundo; son los que acompañan, los que guían, aconsejan, apoyan, abrazan y sanan. Y eso..., eso no está allí.

»Me he sentido más acompañada en dos semanas aquí que en veinticinco años en Nueva York. Y ha sido gracias a ti.

»Si no me hubieses llamado, si no me hubieses propuesto venir..., seguiría conformándome. No creas que no me he dado cuenta de lo que sucedía, Emma, era plenamente consciente de ello y, sin embargo, hacía la vista gorda porque enfrentarte a la realidad duele. Escuece. Rompe.

Asiento, convencida de la verdad que encierran sus palabras.

—Así que, gracias... Gracias por todo.

—No hay nada que agradecer. No he hecho nada que no sintiese.

Remi se ríe un poco, esta vez de manera mucho más sincera.

—Bueno, al menos no has empujado a Tim delante de un coche en marcha, y eso ya es mucho viniendo de ti.

—Un coche en marcha que circulase a gran velocidad —agrego. ¿Qué? No soy tan buena persona, no me lo tengáis en cuenta—. Y no hablemos de tus padres.

—No, no hablemos de eso. Hoy no...

—Hoy...

—Hoy voy a permitirme estar mal, Emma. Lo voy a hacer, voy a llorar lo que tenga que llorar, y ¿mañana? Mañana me levantaré con fuerzas renovadas y con la intención de poner cada cosa en su lugar. Seguiré adelante porque yo y solo yo soy la dueña de mi destino.

Orgullo, eso es lo que siento en este instante. Orgullo porque es capaz de afrontar la situación de un modo en el que yo no pude. Porque Remi es mucho más fuerte de lo que parece, mucho más decidida de lo que creéis, y estoy convencida de que, pase lo que pase, suceda lo que suceda de aquí en adelante, tal y como ella ha dicho, será la dueña de su destino..., y no hay nada más bonito que eso.

—Dicho esto, ¿recuerdas lo que comenté de mi sexto sentido? Pues que sepas que es una mierda porque, en fin, sabía que Tim no me quería ni me valoraba y, aun así, decidí quedarme ahí y conformarme con lo que tenía y, Emma —me aprieta la mano—, nunca debemos resignarnos, siempre tenemos que luchar por lo que queremos, incluso cuando sepamos que eso nos puede hacer daño.

Trago con fuerza. Sé a lo que se refiere, sé que habla de Nash y de mí. De lo que sucederá o no, de lo que ya está sucediendo entre ambos.

—No soy tan fuerte como tú —suelto, y estas palabras me hieren, lo hacen de una forma difícil de explicar.

—No digas eso. En todo caso, lo eres más, porque... ¡Mírate! —Remi se levanta, me tiende la mano, sonrío y la sujeto—. Nunca has dejado de estar enamorada de él. ¿Esas citas de mierda que tenías en Nueva York? Por favor, no te duraban ni una semana.

—Porque nadie era como Nash —concluyo.

Entonces mi amiga sí que sonríe con ganas y algo de suficiencia.

—Ahí está.

—Lo he soltado sin pensar.

—Puede que sea así, pero ambas sabemos que no es más que lo que tu corazón tiene claro.

«Nadie es como Nash».

—No quiero enfrentarme a eso ahora.

—Sabes que tendrás que hacerlo.

Asiento convencida de ello.

—Lo sé.

—Y sabes que Nash se merece que habléis de ello.

—¿Eres consciente de que estábamos hablando de ti y no de mí?

Remi se acerca y se lanza a mis brazos para apretujarme.

—Ya extrañaba esta faceta de ti —apostillo—. Me falta el aire —rezongo.

—Esta soy yo —concluye ella cuando se aparta.

Doy un paso al frente.

—No lo olvides nunca.

—¿El qué?

—Que esta eres tú. —Y la señalo.

—Créeme, no lo haré.

Entonces tiro de su mano y trastabilla, bajo la vista y recuerdo que solo lleva mis calcetines.

—Ponte unas botas. —Señalo sus pies.

—¿A dónde vamos?

Ladeo la cabeza, sonrío y Remi alza una ceja.

—Vamos a portarnos mal.

Capítulo 40

In fraganti

Emma

Dejamos a mi padre y a mi abuelo atrás en el jardín. Ambos nos preguntan a dónde vamos y es Remi la que responde que no tiene ni idea.

Corremos, o lo intentamos, teniendo en cuenta las circunstancias, y, cuando hemos avanzado calle arriba hacia nuestro destino, frenamos. El vaho sale de nuestras bocas a causa del frío que hace.

—Sé que nunca has estado del todo en tus cabales —comienza a decir mi amiga—, pero estaría bien que en esta ocasión al menos me dieses una pista de qué locura es la que vamos a cometer.

—Me he enterado de un detalle de lo más interesante...

—¿Más interesante que el hecho de que mi exnovio le esté enviando fotos de su polla a cualquier extraña que se precie? Visto así...

—Me alegra que empieces a ironizar con ese asunto.

Remi baja la vista y le echa un vistazo a su reloj.

—Me quedan poco más de tres horas para hacerlo. Dame ese tiempo, mañana no pienso nombrarlo.

En lo que Remi se ponía las botas, le he enviado un mensaje a Piper y hemos quedado en casa de Nevaeh. Le he pedido a Piper que no toque al timbre ni entre hasta que lleguemos nosotras. Cuando lo hacemos, vemos su pequeña figura acercándose.

—Me gustaría saber qué es eso tan «de vida o muerte» que es necesario que vea y que ha sido motivo para dejar a Scott en la cafetería solo —dice al llegar junto a nosotras.

—Creedme, esto vale la pena.

—Es la reina del secretismo. —Piper me señala.

—En un pueblo lleno de cotillas, esto es todo un halago —bromeo.

Piper se gira hacia Remi y le sujeta ambas manos tal y como he hecho yo hace un rato, en su habitación.

—Hoy no estoy bien, pero mañana lo estaré —le cuenta.

Piper asiente como si entendiese que eso es todo lo que va a obtener por su parte, y ambas se centran de nuevo en mí.

—Mi sexto sentido me dice... —comienzo a hablar.

Remi chasquea la lengua ante la mención de ese detalle importante.

—Déjate llevar por el sexto sentido y verás el zasca que te va a dar en toda la boca...

Sonrío, Piper también lo hace. Remi solo se cruza de brazos sin encontrarle la gracia al asunto.

—Vale. No es el sexto sentido —claudico—, es el sentido del chismorreo que hay en Stowe y una información suculenta que acabo de descubrir.

Eso parece que les gusta más porque ambas permanecen en silencio.

—Nevaeh y Caleb están liados. —Suelto la bomba y evalúo las reacciones de mis dos amigas aquí presentes.

—¡¿Qué?! —Piper alza la voz y estoy convencida de que, si

sigue así, se va a cargar el factor sorpresa y no los pillaremos desprevenidos.

—Tendría que habérselo contado por teléfono. —Me dirijo a Remi y señalo a Piper.

—Es que no lo entiendo... No puede ser cierto.

—Según mis fuentes del todo fiables...

Remi sigue en silencio y eso es de lo más extraño.

—¿Qué fuentes y cómo de fiables son? —pregunta Piper.

—Me ha contado mi abuelo, que a su vez le ha dicho mi abuela, que a su vez se lo ha explicado Mila, que a su vez se lo ha detallado Eleanor, que a su vez se lo ha contado Celine, que Caleb anoche salió a horas intempestivas de esa casa que tenemos enfrente. —La señalo.

—Puede que pasara algo importante —agrega Piper.

Recuerdo que mi abuelo ha hecho mención de algún cortocircuito, y yo ya sé qué es lo que ha ardido en esa casa, os lo garantizo.

Me cruzo de brazos y aguardo a que ellas lleguen por sí solas a la misma conclusión que yo. Dos más dos no son siete, que conste en acta.

—O tal vez, todo ese jueguecito que se traían y que hacían que creyésemos que era odio y aversión, resultase ser una atracción sexual por lo visto más que resuelta —finiquita Remi.

—¡Exacto! —Alzo la mano para que choque su palma contra la mía.

—¿Habéis visto? Hasta con el corazón roto sigo pillando las cosas.

—Punto para Remi. Piper, necesitas mejorar.

—¿Y qué se supone que vamos a hacer aquí? Porque te recuerdo que hace frío y, además, ese que según tú está ahí dentro es mi novio de pega —suelta Piper señalando hacia el interior de la casa.

—Vamos a descubrir el pastel y a poner a Nevaeh entre la espada y la pared porque siempre es ella la que lo hace, ¿no? Pues no está de más que pruebe de su propia medicina —argumento.

—La del corazón roto se apunta. —Remi levanta la mano y da un paso hacia la valla de los vecinos de enfrente con la intención de esconderse tras ella.

Vale. Esa chica me saca años de inteligencia, porque mi plan pasaba por venir hasta aquí y poco más. El resto..., como veis ha sido cosa de otra persona planificarlo y no seré yo la que se queje, porque lo ha hecho realmente bien.

—¿Qué dices, Piper?

—Ella se queda porque no tiene nada mejor que hacer —resuelve Remi, que ya se ha situado de cuclillas sin rozar el suelo.

—¿Y si no está hoy?

Alzo una ceja y observo la casa. Las luces del árbol de Navidad parpadean sin cesar en el interior y desde aquí podemos comprobar que de la habitación de Nevaeh no sale claridad alguna.

—¿Crees que se lo montan a oscuras? —pregunto como si tal cosa.

—Tal vez hayan decidido hacerlo en una de las casetas de madera del mercadillo —se cachondea Remi con todo el descaro que le cabe en el cuerpo—. Ah, no, espera, que esa eres tú.

Le enseño la lengua y ella me devuelve una peineta. Le sonrío porque sé por qué lo hace. Y porque el sentimiento de orgullo sigue ahí. Está luchando por ella y está aquí con nosotras; ha decidido que esto es más importante que llorar por un tipo que no la valora como se merece.

Eso es amor propio y del de verdad.

—Poco más de dos horas de regocijarme en la mierda y se acabó.

Me acuclillo a su lado mientras observamos a Piper, que da pasos arriba y abajo, sin decidirse.

—Tranquila, puedes seguir siendo igual de discreta. —Tiro de sarcasmo. Entre eso y su gritito de antes...

—Es que no me parece bien hacer esto. ¿No deberíamos dejar que sea ella la que nos lo cuente cuando quiera hacerlo?

Pues..., veamos, no es que no tenga razón porque, de hecho, juraría que la tiene, y mucha; sin embargo... Ya veis, aquí estamos, intentando no congelarnos el culo, pero siendo testigos de cómo las decoraciones navideñas calle arriba no les hacen la competencia a la de mi familia ni a la de Nash, cosa que hará que vuelvan a aceptarme en mi seno familiar y eso, y pasando tiempo juntas como antes... Sí, esto lo echaba de menos, y lo mejora la llegada de una nueva integrante a la pandilla, así que no me arrepiento.

—Piper tiene razón —admite Remi.

—La tiene, pero... ¿y lo divertido que es meterse con Nevaeh cuando siempre es ella la que nos fastidia a nosotras?

Dejo que mis palabras calen hondo, sobre todo en Piper, que siempre es nuestra voz de la conciencia. No la culpo, es necesario que así sea. Se dice, se cuenta y se rumorea que en todo grupo de amigas tiene que haber una más cuerda o las demás acabarían en un calabozo cada cierto tiempo.

—Bah, a la mierda la prudencia. Que vivan las maldades y los salseos —suelta de carrerilla.

—¿Quién eres tú y qué has hecho con Piper?

—Puede que yo también me dé un par de horas, pero para mandarlo todo a tomar viento fresco, y ya volveré luego a la sensatez. Ya estoy harta de ser la niña buena... ¿Sabéis que nunca ha corrido un rumor por el pueblo sobre mí?

—¿Quieres que eso suceda? —pregunto estupefacta.

Ella niega y luego asiente. ¿En qué quedamos?

—Sí y no, es decir... No me gustan los rumores, pero... aquí, el que menos o el que más ha pasado por la lengua de los vecinos..., todos menos yo. ¿En qué puesto me deja eso?

—¿En el de una chica sensata? ¿Racional? ¿Cuerda? ¿Discreta y prudente?

—¿No os suena todo de lo más aburrido? —contrataca Piper—. ¿Sabéis? —nos cuenta—, llevo días dándole vueltas a un asunto. ¿Por qué tengo que esperar a que Mason me pida una cita? ¿Por qué no se la puedo pedir yo? ¿Acaso no somos mujeres fuertes y empoderadas? El que espera, desespera —concluye llena de convicción, una convicción que nos contagia por momentos—. Y ya estoy cansada de ser la niña buena, la que nunca hace nada malo y la que no está en boca de nadie.

No sé yo si eso es bueno, malo o regular, la verdad.

—¿Te digo lo que pienso, Piper? Tienes razón. —Remi se incorpora y, por mimetismo, lo hacemos las otras dos—. Tal vez sea hora de que seamos las dueñas de nuestro destino —clava la mirada en mí porque yo misma le he preguntado por él en una habitación no muy lejos de aquí— y que luchemos por lo que queremos y nos hace felices sin importar si hablan o no hablan de nosotras.

«Estamos dando un espectáculo».

«¿Crees que me importa?».

—Y quizá nos arrepintamos de mogollón de cosas, cometamos un montón de errores, pero, ¿sabéis qué? Todo eso, salga bien o salga mal, será porque nosotras lo habremos decidido. Si la buena fortuna nos acompaña en esa andadura o no lo hace, lo tendremos que averiguar. Juntas.

—Ya es hora —apunta Piper.

Remi se lanza a sus brazos y la apretuja y, en fin, yo lo hago también y no por envidia, sino porque mi amiga, esa a la que hoy le han roto el corazón, me ha dado una lección y de las grandes. Crecer no siempre implica cumplir años o tachar días en un calendario cualquiera. Crecer implica avanzar, madurar, tomar decisiones fáciles o difíciles y, en mi caso, también implica perdonar.

Sonrío apoyada en la espalda de mi amiga mientras siento su respiración y cómo eso hace que mi cara se mueva encima de la tela que la recubre.

—¡La hostia! —grita Remi atrayendo nuestra atención. Nos separamos, tira de nuestras manos y caemos sobre la nieve; ya hablaremos detenidamente de cómo me he mojado los pantalones y se me ha enfriado el culo en cuestión de segundos—. Sí que están liados. Tu abuelo, tu abuela, Mila, Eleanor y Celine han dicho la verdad.

—Por una vez en la vida —apostillo.

Contemplamos desde nuestro escondite cómo Caleb se separa de Nevaeh, que ha apoyado la cadera en el marco de la puerta y lo observa como si no hubiese tenido suficiente. Al menos está descalza. Da un paso hacia él, dos, y lo sujeta por las solapas de la chaqueta de cuero.

Estampa sus labios contra los de él y ya no siento el frío en el culo.

—¿Qué se supone que vamos a hacer ahora? —susurra con timidez Piper sin apartar la mirada de esos dos, que se están comiendo hasta las raspas.

Remi sonríe de medio lado. Me aprieta la mano.

—Portarnos mal —soltamos a coro.

Y Remi se carcajea, lo hace de veras. Y es la risa que más feliz me hace.

—Un par de horas —insiste—. Solo un par de horas.

Capítulo 41

Un par de horas o toda la vida

Nash

No soy un santo, bien claro lo ha dejado Emma en distintas ocasiones y mi actuación de esta noche solo sirve para recalcar lo obvio. Y qué es lo obvio, te preguntarás. Pues nada fuera de lo normal.

¿Recordáis ese juego que nos traíamos Emma y yo hace no tanto y a la vez hace demasiado, cuando me preguntaba si Lucifer sería capaz de proporcionarme unas orejas nuevas si se me congelaban las mías, o si por la noche recibía visitas del inframundo? Pues visitas del inframundo no he recibido ninguna; ahora bien, espiar a la vecina por la ventana cuando la ves salir corriendo de la mano con Remi calle arriba y seguir aguardando a que llegue solo para escribirle un mensaje y rezar para que lo lea está bastante cerca de rozar lo patético.

Y aquí estoy, haciendo justo eso, esperando a que el corazón deje de latir acelerado cuando la luz de su habitación se enciende y puedo ver su figura, esa que tan loco me vuelve, despojarse del abrigo y de la bufanda que lleva puestos.

Se pasea de un lado a otro y me pregunto qué será lo que se le pasa por la cabeza mientras medita de esa forma tan suya. Esto no es nada nuevo para mí; puede que peque de imbécil, pero os garantizo que conozco a Emma y todas sus facetas. La conozco mejor que a mí mismo. He tenido años y años para observarla y memorizar cada expresión. Sé cómo alza las cejas cuando se sorprende, cómo chasquea la lengua cuando hay algo que la hace sentir incómoda, cómo baja la vista cuando se siente abrumada por la situación y cómo huye cuando las cosas le hacen daño. Sobre todo, cuando yo le hice daño.

Cierro los ojos unos segundos recordando ese momento.

Inspiro y exhalo con fuerza dejando atrás esos pensamientos. Tal vez Quimby tenga razón y el destino me esté dando una segunda oportunidad. Una que quizá ni siquiera merezca. Y aquí me encuentro, aprovechándola. Espiar por la ventana está mal y jugar un poco sucio también.

Recordadme que le agradezca a mi abuela su plan, ese que todavía sigue sin confirmar o desmentir que haya llevado a cabo.

Tiro del bloc de notas que tengo cerca —¡cómo no!— y escribo.

¿Qué tal está Remi?

Pego el papel en el cristal de mi ventana y aguardo con paciencia a que ella sienta las mismas ganas de buscarme con la mirada que tengo yo de abrazarla contra mi pecho.

Sonrío de medio lado cuando la veo dar vueltas por la habitación. Está nerviosa e inquieta.

Me estoy planteando dejar las notas a un lado y colarme en su casa de manera poco apropiada cuando Emma clava los ojos en mi habitación. Se acerca a su ventana, apoya ambas manos en el alféizar interior y sonríe abiertamente.

Se mueve en busca de los prismáticos y entonces me lee, asiente y busca de nuevo algo. Garabatea sin cesar y pega el papel en el cristal como he hecho yo antes.

Pues mejor de lo que esperaba. Según ella, ya ha pasado la medianoche; por lo tanto, ese chico forma parte de su pasado y no piensa regodearse en lo sucedido.

Joder con Remi. Escribo.

Remi es lista y fuerte, saldrá de esta.

Y continúo.

¿Y tú cómo te sientes respecto a eso?

Sé que lo ha leído porque alza los hombros a modo de respuesta; sin embargo, vuelve a tomar papel y bolígrafo.

Yo solo quiero que ella se sienta bien. Me sabe mal todo esto, Nash, pero ¿sabes qué es lo peor?

Pega el papel, yo niego con la cabeza mientras me observa y entonces vuelve a centrarse en el folio.

Que no me he dado cuenta de lo sola que se sentía hasta hoy. Y, a pesar de eso, sigue adelante, sigue quedándose con las cosas buenas, sigue viendo la luz al final del túnel sin mirar atrás, sin querer tirarse por la ventana.

Sé lo que llevan implícitas esas palabras, ni siquiera es necesario que las pronuncie para poder entender que habla de ella. De ella y de mí. De lo que nos sucedió a ambos.

Entonces también escribo.

Emma, eres increíble. Que no se te olvide nunca.

Ella lee y me sonríe. Vuelvo a escribir.

Aunque debes saber que no se te da bien envolver regalos. Aun así, te queremos igual.

Pego el papel a la ventana y aguardo a que ella lo lea.

Mi corazón acelerado nada tiene que ver con el de antes. Ahora bombea con fuerza y lo oigo retumbar en mis oídos. Lo he dicho, tal vez no de forma directa, pero... ahí, en el fondo de todo, en un mensaje genérico, está la clave.

Quizá siga siendo un poco cobarde, ya veis.

Me sabe mal no haber comprado las luces de Quimby. Le prometí que lo haría para terminar de decorar su casa...

¿Habéis oído eso? Es mi corazón ignorado, triste ante su modo de obviar mi declaración no declaración.

No te preocupes por eso, me he encargado de todo y, además, con sorpresa incluida.

Cuando Emma lo lee, aplaude emocionada.

Cuéntamelo todo.

Mejor te lo enseño, ¿no crees?

No. Cuéntamelo. Todo. Satanash.

Niego y ella frunce el ceño enfadada. Apuesto lo que sea a que también ha soltado algún que otro resoplido y puede, no, puede no, fijo que me ha dedicado algún insulto de lo más divertido. Divertido depende de para quién, obvio.

Vale.

Cedo.

Tras eso, ella escribe algo y lo pega en la ventana. No me molesto en leerlo, me dirijo hacia el pequeño sillón en el que he dejado mi chaqueta antes y desciendo las escaleras. Cuando llego al salón, mi padre y mi abuelo están envolviendo algo en bolsas de basura.

—¿Quiero siquiera saber lo que hacéis? —pregunto encendiendo la luz.

Me chistan, gritan que apague la dichosa luz y mi abuelo me saca a empujones de la estancia y me cierra la puerta en las narices.

—¿Qué coño...? —farfullo.

Cuando me giro, me llevo un susto de muerte al encontrarme a mi abuela ahí, al otro lado, con una taza en la mano... y sobre el contenido tampoco quiero preguntar.

—¿Qué haces? —Su mirada divertida me da indicios de que té es probable que no contenga.

—Pasear, ya sabes, para aclarar las ideas y esas cosas. Nada mejor que una noche fría para que tus pensamientos estén la mar de frescos.

Sonríe abiertamente. No se ha creído nada de lo que le he soltado, del mismo modo que yo tampoco me creo que sea una santa.

Me abrocho la cremallera, cojo mi gorro azul favorito y coloco la mano en el pomo de la puerta. Antes de abrir, mi abuela habla de nuevo.

—Saluda a Emma de mi parte. Dile que he echado de menos sus travesuras y, de paso, dile que has estado todo este tiempo esperándola —suelta sin más.

Contengo la respiración ante sus últimas palabras porque..., joder, porque cómo escuecen cuando son tan tan reales.

—Haré algo mejor que eso... —contesto. Mi abuela alza la ceja expectante—. No dejaré que se marche.

Entonces se acerca, me palmea la espalda, la mejilla, y me tiende la taza.

—Este es mi nieto. Por fin ha vuelto a la vida.

—Solo estaba esperando a que ella llegase, abuela. He dejado de sobrevivir. Ahora empieza la vida de verdad.

Rezo para que sea con ella.

Me llevo la taza a los labios porque, en fin, es un hecho constatado que el alcohol no te da valor para llevar a cabo depende qué cosas, pero ¿y lo que une?

—Brindo por ello —musita mi abuela abriéndome la puerta y empujándome hacia fuera.

Capítulo 42

Y pufff

Emma

Nash desaparece de la ventana cuando pego un «Ahora» en el cristal de la mía. ¿Impaciente yo? No entiendo por qué habéis llegado a esa conclusión...

Me giro y sigo dando vueltas por la habitación tal y como hacía antes de que cierto individuo por el que no siento nada en absoluto me distrajese. Me decido a sacar un pijama roñoso —para sorpresa de nadie, sí— y unos calcetines que han tenido una larga vida a mi lado, y me dirijo hacia la ducha. Mi culo agradecerá el calor que le proporcione el agua hirviendo tras habérmelo congelado frente a la casa de Nevaeh mientras estábamos haciendo guardia.

«Aunque debes saber que no se te da bien envolver regalos. Aun así, te queremos igual».

Lo he entendido. He sabido leer entre líneas y también he sabido evitar responder, cambiando de tema de forma radical porque... porque no estoy preparada para eso. No lo estoy en absoluto. Remi es valiente y yo... yo no lo soy tanto.

Salgo de la ducha con todas esas ideas rondando en mi cabeza, y no solo con las ideas, sino también con lo que ha cambiado todo en tan poco tiempo. En cómo he cambiado yo misma en cuestión de apenas dos semanas, en las cosas que he aceptado y en las que tengo pendientes de asimilar.

Ladeo la cabeza mientras me seco el pelo con una toalla para retirar los restos de humedad y allí, sentado a los pies de mi cama, con el último papel que he escrito, está Nash; él, su hoyuelo y un par de mis calcetines. No, mis calcetines no, los que le he robado a Remi antes de dejarla en su habitación.

Tengo cierta tendencia cleptómana, ¿qué le vamos a hacer?

—Vaya, Nash, tranquilo, como si estuvieses en tu casa, no es necesario que llames antes de entrar, tampoco que pidas permiso para coger mis cosas o para leer mis mensajes.

No pienso admitir que está más guapo que nunca y tampoco voy a confesar que me hace mucha ilusión tenerlo aquí. Para eso tampoco estoy del todo preparada.

—Técnicamente...

—No me gusta ninguna frase que comience de esa manera...

—Técnicamente —insiste haciendo caso omiso de mis palabras—, tu abuela me ha dejado entrar porque está abajo viendo una película. No he cogido tus calcetines, estaban sobre la cama, solos y abandonados, y he decidido que es mejor ponérmelos antes de que tengas algún arranque de los tuyos y te dé por regalárselos a unos niños que decidan hacer otro muñeco de nieve. Podemos afirmar que les he salvado la vida. —Chasqueo la lengua exasperada con su maldito ingenio. Ingenio del que es consciente—. Y, para terminar, este mensaje iba dirigido a mí, por lo que lo único que he hecho es leerlo.

—¿Y si me hubiese arrepentido?

—¿Lo has hecho?

No sé si habla del mensaje o de alguna otra cosa. Solo me limito a negar.

Nash asiente. Deja el papel a un lado y se pone en pie.

—Tú y yo tenemos algo pendiente, ¿no crees?

«Esto no va a quedar así».

Esas han sido sus palabras en varias ocasiones, una promesa de un «después», y de nuevo esa sensación presionando en el fondo de mi pecho.

—Eso parece... ¿Qué has hecho con Quimby? Si somos un equipo... —Un pobre intento de cambio de tema, ¿lo habéis notado también?

Las palabras mueren en mis labios cuando se acerca presuroso, posa el dedo índice sobre estos y siento como dejo caer a mis pies la toalla con la que me secaba el pelo tras la ducha.

Nash no se limita a algo tan sencillo como eso. Se hace conmigo, con el espacio, con mis labios y con mi cuerpo. Cuando su lengua se encuentra con la mía... Todo. Se me olvida todo.

Las dudas, el pasado, el miedo, la cobardía, el nombre de su hoyuelo, el descubrimiento, el concurso navideño y el «Te queremos igual». Dejo de ser una persona racional y me convierto en fuego y deseo.

Enredo los dedos en su pelo, ese que siempre me ha fascinado, y presiono su cuerpo contra el mío. Suelto un jadeo. O quizá haya sido él.

Me siento totalmente hipnotizada por la forma en la que encajamos, y no solo eso, sino también por la manera en que nuestras bocas y nuestros cuerpos se reconocen. Siento... siento que ellos también se han echado de menos.

Me separo unos segundos de él y Nash me sonríe con descaro. Se aproxima lo suficiente como para morder mi labio inferior y luego pasar la lengua por él haciéndome estremecer. Me da una de cal y otra de arena.

Y, sí, siempre ha sido de esa forma.

—Eres malvado —le recuerdo.

—Soy Satanash —aduce.

Le sonrío y él pasa la mano por mi mejilla. Observo como abre la boca con intención de decir algo y, sin embargo, en última instancia guarda silencio y da un paso atrás.

—Me alegra que Remi esté bien —pronuncia.

Sé que no es eso lo que iba a decir; aun así, no pregunto. No seré yo la que lance la piedra de los cambios radicales de tema.

—Estoy firmemente convencida de que en esta vida todo pasa por algo.

Nash asiente y comienza a deshacer mi cama. Echa el edredón hacia abajo, recoloca las almohadas, les da un par de golpecitos y se lanza sobre el colchón.

Yo guardo en lo más profundo de mi ser esa sensación extraña, justo esa, decepción, la llaman, sí, eso creo...

—¿Qué haces? —Inspiro.

—Bueno... Veamos, Emma, ¿no crees que deberías saber lo que hago? Yo. Cama. Almohada. Medianoche...

—¿Te estás haciendo el graciosillo conmigo?

—¿Yo? Por favor, ¿cómo puedes pensar eso?

Sí, como si no nos conociésemos.

No. Os. Fieis. De. Él.

—Ya sé lo que haces. Me refiero a «qué haces». Qué haces de veras.

—He venido a contarte lo de Quimby. En realidad, has sido tú la que me has dicho que te lo contase ya. Y has añadido un «Ahora», aunque no lo he leído hasta llegar aquí, que suena del todo exigente. Solo he acudido a saciar —se toma unos segundos. Trago con fuerza y aprieto las piernas. ¿Por qué mi cabeza tiene que ir por su cuenta? ¿Me lo explicáis?— tu curiosidad.

—Si tú lo dices...

Pongo algo de distancia entre él y yo porque está más que demostrado que soy incapaz de actuar como una persona racio nal cuando lo tengo cerca.

¿Persona por la que no siento nada? ¡Ja! ¡¿Os lo creísteis?!

Me dirijo al baño y elimino el resto de humedad de mi cabello con el secador. Cuando regreso a la habitación, Nash se ha quitado los pantalones. Sí, queridas mías, sí, es digno hijo de Satán.

—No pienso preguntar por eso.

—Haces bien. Tendría que darte alguna respuesta que quizá te hiciese sonrojar.

No tengo pruebas, ni tampoco dudas, de que sería así.

—Hazte a un lado —le pido—. Y que corra el aire. —Nos señalo de forma alternativa.

—Como quieras —responde.

Me meto en la cama intentando permanecer alejada del demonio que tengo tan cerca, pero es que... me gusta taaanto su calor...

«¿Qué tal tus Navidades? ¿Te vale como respuesta "Ni yo misma me entiendo"?».

—Por cierto, esta tarde me ha ayudado Mason a envolver regalos —me explica—. Y se ha enfrentado a Caleb. Creo que Mason está empezando a reaccionar.

Alzo la vista y lo observo detenidamente. Sus pestañas, sus ojos grandes y siempre ávidos de información, su mirada brillante, clara, directa. Sus cejas pobladas, su pelo rebelde como su dueño y sus labios, esos que he echado de menos. ¡Sí! Los he echado de menos.

—Piper también. Esta noche nos hemos visto y...

—¿Eso ha sido antes o después de escaparte de casa con Remi? —Alzo una ceja.

—¿Me estabas espiando?

—¿Puede? —Lo formula como una pregunta, lo que hace que sea una afirmación en sí misma.

Le pellizco el costado y se retuerce riendo. Su cuerpo se acerca más al mío. Y eso me gusta. Y me gusta que me guste.

—Hemos descubierto que Caleb y Nevaeh están liados.

—Yo ya lo sabía —concluye.

Ahora sí que sí.

—¡¿Qué?!

Me incorporo y me apoyo sobre el codo derecho. Nash se tumba sobre su costado y hace lo mismo, solo que él se apoya sobre el hombro izquierdo y..., bueno, en fin, ¿comérmelo con los ojos está bien? Es para una amiga.

—Nevaeh no suelta prenda sobre el asunto y Caleb ya sabes que es parco en palabras, salvo que tenga algo importante que soltarte. No obstante, siempre he sabido que esos dos se traían algo entre manos. Una noche, hace meses —¿meses?, ¿en una de sus visitas al pueblo?—, cuando regresé de dar un paseo, me encontré a Nevaeh saliendo de casa, de *mi* casa. —Levanta la vista y mira hacia el frente como si estuviese visualizando la escena—. Me amenazó de muerte, y ya sabes cómo es Nevaeh.

—¿Una macarra?

—¿Puedo contarle que la has llamado así?

—Claro, pero solo si quieres que te asesine mientras duermes. —Le dedico una sonrisa dulce y una mirada tierna, y eso lo hace sonreír porque es tan consciente como yo de que ha sido toda una amenaza, ni siquiera velada.

Y entonces caigo en la cuenta de que estos que estamos en esta habitación, y en la misma cama, somos nosotros dos, los mismos de siempre y, a la vez, más distintos que nunca.

—Le prometí que no contaría nada. Aunque, bueno..., ahora que lo habéis descubierto...

—¿Por qué no nos ha dicho nada? —lanzo la pregunta—. No creas que no me he percatado de que sois buenos amigos, Nash.

Me aproximo más a él. Olvidaos de que lo estoy haciendo. No me juzguéis por ello. Es el frío. Nada tiene que ver con lo bien que me siento a su lado.

—Ah, ¿sí?

Asiento.

—Sé que sois buenos amigos más allá de la locura de negocio que quiere montar y...

—¿Esto también se lo puedo contar? —me interrumpe, y me sonríe.

Joder, hay sonrisas que eclipsan el universo y la suya es una de esas. El universo de Emma al menos.

—Vas a morir.

—Lo sé —sentencia—. Voy a morir por culpa de tus labios. Y, sinceramente, estoy dispuesto a ello.

Capítulo 43

Una extensión de lo que somos

Emma

Permitidme unos segundos para interiorizar su frase y, ojo, no solo su frase, sino también la forma en la que Nash ha acabado entre mis piernas y, como si fuese poco, cómo las mías han envuelto por inercia sus caderas.

Lo sé, chicas, lo sé, esto no tiene explicación racional alguna.

—Joder, Emma —profiere cuando su boca y la mía se encuentran de nuevo.

No es un beso delicado. Tampoco es un beso casto. Es un beso abrasador, de esos que arrasan con todo a su paso, y yo estoy dispuesta a dejarme arder por esos labios.

Me muevo sobre su miembro cuando siento que se endurece entre mis piernas y, sí, podría pedir perdón de nuevo porque la parte racional que hay en mí ha dejado de serlo, y para qué hablar de la sensatez, que también se ha hecho a un lado para, sencillamente, dejarse llevar. Dejarse llevar por sus besos, por la calidez que desprende su cuerpo, por la reacción del mío, por el modo en que sigue pareciéndome de lo más inquietante lo mucho que he extrañado esto. Lo mucho que nos he extrañado a los dos.

—Joder, Nash. —Tiro de su pelo—. No me puedo creer que te hayas quitado los pantalones para meterte en mi cama —lo acuso; eso sí, de manera poco encolerizada, para qué mentir.

La verdad es que estoy más que encantada con la situación. Ni una palabra sobre esto.

Ni una sola palabra, ¿vale?

—¿Quieres que me los ponga?

Sus ojos destilan anhelo. Su boca irradia deseo. Su piel desprende calor.

—No, no quiero.

Y nuestros labios se vuelven a encontrar y a encajar de ese modo tan perfecto. De esa manera que hemos hecho nuestra.

—Te he echado de menos —musita antes de volver a apoderarse con fiereza de mi boca.

«Yo también te he echado de menos».

¿Por qué? ¿Por qué sigo siendo incapaz de verbalizarlo? ¿Por qué no puedo hacerlo sin más cuando lo peor ya está hecho?, ¿cuando ya me he dado cuenta de que es así?

Ahogo un jadeo en el momento en que su polla presiona contra mi centro y mi espalda se mueve de forma involuntaria arqueándose, proporcionándonos más fricción.

La boca de Nash abandona mis labios y se desliza cuello abajo. Mi pijama le da la bienvenida cuando cuela la cabeza por debajo y tira hacia arriba de la prenda deslizándose por mi abdomen, y todo procurando no perderme de vista.

Resoplo en cuanto pasea la lengua por mi piel en sentido ascendente.

—Siempre tan receptiva —murmura para sí.

Cierro los ojos cuando su boca aterriza sobre mi pezón y de nuevo me balanceo en busca de más. Percibo el vacío que deja tan pronto como abandona mi pecho para ir en busca del otro.

Los sujeta con ambas manos y muerde uno y otro alternativamente.

He pasado de comportarme como una chica comedida a como una libertina de mucho cuidado.

Nash sonríe con presunción porque sé, ambos sabemos, lo que despierta en mí.

—Apuesto a que, si llevo los dedos hacia abajo... abajo... abajo... —Lo pronuncia a la vez que lo hace, tentador, provocativo; así es él— me encontraré con tu coño húmedo —verbaliza.

Por favor, Señor, en la otra vida que me toque un chico con la boca menos sucia porque así no se puede. No. Se. Puede.

—Joder.

Me incorporo cuando cuela un dedo bajo mis bragas y lo empujo con todas mis fuerzas. Sé que se deja hacer, sé que me deja tomar las riendas porque, si Nash no quisiera que esto sucediese, no tendría más que oponer un poco de resistencia.

Me pongo a horcajadas sobre él y me quito la parte de arriba del pijama.

—Fue bonito mientras duró —pronuncio.

Nash deja escapar el aire y las comisuras de sus labios se alzan.

—Es mucho más bonito ahora.

Se quita la camiseta y contengo el aliento al encontrarme con su piel. Con su piel de nuevo. ¿Cuándo fue la última vez que estuvimos desnudos uno frente al otro? ¿Que él estuvo desnudo frente a mí?

Tres años.

Tres malditos años.

Me echo hacia delante, no sin antes deslizar la yema de mis dedos por la piel de su pecho, y encajamos. De nuevo lo hacemos y me provoca pavor que no me dé miedo esto.

Sus manos vuelan hasta mi culo y comienza a bajarme los pantalones; me contoneo para que lo haga, pero en esta posición es imposible, así que me harto, me levanto y me quito la prenda junto a las braguitas.

—¿Ves algo que te guste? —le pregunto jugando a ese juego tan nuestro.

—Me siento como un niño en una tienda de chuches. Me lo quiero comer todo.

Estoy satisfecha con su respuesta y, antes de volver a pegarme a él, esta vez entre sus piernas, deslizo la última prenda que nos separa.

Y me deleito en su tamaño. En su grosor. Y en el recuerdo tan vívido de cómo me follaba años atrás. Y en cómo sé que me va a follar esta noche. La anticipación, una vez más, me hace estremecer.

—Se supone que he venido a contarte lo de las luces de Quimby —suelta siguiendo ese juego.

—A la mierda las luces.

Abro el cajón de mi mesilla de noche en busca de un preservativo, lo tiro sobre su pecho y le sonrío con suficiencia.

—Estabas preparada, ¿eeh? —bromea. El brillo en su mirada me electrifica.

—Soy una chica con muchos recursos —suelto mientras observo fascinada como se enfunda el condón.

—De eso no me cabe la menor duda.

Tira de mi cuerpo para tumbarme y se coloca sobre mí. No me da tiempo a acomodarme, ni siquiera a pensar, cuando siento que su miembro me llena.

—Prometo que después iré con más calma —dice al embestirme una vez más. Profundo. Duro. Crudo. Potente—. Pero ahora, Emma, ahora no puedo. Llevo mucho tiempo esperando esto. —Su voz suena tensa, rasgada, como si este tiempo hubiese supuesto una tortura para él.

—¿Después?

—Toda la puta noche.

El movimiento es frenético. Cada vez que sale y entra, cada vez que me muerde los labios, cada vez que cuela la lengua en mi boca, me siento más lejos de ese infierno con el que he bromeado tantas veces.

—Y dime, Emma —otra vez dentro, otra vez profundo, otra vez gimo con fuerza—, ¿sigues prefiriendo que te lama una vaca o que te escupa una llama? —Bombea a placer, duro. Juega sucio. Me encanta que lo haga. De hecho, me encanta cualquier cosa que hace.

—Te dolió ese comentario, ¿eeh?

Apoya las manos a ambos lados de mi cabeza y cesa en sus movimientos. Protesto cuando se detiene, sonríe presuntuoso.

Me gusta que lo haga. Y, por encima de todo, me gusta que me sonría a mí.

—Rompió mi corazón e hirió mi ego... —Hace una pausa y se clava de nuevo bien hondo—. Sin embargo —se acerca como un depredador que acecha a su presa—, sé que en este instante son mis lamidas las que te gustaría recibir, y también me hago una idea de dónde.

Justo es eso lo que hace, saca la lengua y lame mis labios.

Me estremezco.

—Me parece que tienes el ego demasiado grande.

Cuando vuelve a sacar la polla y la mete de nuevo sin dudar, me arranca otro gemido, y la satisfacción que siento en su siguiente mensaje me lleva de regreso a ese momento. Porque esa fue su palabra, justo esa.

—Gracias.

—¿Gracias?

—De nada.

Tiro de él porque ya me he cansado del juego, porque necesito más. Necesito más de él y de mí. De los dos. De esto que compartimos.

Porque siento que el cosquilleo crece cada vez que me penetra, cada vez que se contonea dentro de mí, cada vez que las comisuras de sus labios se alzan y no con suficiencia, porque esta forma en la que lo hace no es la del Nash provocador, la del Nash juguetón que tanto me gusta; es del chico enamorado, el que me quiere, el que de verdad me ha echado de menos.

Y con esos pensamientos en mi cabeza, me dejo llevar. Cierro los ojos, tiro de su pelo y nuestras bocas se encuentran cuando sé que me sigue. Cuando sé que se corre.

Respiramos al compás. Nash se hace a un lado, se quita el preservativo y lo deja anudado en el suelo. Tira de mi cuerpo y me cobijo en él.

—Emma.

—¿Sí?

—Bienvenida a casa.

Y sé que no se refiere a Vermont. A Stowe. Habla de él.

Porque mi casa siempre ha estado donde esté él. Ahora solo debo tener el valor de enfrentarme a esa afirmación y a lo que encierra.

Capítulo 44

Secuestro 2.0

Emma

Me escabullo de entre sus brazos y dejo a Nash durmiendo a pierna suelta en mi cama. Salgo al pasillo y no he descendido ni dos escalones cuando la voz de mi abuela me sorprende desde abajo.

—¿Has dormido bien?

«Mente fría, Emma, no des por sentado que sabe lo que ha sucedido en esa habitación por mucho que sea ella la que lo dejó entrar solo para dejarlo entrar tú después. Ejem, ejem».

Sigo bajando con la cabeza bien alta, porque eso es lo que hacen las chicas que no han hecho nada indecente en su cama. Nada indecente durante horas.

No sé siquiera ni cómo puedo caminar. ¿Habéis visto la escena en la que Bambi viene al mundo y se tambalea como un cervatillo recién nacido? Justo como lo que es, claro. Pues yo soy una cierva recién nacida. Ahí lo dejo.

—La mar de bien —concluyo al llegar a la planta inferior.

Me acerco y le doy un beso a mi abuela en cada mejilla. Me sonríe y me da una palmadita en el culo cuando la dejo atrás para dirigirme a la cocina.

Pongo en marcha la cafetera y siento su presencia.

—Tus ojeras indican más bien lo contrario. ¿Nash sigue durmiendo?

Trasteo con la cafetera.

No va a haber forma humana de que me libre de esta conversación.

—Hasta hace nada, sí, pero ha sido marcharse ella y despertarme. Me faltaba algo.

El susodicho, apoyado en el marco de la puerta de la cocina, con los pantalones bien abajo, demasiado, una camiseta de algodón blanca y unos calcetines que de suyos tienen poco y de míos tienen mucho, hace acto de presencia.

Mi corazón, el muy canalla, se salta un latido al darse cuenta de que ese «Me faltaba algo» se refiere a mí. Y, sí, otra de las frases rompedoras de Nash que se suman a la larga, camino de infinita, lista de frases que han ido haciéndose un hueco en mi corazoncito.

Suspiro, porque ya me he cansado un poco de todo esto. De huir de mí. De huir de mis sentimientos. De huir de mis sentimientos por él.

—Me alegra mucho veros así. De verdad. Me hace muy feliz —comenta mi abuela antes de empezar a alejarse, y nos deja a solas.

Nash da un par de pasos en mi dirección y abre los brazos, a los que me lanzo al tiempo que alzo las piernas, como en las pelis. Si es que... así es imposible. Un poco más y vomitaré confeti.

—¿Te encuentras bien? —me pregunta evaluándome.

—Sí —aseguro—. Mejor que bien.

Deposita un beso en mi pelo, me suelta y se aparta. Se hace con la cocina, sirve dos tazas de café y encuentra dentro del mueble una lata de galletas de mantequilla que me tiende.

—Tu abuela lleva toda la vida escondiéndolas en el mismo lugar.

Cuando destapo la lata para sacar un par de ellas y colocarlas en un plato, me encuentro algo dentro. Algo raro. Algo que...

—¿Qué es esto? —pregunto sin entender nada.

Mi abuelo y mi padre entran en tromba en la cocina, y se empujan mutuamente hasta que se percatan de que no están solos. ¿Existe la capa de invisibilidad para estos casos? Porque está más que claro que han sabido leer entre líneas. Yo, en pijama. Nash, en casa tan pronto, despeinado y en calcetines robados, camiseta básica, ambos desayunando, tras el intento de beso del otro día y, aunque no me consta, casi que tengo la certeza de que todo el mundo rumorea en el pueblo sobre nosotros dos. Sí, han llegado a cierta conclusión. No tengo pruebas, ni tampoco dudas.

—En otro momento hablaremos de esto —nos señala mi padre de forma alternativa—. Ahora, Nash, además de acostarte con mi hija...

—Con mi exnieta —apunta mi abuelo, que se cruza de brazos.

—Eso —mi padre lo señala con el bate. ¡Sigue con el bate! Y ya que estamos, con el mismo abrigo y las mismas botas altas—, ¿podrías explicarme por qué has decidido robarnos nuestro elfo? ¿Estás compinchado con tu padre y tu abuelo? ¿Es eso?

—Porque colarte en nuestra casa, robarnos a nuestro retoño —y no hablan de mí, os lo garantizo— y llevártelo..., eso no tiene perdón. Y estábamos valorando indultaros por lo que hacéis en casa de Quimby, porque solo Dios sabe que ese hombre se merece todo lo mejor después de lo vivido tras la pérdida de Brielle, pero ¿esto? —apunta mi abuelo—. ¡Esto! —insiste alzando la voz y logrando que mi abuela y mi madre entren y se sumen a la fiesta. Ea, ya sabéis, ya es vox populi no solo el robo, sino también mi noche de fiesta sexual con el chico que me vuelve loca y sin casetas de por medio. Sí, lo habéis leído bien—, no te lo perdono.

Nash se cruza de brazos y su cara se convierte en una máscara de indiferencia. Cómo cambian las cosas, ¿eh? Porque, hasta hace nada, esa cara me prometía muchas travesuras sexuales que ha cumplido y con creces.

Bambi. Ahí lo dejo.

—¿Alguien me puede explicar qué significa esta cosa? —Sigo sujetando lo que quiera que sea eso porque está envuelto en un trozo de tela de lo más rara. Parece como si fuesen retales de una bufanda que ha visto días mejores.

Mi padre y mi abuelo se acercan y me lo quitan de las manos. Agradezco que lo hagan.

Ambos se afanan en desenvolver lo que espero no sea algo que explote frente a nuestros ojos y extienden un papel.

Seis cabezas y doce ojos se sitúan alrededor de media hoja en la que hay un texto escrito con recortes de revista. Estas cosas solo suceden en mi familia.

—«Retiraos del concurso si queréis que os devolvamos el resto del cuerpo» —leemos.

A Nash se le escapa una risilla y no me pasan desapercibidas las sonrisas de mi abuela y de mi madre.

—¡Ha sido él! —Mi padre lo señala—. Ha aprovechado que lo dejamos entrar y ha pasado la noche aquí para ponerme un somnífero en algún lado, y por eso me he dormido y no he podido cumplir con mi guardia y nos han robado a nuestro elfo. Lo quería tanto... —Se lleva la mano al pecho, dramático—. Y seguiré queriéndolo a pesar de que le falten dedos.

—Yo no he sido —se defiende Nash—. He estado muy ocupado. —Me señala.

¿Y este bochorno de pronto?

—Te has dormido porque eres un vigilante pésimo, Gavin —afirma mi madre—. Ni siquiera sé cómo eres capaz de mantenerte en pie después de las siete de la tarde —argumenta.

Todos cabeceamos afirmando porque esas palabras no podrían ser más ciertas.

—Sabía que no podía confiar en ti —farfulla mi abuelo a modo de reproche.

—Claro, porque tú no estabas durmiendo también.

Os digo ya que no estoy preparada para enfrentarme a dos divorcios de pronto.

—¡No nos vamos a retirar del concurso! —asegura mi padre.

—Pues según lo veo yo —intervengo a riesgo de que vuelvan a echarme de la familia—, vais a recibir más trozos de vuestro querido elfo, y rezo para que no estén dentro del bote de galletas la próxima vez. De hecho, para que no estén dentro de nada que sea comestible y nos quite el apetito.

—¿Cómo es posible que hayan conseguido entrar en nuestra guarida? —cavila mi padre sin entender nada y, de paso, haciendo caso omiso de mi intervención. Yo ahí veo inquina, que lo sepáis.

—Ha entrado él, es posible que se colasen detrás. O, peor, que alguno de los aquí presentes esté compinchado con ellos en el boicot y tengamos un lobo con piel de cordero dentro de nuestras filas.

Aquí mi progenitor y mi abuelo comienzan a analizarnos. Todos negamos. Ellos siguen erre que erre.

—Descubriremos al topo. —Nos señalan uno por uno.

Salen de aquí ambos gritando que lo importante es que son un hueso duro de roer y que por eso les han robado a su elfo.

—Se les está yendo de las manos —declara Nash, que los sigue con la mirada. Han cruzado la calle y se han ido directos, bate incluido, a casa de los Prescott.

—Al menos están entretenidos —añade mi madre antes de marcharse. Mi abuela se va tras ella y volvemos a ser solo dos.

—¿Tú sabías algo de esto?

—Ni siquiera me di cuenta de que estaba durmiendo cuando llegué anoche. Tampoco sé si estaba el elfo o no. Me temo que pensaba en otras cosas en general y en una persona en particular.

Sí, me ha entrado calor, y eso que ahí fuera las temperaturas no pueden ser nada altas.

—Pobrecita, esa persona —bromeo.

—Oh, sí, pobrecita, que anoche me pedía más y más.

Vale. Fin. No puedo seguir.

—¿Ves? Este Nash, el descarado, es el que mejor sé manejar.

—¿Seguro?

Ni de coña.

—Segura.

Se acerca a mí y yo comienzo a alejarme por el otro lado, manteniendo las distancias. Me coloco delante, al otro lado de la barra, y analizo mis posibilidades y diferentes vías de escape.

—Ni lo sueñes —pronuncia él.

No respondo. Intenta cortarme el paso y yo hago un leve amago de girar hacia la izquierda; él viene en mi busca y entonces me dispongo a huir por la derecha, donde está la puerta, hasta que me percato de algo. ¿De veras quiero eso? ¿De veras quiero escapar de él? ¿De esto?

Me giro cuando coloca las manos en mi cintura.

—¡Te pillé!

Llevo las manos a su pelo y tiro de él. Nash suelta un quejido que me eriza el vello.

—Eso parece.

Me carga sobre un hombro y sube las escaleras.

—Portaos mal —susurra mi abuela desde el salón.

—Eso siempre —suelto yo riendo.

Capítulo 45

En esta vida o en la siguiente

Nash

—Quimby, ¿estás listo para ver nuestra obra maestra? —pregunto.

Hemos dedicado todo el día a terminar la decoración exterior de la casa de Quimby. Según lo estipulado, el jurado recorrerá mañana todas las viviendas del pueblo, tomará notas y sacará fotos, y luego se reunirá para ponerse de acuerdo en cuáles serán los finalistas y el ganador de este año.

Pasado mañana se anunciará en la plaza principal de Stowe y se entregará la placa. Y luego comeremos, beberemos y patinaremos durante horas.

Mientras colocábamos el resto de las luces y montábamos mi sorpresa final, esa que ha dejado con la boca abierta a Emma y que ha hecho que me lamiese la cara como una vaca —de verdad de la buena y sin escupitajo de por medio, decidme si eso no es otro tanto que apuntarme—, Remi se ha llevado a Quimby a dar una vuelta.

Ahora los cuatro estamos aquí, frente a su casa, aguardando su reacción.

No voy a ocultar que estoy nervioso.

Emma entrelaza mis dedos con los suyos y la observo de soslayo. Me regala una sonrisa increíble y me siento del todo afortunado porque, hace menos de tres semanas, era impensable que ese gesto tan sencillo y a la vez tan cargado de sentimientos me lo dedicase a mí.

—Esto es una locura —susurra Remi, que no ha perdido detalle de nuestras manos y de la forma en la que nos tocamos o nos buscamos con la mirada. En breve comenzarán las preguntas indiscretas.

—Vale, Quimby, a la de tres puedes retirarte la venda. —Había que darle emoción al asunto, y en eso Remi parece ser una experta.

—¡Uno! —cuenta Emma.

—¡Dos! —continúo yo.

—¡Tres! —resuelve Remi.

Y entonces Quimby se desanuda la bufanda que hemos usado y se queda quieto en el sitio.

Las luces siguen encendiéndose y apagándose al ritmo de los villancicos, eso no ha cambiado. Sin embargo, el resto... Toda la estructura de la casa está delimitada por una hilera de guirnaldas de un suave tono amarillo que culmina en un ángel rodeado de estrellas que Emma y yo hemos colocado en lo alto de la chimenea. A su lado, un poco más a la izquierda, hay un pequeño banco de madera, con dos personas sentadas en él. Son dos siluetas no muy definidas, pero sí lo suficiente como para entender que son Quimby y Brielle. Ambos de la mano, ambos mirando al frente y sonriendo. Ambos demostrando el inmenso amor que se profesan.

—Somos... —titubea. Quimby, incluso, se tambalea hacia un lado. Remi es rápida y lo sujeta y yo hago lo propio, apoyando su cuerpo contra el mío—. Somos nosotros —balbucea él al encajar las piezas—. ¿Cómo?

—Esa es la pregunta del millón —suelta Emma—. ¿Cómo?

Exhalo todo el aire.

—Se me ocurrió hace una semana aproximadamente, cuando estabais sacando cajas con decoraciones varias del interior de la buhardilla. En una de ellas, había un marco de fotos navideño con una imagen de vosotros dos... Sentados, mirando al frente. —Señalo la figura—. Mason me ayudó a hacer la estructura y Caleb también arrimó el hombro, contribuyendo a colocar las luces alrededor. Siento que no sea perfecta...

Quimby me aprieta la mano.

En aquel momento no quise decir nada por si mi idea no llegaba a buen término. Poco después, al comentarlo con mis hermanos, el proyecto tomó forma y supe que entre los tres podríamos conseguir hacerlo. Y sorprender.

—Nash... No podría ser más perfecta.

Emma me aprieta la otra y, cuando la miro, una lágrima solitaria desciende por su mejilla.

—Son las pestañas —asegura limpiándola.

Ya, claro, las pestañas...

—Es perfecta —ratifica Quimby. Él no pone excusa alguna a sus lágrimas y yo... yo no puedo evitar emocionarme también.

—Nunca pensé que la sorpresa pudiese ser esta —concluye Emma.

—Nunca pensé que pudiese volver a creer en la magia de la Navidad.

Quimby da un paso adelante, como si quisiese acercarse lo suficiente y tocarla. Como si quisiese tener alas para subirse a ese tejado y entrelazar la silueta de su mujer con su otra mano.

—El otro día nos dijiste en esa cocina —señalo— que contar la historia de alguien que no está es una manera de recordarlo, de impedir que se olvide porque forma parte de todos nosotros,

Quimby. Y estoy convencido de que no hay mejor forma de que siga aquí para todos que mostrarla ahí, en lo alto, cerca de quien la quiso tanto y de quien la espera para comenzar su siguiente vida..., vuestro siguiente viaje juntos.

Quimby me observa con atención, se acerca a mí y me abraza. Fuerte. Me abraza fuerte. Yo le devuelvo el gesto sin dudar.

—Malditas pestañas —susurra Remi, que se lanza y se suma al abrazo colectivo.

—Maldito Nash —suelta Emma, y el impulso que toma cuando se tira sobre nosotros hace que me tambalee.

—Que se note esa fuerza, machote —bromea Remi.

Cuando nos separamos, Quimby vuelve a clavar la vista en el tejado, saca un pañuelo del interior de su plumón y se limpia los ojos con él.

—Esto es más de lo que me merezco —dice en un murmullo.

Me rompe el corazón que hable de ese modo porque, no, esto es menos de lo que alguien como él se merece.

Emma y yo, sin soltarnos, nos acercamos y lo abrazamos de nuevo.

—Todo lo que hagamos es poco, Quimby. Poco. No lo olvides —recalca ella leyendo mis pensamientos y dándoles voz.

Permanecemos un rato más en silencio y, tras una larga y profunda exhalación, nuestro vecino se recompone.

—Vale. Ya está bien. A Brielle no le gustaría esta escenita. A ella le encantaría que hiciésemos té o chocolate, que nos comiésemos esas pastas que he comprado esta mañana con Remi y que charlásemos de los planes de futuro que os esperan, así que ¡en marcha!

Quimby encabeza la comitiva, no sin antes echar de nuevo un vistazo hacia el tejado y sonreír con ganas.

—Nash. —Emma me frena.

—¿Sí?

—Gracias —suelta.

Y en esta ocasión no se trata de una respuesta a una provocación mía, no es un juego para ninguno de los dos, sino todo lo contrario. Es un agradecimiento sentido, sincero, honesto y lleno de emociones.

Tiro de ella y la acojo entre mis brazos. Emma aspira mi olor y mueve la cabeza frente a mi pecho, deleitándose con el contacto. Creo que Nevaeh tiene razón y Emma sigue sintiendo algo por mí; tal vez haya muchas palabras sin pronunciar y muchos sentimientos a los que dar voz todavía; sin embargo, los gestos, los actos, los hechos, son más que suficientes para darnos a entender lo que somos y en lo que nos hemos convertido. Yo he estado siempre esperándola, ahora solo queda demostrarle que seguirá siendo así.

Siempre.

—Te has propuesto ponérmelo complicado, ¿a que sí? Era todo un plan maquiavélico para que volviésemos a encontrarnos y me diese cuenta de que...

Emma interrumpe sus palabras cuando un par de gritos provenientes de la calle llaman nuestra atención.

—Joder —me quejo.

Quimby y Remi salen de nuevo al jardín, esta vez con una tableta de chocolate y un brik de leche en las manos, y se acercan. Salimos a la acera solo para intentar descubrir qué sucede y nos cruzamos con mi padre y mi abuelo gritándoles al padre y al abuelo de Emma.

Siempre tan oportunos...

—¿Es que no piensan parar nunca?

Es una pregunta de lo más acertada, sí.

—Por lo visto, no —respondo dando pasos en su dirección—. Al menos, hasta que acabe el concurso...

Emma me sigue de cerca, igual que Remi y Quimby. Mi madre, mis hermanos y la familia de Emma también han salido a la calle. Declaramos oficialmente el espectáculo de estas Navidades.

—¿Primero nuestro Santa y ahora nuestro elfo? ¿Qué clase de vándalos sois? —pregunta Gavin. Ambas parejas están en sus respectivas aceras, al menos eso me consuela.

—Os recuerdo que empezasteis vosotros, destrozando a Juguetón —apunta mi padre, ofendido.

—Y antes de hablar, deberíais presentaros. No tenemos el gusto de conoceros.

Me carcajeo y Emma me propina un codazo.

—Esta es la última moda. —Damian se peina las pestañas como si se sintiese de lo más feliz llevándolas. No me extrañaría nada que fuese así—. El caso es que ya está bien de torturar a nuestro elfo y también está bien de que nos enviéis partes de su cuerpo. No vamos a retirarnos del concurso por más que queráis. Este año es el desempate y donde ha estado él, lo hará otro, que conste.

—¡Y no me dormiré! —asegura Gavin alzando la voz.

—Nosotros os devolveremos lo que queda de ese elfo si prometéis que no tocaréis nuestros pingüinos. —Señala la nueva decoración del jardín y, sí, ahí está, una familia de pingüinos de lo más chulos; uno de ellos está subido a los hombros de su padre y tiene incluso un trineo de juguete en las manos.

—No está nada mal. —Emma me lee la mente.

—No prometemos nada —sentencia Gavin con una sonrisa torcida.

—Pues, entonces, seguiréis recibiendo pedazos de ese elfo travieso. Se ha metido en un lío muy gordo, ¿verdad, Nelson? —pregunta mi abuelo.

—Verdad, Dustin —asevera.

—Os lo hemos advertido: o vuelve nuestro pequeño travieso sano y salvo... o ateneos a las consecuencias.

—¿Nos estás amenazando? —pregunta mi padre.

—Os lo estamos avisando.

—Uuuh, me dan más miedo tus pestañas que tus palabras —ironiza mi abuelo.

Y dicho esto, o todo esto, cada uno regresa sobre sus pasos y se mete en su casa dando un portazo; de hecho, el padre de Emma vuelve a abrir y da otro solo por el placer de que sea mucho más fuerte que el que ha dado mi familia.

—Eso es lo que hacían anoche en tu jardín, cuando fui a tu casa y los encontré metiendo cosas dentro de bolsas de basura y me echaron de allí —suelto rememorando el momento.

—¡¿«A tu casa»?! —exclama Remi, que se ha acercado sigilosa cual pantera.

Emma se tapa la cara con ambas manos.

—¿No te has enterado todavía? —pregunta Quimby como si tal cosa—. A mí me ha llamado Mila esta mañana bien temprano y me ha explicado lo sucedido.

—Maldita sea, para una noche que me quedo a dormir en casa de Piper —protesta Remi.

Alzo una ceja y Emma... Ella se carcajea.

—Así que... ¿ya no te importa que demos un espectáculo? —indago mientras me acerco y la estrecho contra mi cuerpo.

Ella niega y, de nuevo, me sonríe. Por más sonrisas de estas. Por más sonrisas de estas todos los días de mi vida.

—¿Sabes, Nash? Pensaba que eras más inteligente —su adjetivo me recuerda a Nevaeh y a sus palabras de no hace tanto en el bar— y te habías dado cuenta de que ya no me importa dar un espectáculo, siempre y cuando lo dé contigo.

Emma pega un salto sujetándome por los hombros, enreda sus piernas en mi cintura y nos besamos.

Sigo sabiendo leer entre líneas.

—Hala, el otro día hice pollo para diez y hoy, chocolate para veinte —suelta Quimby sin perder el buen humor—. Estuve comiendo sobras varios días.

Remi le da un par de palmadas en la espalda mientras lo lleva de nuevo a casa.

—Tranquilo, Quimby, no va a sobrar nada. Deja que te ponga al día de mi vida mientras tanto... Terminaremos con el chocolate y comenzaremos con el whisky.

Mi amiga me guiña un ojo mientras Emma y yo volvemos a perdernos en las calles de Stowe. Tenemos que terminar lo que empezó en esa caseta.

Capítulo 46

Las mentiras tienen las patas muy cortas

Emma

—No estáis preparadas para lo que tengo que contaros. —Remi toma asiento al lado de Piper y esta le aprieta la pierna cuando la tiene a tiro. Baja la vista, observa el reloj y clava sus preciosos ojos en mí—. Luego me dais una hora de autocompadecerme, por favor y gracias.

Le dedico una sonrisa cálida.

—A ti te doy lo que quieras —acepto.

Remi me lanza un beso y Piper aplaude en ese gesto tan suyo.

—Me ha escrito Tim. Sí, abrid los ojos como platos por la sorpresa. Me ha escrito después de no saber nada de él durante más de una semana porque, claro, estaba muy ocupado concertando citas, y a saber qué más, con todas las chicas del estado.

Se tenía que decir y se ha dicho.

Abro la boca con la intención de..., no sé, ¿lanzar una maldición en su contra? Es lo mínimo que se merece.

—¿Y...? —pregunto al final.

—Viene a Stowe. Su argumento es que me echa de menos y quiere verme. Permitidme que lo ponga en duda cuando es la primera vez que me ha llamado en todo este tiempo y apenas me envía algún mensaje aislado, aunque no sé, tal vez...

Todas pensamos lo mismo, a pesar de que no lo verbalicemos.

—¿Ponerlo en duda? Por supuesto que no viene por eso. —La tímida de Piper es la que le pone nombre al asunto. Y no es otro que «mentira».

Niego como si me fuese la vida en ello.

—¿Puede que Nevaeh tenga algo que ver en esto? —A los hechos me remito, nuestra amiga es la que en más problemas se mete y nos mete.

Piper y Remi parecen meditar sobre lo que les acabo de exponer.

—¿Se lo preguntamos? —Piper señala hacia la puerta y nuestra amiga, la cuarta en discordia, hace acto de presencia.

—Vale —me inclino hacia delante acercándome a ellas dos, y formamos un corrillo—, hablamos sobre esto, pero no mencionamos nada sobre Caleb y ella, como si no supiésemos nada del asunto, ¿de acuerdo? Remi —la señalo—, ya sabes lo que hemos ideado...

Mis dos amigas asienten porque hemos tenido tiempo de urdir un plan. Uno precipitado y sin evaluar las consecuencias, pero plan, al fin y al cabo.

—Hecho.

—Piper, tú...

—Yo pienso portarme mal también. —Deja patente que lo que nos explicó frente a la casa de Nevaeh sigue en pie.

Asentimos y nos recolocamos como si aquí no pasara nada.

Scott se acerca con unos bollos azucarados rellenos de crema y con varias tazas humeantes. Comida y bebida que no hemos pedido; aun así, es bien recibida.

—Lo mejor para mis chicas —nos regala como si le fuese la vida en ello.

Lo ha dicho observando a Remi con atención; quiero decir, por más que haya hablado en plural, es incapaz de apartar la vista de mi amiga, que con educación le da las gracias, pero sin más.

—Tengo la ligera sospecha de que Scott... —comienza a decir Piper.

—No —la corta Remi antes de que pueda finalizar esa frase—. Conmigo, no. No estoy preparada para nada de eso —sentencia—. Me cae bien, me parece buen chico, me hace reír y es adorable, pero estoy en otro punto de mi vida... Uno en el que no hay cabida para chicos, por muy buenos que estén o por muy majos que sean. Ya sabéis..., traición, mentiras, infidelidades..., en ese punto es en el que me encuentro ahora.

Lo entiendo.

—No me extraña después del movidón que se ha liado con el mierdecilla. —Para que digan que Nevaeh no es capaz de hacer una entrada triunfal—. ¿Qué sabemos de ese tema? Perdonadme por estar desaparecida, esto de montar empresas es más complicado de lo que parece. —«Montar empresas, ya, claro»—. Nash está haciendo un trabajo increíble, tengo un logo precioso. Ahora solo queda encontrar un buen eslogan publicitario y trabajar duro para que todo salga adelante.

—Estoy segura de que eso es lo que va a pasar porque esta cafetería es maravillosa —apunta Piper, que lo contempla todo como si fuese la primera vez.

Le damos la razón porque no puede ser de otra manera.

—Yo lo que quiero saber es dónde compraste esta alfombra. —La amo, por si no he insistido lo suficiente.

—Te compraré una por Navidad. —Lloro de emoción—. ¿Y bien?, ¿novedades? —Señala a Remi.

—Tim me ha escrito. Llega mañana a Stowe.

—Ya lo sabía —contesta Nevaeh. ¡Vaya! Ni siquiera hemos tenido que preguntar—. Y no llega mañana —rectifica.

Pongo los ojos en blanco, aquí todo el mundo sabe de todo y los demás también tenemos que alimentar esa vena cotilla.

—No sé si quiero preguntar.

—Le he propuesto quedar. Es decir, mi yo de esa app le ha propuesto quedar y es evidente que ha mordido el anzuelo. Le he enviado un par de fotos subidas de tono... ¡Qué fáciles son los tíos como él! —se mofa mirándose las uñas.

En serio, a esta chica es mejor tenerla de tu lado.

—¡Será desgraciado! ¡Casi me la cuela! —exclama Remi como si esperase que Tim hubiese cambiado. Me rompe el corazón que siga creyendo en la buena fe e inocencia de ese tío cuando no ha hecho nada para merecerla—. No es por mí... No viene por mí. —Sé que, aunque pretenda dejar el dolor a un lado, sigue escociéndole—. Ni siquiera ha sido honesto con ese asunto. ¿Cuál es su plan? ¿Veros esta noche y pasar el día mañana conmigo?

Nevaeh chasquea la lengua y Piper se acerca y la estrecha entre sus brazos.

—Escucha, Remi —se aproxima Nevaeh—: da igual cuál sea su plan, tienes que tener claro cuál va a ser el tuyo y lo que vas a hacer al respecto. Puedes mantenerte al margen, actuar como si nada hubiese pasado y yo simplemente no apareceré por allí —abro la boca con la intención de intervenir, Nevaeh coloca el dedo índice sobre mis labios al darse cuenta de mis intenciones—, o puedes aprovechar la coyuntura y poner cada cosa en su lugar.

Remi se cuadra en el sitio y asiente. Está interiorizando el mensaje de Nevaeh y no es un consejo malo, la verdad; de hecho, me parece cojonudo.

—¿Habías pensado en algo? —le pregunto. Sí, esa iba a ser mi anterior intervención.

—Había pensado en regresar a Nueva York y cerrar esa etapa, tal vez... tal vez quedarme aquí. He sido más feliz en este pueblo en menos de dos semanas que en la ciudad en años, Emma. —Me habla a mí porque sabe que allí, en Nueva York, siempre hemos sido solo nosotras dos.

La entiendo. Entiendo a lo que se refiere porque yo he pensado lo mismo. ¿Tan malo sería quedarme? ¿Tan malo sería darme una segunda oportunidad? ¿Dársela a todo esto? ¿A Nash y a mí?

—Podrías trabajar aquí —le propone Piper—. No puedo ofrecerte un gran sueldo, pero algo es algo.

—Y también podrías ayudarme con algunos proyectos de decoración. Sabes pintar, ¿no? Pues yo necesito a una artista en mi equipo.

A Remi le brilla la mirada y yo ya no busco excusas para la emoción que siento y porque, aunque sé que esa no es la clase de pintura que Remi ama, lo haría dejándose la piel por el camino.

—¿Emma? —me pregunta.

—Yo... Bueno, yo tampoco sé si quiero marcharme. —Bajo la cabeza un tanto avergonzada.

—¿Quiere decir que Nash y tú por fin estáis juntos? ¿De verdad de la buena? —se atreve a indagar Nevaeh. Alzo una ceja porque todas las presentes sabemos que está haciéndose la inocente y de eso no tiene nada—. Vale. Lo sabíamos todas, sabíamos que esto iba a suceder porque, querida —me tiende la mano y yo la sujeto—, nunca has dejado de quererlo, de la misma forma que él nunca ha dejado de esperarte.

—Es difícil —repongo.

—No lo es —intercede Piper, que se acerca a mí—. Somos nosotras las que nos estamos complicando la existencia. La vida no es fácil, eso está claro, pero, joder, cómo nos gusta ponernos trabas.

Todas asentimos convencidas de la realidad de sus palabras.

Cuando estoy dispuesta a explicar que tiene razón y que necesito que Nash y yo hablemos de lo que sucedió en el pasado y poner las cartas sobre la mesa, la campanilla suena y entran los tres jinetes del Apocalipsis: Caleb, Nash y Mason.

Todas permanecemos en los sitios en completo silencio. No sé lo que estarán pensando Piper y Nevaeh, lo que sí sé es que a mí me cuesta un mundo no levantarme, lanzarme a sus brazos y contarle que quiero quedarme en Stowe; que quiero quedarme con él; que por fin he entendido lo que me sucede.

Ponerle nombre públicamente a esto y ser el cotilleo del pueblo durante veinticuatro horas, hasta que se sepa quién es el ganador del concurso y eso... o hasta que Nevaeh haga público lo suyo con Caleb.

Cuando Nash me guiña un ojo, sé que ha llegado el momento de coger el toro por los cuernos.

—Oye, Emma, hay algo que quizá deberías saber... —comienza a decirme Piper, que se retuerce las manos de una manera extraña mientras observa a los recién llegados.

Aparto la mirada del chico del que estoy enamorada y me centro en mi amiga.

—No creo que sea oportuno —apunta Nevaeh anticipándose.

Empiezo a pensar que algo no va bien.

—¿Qué sucede?

Remi se incorpora en ese instante y se aleja de nosotras. Aparto la vista de las otras dos y la sigo con la mirada; todos hacemos lo mismo y, cuando Remi se acerca a Caleb sin dudar, lo agarra por las solapas y le planta un beso. Nevaeh emite un grito de lo más extraño, una mezcla de confusión, sorpresa y rabia. Piper se lleva la mano al pecho y yo me quedo sin palabras. Porque puede que lo hayamos planeado, pero ahora que se ha materializado la cosa cambia, y mucho.

—Joder —suelto, me había olvidado de eso pensando en mi futuro aquí.

—¿Qué cojones...? —masculla Nevaeh.

—¿Hay algo que quieras contarnos? —pregunto. Si Remi juega su papel, es evidente que yo tengo que interpretar el mío—. Y, ya puestos, ¿hay algo que queráis confesarme? —añado dadas las circunstancias.

Nevaeh aparta la vista de los tres chicos; dos de ellos se acercan a nosotras y el tercero sigue plantado en el sitio tras el beso de Remi. Que Caleb se quede petrificado no es algo que se consiga con facilidad. Me atrevo a llevar la mirada hacia la barra y Scott tampoco parece nada contento con el asunto.

Piper va a tener razón y Scott está pillado por mi amiga.

En fin...

—Vale, ¿queréis la verdad? ¿Queréis sinceridad? —Nevaeh da un paso y se queda en medio de todos nosotros. Nos señala uno por uno con el dedo índice y simplemente explota—. Pues ya va siendo hora. —Suspira, se lleva la mano al puente de la nariz para pellizcárselo, como si necesitase armarse de valor para lo que viene a continuación—. Nash nunca se ha ido del pueblo; jamás lo hizo, siempre ha estado aquí y ha trabajado aquí, ha vivido aquí.

Noto como se me acelera el pulso y siento que el latir de mi corazón retumba en mis oídos. Lo miro unos segundos y veo como niega en repetidas ocasiones sin mirarme siquiera.

—Nevaeh... —le advierte.

Me incorporo. Tal vez la cafetería esté llena, tal vez haya mucho ruido, pero yo solo me oigo a mí, me oigo a mí de nuevo.

—Déjame, Nash, ya es hora de que sepa todo lo que has hecho por ella. —Se da la vuelta y se encara a él—. Nos pediste que no le dijésemos nada porque querías que fuese feliz, porque Emma te había contado mil veces que Stowe se le quedaba pequeño, nos lo dijo a todas; quería viajar, quería salir, y tú, maldito cobarde, le permitiste que lo hiciera y llevas tres años, tres putos años —le enseña tres dedos, luego me los muestra a mí—, llorando por ella, arrepintiéndote cada jodido día por lo que hiciste cuando todo este tiempo te has sacrificado por su felicidad, y ella sin saberlo. Has antepuesto la suya —le propina un golpe en el pecho— a la tuya.

Extiende la otra mano y me señala sin ni siquiera mirarme.

—Con respecto a Piper... —continúa—. Sí, hija, sí, Mason y tú estáis enamorados el uno del otro, pero siempre jugando al gato y al ratón y siendo adorablemente gallinas. En vez de poner las cartas sobre la mesa nos tenéis aquí, urdiendo un plan, inventándonos una relación falsa... ¡Falsa, Mason! —vocea—, para que abrieses los ojos de una jodida vez. Y ni con esas...

Mason palidece por momentos. Yo tomo asiento porque estoy a punto de que me fallen las piernas. No me lo tengáis en cuenta.

—Y yo... Yo liándome con Caleb, fingiendo que es solo sexo cuando llevo mucho tiempo enamorada de él. —Se acerca y tengo miedo de que le propine un puñetazo y le parta la nariz por el camino—. Ya veis. Aquí todos ofreciendo consejos, guardando secretos y actuando como niños pequeños, con lo fácil que hubiese sido comportarnos como adultos serios de una jodida vez.

»Somos unos imbéciles. Todos. Somos unos imbéciles todos.

Y se marcha, dejándonos aquí, con toda la información y con cara de circunstancias.

—Yo... —se atreve a susurrar Piper mirando en mi dirección. Leo el arrepentimiento en su semblante—. Quería contártelo, lo he intentado algunas veces, pero...

—Piper —me adelanto—. No —la corto.

No le dedico ni una sola mirada a Nash cuando salgo a la fuga de la cafetería. Salgo a la calle y me sorprenden el frío y la nieve; sin embargo, apenas lo noto, porque me siento... Me siento traicionada por todos ellos de un modo difícil de explicar. Han permitido que todo este tiempo viviese pensando que Nash me había engañado. ¿La custodia compartida de Stowe en Navidades? ¿Se iba cada vez que yo venía solo para que las pudiese disfrutar yo?

Me giro y me encuentro con su mirada.

Comienzo a caminar hacia atrás, acelerando el paso hasta que me giro por completo sin saber hacia dónde dirigirme. Resbalo un par de veces por la nieve y, aun así, no freno, no dejo de huir.

De huir otra vez.

De huir de él.

Capítulo 47

La vida te da y la vida te quita

Nash

¿Alguna vez os habéis sentido espectadores de vuestra propia vida? ¿Alguna vez habéis sentido que estabais en medio de un cataclismo universal y que ese mismo desastre se repetía de forma cíclica? Y lo peor..., ¿que era imposible escapar de ese círculo mortífero? Pues parece ser que mi vida se ha convertido en una paranoia digna de un *reality*, porque no deja de darme hostia tras hostia tras hostia.

Y aquí me encuentro, siendo ese espectador del que os hablo, viendo como la chica de la que estoy enamorado vuelve a huir de mí. Qué maldito cabronazo es el destino, ¿no? Te da y, cuando crees que has tocado el cielo y te sientes feliz y pleno, te lo arrebata todo en cuestión de segundos.

Ni siquiera puedo culpar a Nevaeh de su ataque de sinceridad porque, ciertamente, esto tenía que suceder más pronto que tarde. Ya veis, sí que puede que estéis delante de un cobarde; de uno de los auténticos.

No os culparía por tildarme de ello.

—Nash. —Alzo la vista cuando la mano de Piper se posa sobre mi brazo con delicadeza—. Lo siento —musita.

Mason también se ha acercado y Caleb..., no hay rastro de él.

—No hay nada que sentir, chicos —los animo—. Al final... sabíamos que esto tenía que pasar. Y ha sido culpa mía por alargarlo y dejar que todo se me fuese de las manos de nuevo.

Esa es la realidad... He tenido oportunidades para contárselo, para ser yo quien se lo explicara, pero he preferido guardar silencio porque... Francamente, porque no sabía qué iba a suceder, en qué nos estábamos convirtiendo. Porque preferí disfrutar de mis avances con Emma que confesar la verdad y romperlo todo otra vez.

Así que, sí, hemos regresado a la casilla de salida de nuevo.

—Emma va a entender que no lo hiciste con mala intención, sino todo lo contrario —concluye Remi, que ha descubierto lo sucedido al mismo tiempo que Emma.

—¡Claro! —me alienta Piper—. Lo hiciste por ella, lo entenderá.

Niego con la cabeza en repetidas ocasiones.

—Se siente engañada. —Señalo hacia el exterior, hacia la puerta por la que se ha ido—. No creo que me perdone.

Piper se echa hacia atrás como si le hubiese dado una bofetada. Creedme, es imposible que esas palabras le hayan dolido más de lo que me duelen a mí.

—¿Cómo puedes decir eso? ¿Cómo puedes siquiera pensarlo, Nash? —me pregunta—. Es Emma, ella y tú siempre os habéis querido.

—¿Y si nos hemos querido mal? ¿Y si lo hemos hecho de una forma que no es la adecuada? Tal vez sea hora de dejar que sea feliz de verdad, ¿no? De que encuentre a alguien que le dé todo lo que yo no he sabido darle.

—¿Te estás rindiendo una vez más? —me pregunta Remi, y no solo eso, sino que además me empuja dándome un golpe con sus puños en mi pecho. Trastabillo y retrocedo—. No me lo puedo creer. No te conocía, ¿sabes? No sabía más de ti que eso que Emma contaba y, créeme, no le gustaba hablar de ti —chasqueo la lengua—, y no porque no quisiese, sino porque recordarte le dolía. Lo notaba en su voz, en el tono de tristeza que empleaba, en el sufrimiento que acompañaba sus palabras. Nash —agrega alzando el tono—, esa chica de ahí —señala con el dedo índice hacia la puerta por la que se ha marchado— te quiere y siempre lo ha hecho.

—¿Crees que yo no la quiero a ella? Joder, Remi, lo he sacrificado todo por su felicidad, lo he hecho porque antes que yo estaba ella y siempre ha sido de esa manera.

Remi me empuja de nuevo y Piper lo hace después.

—Si te das por vencido, te patearé el culo lo que te queda de vida, ¿me has oído? —Abro mucho los ojos al darme cuenta de que esa amenaza procede de la chica menuda y tímida que es dueña de la cafetería más coqueta de todo Stowe—. Ni Nevaeh te daría una paliza como la que te propinaría yo —alzo una ceja—, con ayuda, claro.

Las comisuras de mis labios se alzan ante su última coletilla.

—Tiene razón —interviene Mason—. La solución no es que seas un mero espectador en tu película, la solución pasa por ponerse las pilas y actuar.

¿Por qué será que lo pronuncia para mí, pero lo hace mirando con fijeza a Piper?

Chasqueo la lengua de nuevo y claudico, porque todas esas palabras que mis amigos me dedican no dejan de ser ciertas.

—Voy a darle un tiempo para que procese la información y luego hablaré con ella. Y si ella no quiere hablar conmigo, hablaré con ella de todas formas. No dejéis que se vaya... —les pido a todos en general y a Remi en particular.

—Eso está hecho.

Mason y yo salimos de la cafetería y, cuando llegamos a la calle, el mismo grupo de niños del otro día están haciendo otro muñeco de nieve con los restos de la nevada de anoche. Sus carcajadas resuenan por toda la zona. Caminamos calle arriba y nos cruzamos con el jurado que evalúa las casas.

—¿No deberías haberte quedado en el local y haberte llevado a esa chica a la sala de descanso del personal? —indago.

—Voy a hacer algo mucho mejor que eso.

—¿Te has convertido en uno de los nuestros sumándote al carro de los que guardan secretos?

—Por supuesto. A vosotros os funciona de pena, tal vez me vaya mejor a mí.

—¿Lo dices por Caleb?

—¿No lo has visto ir tras Nevaeh?

Niego con la cabeza.

—Tenía otras cosas en las que pensar... Ya sabes, cómo arreglarlo todo después de haberlo jodido de nuevo con mi chica.

Mason me palmea la espalda y seguimos caminando muy cerca uno del otro.

—¿Cómo es posible que estemos todos de mierda hasta el cuello?

—Porque somos unos putos pringados —suelta.

—¿Mi hermano pequeño diciendo tacos?

—Tu hermano pequeño siendo políticamente incorrecto —replica con desenfado.

Suspiro.

—No quiero volver a perderla, Mason. De verdad, sé que acabo de deciros que tal vez sea hora de dejar que ella sea feliz; sin embargo, no quiero que lo sea con nadie más que conmigo, ¿me entiendes?

—Por supuesto que lo hago —sentencia—. Está en tu mano que se quede. Creo que es tan sencillo como hablarlo, pero no como lo ha hecho Nevaeh en un arranque de celos provocados por un beso de Remi, un beso de Remi a Caleb, ese que *se supone* —recalca las dos últimas palabras— era novio de Piper. Me habéis engañado, ¿eeh?

—Se trataba de una mentirijilla para que espabilases. Una en la que yo no tuve nada que ver, solo fui cómplice —me defiendo—. Un cómplice un tanto activo —admito.

Trago con fuerza. Que Mason se sienta engañado me lleva a pensar cómo se sentirá Emma en estos momentos..., porque, en mi gran farsa, todos han intervenido desde el principio, sacrificando en cierta manera su lealtad en relación con Emma para apoyarme a mí, aunque yo lo haya hecho por su felicidad.

—Emma tiene que sentirse realmente traicionada por todos —apunto.

Mi hermano asiente, no le cabe ninguna duda de eso.

—Ninguno fuimos conscientes de lo que podría suceder si ella se enteraba. No valoramos nada de eso, lo hicimos sin más, por ti y por ella.

—Desde luego no pretendía que lo nuestro acabase de esta forma —concluyo.

—Nadie, Nash, nadie quería que esto terminase de esta forma. —Hace una leve pausa en la que suelta una larga exhalación—. Todo va a salir bien, las cosas siempre suceden por algo y estoy seguro de que se va a arreglar.

—No puedo perderla de nuevo —insisto.

—No sé por qué —señala hacia la valla que rodea nuestra casa, y en la que Caleb está apoyado, con la pierna derecha descansando sobre la madera, con las manos dentro de los bolsillos mientras tiene la vista clavada en el suelo—, pero juraría que ninguno de nosotros queremos perderlas.

Cuando oye nuestros pasos, nuestro hermano mayor alza la mirada.

—No la encuentro —dice—. No sé dónde se ha metido Nevaeh. No está en su casa, Celine no sabe nada. —Parece asustado de verdad.

—Tal vez deberíamos preguntarle a Mila —propone Mason sin perder el buen humor.

—No entiendo qué te hace tanta gracia, joder.

—¿Y a este qué mosca le ha picado? —pregunta Mason señalándolo.

—Sin duda la misma mosca que a todos: estamos pilladísimos —argumento.

Caleb clava los ojos en mí y no es necesario que confirme mis palabras, esa mirada me dice todo lo que necesito.

—Ya veo, ya...

—Yo... Llevo meses chateando con ella... sin que ella sepa que soy el chico de la app con el que se mensajea —confiesa, y es la primera vez que veo a Caleb tan vulnerable.

—¿Qué? —pregunta Mason.

—¿Eres tú? —insisto.

Caleb solo asiente.

—No sabía cómo decírselo... Lo descubrí por casualidad, una de las noches en las que nos...

—¡No me jodas! —exclama Mason—. No me jodas. Te va a matar.

—Me va a matar.

—Vale —intervengo—: de forma oficial, somos los hermanos más imbéciles del pueblo.

—Eso parece —asiente Caleb—. La he cagado. He querido decírselo muchas veces, pero no he sido capaz.

Eso me suena.

Oportunidades no le han faltado. En realidad, las hemos tenido todos y no hemos sabido aprovecharlas.

Mason hace una mueca de lo más ridícula y sonrío de nuevo.

Observo la casa de enfrente. La cortina de su habitación, esa llena de margaritas, está cerrada y me pregunto cómo reaccionaría Emma si me colase en su cuarto y la esperase allí. Es probable que no de la misma forma que la última vez.

—Vale. Es el momento de dejar de compadecernos y apechugar con lo sucedido —propongo.

—Nash tiene razón, aunque hasta hace nada estaba lloriqueando.

Le pego un empujón a Mason, que resbala y cae al suelo.

Caleb se ríe con fuerza.

Me agacho y le lanzo una bola de nieve, que le da en el centro del pecho.

—Eres hombre muerto —sentencia.

—Vamos a arreglar las cosas, los tres.

Caleb solo asiente, porque ya ha vuelto el chico sombrío de carácter hostil que abre la boca solo cuando es estrictamente necesario.

—Y para eso tendremos que hablar con ellas, cada uno con la suya.

—Dudo que este vuelva a hablar después de que le corte la lengua por hacérmelo pasar tan mal con Piper, por su secreto —suelta Mason.

Caleb no habla, pero le tira una bola de nieve... y empieza la batalla campal. En fin, nada mejor que una guerra de bolas de nieve para quitarnos de encima el malestar.

Como diría Remi, solo una hora para autocompadecerme y, a partir de ahí, a luchar por ella.

Por Emma.

Esta vez las cosas serán diferentes. Os lo garantizo.

Capítulo 48

Cerrando heridas, abriendo puertas

Emma

Remi me encuentra encerrada en la caseta en la que, en días normales, intento envolver regalos. En esa misma caseta, sí, justo esa que pensáis.

—¿Cómo has dado conmigo? —farfullo al alzar la vista y encontrarme con su mirada taciturna.

—Me lo has puesto bastante más difícil de lo que te lo puse yo a ti. Es una suerte que Triss te haya visto escabullirte entre las sombras y me lo haya contado cuando me he acercado a preguntar si te había visto por alguna parte. También me ha asegurado que tu cara era la de alguien desanimado y que si sabía lo que había pasado. Agradece que sea una de tus mejores amigas —me regala una sonrisa amplia y honesta—, porque no le he contado nada del asunto. Me he inventado que estabas así porque estabas nerviosa por saber quién ganaría el concurso de este año, y que necesitabas una alfombra de pelo blanca y rezabas para que Santa la dejase bajo el árbol. —Sonreiría si no me doliese el pecho de la forma en que lo hace—. Parece ser que el jurado lo tiene claro y en esta ocasión ha habido unanimidad —me explica cambiando un poco de tema—. Estoy deseando que sea mañana para conocer el veredicto. Y también para que todo esto pase. —Hace un círculo en el que nos incluye a ambas—. Me ha sorprendido Nevaeh, porque esa chica puede que tenga un carácter de mil demonios y es probable que sea la persona más directa y sin filtro que conozco, además de con el mejor gusto en calzado que exista; sin embargo, ahí donde la ves, también le duele lo que nos pasa y le duele lo que le sucede a ella. Y estoy casi convencida de que es todo fachada y se siente tan vulnerable como podemos sentirnos ambas en este instante.

No puedo estar más de acuerdo con ella de lo que lo estoy, mucho más teniendo en cuenta los recientes acontecimientos y las recientes confesiones.

—Nevaeh parece una mujer fría, pero no lo es tanto, eso es cierto.

Remi asiente con la cabeza, dándome la razón.

—¿Qué vas a hacer? —le pregunto refiriéndome al asunto de Tim.

—¿Qué vamos a hacer, querrás decir?

Nos señala de nuevo, esta vez de forma alternativa y sin cesar.

—¿Qué vamos a hacer? —reformulo la pregunta.

—Gracias por preguntarlo —apunta sonriendo—. Tienes hasta la medianoche para compadecerte y se acabó. A partir de ese instante, esta Emma cabizbaja que está sentada en una esquina de una caseta de un mercadillo increíble va a desaparecer y va a enfrentarse a esto como tendrías que haberlo hecho hace tiempo...

—Yo... —Me dispongo a replicar, pero me lo impide, como os podéis imaginar.

—Tú, nada. —Niega con la cabeza y nos señala por tercera vez—. Vamos a hacer las cosas bien. Tú y yo las haremos bien porque ahora te duele la traición y, ojo, lo entiendo, es normal.

Mírame. —Se planta frente a mis ojos y eso es justo lo que hago. Cuando se arrodilla frente a mí y posa las manos bajo mi barbilla para levantarla y unir así nuestras miradas, siento que las lágrimas de nuevo amenazan con salir—. Podría enumerarte la de mierda que tengo encima, que no es poca. —Confirmo sus palabras con un asentimiento apenas perceptible—. Pero he decidido que eso no es lo que va a ocurrir. Me enfrentaré a lo que venga con valor y entereza, pondré a Tim en su lugar como debería haber hecho hace tiempo y dejaré claro que ese chico no va a conseguir que suelte ni una sola lágrima más. Con respecto a ti...

Suspiro y dejo escapar todo el aire antes de volver a llenar mis pulmones; me arde el pecho, es un dolor conocido, una sensación ya vivida.

—Me han engañado, Remi, lo han hecho todos.

—Vale. —Se tira al suelo y apoya el cuerpo sobre la cadera izquierda—. Has decidido ver el vaso medio vacío en vez de medio lleno y voy a dejar que sea de esa manera hasta la medianoche. Porque eso es justo lo que yo hice conmigo misma y te lo permitiré hacer a ti también, por empatía y eso. Y luego, a partir de ese momento, tú y yo vamos a mantener una charla de las serias en la que dejaremos claras las cosas. Ahora, levanta ese precioso culo que tienes del suelo para acompañarme, porque tú, Emma, eres la única persona que nunca me ha abandonado.

—Remi...

—He dicho que hasta la medianoche —recalca, y yo me limito a ponerme en pie.

Ella también se incorpora y, cuando menos me lo espero, me estrecha contra su cuerpo.

—Eres la reina de los abrazos —suelto.

—Soy la reina de los abrazos que solo les regalo a las personas que me importan, y en este pueblo, en ti, he encontrado a mi verdadera familia.

Sollozo apoyada en su hombro y Remi, como la mejor amiga del mundo que es, me lo permite. La familia, la de verdad, no tiene por qué compartir lazos de sangre, ni siquiera tienes por qué nacer en ella. En esta vida hay personas, yo las llamo personas vitamina, que llegan para llenar todos esos huecos que no sabías que estaban vacíos; personas desinteresadas que dan y dan, entregan y entregan, sin pedir nada a cambio; personas que colorean tus días, que se convierten en tu paraguas bajo la lluvia, en tus botas cuando nieva y en tu abrigo cuando te estremeces de frío. Hay personas que se convierten en tu otra mitad, que te impulsan cuando no sabes cómo seguir, que te sirven de apoyo cuando temes caer, que se derrumban contigo cuando no eres capaz de continuar o que te dan ese espacio que necesitas cuando crees que todo, absolutamente todo, se ha ido al traste. Se cuenta, se dice y se rumorea que quien tiene un amigo tiene un tesoro, y yo añado que quien tiene una Remi en su vida tiene una hermana para siempre.

—Gracias por todo lo que haces por mí —murmuro todavía apoyada en su hombro—. Y por todo lo que crees que no haces por mí y lo haces igual.

—Ay, chica, el día que tenga que cobrar por consejos, ese día seré millonaria —bromea.

Me pellizca un costado, me aparta, lleva sus pequeños dedos hasta mis mejillas y me limpia las lágrimas con infinita ternura.

—Estoy horrible, ¿verdad? Mañana seré la chica que se encerró en una caseta para huir del dolor de una traición y seré recordada con estos ojos rojos e hinchados. Triss se encargará de eso —aseguro.

—Puede... Y es probable que tu cotilleo pase a mejor vida cuando yo ponga en su sitio a un sinvergüenza que se cree que puede jugar con las personas como quiere.

Las comisuras de mis labios se alzan porque...

—¿Sabes que llevo deseando que llegue este momento...? —Dudo—. ¿Cuánto tiempo llevas con Tim?

—Casi dos años.

—Se me han hecho largos, ¿eeh? —bromeo.

Remi me gira, me empuja hacia la salida y, cuando cerramos la caseta, abrocha bien mi abrigo y me retuerce la bufanda.

—Como sé que esto te va a hacer disfrutar y como eres esa hermana que nunca tuve... —Vale, la pestaña de nuevo, es que así no se puede—. Nada de llorar... —me advierte—. Te necesito conmigo, ese es el resumen.

Me cuadro, suspiro con mucha fuerza, cierro los ojos, le aprieto las manos y, cuando los abro, me encuentro con una Remi feliz y tranquila, una que ha tomado una decisión y que sabe que es la acertada.

—Siempre estaré contigo.

Ella asiente sin más y tira de mi mano en dirección a la salida.

—¿Puedo preguntar a dónde vamos?

Frena sus pasos cuando casi hemos llegado a la entrada del mercadillo y allí me enseña un mensaje de móvil.

—Nevaeh me lo ha enviado antes de encontrarte. Tenemos una hora y una dirección y, según mi reloj —lo comprueba para ser mucho más precisa—, disponemos del tiempo suficiente para llegar.

—¿Sabes si ella...? —Hago una pausa—. Me siento fatal, soy una amiga pésima, he pensado solo en mí y...

—¡Basta! —exclama—. Nevaeh estará bien, Piper estará bien, tú y yo estaremos bien y se solucionará.

—¿Cómo lo sabes? ¿Cómo puedes saber que todo va a salir bien?

—Porque a las personas buenas solo pueden pasarles cosas buenas, Emma. Mírate, joder, mírate. ¿Tengo que recordarte todo lo que haces por nosotros? ¿Por mí? Nunca me has abandonado, estoy aquí gracias a ti. ¿Quimby? Fuiste tú la que le propusiste decorar su casa, la que ha hecho que recuerde. Nash y tú lo habéis conseguido. ¿Sabes la cantidad de cosas bonitas que me explicó cuando salimos ayer? ¿La de historias que me contó sobre Brielle? Sobre cómo se conocieron, cómo se enamoraron... También me habló de tus travesuras cuando eras una renacuaja y de cómo Nash y tú erais inseparables.

Nash y yo... Se me escapa una leve sonrisa al recordar esas historias.

—Tienes razón —aseguro—. Todo va a salir bien.

Quizá no tenga un final feliz, quizá esto que Nash y yo hemos construido en poco tiempo esté destinado a romperse de nuevo. Tal vez seamos una de esas parejas que, por más que se quieran, son incapaces de estar juntas, y eso duele. Duele, joder, porque yo... ¿Qué acabo de pensar?

Entonces caigo en la cuenta de eso. De que de verdad le estoy poniendo nombre.

—¡Remi! —Le sujeto la mano y la freno en seco—. ¡Remi! —suelto asustada.

—¿Qué ocurre?

—Estoy enamorada de Nash, Remi —digo atónita—. Estoy enamorada de Nash —repito como una autómata, y siento que hasta me falta el aire al verbalizarlo.

Ella se planta de nuevo frente a mí, coloca ambas manos en mis mejillas y mis ojos y los suyos conectan de inmediato.

—Por fin, Emma, por fin te das cuenta. Te ha costado, ¿eeh?

—¿Lo sabías? ¿Tanto se me nota?

—Me temo que has sido la última en enterarte. Todos éramos conscientes, hasta Quimby me lo dijo el otro día. No hay más ciego en esta vida que el que no quiere ver.

—No sé si estoy preparada, Remi. Es que...

«Ya es hora de que sepa todo lo que has hecho por ella».

«Arrepintiéndote cada jodido día por lo que hiciste cuando todo este tiempo te has sacrificado por su felicidad, y ella sin saberlo. Has antepuesto la suya a la tuya».

—Hasta la medianoche, Emma. Hasta la medianoche.

Capítulo 49

Hasta aquí hemos llegado

Emma

—Ahora nos vendrían bien los *walkie-talkies* de tu padre y de tu abuelo, Emma.

Remi y yo nos giramos cuando la voz de Nevaeh nos sorprende para encontrarnos no solo con ella, sino también con Piper, que sonríe con ternura a la vez que guarda las manos en los bolsillos. Estoy casi segura de que es más un gesto producto del nerviosismo por culpa de las circunstancias que del frío que hace.

—¿Qué...?

—Tienes que saber que tuve ciertos reparos a la hora de acogerte en nuestro seno familiar; sin embargo, como este seno se ha ido un poco a la mierda, empezando por lo mal que lo hemos hecho todas, creo que es hora de comenzar de nuevo. —Nevaeh da un paso hacia delante, le tiende la mano y retoma el discurso—. Me llamo Nevaeh Watts, vivo en Stowe, Vermont, nunca he logrado encontrar mi lugar en el mundo, pero siempre he sabido que, donde estén ellas —nos señala a Piper y a mí—, ahí es. Quiero ser decoradora de interiores; de hecho, nada me ha ilusionado tanto desde hace mucho tiempo como ese proyecto. También quiero pedir perdón por todas las veces que he metido la pata y he sido una bocazas, y pedir perdón todavía más por las cosas que no he contado sabiendo que debería haberlo hecho. —En esta ocasión, me mira a mí.

La mano sigue tendida y Remi decide, muy en su línea, por supuesto, que eso no es suficiente, así que, pragmática como ella sola, se lanza a sus brazos y Nevaeh no se tambalea. No lo hace porque va con zapatillas deportivas.

—¿Y tus tacones de cuarenta y cinco centímetros? —pregunto alzando una ceja.

—Guardados con la poca dignidad que me queda.

—No debe de encontrarse muy bien si no va con ellos —pronuncio en voz alta.

—Es la primera vez que la veo tan triste —confiesa Piper, que se ha acercado—. Yo también necesito disculparme por haberme callado este tiempo. Juro que quise contártelo, quise hacerlo, pero...

—Lo sé —la corto, aunque esta vez lo hago de otra manera, de una distinta a horas atrás en su propia cafetería, cuando ha tratado de darme las explicaciones oportunas.

—Piper siempre ha estado en contra de esto. Si quieres enfadarte con alguien, que no sea con ella —la defiende Nevaeh, y, sinceramente, me parece una forma maravillosa de protegerla.

—Por fin lo he entendido todo —comento—. Me refiero a que he comprendido esas frases a medias... Intentaste que lo supiera —deduzco.

—Lo intenté, sí, pero, por un motivo u otro, al final nunca acabé contándotelo. Ya ves, Nevaeh tiene razón al llamarme cobarde —asegura.

Niego con la cabeza y doy un paso atrás.

—Todas nos hemos equivocado. Y no voy a negar que no ha sido plato de buen gusto enterarse de todo esto: sois mis amigas, me habéis ocultado cosas, cosas que son importantes.

—Nunca quisimos hacerlo. Nash tampoco. —Nevaeh toma de nuevo la palabra—. Créeme, hemos tenido tiempo más que suficiente para hablarlo.

—Ya me he dado cuenta de que sois buenos amigos.

No hay retintín en mis palabras, a pesar de que pueda parecer que sí.

—Ese chico lo ha dado todo por ti, Emma. No te haces una idea de lo que ha sacrificado. Mucho. No soy quién para exigirte nada, ni siquiera me atrevería a ello, pero si aceptas un consejo de amiga, de amiga arrepentida..., deja que se explique, deja que hable contigo.

Remi se acerca y me aprieta contra su costado.

—¿Se lo cuentas tú o lo hago yo? —me pregunta.

Piper y Nevaeh permanecen en silencio expectantes.

—Estoy enamorada de él, lo quiero —sentencio, y ese pequeño pinchazo de miedo que hasta hace nada me atenazaba las entrañas ya no lo hace de esa manera porque he aceptado mis sentimientos. Para bien o para mal, lo he hecho.

—Joder, ¡por fin!, pensaba que ibas a decirnos que te largabas después de machacar a Tim.

Remi sonríe ampliamente.

—Me temo que no nos iremos a ninguna parte —finaliza ella—. Así que, sí, vais a tener que aguantarnos y, ojo, porque doy muchos abrazos, hablo mucho y no me gusta que me roben los calcetines..., y eso va por ti —me señala y me da un leve empujón con la cadera; yo sonrío porque no pienso dejar de hacerlo—, y me encantan los cotilleos y pintar caras y pintar en general. —Queda claro que ha comenzado a animarse y su discurso ha tomado carrerilla—. Gracias por hacerme un hueco en el pueblo a pesar de tus reticencias.

—Bah —Nevaeh mueve las manos y le resta importancia al asunto—, estaba un pelín —muestra un espacio ínfimo entre su dedo pulgar e índice— celosa, pero nada que no se haya solucionado con esa verborrea que tienes, con esos abrazos que das y con lo increíble que eres, Remi. Y que nadie diga lo contrario porque lo machaco.

—Y ahí está la macarra de siempre —apunta Piper, que se ha mantenido en un segundo plano.

—Anda, ven aquí —le pido, y le tiendo la mano. Por fin saca las suyas de los bolsillos y la arrastro hasta mí; la abrazo antes de que ella reaccione y ya sabéis que Remi es la siguiente.

—A la mierda —se suma Nevaeh.

Y así, fuera de un hotel con una decoración pésima, es como cuatro amigas se perdonan, porque, sí, eso también es crecer, tal y como os expliqué no hace tanto. Porque hay que saber leer entre líneas, porque los sentimientos nunca son rígidos ni se convierten en axiomas. El amor, ya sea fraternal o romántico, es amplio en todos los sentidos. Para unos es arrebatador, para otros es lento y pausado, calmado y tranquilo. Otros tardan en entenderlo porque es complejo y matemático, y algunos estamos destinados a vivir alrededor de él sin enfrentarnos a lo que supone en nuestras vidas, a ese maldito terremoto que sacude el suelo bajo nuestros pies y que nos da miedo. Somos personas únicas y reales y, como tales, nos enfrentamos a las circunstancias de distintas maneras. Que nadie te diga cómo debes actuar o cómo debes comportarte; acepta consejos, escucha y asimila, pero decide como actor de tu propia vida y no vivas ese amor como espectador de una película. Vale la pena arriesgarse. Cueste lo que cueste, tardes lo que tardes, vale la pena hacerlo.

—Vale. Ahora que ya estamos un poco mejor... —Remi me echa un vistazo y confirmo sus palabras apretándole la mano—, ¿cuál es el siguiente paso? —pregunta.

—Por lo que sé —Nevaeh nos enseña su teléfono móvil y, en él, el último mensaje recibido—, Tim ya está dentro, en la habitación. Esperándome —puntualiza.

—Perfecto. —Es como si estuviese viendo los engranajes de la cabeza de Remi moverse a una velocidad vertiginosa—. Ha llegado la hora de cerrar este capítulo.

Nevaeh se despide de nosotras moviendo los dedos de forma despreocupada y avanza hacia la entrada del hotel con las manos dentro de los bolsillos una vez más, con una mirada que promete venganza. Piper, Remi y yo aguardamos en nuestro sitio.

—En diez minutos vamos. Tenemos que darles un mínimo de tiempo para que la cosa se anime —apunto.

Permanecemos en silencio y os mentiría si no os confesase que estamos todas conteniendo el aliento porque sabemos que, pase lo que pase, Remi está enfrentándose a su pasado y definiendo su futuro.

Cuando esta se levanta, tenemos claro que ha llegado el momento.

Nos cogemos de la mano y cruzamos la calle con cuidado de no resbalar.

Nos plantamos frente a la fachada del edificio y Remi no titubea ni siquiera un poco antes de acceder al establecimiento. Hay una chica menuda detrás del mostrador, parece que ordenando papeles. Me recuerda el montón de facturas que se apilaban en mi mesa, esa a la que no voy a regresar.

Porque, sí, ya lo he decidido. Mi bipolaridad y yo nos quedamos en Stowe.

Si Nevaeh estuviese aquí, apuesto lo que sea a que estaría

haciendo algún comentario sobre la decoración y la posibilidad de que fueran sus clientes potenciales. Seguro que nos explicaría que le diría a Mason que, o se ponía las pilas, o tendría que despedirlo. Eso haría que la tensión del momento se rompiese. Nevaeh siempre ha sido buena con eso.

Suspiro. Aprieto la mano de Remi y ella me mira y asiente antes de adelantarse unos pasos.

—Buenas noches. —Se acerca a la recepcionista mientras nos quedamos a unos pasos y yo paseo la vista por el vestíbulo del hotel. La decoración navideña no es excesiva, es más bien sobria y aburrida. Un sencillo árbol de Navidad, un par de renos y algunas estrellas colgando sobre ellos.

Remi regresa en un par de segundos y nos informa de que ha reservado una habitación.

—Iba a ser imposible sonsacarle información de los clientes y, además, nos va a venir bien una noche de chicas. —Señala hacia arriba—. Tenemos muchas cosas de las que hablar.

Alzo los hombros y me adelanto.

—Me parece perfecto. ¿Cuál es la habitación? ¿Nevaeh te ha escrito?

Remi saca su teléfono.

—La doscientos treinta y dos —anuncia.

Y hacia allí nos dirigimos.

Cuando llegamos a la puerta de esta, Remi no duda ni un segundo en llamar.

La puerta se abre y aparece nuestra amiga malvada todavía vestida... —a Dios doy gracias por ello—, con un látigo en la mano. —Otro trauma para mi mochila. El psicólogo se va a forrar a mi costa.

¿Alguien me explica dónde llevaba guardada esa cosa? Es para una amiga.

—Chicas —nos saluda como si nada, y entonces clava la mirada en Remi—. Si necesitas ayuda... puedo darte un par de consejos sobre cómo usarlo.

Remi asiente y lo sujeta no sin cierta aprensión, se le nota en la cara. No la culpo, yo haría lo mismo. De hecho, quiero lavarme los ojos con lejía solo de pensar en que haya podido estar usando eso... con Caleb.

—No es para tanto —la anima Nevaeh—. Y es de lo más sexy...

—No necesito saber más —señala Piper; sus mejillas encendidas lo dicen todo.

Yo doy un paso hacia atrás y me sumo al bando de las que no queremos saber nada de nada de ese asunto. Por ahora... Ejem, ejem.

Antes de colarse dentro de la habitación, Remi se gira y nos observa a todas. Me adelanto de nuevo y esta vez soy yo la que le da un abrazo. Cuando me lo devuelve, la fusta me golpea la espalda.

—Remi, tú puedes. Cierra ese ciclo como te mereces.

—No vamos a dejar que te enfrentes a esto sin más —añade Nevaeh—. Eres de la familia y las amigas se cuidan y se protegen, aunque la hayamos cagado que no veas. —Me dedica una mirada y yo le guiño un ojo—. Lo siento —repite, y centra de nuevo la atención en Remi—. Estaremos aquí esperando cuando salgas. Estaremos a tu lado. Siempre.

Esas palabras causan estragos en todas y, sin apenas darnos cuenta, nuestros dedos se entrelazan y formamos un grupo que es una piña, sólido. Tanto como lo es nuestra amistad.

—¿Nevaeh? —pregunta una voz conocida desde dentro—. Te estoy esperando...

—Yo puedo —apunta Remi.

Nuestras manos se sueltan y la veo desaparecer dentro. No cierra la puerta porque necesita saber que permanecemos aquí, juntas.

Necesita saber que cuenta con nosotras.

Necesita entender que nunca más la dejaremos sola.

Capítulo 50

Nunca es tarde si la dicha es buena

Nash

—¡Eh, tú!

Estoy preparando té y chocolate en la cocina de Quimby mientras él ha subido a darse una ducha cuando oigo una voz a mi espalda. Sé quién es aun sin haberme dado la vuelta.

—¡Eh, tú! —exclama de nuevo.

Me giro con un par de tazas en la mano y me encuentro a Remi apoyada en el marco de la puerta, con los brazos y las piernas cruzados. A saber cuánto tiempo lleva ahí y yo sin enterarme.

—¿Desde cuándo te cuelas en las casas de los vecinos sin siquiera llamar?

Una media sonrisa asoma en sus labios.

—Desde que Quimby me invitó a desayunar ayer. Y, para tu información, no me he colado —alzo una ceja inquisitivo—, al menos no del todo. He llamado en dos ocasiones —me muestra dos dedos de su mano derecha— y en ningún caso he obtenido respuesta. ¿Tan fácil es distraerte, Nash?

—Ya ves...

—O bien es que tenías la cabeza en otro lugar.

Más que en otro lugar, en una persona en concreto.

Remi parece haber llegado a esa misma conclusión. Se acerca, me quita las tazas de las manos y me da un abrazo fuerte.

—Veo por qué te llaman la reina de los abrazos.

—Y a partir de hoy seré más conocida como la reina de la fusta —suelta sonriente.

No entiendo a qué se refiere, pero apuesto lo que sea a que nos lo va a contar y que a Quimby le resultará de lo más divertido.

—¡Remi! —exclama el susodicho cuando entra en la cocina.

Todavía lleva la camisa a medio abotonar y el pelo húmedo y despeinado. Lucha con los botones de la parte superior y parece que van ganando ellos.

—Deja, que te ayudo —se ofrece nuestra amiga.

—Quimby, me temo que Remi tiene alguna de esas historietas que tanto te gustan y está dispuesta a compartirla con nosotros, ya sabes, amenizando nuestro desayuno.

Apuesto lo que sea a que esa historieta de la que os hablo es mucho mejor que oírme lloriquear por lo que hice o dejé de hacer..., por eso que ha provocado de nuevo un cataclismo en mi vida.

Mira que me propuse no volver a cagarla, hacerlo bien, no dejar que se marchase, y le he preparado la maleta y sacado el billete en cuestión de segundos, metafóricamente hablando.

—¿Y eso? —pregunta Quimby con mucha curiosidad.

Remi se hace la interesante porque no abre la boca hasta que acaba con los botones y, después de eso, se acerca a mí, me empuja con la cadera y se hace con el control de los fogones.

Claudico y tomo asiento en mi silla habitual dentro de esta cocina; Quimby lo hace a mi lado, tan expectante como yo.

—¿Y bien, Nash? —me pregunta desviando el tema de su látigo.

Me remuevo en el asiento porque, cuando he salido de casa esta mañana, me había propuesto no contar nada de lo que sucedió ayer. No quería que Quimby se sintiese mal porque sé lo que me dijo antes de abandonar esta misma cocina no hace tanto.

«Esa chica está enamorada de ti, esta vez no sacrifiques nada. No lo hagas. No vale la pena».

Y fijaos lo poco que he tardado en cagarla de nuevo.

—¿Qué ocurre?

Remi alza las cejas al darse cuenta del panorama.

—Upsss —finaliza.

Cedo.

—Emma lo ha descubierto todo, Quimby.

—¿Todo? ¿Qué todo?

—Sabe que nunca me he ido de Stowe, que solo lo hacía cuando ella volvía en esas supuestas custodias compartidas de Stowe en Navidad. Y, lógicamente, también sabe que todos hemos guardado silencio todo este tiempo y que nadie se lo ha contado. Por petición mía.

Quimby suelta una carcajada áspera; no sé si se ríe de mí o de la situación. Quizá sea un poco de todo.

—¿Qué te hace tanta gracia?

Me alegra que sea Remi la que lo ha preguntado.

—Nash. Me divierte él y la que ha liado.

Me cruzo de brazos.

—La verdad es que yo no lo encuentro para nada divertido.

Remi coloca frente a nosotros una taza humeante y toma asiento en la otra silla que hay libre, justo delante de mí.

—Me temo, Nash, que la cosa es más fácil de lo que crees. Te advertí en su día que no valía la pena pagar un peaje tan alto y que, en cuestiones de amor, ser egoísta no es malo, sobre todo cuando la otra persona siente lo mismo. Es genial dejarla ir si uno no es correspondido, pero esa chica —titubea—, esa chica ha estado loca por ti desde siempre.

Remi asiente como si estuviese del todo de acuerdo. Le dedico una mirada reprobadora que obvia a conciencia, por supuesto, cómo no.

—Quimby... —Intento tomar la palabra.

—Que sí, que ya sé lo que me vas a contar —me interrumpe—. Me ha quedado claro que lo haces por ella y solo Dios sabe que yo hubiese hecho cualquier cosa por mi Brielle, menos dejarla escapar, eso es de idiota redomado. —No me lo tomaré como una ofensa si viene de Quimby y mucho menos teniendo tanta razón—. Así que siento tener que ser yo quien te lo diga, pero, como ya soy viejo, estoy en mi derecho a expresarlo como quiera... Has sido un imbécil y seguirás siéndolo si no levantas ese culo de esa silla y te vas a la casa de al lado, pones cada cosa en su lugar y no dejas que esa chica salga de este pueblo si no es contigo a su lado.

Remi suelta un largo quejido y yo, yo estoy tan perplejo por la realidad que encierran esas palabras de nuestro vecino que me sorprende y me acojona a partes iguales.

—Vale. Estoy de acuerdo con él —lo señala—, sobre todo en eso de que eres un imbécil. Y que conste que te tengo en alta estima. —Alzo una ceja una vez más—. Aun así, tiene razón. Emma no necesita a nadie que se sacrifique por ella, Nash, nunca lo ha necesitado. Solo te necesitaba a ti...

—¡Quería salir de aquí! —grito exasperado, perdiendo un poco la compostura por el camino.

Quimby extiende el brazo y posa una mano sobre la mía. Se me acelera la respiración y el corazón me late desbocado. Durante unos segundos apenas puedo pensar con claridad por culpa de la rabia. Y esa irritación nada tiene que ver con el discurso que me ha soltado él, tampoco con que cuente con el apoyo de Remi; está más bien ligada a la realidad que me golpea con puños de acero.

—Soy un imbécil —claudico dándoles la razón a ambos.

—Es una suerte que te queramos a pesar de eso —sentencia Quimby, que todavía no ha apartado su mano de la mía.

—Es una suerte que Emma te quiera también. Que nunca haya dejado de hacerlo.

Contengo el aliento ante las últimas palabras de la recién llegada y la observo con atención. Su risilla comedida, sus ojos entrecerrados y fijos en mí, el brillo de esa mirada, las arrugas que se le forman en las comisuras de los labios..., todo ese lenguaje no verbal que está ahí y que es igual o más importante, porque expresa lo mismo.

—¿Qué sabes tú? —le pregunto.

Me siento ridículo al hacerlo porque es obvio que su lealtad está con Emma, y me alegro de que así sea.

—Solo sé que ayer, a partir de las doce de la noche, como Cenicienta, dejamos de lloriquear. La fusta y yo cerramos un capítulo y Emma —suspira, mi corazón se salta un puto latido—, Emma está bien. Todo va a estar bien. —Mira hacia un punto fijo cuando pronuncia estas últimas cinco palabras.

—¿Ha huido? ¿Es eso? —Me incorporo de un salto porque, si es así, iré a buscarla, joder. No pienso dejar que se vaya. Aseguré que le daría unas horas y que luego lo aclararía todo; sin embargo, si tiene que ser en este momento y si tengo que seguirla allá a donde vaya, lo haré sin dudar.

—No. —Niega con la cabeza en un par de ocasiones—. Creo que esta vez no sucederá eso.

Al menos es un paso y eso me tranquiliza. No ha dicho que me haya perdonado; no obstante, que no haya salido pitando como la otra vez, que no ponga tierra de por medio, ya es un paso, y uno enorme.

—¿Y qué ha ocurrido con la fusta? —interviene Quimby cambiando de tema antes de llevarse la taza a la boca y dar un pequeño sorbo a su té.

Yo hago lo mismo.

—Fue cosa de Nevaeh —agrega ella con fingida inocencia—. Aunque le he cogido el gustillo —bromea—. He cerrado oficialmente el capítulo de Tim. O, mejor dicho —se corrige—, el libro. Es pasado. Se acabó.

—¿Le diste su merecido? —pregunta nuestro vecino.

Ojalá le haya dado uno muy bueno. Con verdugones y todo, a ser posible. ¿Qué? No soy tan inocente, a estas alturas deberíais saberlo...

—Llegamos al hotel a la hora acordada, subí a esa habitación y... No hay palabras para describir su semblante cuando me vio aparecer. Nevaeh salió un segundo, me cedió el derecho a ponerlo en su sitio y, cuando la que entró fui yo y no ella... Estaba desnudo —Remi se tapa la cara, avergonzada—, como su madre lo trajo al mundo —se carcajea—, imaginaos. Tendría que haber grabado ese momento, lo juro, para revivirlo una y otra y otra vez.

—Necesito más detalles.

—Desnudo, Quimby, y atado. —Le palmea la mano, y la sonrisa radiante de nuestro vecino nos garantiza que es un digno vecino de este pueblo. Ya sabía yo—. Nevaeh lo había atado a la cama, por lo que tuvo que sentirse de lo más avergonzado mientras le confesaba que lo sabía todo. Y que había llegado la hora de poner cada cosa en su lugar.

—¿Lo insultaste? —indaga Quimby, que no deja de dar sorbos a su taza. Apenas tiene que quedarle ya contenido en ella.

—No.

—Joder —profiero.

—Hice algo mejor que eso... —Guarda silencio unos segundos, como si estuviese reviviendo la escena una vez tras otra—. Le dije que yo era mucha mujer para un hombre como él y que me había dado cuenta tarde de que era así. Le deseé suerte y me marché.

—¿No usaste la fusta?

—Y no sabes la pena que me dio no hacerlo. La tengo guardada, cuando quieras te la presto —bromea observando las reacciones de nuestro vecino.

—Mantenla lejos de esas familias o la usarán para boicotearse de alguna forma —bromea también Quimby.

—Estoy muy orgulloso de ti —le digo extendiendo la mano y sujetando una suya.

—Bueno..., tampoco he sido tan buena persona, al fin y al cabo, lo dejé allí, maniatado, sin poder llamar por teléfono, con la puerta abierta..., y es probable que la recepcionista tuviese que encontrarse con su hormiguita —se carcajea— para poder prestarle ayuda. Sí —medita una vez más—, también habría pagado por ver eso.

—Y yo...

—Emma me propuso entrar y grabarlo...

—¿Emma estaba allí?

Remi asiente.

—No me dejaron sola, Nash —me cuenta, esta vez mirándome directamente—. Ninguna lo hizo... —Su voz se rompe un poco cuando lo explica—. Es bonito no sentirse sola, ¿sabes?

Quimby se levanta y abre los brazos. Remi no duda un segundo y se cobija en ellos. Yo permanezco sentado, expectante, porque sé a lo que se refiere y sé lo sola que se ha sentido durante todo este tiempo, aunque no haya dedicado horas y horas a ponerme al corriente.

—Gracias por darme una familia —susurra, todavía rodeando a Quimby con los brazos—. Y levanta ese culo y abrázame, que en breve seremos cuñados o algo así.

O algo así...

Sonrío y hago lo que me pide.

—Solo porque le tengo miedo a la Remi dominatrix.

Nos carcajeamos y nos sumimos en un abrazo. No sé cuánto tiempo pasamos así, solo sé que la puerta de la entrada suena y mi corazón se acelera al pensar que podría ser ella. Que podría ser Emma.

Me acerco cauteloso y ambos me siguen.

Cuando abro, hay cuatro rostros frente a mí: Triss, Rus, Todd y Truman. Se me escapa una exhalación porque conozco el motivo por el que están aquí. Lo he vivido con anterioridad.

—Enhorabuena, Quimby; este año eres el ganador del concurso de decoración navideña. No podríamos estar más felices de que así sea.

Cuando me giro para mirar a nuestro vecino, un par de lágrimas descienden por sus mejillas.

Y sin darnos cuenta, no es el único que las derrama.

Capítulo 51

De felicidad. Lloro de felicidad

Emma

Me he situado al final de la plaza del pueblo porque no podía perderme este discurso por nada del mundo.

Cuando Remi ha llegado a casa gritando que Quimby era el ganador del concurso de este año, he pensado que se iba a liar parda en esa cocina; que mi padre montaría en cólera y mi abuelo haría alguna de las suyas. Sin embargo, no ha sucedido nada de eso. Se han limitado a salir de casa, seguidos de mi abuela y mi madre, y se han acercado a la suya para estrecharle la mano y ovacionarlo. Apuesto lo que sea a que, si Quimby hubiese tenido algunos años menos, lo hubiesen lanzado al aire una y otra y otra vez.

Así que, sí, no podía faltar, tenía que ver con mis propios ojos cómo le entregan la placa conmemorativa y cómo Quimby es aplaudido por todo Stowe, tal y como se merece.

Siento una presencia a mi lado y me pongo en tensión al segundo.

—Emma —pronuncia.

Cuando giro la cabeza, me encuentro con la mirada taciturna de Caleb. Veo que no he sido la única que ha tenido una noche terrible. Terrible e inolvidable a partes iguales.

—Hola a ti también.

—¿Nevaeh...? —medio formula de forma tímida.

—Debe de estar en los primeros sitios, creo que se ha hecho una sudadera y todo con el nombre de Quimby. Ni confirmo ni desmiento que es para fastidiar a tu familia.

Caleb chasquea la lengua y clava la mirada de nuevo al frente, como si la hubiese encontrado entre la multitud.

—Tengo que hablar con ella —verbaliza.

—Parece ser que en este pueblo todos tenemos alguna conversación pendiente, ¿no crees?

—Menos tu amiga. —Señala hacia delante, hacia Remi, que da saltos, aplaude y grita el nombre del ganador sin ponerse siquiera un pelín roja—. Me han contado algo sobre un chico desnudo, una fusta y un hotel con una decoración pésima.

Pues sí que vuelan las noticias por aquí, sí.

—Ella es la única que ha puesto cada cosa en su lugar. Es la más valiente de todas.

Veo como frunce el ceño y aprieta los labios.

—Nevaeh me va a matar —dice.

No sé si es su forma de infundirse ánimos o es el inicio de otra conversación. La verdad es que con Caleb no me queda nada claro.

—Puede que sí o puede que no. No lo sabrás hasta que te armes de valor y hables con ella. Ha sido la única que ha tenido las narices de ser sincera y expresarlo todo, aunque no del modo más acertado, todo hay que decirlo. Aun así...

—La quiero —me confiesa, y corta mi discurso de manera radical.

Os prometo que no sé si es un tipo de alucinación, si he ingerido alguna seta en mal estado o si mi abuelo y mi padre, como venganza por haber participado en el concurso de forma indirecta y en otro bando, se han vengado de mí drogándome. Eso sí, debéis saber que hace rato parece que ya me han readmitido en la familia. O casi readmitido, porque algo de «o solucionas lo que te traes con Nash de una jodida vez o te ponemos de patitas en la calle» he oído antes de salir de casa.

—¿Te has dado cuenta hoy? ¿Ahora? ¿Después de lo que sucedió ayer?

¿Parece un interrogatorio? Sí.

—No. Lo sé hace tiempo.

Le palmeo la espalda, porque, sí, «Somos unos pringados de mierda» acude a mi cabeza de inmediato para definirnos al completo.

—Pues vaya, qué bien se nos está dando todo esto, ¿no crees? Yo huyo de forma literal y tú, de forma figurada. Lo estamos bordando.

—Somos unos pringados de mierda —concluye, y que esas sean sus palabras me arranca una carcajada, porque, ya sabéis, justo ese ha sido mi pensamiento.

—No tengo nada que objetar a esa afirmación y tampoco encuentro forma de defenderme.

—Deséame suerte —me pide cuando da un paso hacia delante y se cuela en medio de la multitud.

—Suerte —lanzo al aire sabiendo con certeza que no me va a oír.

Vuelvo a quedarme sola y me centro en las palabras del responsable de fiestas del ayuntamiento, que está dando un discurso extenso sobre lo contento que está el consistorio municipal por la amplia participación de los vecinos, cómo el jurado lo tuvo claro desde el primer momento y lo feliz que le hace entregar esa placa conmemorativa a un hombre que nunca ha ganado. Apuesto lo que sea a que estas palabras sí que le están haciendo pupa a mi familia.

Me coloco de nuevo el gorro para que me cubra bien las orejas y me subo la cremallera del plumón. Intento pasar desapercibida entre la gente. Quizá a Quimby le hubiese gustado que me situase en la primera fila, pero... Nash estará allí y yo... En fin, me siento mal por todo esto. Todavía no sé cómo reaccionaré cuando me lo encuentre, o si debo ir a buscarlo, o... Vuelvo a estar hecha un lío.

Me siento mal por haberme ido de la cafetería ayer sin haberle dado la oportunidad de aclarar las cosas, por volver a huir. Tal vez la primera vez creí tener motivos de sobra para hacerlo, motivos de peso, pero en este momento todo es distinto.

«Ya es hora de que sepa todo lo que has hecho por ella».

«Arrepintiéndote cada jodido día por lo que hiciste cuando todo este tiempo te has sacrificado por su felicidad, y ella sin saberlo. Has antepuesto la suya a la tuya».

Tal vez haya sido la mayor egoísta que existe. Es cuestión de pararse y valorar la situación. A veces nos lanzamos a la piscina, nos obcecamos y pecamos de irracionales, porque nos duele, porque nos ofende y porque nos rompe. Y con el paso del tiempo llegas a comprender que los problemas tienen varios enfoques, se ven supeditados a varias situaciones, y que todas ellas afectan de una forma u otra y que no siempre hay un único culpable. Todo depende del ojo con el que se mire y del camino que elijamos seguir. Lo que está claro es que la comunicación es la única vía de solución, o, al menos, la única que existe cuando quieres cerrar ese capítulo, como diría Remi. Salvo que uses el látigo, que ese ya es otro asunto del que podemos hablar largo y tendido.

—Gracias. Gracias a todos los vecinos. —Quimby alza la

placa y la muestra. No la veo bien desde aquí, pero en ella lleva grabado su nombre, la fecha y el motivo de su entrega—. Sabéis que nunca he sido un hombre de esos que se exceden en las palabras porque los discursos no son lo mío; de hecho, hablar en público nunca me ha hecho sentir del todo cómodo. Los que me conocéis sabéis que soy más de una charla íntima frente a una taza de té o un chocolate, o una cena con un pequeño grupo, y que enfrentarme a la multitud me da pavor. Sin embargo —hace una pausa—, hay cosas que merecen ser expuestas y hoy me gustaría dar un paso al frente e intentarlo.

Remi grita desde delante, ovacionándolo, y se oyen muchos aplausos infundiéndole ánimos. Vuelvo a tirar de mi gorro de lana hacia abajo.

—Creo que muchos de vosotros pensáis que, en estas fechas, las ausencias se notan mucho más, porque esa silla vacía es el recordatorio de alguien que estuvo y se fue. Es probable que tengáis razón sobre eso y, a su vez, que estéis del todo equivocados. Hace un año decidí que dejaría de celebrar estas fiestas, no porque acentuase ese sitio vacío del que os hablo, sino porque Brielle amaba con todo su corazón la Navidad. No me cabe la menor duda de que eran sus fiestas favoritas y de que, año tras año, cuando acababa el calor bochornoso del verano, ya estaba pensando en cómo decoraría nuestra casa..., la bola nueva que añadiría ese año al árbol y los villancicos que pondríamos en nuestro almuerzo navideño.

»Y yo me limitaba a disfrutar de ver cómo ella se embebía de esa magia, la hacía suya y se encargaba de transmitirla solo con su sonrisa. Brielle siempre fue una mujer de muchas palabras, hablaba de todo con todos; era empática, abierta, amable, cercana..., y era mis ojos, mis manos, mis piernas y mis pulmones. Lo era todo para mí. —Quimby clava la vista en un punto fijo, como si estuviese recordando algún momento en concreto; no me cabe la menor duda de que así es—. Y se fue. Llevándose todo lo que yo era consigo. Continué respirando porque era la única manera de sobrevivir. Continué caminando porque la inercia de mis pies hacía que fuese de esa forma, y continué observándolo todo, solo que con una pátina de tristeza que me impedía ver lo que había más allá, porque la ausencia de las personas que de verdad quieres, que de verdad amas, no se siente una sola noche al año. Te rompe cada día..., cuando ves ese espacio en la cocina que ocupaba mientras preparaba macarrones con queso; cuando abres esa botella de vino que tanto le gustaba y que tú servías en dos vasos que bebíais frente a la chimenea en invierno y en el jardín trasero en verano; cuando te das cuenta de que su olor comienza a desprenderse de la ropa que sigues atesorando en el armario y que nunca podrás tirar; cuando alargas el brazo para estrecharla contra tu pecho en una noche de lluvia y solo encuentras vacío. Un vacío que lo llena todo, aunque quieras que no sea así. Y cierras los ojos por si eres presa de una pesadilla constante y la recuerdas solo para abrirlos después y darte cuenta de que no ha regresado contigo.

»Y dejas de creer en el destino porque, si fuese bueno y amable, te habría llevado a ti primero solo para evitar este dolor que te sacude las entrañas cada minuto, cada hora de cada día.

»Entonces llegan dos chicos a tu vida, dos chicos que has visto crecer, que has visto lanzarse bolas de nieve desde un fuerte creado con cajas de cartón, que corren calle abajo y resbalan, caen al suelo, se lanzan pullas constantes, se roban calcetines, se quitan gorros de lana, se pegan notas en la ventana..., y entiendes que puede que el destino sí que te esté enviando una señal, que te esté contando una historia de segundas oportunidades, la tuya, por ver la Navidad de otra manera, y la de ellos, porque todo eso que ves en esos dos jóvenes te recuerda esas miradas cálidas que te profesabas con el amor de tu vida.

»Y sacan cajas y cajas de decoración de un altillo, guirnaldas, luces, figuritas, y se afanan en que tu casa vuelva a estar como a Brielle le hubiese gustado verla. Y lo hacen por ti. Porque te quieren. Porque te quieren de veras.

»Y dejas de sentirte solo, dejas de percibir el vacío de una manera tan vigorosa y hercúlea para entender que la vida, en ocasiones, te quita todo lo que tienes y, en otras, cuando menos te lo esperas, te da algo. Algo que no sustituye lo que tenías, pero que te hace sonreír con una ilusión que creías haber perdido.

»Así que este premio no es solo mío, es de esa jovencita que vive al lado de mi casa y de su vecino de enfrente. Doy gracias al destino por ponerlos en mi camino, porque a veces, y solo a veces, son los pequeños detalles los que se convierten en un mundo. Porque a veces, y solo a veces, la magia reside en las cosas pequeñas, en los detalles, en las sonrisas secretas, en los abrazos cálidos, en los besos furtivos, en las caricias veladas, en las miradas fugaces y en los secretos compartidos.

»Y este premio, cómo no, es para el amor de mi vida. Puede que estés lejos, cariño, pero yo sigo sintiéndote muy cerca.

Capítulo 52

Lejos pero cerca

Nash

Observo la forma en la que los hombros de Emma se mueven a causa de las sacudidas que da su cuerpo por culpa del llanto. No se ha percatado de mi presencia, no se ha dado cuenta de que llevo mucho rato apostado tras ella, ni de que Caleb ha dado un paso al frente y ha mantenido una conversación con Nevaeh de la que he sido testigo directo. He permanecido unos metros atrás, aunque me ha costado, limitándome a ser un espectador porque quería que disfrutase de esa soledad que había elegido por voluntad propia. Quería darle a Emma ese espacio de soledad en ocasiones tan necesaria.

Sin embargo, cuando por fin decido acercarme a ella con la intención de estrecharla contra mi cuerpo y brindarle mi apoyo y cariño, veo que se limpia las lágrimas con cierta impetuosidad, da unos pasos atrás y se gira decidida a hacer algo. ¿El qué? Lo ignoro.

Cuando choca contra mi cuerpo y alza la cabeza, soy incapaz de leer las emociones que recorren su mirada.

¿Está enfadada? ¿Está triste? ¿Se siente decepcionada? ¿Abrumada? ¿Arrepentida?

—Nash —murmura. Pronuncia mi nombre en un tono tan bajo que temo haberlo imaginado.

—Emma —verbalizo yo a mi vez.

Ambos damos un paso en la dirección del otro y el espacio que nos separa es tan ínfimo que siento el calor de su cuerpo y el mío lo reconoce como suyo propio.

Apartamos la vista el uno del otro cuando otra persona, una que conozco muy bien, toma el micrófono y un par de sonidos graves y estridentes salen de él.

—Pero ¿qué...? —pregunto a nadie en concreto.

Clavamos la vista en el escenario y la figura de mi hermano Mason aparece frente a todos. Seguimos igual de cerca, incluso más que antes.

—No me lo puedo creer —suelta Emma, a mi lado.

—Parece ser que sí, que tenía en mente algo. —Sonrío.

—¿Tú lo sabías?

—No tenía ni la menor idea.

Contengo la respiración cuando comienza a hablar.

—Me siento del todo identificado con Quimby en este momento. Por cierto —se gira para mirarlo—, me alegra mucho que hayas sido el ganador de este año.

—Tus padres lo van a echar de casa —comenta Emma.

—La maleta está ya fuera de casa, frente a la puerta.

Emma me sonríe, yo le devuelvo el gesto. Es tan natural entre nosotros, todo esto lo es... Y lo echaba de menos. Lo he echado de menos cada puto día en estos últimos tres años.

¿Cómo puedo estar tan enamorado de ella? ¿Cómo es posible que lo esté hoy incluso más que ayer?

—El caso es que, bueno... —titubea, y el micrófono vuelve a hacer un ruido de lo más desagradable.

—Mason siendo Mason —bromeo.

Emma me da un leve codazo.

—El caso es que... Joder, qué difícil es esto.

—¡Dilo sin más! —le grita alguien.

—Vale, vale... Uno ya no puede ni intentar hacerlo bien... —Baja la vista, se mira los zapatos y, cuando la alza, sé que ha tomado impulso—. Llevar toda una vida enamorado de una chica es algo increíble. Saber que tu corazón le pertenece es maravilloso, hasta que te das cuenta de que no eres capaz de pedirle una cita porque el miedo al rechazo es incluso más potente que ese sentimiento. Unos lo llaman timidez, otros lo llaman prudencia, Nevaeh lo llama cobardía. —Sonrío porque me imagino la cara de mi amiga y su sonrisa de medio lado satisfecha; apuesto a que se está marcando un bailecito de esos eufóricos que tanto le gustan cuando le damos la razón—. Y yo creo que es una mezcla de esas tres cosas. Entonces llega el día en el que todos se confabulan en tu contra para darte una lección y el tortazo es tan grande que sabes que, o te pones las pilas, o ese golpe solo va a ser el primero de todos los que te lleves en adelante, muchísimos. Porque no quieres perderla bajo ningún concepto. —Miro de soslayo a Emma; su sonrisa es tierna. No, no quiero perderla bajo ningún concepto—. Así que... aquí me tenéis, aquí me tienes, Piper. —Contengo el aliento, Emma también lo hace porque se lleva una mano al pecho y la otra... La otra se une a la mía y entrelazamos nuestros dedos. ¿Se habrá dado cuenta del gesto o habrá sido un acto reflejo? Joder, me da igual, me está tocando, eso es lo que importa. Y no se ha marchado, eso importa todavía más—. Aquí estoy, delante de todo Stowe, y, ¡madre mía!, pensaba que había menos gente aquí, sí que os gusta comer y beber gratis... —Me carcajeo. Él carraspea—. Aquí estoy, solo para decirte que te quiero, Piper, que te quiero desde siempre, desde que te vi por primera vez, o quizá desde antes, porque todos los recuerdos que tengo están ligados a ti. Y espero no haber llegado tarde, rezo por ello, porque... Aunque, si ha sido así, me lo merezco. Y... ¿he-he llegado tar-tarde? —tartamudea.

—¡Piper! —grita alguien desde las primeras filas.

—¿Esa es Remi? —pregunta Emma—. Joder, es Remi. —Suelta una risotada mientras la señala.

Piper avanza por el escenario mientras Remi queda en un segundo plano.

Alza los pulgares y todo el pueblo aplaude.

—Remi dijo que todo iba a salir bien —concluye Emma, que sigue mirando al frente. Nuestras manos continúan entrelazadas y soy incapaz de decir nada por si se da cuenta de ese gesto y lo rompe. Porque, por poco que os parezca, para mí significa un mundo.

—Yo... —Apenas se la oye.

—¡El micrófono, que nos queremos enterar! —chilla alguien.

—Es mi abuela —suelto cerrando los ojos unos instantes y llevándome la mano libre a ellos para cubrir mi vergüenza con ella.

—Por qué será que no me sorprende —me responde Emma.

Mason le entrega el micrófono y ella lo sujeta con fuerza.

Intenta hablar, pero no le sale nada.

—Es el miedo escénico —declaro.

—¡Vamos, Piper! —la anima Remi.

—¿Y Nevaeh? ¿Por qué no abre la boca? —pregunto confuso.

—Porque es probable que esté ocupada comiéndose a tu hermano.

—¿Eso es bueno o es malo?

—Lo sabremos pronto, te garantizo que lo sabremos pronto.

—Yo... —Piper titubea de nuevo.

Emma ahoga un gemido y yo abro la boca cuando Piper no habla, sino que se lanza a los brazos de Mason, pega la boca a la suya y se funden en un beso.

—Y, de ese modo, Piper será la comidilla de Stowe las próximas veinticuatro horas —ratifica Emma señalándolos.

—O más —indico yo cuando las manos de Piper han dejado de estar en los hombros de Mason para posarse en su culo.

—¿Puedes explicarme qué les está pasando a mis amigas? Remi, con una fusta, Nevaeh, enamorada, y Piper, metiéndole mano a Mason en público. ¿Qué será lo siguiente? —pregunta alucinada.

Entonces me giro, tiro de su mano y la saco de aquí. Emma no opone resistencia alguna, sino que sigue mis pasos. Nos escabullimos entre la gente y nos dirigimos hacia la zona del mercadillo. Apenas hay gente ultimando compras porque la entrega de los premios es un acto importante en el pueblo.

Nos paramos justo enfrente de la entrada de esta y evalúo mis opciones.

—Lo siguiente seremos nosotros.

Capítulo 53

Seremos nosotros

Emma

He sabido, desde el mismo instante en el que Quimby ha finalizado su discurso, que tenía que ir a buscarlo.

No podía cometer el mismo error, no podía tropezar con la misma piedra dos veces y no podía volver a permitir que la falta de comunicación se interpusiese entre el chico del que estoy enamorada y yo.

Y el destino, el karma o las casualidades de la vida han hecho que me topase contra su pecho —y vaya pecho, madre mía— y ahora... ¿Ahora? Ni siquiera puedo hablar sin titubear.

—¿A dónde...?

—¿... vamos? —termina la frase por mí.

No sé si Nash es tan consciente como lo soy yo de mi estado de nerviosismo; en todo caso, si es así, al menos suma puntos por no añadir nada que me haga pasar más vergüenza de la que de por sí siento.

—Sí.

—Ven —me pide.

La noche ha comenzado a caer, la oscuridad ha empezado a cernirse sobre todos nosotros y entramos en el mercadillo con paso presuroso. Resbalo en varias ocasiones y Nash me sujeta en todas ellas.

Me sujeta de veras.

—Es aquí —me responde.

Clavo la vista en la pista de patinaje que se abre frente a nosotros y sonrío.

—Este año no la he probado.

—Porque todos sabemos que eres una patinadora pésima —bromea él.

Quiere esconderlo, quiere parecer sereno y tranquilo. En el fondo sé que está tan frenético como yo. Pura fachada, lo llaman. Aun así, no abro la boca para ponerle nombre.

—Vale, soy una patinadora pésima, pero eso no quiere decir que no me encante.

—Es una suerte que tengas frente a ti al mejor profesor del mundo.

Se señala con ambos pulgares y yo chasqueo la lengua.

—Cuando sacas a pasear al gamberro... —Lo dejo en el aire.

—¿Qué? —Alza una ceja, expectante.

Me encanta. Me encanta esa faceta de él.

—Solo quiero matarte —digo, por el contrario.

Nash ladea la cabeza y sonríe con ganas; lo hace con sinceridad. Sé lo que se le está pasando por la cabeza porque esa frase, justo esa, ha acudido a mi mente también.

«Ahora puedes castigarme a base de besos».

Y, Dios, no sabéis las ganas que tengo de hacerlo.

—Ni lo sueñes —murmuro alzando la barbilla, dando unos pasos atrás y poniendo algo de espacio entre los dos. Un espacio de lo más necesario...

Aunque estoy a nada y menos de lanzarme a sus brazos. De

hecho, estoy pensando si existe en realidad un motivo de peso para no hacerlo.

En el fondo sé que sí, que existe, y es importante no perder el norte.

Cojo un par de patines de hielo de la estantería que hay al lado del puesto de almendras dulces y que está cerrado y tomo asiento en uno de los bancos de madera situados frente a la entrada. No hay nadie, ni siquiera recogiendo tickets; deben de estar todos bebiendo y comiendo gratis, cosa que tampoco me sorprende. Siento la presencia de Nash y lo veo tomar asiento a mi lado. Me incorporo, me acerco a la pista y ladeo la cabeza solo para comprobar que me sigue con la mirada.

Experimento cierta satisfacción al saber que es así.

Me cuelo dentro y no tardo nada en acabar con el culo en el hielo. ¿Sorprendida? Pues yo no, la verdad, esto me pasa por ir de lista.

—Vale —protesto enfurruñada—. Gracias por eso, don destino.

Me salpica con escamas de hielo al girar y plantarse frente a mí. Gracias por eso también...

—¿Era necesario alardear de tus habilidades como patinador en mi cara? —pregunto ciertamente ofendida.

—Era del todo necesario.

Ya sabéis cómo va esto porque el maldito hoyuelo vuelve a salir de paseo.

—Satanash. —Lo señalo.

Nash abre mucho los ojos y la extrañeza se refleja en su semblante.

—¿Qué?

—Si hay que ponerle nombre a tu hoyuelo, que sea Satanash —agrego dándole más información.

El chico del que estoy completa e irrevocablemente enamorada se carcajea. Lo hace fuerte, con ganas e ímpetu, y me saca una sonrisilla de lela cuando lo observo de más.

«Vale, Emma, debes contenerte, las cosas no se solucionan con besos».

«Que no, dice».

Acepto el ofrecimiento y le sujeto la mano. Me tambaleo un pelín cuando me incorporo, nada que él no solucione pegándome a su pecho. Hay demasiada ropa entre los dos, esa es una conclusión a la que llego más pronto que tarde.

Se aparta y entrelazamos los dedos como he hecho antes en la plaza. Sí, he sido del todo consciente de ello. Lo he hecho porque... porque lo necesitaba.

—Patinar es sencillo, Emma, lo que sucede es que nunca has sabido dejarte llevar. Mides todo lo que haces, las consecuencias de cada cosa, y para patinar solo tienes que dejarte ir, fluir, es como...

—Como amar —sentencio yo.

El brillo en sus ojos eclipsa cualquier resquicio de duda; cualquier pensamiento intrusivo sobre si este chico me quiere o no se desvanece. Todos me han asegurado que sí lo hace, que me ama, y lo veo en esa mirada que me dedica.

—Como amar —repite él, y lo corona con un leve asentimiento.

Tras eso, con nuestras manos unidas, me dejo llevar por Nash y por su manera de deslizarse por la pista. Es suave, delicado, fácil, como si hubiese nacido para esto.

—¿Cómo lo haces tan bien? ¿Cómo puedes hacerlo tan bien cuando yo parezco un pato mareado?

Él me dedica una mirada provocativa que me horroriza. Me horroriza y me enciende.

—¿Quieres que responda de veras a esa pregunta, Emma?

¿Quiero?

—Puede.

Otra nube de esquirlas de hielo se arremolina a nuestros pies cuando frena en seco. Yo, por el contrario, caigo de nuevo contra su pecho. Alzo la vista y Nash la baja. Nuestros ojos conectan y decido que es el momento de poner punto final a ese pasado que nos ha roto por dentro.

—Sé por qué lo hiciste —pronuncio en voz alta—. He llegado a comprender que lo hiciste por mí, Nash —ratifico—. Y también debes saber que estoy muy enfadada contigo por eso.

—¿Enfadada nivel «Te voy a odiar toda la vida» o enfadada del tipo «No me ha gustado, pero puedo llegar a entenderlo y, sobre todo, perdonarlo»?

Chasqueo la lengua y doy un pequeño paso hacia atrás que me hace tambalearme. Nash acude de nuevo en mi ayuda.

—¿Has montado el numerito de la pista porque sabes que de esta manera me es imposible apartarme de ti a causa de mi desmesurada torpeza? —Llego a la conclusión más pronto que tarde.

—¿Puede? —responde él con fingida inocencia.

Sí, insisto. No. Os. Fieis. De. Él.

—Estoy enfadada porque me has estado mintiendo, Nash. —Apoyo la mano en su pecho y bajo la vista—. Me he sentido engañada por todos, joder —exploto—. No necesitaba que hicieses eso por mí, no necesitaba que tomases esa clase de decisiones a mis espaldas. Tenía derecho a saberlo todo.

Nash lo siente como una bofetada, porque recula.

—Querías irte, querías salir de aquí; esto se te quedaba pequeño, lo dijiste miles de veces y cuando se te presentó la oportunidad, cuando ese trabajo llamó a tu puerta, no quise ser yo lo que te impidiese lanzarte a por ello y que te pasases la vida preguntándote qué habría sucedido si lo hubieses aceptado. Habría sido muy doloroso que me mirases a la cara y pensases que fui yo quien te cortó las alas.

—¿Las alas? Por supuesto que quería todo eso, Nash, pero, por encima de todo, te quería más a ti. Te hubiese elegido a ti, ¿lo entiendes, idiota?

Le propino un empujón con los puños que provoca que trastabille, se deslice y pierda el equilibrio, cayendo al suelo. Lo señalo cuando lo veo ahí tirado y me río. Lo hago porque... Porque sí, porque con Nash jamás faltan risas, jamás me faltan momentos divertidos o tiernos, tampoco provocadores. Con él tengo todo lo que necesito.

—¿Qué hemos hecho? —pregunta.

Se incorpora y se planta frente a mí. Se sacude el hielo de sus pantalones vaqueros y lo observo entre abducida y ofendida.

—Hemos perdido el tiempo —sentencio yo—. Y ha sido culpa tuya —añado.

—Lo sé, joder, lo sé —admite quitándose el gorro de lana y tirando de varios mechones de su pelo.

Me acerco y nos quedamos uno frente al otro.

—Esto no va a funcionar si tomas decisiones sin contar conmigo, Nash —le advierto—. Y tampoco va a funcionar si no me explicas lo que piensas o lo que sientes, y mucho menos si te callas cosas importantes. Tampoco va a funcionar si lo hago yo.

—Solo quería que fueses feliz, Emma. Me daba igual que yo no formase parte de esa felicidad; conmigo o sin mí, quería que fueses feliz.

—Eres más idiota de lo que pensaba —suelto sonriendo.

—Vaya, hoy solo he recibido halago tras halago —bromea

él, aunque sé que no lo hace de esa forma tan suya, tan sincera, tan real.

—Nash... No quiero que te sacrifiques, porque el amor no va de eso, ¿entiendes? El amor va de cargas compartidas, de pasos compenetrados, de dolor a medias, de decisiones conjuntas y de cariño sincero. Cuando el amor supone un sacrificio para alguno de los dos, Nash, cuando eso pasa, todo se va al traste.

—¿Más al traste?

—Más al traste.

Me acerco una vez más porque últimamente me cuesta estar lejos de él.

—Prométemelo.

—No necesito siquiera que me expliques el qué, porque estoy dispuesto a darlo todo por ti, Emma. A darlo todo por ti de nuevo y siempre.

Tomo aire con fuerza, lleno mis pulmones y me tambaleo cuando intento ponerme de puntillas. Nash entiende lo que quiero, así que es él quien se aproxima, baja la cabeza y sus labios casi casi se unen a los míos.

Disfruto de esa deliciosa anticipación.

—Dilo, Emma, por favor, dímelo. —Suena ansioso y a la vez anhelante—. Por favor, Emma.

Yo también necesito colocarle el cartel, verbalizarlo, ponerle voz, nombre y apellido. Hacerlo con él. Para él. Porque eso también es amor.

—Te quiero, Nash.

Su pecho se hincha bajo mis manos y, cuando cierra los ojos, percibo su vulnerabilidad.

—Pensé que jamás volvería a oír esas dos palabras saliendo de tu boca. —Su nariz acaricia la mía—. Siento... Siento todo esto. Siento haberlo hecho mal, pensé que era lo mejor para ti.

—Espero que hayas aprendido la lección. —Le tiro de una oreja y Nash sonríe.

—Llevo tres años arrepintiéndome cada jodido día.

—Podrías haber intentado hablar conmigo antes.

—Me odiabas, Emma.

Niego repetidamente con la cabeza.

—No te odiaba, solo...

—¿Solo me odiabas? —repite bromeando.

Cabeceo una vez más.

—Solo estaba dolida porque me dejaste marchar sin más, porque se suponía que me querías y no hiciste nada para que me quedase... Pensé que yo no significaba tanto para ti si habías dejado que eso sucediese.

Nash chasquea la lengua, pone las manos en mi cintura y despega mi cuerpo del suelo.

—No significas tanto, Emma, lo significas todo.

Y cuando sus labios se apoderan de los míos, sé que esto es lo correcto, que él y yo somos lo que importa; que el destino ha jugado sus cartas, nos ha hecho dar vueltas solo para acabar en este punto. Tal vez sea una lección que había que aprender, quizá necesitásemos valorarlo todo de otra forma. Puede que Stowe nunca se me quedase pequeño y tuviera que salir de aquí una temporada para entenderlo, para comprender que nada me hace más feliz que estar en casa. Con él. En casa con él.

—Yo sí que te quiero.

Nash me lleva hacia la salida, nos despojamos de los patines y caminamos en dirección a nuestra caseta. Abrimos con cautela y no puedo evitar sentirme ciertamente nerviosa por lo que ha pasado antes aquí, por lo que hemos compartido en ella. Los gemidos que salen del interior nos hacen frenar en seco. Me escondo tras el cuerpo de Nash al entender que se nos han adelantado.

—¿Podéis cerrar la maldita puerta? —pregunta Caleb al otro lado.

Y eso es lo que hace Nash, cerrar la puerta.

—¿Has visto lo mismo que yo?

Nash se carcajea.

—Si te refieres a mi hermano y nuestra amiga montándoselo, sí, he visto lo mismo que tú.

—Pues yo he tenido el «lujo» de ver otra cosa larga.

—Bienvenido al club de los traumas. —Le tiendo la mano. Él la sujeta y me alza, cogiéndome en brazos.

—Hay más casetas... —propone guiñándome un ojo.

—Entonces..., ¿a qué esperas?

«¿Qué tal tus Navidades, Emma? Geniales. Ah, no pienso irme de aquí. Me quedaré donde esté él. Donde esté Nash. Donde podamos recuperar el tiempo perdido».

Capítulo 54

Ho, ho, ho

Emma

—¿Y bien? Ya va siendo hora de que nos pongamos al día, ¿no creéis? —lanzo al aire. A todas en general y a ninguna en particular.

—Empiezo yo —se adelanta Nevaeh; parece ser que su estado de ánimo habitual ha regresado porque hoy lleva de nuevo esos zancos de lo más comunes en ella—. Debéis saber que Emma nos interrumpió a Caleb y a mí mientras manteníamos una conversación de lo más acalorada en la intimidad de una caseta del mercadillo.

Vaya eufemismo ese. Acalorada, seguro; conversación, vi yo poca ahí.

—Así que los rumores eran ciertos —comenta Remi, que se ha acercado hasta la mesa donde Scott ha dejado un plato lleno de tartaletas de fresas y arándanos que tienen una pinta estupenda. Hoy no ha hecho ningún comentario extraño, aunque lo he notado ciertamente nervioso. No paraba de mirar a Remi de reojo y me juego lo que sea a que sigue haciéndolo desde detrás de la barra.

—Es probable que sean ciertos; sin embargo, desconozco los

pormenores —contesta Nevaeh, que ha sentido envidia y también se ha acercado a pillar algo de comer.

—Pensaba que la que se lo estaba montando en la caseta era ella. —Me señala a mí.

—Ya ves, unos tienen la fama y otros cardan la lana... o sacan el provecho. —Apunto a la descarada de mi amiga, que de media mordida se lleva la mitad del pastelito.

No haré ningún comentario obsceno al respecto y no porque me falten ganas.

—El caso es que ayer, mientras lloriqueaba como una nenaza con el corazón roto, es decir, mientras me marcaba un Nash...

Pongo los ojos en blanco justo antes de que la interrumpa.

—Le va a encantar cuando se lo cuente —la amenazo sin perder el buen humor.

—Apuesto a que sí. Mientras lloriqueaba como una nenaza —repite y reitera—, Caleb se situó a mi lado en la plaza y me propuso mantener una conversación.

—¿Una conversación? ¿Caleb? ¿Sabe siquiera soltar más de tres palabras seguidas y que no sean gruñidos? —dice Remi riéndose.

—Eso parece, porque «¿Podéis cerrar la maldita puerta?» se me quedó grabado a fuego.

Nevaeh chasquea la lengua antes de sujetar su taza, apoyarla sobre las rodillas y envolverla con las manos.

—Me explicó que él era el chico con el que llevaba meses chateando. —Abro mucho los ojos, y no solo yo, me temo que todas nos hemos quedado sorprendidas ante esa revelación—. Sí —continúa Nevaeh—, esa fue mi reacción al descubrirlo... y mirad que me lo había tirado en ocasiones, pero no supe ver lo que había frente a mis ojos —ironiza.

—Sin detalles, por favor y gracias —se adelanta Piper, que,

para haberle metido mano a Mason delante de todo el pueblo y haber sido la comidilla de este desde entonces, ha regresado a su estado natural de cabal y prudente.

—Me enfadé mucho...

—Ya se te nota —la interrumpo, y ella me saca la lengua en respuesta.

—No me lo esperaba. Me aseguró que, cuando se dio cuenta de que la del perfil era yo, se cagó de miedo y no supo cómo reaccionar... y prefirió guardar silencio.

—La pregunta del millón es... ¿cómo lo supo?

Nevaeh alza una ceja ante la pregunta de Remi.

—¿De veras quieres saberlo? —se la devuelve.

Baja la vista y se mira el cuerpo. No, no es necesario que añada nada más porque hemos llegado rápido a la conclusión.

—Déjalo.

—Me lo imaginaba.

—A mí, lo que me asombra —interviene de nuevo Piper— es que un chico tan seguro de sí mismo como es Caleb pueda ponerse nervioso ante este tipo de cosas.

—Es normal... No te fíes ni un pelo de las personas que aparentan serlo —se aventura a explicar Remi—, porque todas, en el fondo, son vulnerables por algo. —Niega con la cabeza—. Y Caleb no deja de ser un chico y tener sentimientos, quizá el amor hace que se sienta más inseguro que de costumbre.

—O puede que Nevaeh lo ponga nervioso —concluye Piper mientras la señala.

—Puede. —Les doy la razón—. Lo que sé es que estáis juntos, ¿no?

Nevaeh asiente.

—Eso parece y... ¡Joder! —Baja la vista y la clava en su taza—. Me siento genial. Estoy acojonada y, aun así, no cambiaría nada.

Todas le sonreímos cuando nos lo confiesa porque sabemos que ella siempre ha sido de lo más hermética en cuanto a sentimientos se refiere; de hecho, de las aquí presentes es a la que menos le gusta hablar de ese asunto en concreto.

—Así que, sí, ahora escupo confeti y soy una romántica andante —añade.

—Ya, claro. —Me acerco hasta las tartaletas y pillo una—. No hay quien se crea eso.

Muerdo y me deleito en el sabor. Está deliciosa, no me extraña que estas tres estén zampando sin cesar.

Me llevo la servilleta a la boca y entonces me doy cuenta de que hay algo escrito en ella.

La extiendo y la leemos.

—¿Es un mensaje de Scott? —pregunto al ver lo que hay en esa nota.

Nevaeh, que disimula mejor que nadie, se gira y mira en dirección a la barra. Scott se vuelve porque se ha dado cuenta de que lo hemos pillado.

—Creo que esta tartaleta iba dirigida a ti, Remi.

Le tiendo la servilleta porque con el dulce ya no se puede hacer nada.

—Me pide una cita.

Ya, nos hemos dado cuenta.

Remi niega sin apartar la vista del papel.

—Es un buen chico —lo defiende Piper posando una mano sobre su muslo y apretándolo.

—Lo sé, chicas, lo sé. Pero, de veras, no quiero nada, no estoy preparada. Llevo mucho tiempo eligiendo a los demás y ahora me toca elegirme a mí misma por encima de todas las cosas.

—Le vas a romper el corazón —sentencia Nevaeh—. Y que conste que en otras circunstancias me daría igual; sin embargo, ya sabéis, ahora soy una chica enamorada a la que, según parece, le importan los sentimientos románticos ajenos.

Nos reímos, Remi solo alza las comisuras de los labios.

—No estoy preparada.

—Deberías decírselo.

Nuestra Remi, esa mujer valiente que lo ha dejado todo atrás para instalarse en Stowe, para emprender un negocio con Nevaeh y ayudar a Piper en esta cafetería, se levanta y se acerca a la barra. Toma asiento en un taburete y apartamos la mirada cuando el rostro de Scott pasa de la alegría a la conmoción.

—En este instante siento verdadera pena por él —comenta Piper frente a mí.

—Estoy segura de que Remi ha tomado la decisión más acertada. Además, ¿quién sabe lo que sucederá en el futuro? Miradnos a todas, mirad cómo estamos... —Nos señalo. Extiendo las manos y las unimos—. Todas tenemos ese final que nos merecíamos. Remi ha cerrado el círculo, Piper lo ha abierto y Nevaeh ha caído en manos del amor..., y yo...

Miro hacia fuera y me encuentro con el rostro de mi chico al otro lado del cristal. Pega los labios a él y me lanza un beso que deja una mezcla de vaho y humedad.

—Lo mato —rezonga Piper.

—Y yo estoy enamorada de él. Siempre lo he estado y todas lo sabíais.

Mis amigas sonríen y me aprietan la mano porque son tan conscientes como yo de la verdad que encierran mis palabras.

Nevaeh le hace una peineta a Nash y este le dedica una sonrisa enorme.

Cuando lo hace, ese maldito hoyuelo aparece y, sí, tendrá nombre y apellido, pero «Me vuelve loca» se acerca más a lo que produce en mí.

—¿Y bien? ¿Mason y tú habéis solucionado eso que Nevaeh os ha encomendado? Porque estará enamorada, pero se está tomando muy en serio su proyecto —le pregunto al salir a buscarlo.

—El hotel ha aceptado la propuesta, así que, sí... Ya hablaré con ella de ese asunto luego. —Nash alza las cejas en repetidas ocasiones, me huele a propuesta pecaminosa.

—¿Qué significa eso? —Lo imito.

—Significa que sé de unas casetas que van a desmontar en breve y que quizá tú y yo deberíamos corromper.

—¿Me estás haciendo una proposición indecente?

—Te estoy haciendo la proposición más indecente de la historia.

—¿Cuándo te volviste tan descarado?

Nash tira de mi mano calle abajo y no opongo resistencia alguna.

Antes incluso de llegar y tras saludar a Triss, que parece más que acostumbrada a que no podamos apartar las manos el uno del otro porque ya ni siquiera cotillea con nadie de nosotros, mi chico se para, me sujeta por los muslos y yo encaramo mis piernas a su cintura.

—¿Cuándo te volviste tú tan santa?

Echo la cabeza hacia atrás y lame la base de mi cuello.

«Estamos dando un espectáculo».

«¿Crees que me importa?».

Ya todo me cuadra...

Bajo la mirada, nuestras narices se rozan y me estremezco cuando me aprieta contra su dureza. En medio de la calle.

—Me temo que ni yo soy tan santa ni tú tan Claus —finalizo.

Y nos besamos, rodeados de copos de nieve que caen sin cesar; de miradas furtivas y de risitas comedidas; de algunos que nos gritan que nos vayamos a un hotel, o de mi padre, que pasa por nuestro lado.

—Por cierto. —Nash interrumpe nuestro beso—. Mi abuela, tu abuela y Nevaeh fueron las que organizaron todo esto. Ya sabes... Te dicen que no estaré, me dicen que no vendrás, coincidimos y ¡tachán!

—¿Por qué será que no me sorprende?

—¿Por qué será que son las mejores del mundo?

Bajo las piernas y toco el suelo con los pies.

—Ahora, Emma, tú y yo vamos a portarnos mal. A portarnos mal de verdad. —Se acerca, me susurra al oído y me estremezco como en otras tantas ocasiones—. Vas a gritar mi nombre.

Y eso es lo que hago. En esa caseta y varias veces. Porque Satanash sabe lo que se hace.

Sabe bien lo que se hace.

Epílogo 1

El fantasma de las Navidades pasadas

Nash

Quince años atrás

Me he despertado lo suficientemente temprano como para que el sol todavía no haya despuntado por el este. Lo suficientemente temprano como para ir a ver a Emma antes de que abra sus regalos.

Salgo de mi habitación en pijama. Los calcetines que le robé a Caleb anoche son la mar de cómodos y me deleito al imaginar su cara de desagrado cuando se dé cuenta de que han desaparecido y que es probable que no regresen nunca más.

Desciendo las escaleras y abro el armario de la entrada. Mi plumón negro sigue ahí, donde lo dejé anoche al llegar a casa. Nevaeh, Piper, Mason, Caleb, Emma y yo fuimos a patinar. Bueno, en realidad todos fuimos a patinar menos Emma, que solo lo intentó porque no hubo forma humana de que se mantuviese en pie más de treinta segundos seguidos.

Apuesto a que hoy tendrá los codos doloridos, y no hablemos del trasero.

—¿A dónde crees que vas tan temprano?

Mi abuela asoma la cabeza por la puerta de la cocina. Ya tiene en la mano una de sus famosas tazas llena hasta arriba de café. Estoy casi convencido de que no es el primero que toma.

—Voy a ver a Emma. Ha llegado Santa Claus. —Muevo frente a sus ojos mi regalo y mi abuela me dedica una sonrisa de lo más tierna.

—¿No quieres saber lo que han dejado bajo el árbol para ti?

Observo el árbol en cuestión y veo varias cajas y paquetes que llevan mi nombre. ¿Siento curiosidad? Por supuesto, pero no tanta como las ganas que tengo de verla a ella. Y de ver su cara cuando abra lo que le he comprado.

—Volveré en un rato. No dejes que Caleb me robe mis regalos y tampoco permitas que papá y el abuelo hagan alguna de las suyas.

—Cuenta con ello —me asegura mi abuela. Se acerca, deja la taza sobre el mueble del recibidor y me abrocha bien la bufanda—. Anda, ve.

Me palmea los hombros y salgo de allí de inmediato. Miro en ambas direcciones antes de cruzar la calle. La nieve no ha dejado de caer en toda la noche y sigue siendo así, por lo que no ha helado y, por tanto, todavía no se ha solidificado y no es tan peligrosa. Mañana ya veremos.

Miro hacia la casa de enfrente y sonrío cuando veo a la familia de elfos que este año han dado la victoria en el concurso navideño a los Ashbourne. Gavin y Damian se pasaron varios días fuera de Stowe buscando la decoración perfecta. Todos los elfos corretean alrededor del jardín subidos a un tren que se mueve por unas vías a la vez que saludan y nos desean unas felices fiestas a todos.

Mi padre y mi abuelo aseguran que no es para tanto; sin embargo, estoy bastante convencido de que es la envidia la que habla por ellos porque sí que lo es. El año pasado fue mi familia la que ganó y el discurso de mi abuelo fue un poco... un poco demasiado excesivo. El representante del ayuntamiento le retiró el micrófono cuando comenzó a soltar el primer «¿A que jode, Ashbourne?» y todo Stowe estalló en carcajadas.

Llevan así desde que en este pueblo se instauró esa costumbre. Luego... el resto del año actúan como si fuesen los mejores amigos del mundo. Es una rivalidad sana, o eso asegura mi madre.

—Buenos días, Brielle —saludo a la mujer de Quimby, que está fuera, retirando un poco de nieve de la entrada.

—¡Nash! —exclama—. Buenos días, cariño. ¿A dónde vas con tanta prisa? —Le enseño el regalo y le señalo la casa de mi mejor amiga.

—Ha venido Santa Claus —digo a pesar de lo obvio que es.

—Vaya, veo que sí, que ha dejado algo en tu casa para tu amiga. —Me sonríe con calidez.

Brielle es una de las vecinas a las que más cariño tengo en este barrio. Es amable, simpática, siempre tiene una sonrisa que regalar y hace unas galletas con pepitas de chocolate que están para morirse.

—Pasad luego por aquí, creo que Santa también ha dejado algo para vosotros —me cuenta.

Asiento y me despido mientras me cuelo en el jardín de al lado. Subo los escalones del porche y me sacudo las botas de agua cuando llego arriba. Toco con fuerza y en repetidas ocasiones.

Es Gavin quien me abre la puerta, y detrás está Damian, que frunce el ceño al verme llegar.

—¿Sabes la hora que es, muchacho? —me pregunta.

—La hora de los regalos. —Lo enseño de nuevo.

Este es el primer año en el que le he podido comprar algo a Emma. He cortado césped, he limpiado canaletas, he sacado basuras y he paseado perros para poder ahorrar y comprarle algo a mi amiga. Algo que de verdad le guste.

—Anda, pasa.

Entro sin dudar y ambos me llevan hasta la cocina.

Emma está sentada frente a una enorme taza de chocolate que humea y, cuando me fijo, hay otra a su lado.

Me pongo nervioso. Ni siquiera sé por qué mi cuerpo responde de esa forma porque veo a Emma todos los días. Vamos juntos al colegio, aunque ella esté en un curso diferente al mío. Volvemos también juntos a casa, pasamos las tardes en la compañía del otro y, si no, en grupo. No hay un solo día en el que no nos veamos, charlemos, nos metamos el uno con el otro o nos quedemos en silencio. En un silencio cómodo que no comparto con nadie más que con ella. Ni siquiera con Caleb.

—¿Nash? ¿Qué haces aquí tan pronto? Apenas son las siete de la mañana.

—Me he levantado temprano.

Me avergüenza reconocer que apenas he podido dormir y que nada tiene que ver con la llegada del gordinflón del traje rojo y barba blanca, sino más bien con su reacción ante mi regalo.

—Anda, toma asiento y bébete esa taza de chocolate antes de que se enfríe. Tus abuelos llegarán en un rato, hoy desayunamos todos juntos —me dice su abuela, dato que se le ha olvidado mencionar a la mía, por lo que veo.

—No pienso desayunar con esos —farfulla Damian, que parece enfurruñado con el asunto.

—Ya ha acabado el concurso y hemos ganado —le recuerda Gavin.

Su mujer se acerca y deposita un beso en su mejilla y yo... me quedo embobado observando la escena. ¿Qué sucedería si le diese un beso así a Emma? Es probable que me empujase y dijese algo del tipo «Puaggg», y si... ¿Y si le diese otra clase de besos? Esos que sé que Caleb se da con las chicas del instituto...

Niego con la cabeza.

—¿Por qué estás sonrojado? ¿Tienes calor? —me pregunta Emma, que deja la taza sobre la mesa. Se ha bebido medio chocolate del tirón. Siempre le ha encantado el dulce y...

«¿Por qué está tan guapa con los restos de chocolate sobre su bigote? ¿Qué me pasa hoy?».

—Hace un poco de calor, sí —me defiendo soltando una mentira.

No puedo confesarle que estaba pensando en besarla. En besar a mi amiga...

Si Caleb se enterase de esto, sería el hazmerreír de todo el pueblo, porque se encargaría de contárselo a Mila y a Eleanor y los rumores se extenderían como la pólvora por todo Stowe.

—Me he cruzado con Brielle al llegar. Me ha pedido que pasemos luego por allí: Santa ha dejado un regalo para nosotros bajo el árbol.

A Emma se le ilumina la mirada, porque si hay algo que le guste más que el chocolate son las sorpresas y...

—Te he traído algo.

Lo dejo sobre la encimera y lo empujo con cuidado en su dirección. Emma abre mucho los ojos al darse cuenta de que es para ella, ya que he escrito su nombre y le he puesto bastoncillos de caramelo alrededor.

—¿Lo has envuelto tú? —pregunta Eliza, que parece no perder detalle.

—Sí. —Me ruborizo al confesarlo en voz alta—. Es una tontería —me apresuro a añadir—. Yo...

Emma da un salto y se baja de inmediato. Corre escaleras arriba y la sigo con la mirada.

—¿Qué...? —¿Se ha marchado sin abrirlo? ¿He metido la pata? A lo mejor... Quizá no tendría que haberle comprado nada y se ha enfadado.

Suenan pasos de nuevo y Emma salta los tres últimos escalones. Lleva las manos detrás de la espalda y la sonrisa que me regala es tan amplia que temo caerme del taburete de un momento a otro. Me remuevo en el asiento inquieto porque... ¿Os habéis dado cuenta de lo guapa que es mi mejor amiga?

«¿Qué estoy diciendo?».

—Yo también te he comprado algo.

Saca de detrás una bola, es decir, una bola literalmente hablando. El papel está todo arrugado y parece como si lo que quiera que guarda lo hubiese mordido un perro. Un perro rabioso después de haberlo recogido en el basurero.

—Y, sí, lo he envuelto yo sola, aunque está claro que no me ha quedado tan bien como el tuyo —comenta señalándolo.

—No importa. —Le sonrío con amplitud y me bajo del taburete sin haber probado el chocolate.

Cojo el regalo y se lo tiendo de nuevo.

Emma lo acepta, se tira de rodillas al suelo y lo rasga sin dudar. Abre mucho los ojos cuando se da cuenta de lo que contiene.

—Es... —Me pongo nervioso porque tal vez no sea de su agrado, y no hay nada que me guste más en el mundo que hacer feliz a Emma. Verla sonreír por algo que yo le haya contado o que me busque entre la multitud—. *¿Cuento de Navidad?* —pregunta alzando la vista y clavando su mirada en la mía. Me remuevo una vez más y jugueteo con mis pies, todavía con esos calcetines de Caleb puestos—. ¿Me has comprado un libro de Charles Dickens? —insiste.

No sé si le gusta o no.

Me arrodillo frente a ella.

—No es un libro cualquiera, es una de las primeras ediciones. Me ha llevado mucho tiempo encontrarla y...

Emma se lanza a mis brazos y me aprieta con fuerza. Oigo un par de suspiros a nuestro alrededor, pero estoy tan sorprendido por esta muestra de afecto que... la aprieto todavía más.

Inhalo su olor, muy característico de ella. Es dulce, como a cerezas, y hace juego con el color de sus labios, el de sus mejillas al sol de verano y el de su nariz al frío del invierno.

—Me encanta, Nash.

—Me costó mucho conseguirlo, mi padre me ayudó —le explico.

—Será para lo único que sirve ese —masculla Damian detrás.

Oigo un «Auuu» después, y apuesto lo que sea a que Eliza le ha dado una colleja a su marido.

—Abre el tuyo —me pide.

Y lo hago. Lo rasgo, eso sí, con algo más de cuidado del que ha utilizado Emma. El pobre papel ya ha sufrido bastante.

Frente a mí, hay un gorro de lana de color azul. Un gorro de lana suave y delicado, con un pompón en la parte superior, y por dentro está cubierto de una tela cálida y agradable al tacto.

—Siempre llevas las orejas al aire y siempre me dices que se te enfrían las ideas. Con este gorro ya no volverá a pasarte eso..., si es que tienes alguna idea dentro de esa cabezota —me explica sin perder el buen humor mientras lo sujeta entre las manos, se incorpora sobre las rodillas y me lo pone—. Te queda bien —concluye tirando hacia abajo.

Lo toco con los dedos y mis manos y las suyas se rozan... y siento algo diferente, una descarga que recorre mi brazo, como si se hubiese prendido una chispa.

—Quizá no es tan bonito como mi libro, pero...

—Es perfecto —aseguro.

Eso parece tranquilizarla.

Emma se acerca de nuevo y me abraza una vez más. La sujeto entre mis brazos y me siento de una forma extraña con ella ahí. No es que sea la primera vez que hacemos esto, pero, sin duda alguna, esta vez es diferente.

—Y ahora vamos a casa de Brielle y Quimby, quiero saber qué nos ha traído Santa.

Por aquel entonces no lo supe. No entendía lo que le sucedía a un chico al abrazar a su amiga, al recibir un gorro de lana que nunca se quitaría. No comprendí hasta tiempo más tarde que ese día prendió la mecha de algo grande.

Algo gigante.

Algo que me cambiaría para siempre.

Ese día me enamoré de Emma. O tal vez no, tal vez fuese antes de ese día. Quizá el destino estuviese haciendo de las suyas desde tiempo atrás y, sin embargo, no supe hasta pasados unos años que ella sería la dueña de todo lo que tuviese y que por Emma haría cualquier cosa.

Incluso perderla.

Epílogo 2

El fantasma de las Navidades presentes

Emma

Salto de la cama como es habitual en mí. Habitual en un día como hoy, quiero decir.

Lo siento, puede que sea una mujer adulta y es probable que despertarse a horas intempestivas el día de Navidad no sea lo más común; sin embargo, ¡es hoy! Ha llegado Santa Claus y me dispongo a pasar el día rodeada de los míos.

No más Navidades con custodias compartidas de Stowe. No más rencor hacia Tim —aunque, lo siento, no te echo nada de menos, patán— y no más secretos ni mentiras. Así que, sí, parece ser que todo está en el lugar en el que debería haber estado siempre.

De todos modos, no hemos perdido el tiempo porque, en realidad, solo estábamos dando un rodeo; algo innecesario, eso sí, hasta darnos cuenta de que la felicidad estaba justo frente a nuestros ojos. Además, de no ser de esa manera, es evidente que Remi no estaría en mi vida y no se habría convertido en una persona tan importante para mí.

Apuesto a que la vida nos depara cosas buenas. Y las descubriremos juntas.

Cuando abro la puerta de la habitación me encuentro con ella, que sigue en pijama y lleva varias cajas dentro de unas bolsas preciosas.

—Veo que tú tampoco sabes envolver.

—Lo he hecho por pura empatía —rezonga mientras comienza a bajar las escaleras.

Las luces del árbol de Navidad iluminan toda la planta baja y se cuelan por las escaleras. Todavía es de noche, ni siquiera me he molestado en mirar el reloj antes de poner los pies en el suelo. Me giro unos segundos antes de seguir a mi amiga y retrocedo para acercarme a la ventana. Permitidme que sonría como una lela cuando distingo en la ventana de Nash una nota pegada en ella.

Feliz Navidad, Emma.

Una frase sencilla, sin grandes pretensiones, sin ninguna declaración romántica que me haga suspirar y, sin embargo, sé que encierra una promesa de futuro. Nuestras primeras Navidades juntos. «Las primeras de muchas», susurra una voz dentro de mí.

Saco los regalos que tengo escondidos debajo de la cama y, cuando llego a la planta principal, ya están todos allí.

Mi abuela ha tomado asiento al lado del árbol y, por lo que veo, hay varios platos con galletas de diferentes variedades. Algunas tienen pepitas de chocolate, otras están cubiertas por un glaseado blanco con una pinta deliciosa y algunas llevan fruta troceada.

—Prometo que tu madre no ha metido las manos en ellas.

La susodicha se hace la ofendida y mi abuela le da un par de palmadas en el muslo.

Mi abuelo y mi padre siguen en la cocina; de veras, espero que no estén tramando ninguna de las suyas, aunque tampoco me sorprendería.

Llaman a la puerta de casa y es mi madre la que se dirige hacia allí para abrir. Remi sigue colocando sus regalos a un lado del árbol y yo me arrodillo a su derecha para ir dejando los míos, porque en esta casa somos tan cotillas que es probable que abramos los regalos antes de tiempo.

—Veo mi nombre por ahí —susurra alargando el cuello para echarle un vistazo.

—Calla. —La empujo y cae sobre su cadera.

Protesta, pero se le escapa una carcajada.

Cuando me giro para descubrir quién ha llegado, me encuentro con la familia Prescott al completo.

Caleb, Mason y Nash son los primeros en entrar, seguidos de sus padres y abuelos. Los míos salen de la cocina y aguardamos en silencio porque ya sabemos lo que viene.

Dustin y Nelson tienden la mano, mi padre y mi abuelo dudan unos segundos. Pongo los ojos en blanco porque todos los años es lo mismo. Cómo les gusta hacerse de rogar.

—Bien jugado, Ashbourne —musita Dustin.

—Lo mismo digo, Prescott —murmura mi padre, que le estrecha la mano.

Y así es como se firma una tregua entre nuestras familias. ¿Qué pensabais? ¿Que esa guerra iba a durar todo el año? No, aquí las cosas no funcionan de esa forma. Me temo que se lo pasan en grande cada Navidad haciéndose trastadas, pero, a la hora de la verdad, son muy buenos vecinos.

—El próximo año os vamos a machacar. —Mi abuelo se adelanta a romper el momento emotivo.

—Eso es lo que tú te crees —replica Nelson.

Un par de palmadas en la espalda y listo. Tregua firmada hasta dentro de unos meses. Ya para ese entonces... imagino que se verá lo que sucede.

Llaman a la puerta de nuevo, solo que en esta ocasión de manera insistente. Cuando Mason abre, se encuentra con una Nevaeh en pijama, con unas botas rellenas de pelo de oveja y unas bolsas repletas de regalos.

—¡Pero bueno! —grita Remi aplaudiendo.

Está a nada y menos de comenzar a repartir abrazos, os lo digo yo.

—¿Pensabais que iba a perderme este momento? —Me guiña un ojo y avanza dejando la puerta abierta—. Son nuestras primeras Navidades todos juntos y soy una mujer enamorada, por favor, este año tenía que ser especial. Y ahora ven aquí, bombón, y dame un beso de buenos días como Dios manda.

Caleb se acerca sin dudar y le planta un beso de película. Nevaeh gime y todo en su boca.

—Puaggg —suelta Dustin—. Buscaos un hotel.

—O una caseta —repongo yo.

Nash me guiña un ojo y toma asiento justo detrás de mí. Tira de mi cuerpo y quedo encajada en su pecho. No hay nada que me guste más que esto. Me acomodo en su regazo y Nash me besa en el pelo.

—Feliz Navidad, Emma.

—Feliz Navidad, Nash.

Me da otro beso y me maravillo al percatarme de cómo se va llenando el salón de casa de mi familia. De esa con la que comparto sangre y también con la que no necesito compartirla porque me dan todo y más.

Piper entra de la mano con Quimby, que también trae bolsas.

—Y así es como mi hermano se derrite por su chica —murmura Nash cerca de mi oído al darse cuenta de lo poco que falta para que Mason se arrodille frente a ella. Apuesto lo que sea a que son los primeros en casarse.

Le aprieto la mano y él me apretuja más contra su cuerpo.

—¡Vale! —grita Nevaeh—. Empiezo yo.

Comienza a sacar paquetes y a repartirlos entre los presentes. Mis padres y mis abuelos se quedan a un lado y disfrutan del momento mientras toman té o café y comen galletas. Quimby se ha sentado junto a mi abuela y charlan sin cesar. Apuesto a que le está contando cómo se compincharon para que estas Navidades fuesen las últimas en las que Nash y yo estuviésemos separados.

—Y deja de protestar —suelta Nevaeh, que me tiende una bolsa.

La abro sin saber bien a qué se refiere hasta que... Doy un salto y extiendo frente a nosotros una preciosa alfombra blanca.

—¡Sí! ¡Sí! ¡Sí! —Aplaudo, salto y grito. Todo a la vez.

—¿Estás así por una alfombra? —pregunta Nash alzando una ceja.

—No es una alfombra cualquiera. Es mullida y calentita, cómoda y reconfortante.

—Es una alfombra —insiste él. Tira de mi cuerpo hasta que caigo en su regazo de nuevo. Me da un beso fugaz que me sabe a poco y me aparto para mirarlo unos segundos. No me puedo creer que esto esté pasando, que estemos todos aquí, juntos, reunidos de nuevo. Son las mejores Navidades de mi vida. No sé qué es lo que percibe en mis ojos, pero vuelve a arrimarme a él, delante de todos, y me besa con más profundidad—. Este sí que es un regalo increíble —musita en mis labios.

—Buscaos un hotel —susurra mi abuelo una vez más.

Nos reímos.

—Gracias, Nevaeh.

Seguimos intercambiando presentes hasta que solo quedamos Nash y yo.

Estamos todos sentados alrededor del árbol.

Piper, con la cabeza apoyada en el hombro de Mason. Los dos con cara de felicidad. Me alegro tanto por ellos...

Nevaeh, cuchicheando con Caleb. Es probable que esté haciéndole algunos comentarios obscenos que mi abuelo aparenta obviar, aunque sé que está esforzándose por escuchar cada palabra. Su cara lo dice todo. Se me escapa una risilla.

Me separo de Nash y le tiendo una bolsa. La sostiene y la mueve.

—¿Qué haces?

—Lo hago por si explota.

—Imbécil. —Me río.

La abre de inmediato y extrae un pequeño paquete envuelto en papel de seda azul.

—No pienses que lo he envuelto yo.

—Ni por asomo —bromea.

Lo abre y su sonrisa se amplía cuando ve que se trata de un nuevo gorro de lana.

—Ahora este será mi favorito. —Nash se lo pone sin dudar, a pesar de que no combina en absoluto con su pijama robado—. Es mi turno —dice, y rebusca en un lateral. Extrae una caja y me la tiende.

—A ver quién es el listillo que no sabe envolver.

Solo me sonríe, aunque percibo cierta tensión en su rictus. Mis amigas, para nada cotillas y bastante respetuosas con la intimidad de los demás, se acercan y lo miran desde arriba.

La abro con cuidado y dentro hay una caja de madera tallada. Hay muchas estrellas en ella y motivos navideños varios.

Alzo la vista unos segundos y contengo la respiración. Cuando la destapo me encuentro con un puñado de papeles.

Y sé, de inmediato sé, que no son trozos de papel cualquiera. Son nuestras notas.

Abro la boca asombrada.

—Las has guardado durante todos estos años...

Las extraigo con sumo cuidado. Estos retazos somos nosotros. Nuestros enfados, nuestras bromas compartidas, nuestra complicidad, nuestros secretos, nuestros planes y ese amor que se fue forjando poco a poco, al principio sin entender qué nos sucedía, hasta que llegamos a ser conscientes de la magnitud de lo que éramos juntos.

De lo que crearíamos juntos.

—Todo. Lo he guardado todo.

Con mucho cariño, la dejo a un lado y me lanzo a sus brazos.

—Te quiero, Nash.

Siento como su corazón late acelerado, o quizá sea el mío.

—Te quiero, Emma.

Permanecemos así unos segundos o tal vez sean minutos. No tenemos ni idea, solo sé que hogar es esto. Hogar es él.

—Bueno, bueno, bueno —oigo cerca—. ¿Y ahora qué hacemos con la fusta que le he comprado a Remi? Nash me ha jodido el primer puesto, ese regalo es insuperable —protesta Nevaeh en broma, sonsacándoles una carcajada a todos los presentes.

Me giro riendo y Nash me acomoda de nuevo contra su pecho. Observo las sonrisas cómplices de todos. Cómo Piper y Mason se hacen carantoñas. Cómo Caleb agarra de la mano a Nevaeh y tira de ella para atraerla contra su cuerpo y ella, claro, no opone resistencia alguna cuando la besa frente a todos. Cómo nuestros padres y abuelos charlan queriendo simular que son ajenos a todo, pero sabiendo que están más pendientes de nosotros que nunca. Y Remi, que mira por la ventana, sonriendo, en paz, eligiéndose a ella misma por primera vez en la vida.

Entonces clavo la mirada en Quimby, que me la devuelve, y suspiro.

Me sonríe con calidez y asiente.

No son necesarias las palabras porque ambos sabemos que la felicidad, la de verdad, está en nuestros recuerdos, en nuestras vivencias, en esas hojas invisibles que llenamos de suspiros, de risas y de abrazos, de complicidad, de aciertos y de errores que nos hacen crecer y madurar. De pérdidas.

Pero, sobre todo, la felicidad es poder compartir tu vida con esas personas a las que quieres y que ellos te elijan para que compartas la suya. Esa es la fortuna, la verdadera. Y no hay ningún truco.

Epílogo 3

El fantasma de las Navidades futuras

Siete años después

Por aquí parece que nada ha cambiado y, a su vez, todo lo ha hecho.

—*Las Navidades en Stowe siguen siendo tan caóticas como siempre, ¿verdad?*

Y confieso que me encanta que sea de esa forma.

—*No hay más que verlos...* —responde—. *Son increíbles.*

Este año el concurso lo han ganado los Prescott, imaginaos el caos en el que se sumió la calle, ¿qué digo la calle?, el pueblo al completo, cuando esos dos se pasaron meses montando una pista de hielo, con montañas, un lago congelado y un montón de icebergs que sobresalían.

—*Se merecían que fuese así.*

—*Si Gavin y Damian te oyen...* —Se carcajea en respuesta y me da un par de palmadas en el brazo que tenemos entrelazado. Que no hemos soltado.

Como os contaba, los Prescott montaron esa enorme pista de hielo y los Ashbourne, una feria navideña. Alrededor de la casa giraba un trineo gigante tirado por los renos..., y no hablemos de las competiciones de villancicos porque, contra eso, nadie pudo hacer nada. Ni siquiera Emma, que cortó la electricidad en varias ocasiones porque los niños no podían pegar ojo.

Sí, lo habéis leído bien. Espero que seáis de esas a las que les encantan los finales felices con bodas, bautizos y más bebés porque, de eso, esta familia se ha encargado y parece ser que se lo han tomado muy en serio.

—*A ver, ¿dónde nos quedamos? ¡Ah, sí!*

Lo de ser la comidilla del pueblo por comportarse como muchachos indecentes continuó siendo de esa manera con el paso del tiempo.

Emma y Remi recogieron sus cosas en Nueva York y volvieron a casa. Una nunca tuvo que haberse ido y ¿la otra? ¿Quién le iba a decir a la otra que iba a encontrar todo lo que necesitaba en un pequeño pueblo a casi seis horas en coche de la Gran Manzana? Desde luego, yo no, aunque mis capacidades como vidente... Nunca las he tenido.

Salvo por ellos. Siempre supe...

—*Supimos...* —Parece leer mi mente.

Siempre supimos que esos dos iban a acabar juntos. Lo tuve claro desde el día en que se regalaron ese gorro de lana y ese clásico navideño.

—*Eran monísimos* —concluyo.

—*Lo siguen siendo* —me corrige palmeándome de nuevo el brazo.

El caso es que todo ha cambiado y nada lo ha hecho.

Emma y Nash. Nash y Emma. Dieron miles de rodeos, giros y casi que yo me atrevería a decir que volteretas hasta volver a encontrarse, porque el destino es caprichoso, pero sabe hacer de las suyas y ahí están.

Siendo ellos dos más que nunca.

Siguen besándose en medio de la calle sin que les importe lo más mínimo hacerlo. Siguen paseando de la mano. Siguen preparando limonada en verano y vino caliente en invierno. Siguen decorando su casa...

—¡Ay, esa casa! La de recuerdos que encierra.

—Y la de recuerdos que van a crear esos cuatro en ella.

—¿Los ves? —Señala a mi lado.

Me fijo en cómo corretean por el jardín delantero y cómo Damian y Gavin se acercan y echan un vistazo por encima de la valla blanca que separa ambas casas.

—Así, así, presiona con fuerza esa nieve. Cuanto más compacta, más duele. Si tienes que darle a alguien, que sea al renacuajo de Caleb... —suelta Gavin.

—¡Papá! —lo reprende Emma desde la puerta de la entrada.

—¿Qué? No me siento para nada culpable. Se lo ha buscado solo por ayudar a montar esa pista de hielo a su padre. Nevaeh tendría que haberse casado con otro muchacho, uno que nos ayudase a nosotros.

Gavin chasquea la lengua, no sin antes pedirle a su nieto que presione la nieve como le ha enseñado y que se la lance al pecho. Directa al pecho.

Me carcajeo ante la cara de espanto que pone el pequeño Daniel.

—No le hagas caso, cariño —murmura Emma.

—Es verdad, no le hagas caso..., se la tiraremos directamente al tío Caleb —propone Nash.

—¿Qué me vais a tirar a mí?

Caleb sigue siendo un chico parco en palabras, pero... no es necesario que hable demasiado para darnos cuenta de lo mucho que quiere al terremoto de su mujer.

—Fíjate... Mira cómo la observa.

—Casi casi como lo hago yo contigo.

Apoya la cabeza en mi hombro y seguimos disfrutando de la escena que se abre paso ante nosotros.

—Nada.

Nash esconde la bola de nieve tras la espalda y al pequeño Daniel se le cae la suya al suelo.

—No ibas a...

—¡Por supuesto que no! —exclama intentando salir de esa.

Nevaeh pasa por su lado con la pequeña Noah en sus brazos. Tan menuda todavía y no os hacéis una idea de lo mucho que se parece a su madre. En todo...

—Algún día necesito que me expliques cómo eres capaz de caminar con esos zancos sobre la espesa nieve y de qué forma lo llevas a otro nivel cargando a mi sobrina en tus brazos. Anda, dame. —Le tiende las manos y la pequeña Noah, a la que apenas le han salido dos dientes, se lanza a los brazos de Emma.

—Mami. —Otra pequeñaja tira de su chaqueta y Emma baja la vista.

—Mira, Leah, ha venido tu prima Noah; ¿quieres darle un besito?

—Yo quiero saber cuándo van a llegar la tía Piper y el tío Mason.

—Eso quisiera saber yo también —rumia Nevaeh dirigiéndose a la puerta principal—. He traído vino. —Echa un vistazo ante la mirada de los pequeños y les sonríe—. Es solo para adultos.

A continuación, se cuela en la casa. Tal vez no sea suya, pero entre todos han conseguido llenarla de nuevo de vida. Y no hay nada que me haga más feliz que eso.

—*Que nos haga* —me corrige de nuevo.

Sonrío y asiento igual que hace ella.

—*Que nos haga, cariño.*

El caso es que Nevaeh se ha esforzado mucho por alcanzar su sueño. Sí, se ha convertido en esa decoradora que nos aseguró que sería. De hecho, me atrevo a afirmar que ha superado sus expectativas y las de todo el pueblo. No es que nadie creyese que no fuera a lograrlo, pero ha luchado como ella sola para que así sea.

—¿Sabes dónde está tu hermano? —pregunta Emma acercándose a Nash.

Le quita el gorro y entierra la mano en el pelo rebelde de él.

—Apuesto lo que sea a que está trabajando en algo.

Dicho esto, aparece.

—Lo siento —se disculpa—. Esta vez no he sido yo.

—He sido yo —interviene Piper.

—*¿Cuánto le queda? ¿Un mes?* —pregunta a mi lado.

—*Yo diría que menos.* —Señalo su prominente barriga.

—Para ella nada de vino —indica Nevaeh, que ha vuelto a salir—. Estás radiante —le asegura antes de abrazarla y darle un par de besos.

—Mira quién habla —apunta la otra.

—Percibo ciertos celos por culpa de mis zapatos, cosa que entiendo.

Se ríen; desde luego, nosotros también lo hacemos.

Y por fin llegan esos dos, los que faltaban. No tienen hijos, ni tampoco esperan ninguno, como el resto, al menos de momento. Tampoco se han casado, como Emma y Nash o Nevaeh y Caleb, y ni siquiera sé si hay planes de futuro. En todo caso, debéis saber que lo de ellos ha sido lento, pausado.

Remi, mi pobre Remi, sufrió tal desengaño amoroso que necesitó tiempo para procesarlo todo. Para sanarse, para poder seguir adelante. Scott estuvo ahí, a su lado, como amigo, como su apoyo incondicional y como el hombro sobre el que llorar si hubiese sido necesario. Aunque Remi no lo hizo. No derramó una sola lágrima, pero sí decidió elegirse por encima de todas las cosas. Y fue muy valiente al hacerlo.

—*Ese chico supo ser paciente* —observa a mi lado.

—*Cuando el amor es verdadero, no importa el tiempo que pase, vale la pena la espera.*

Alzamos la mirada y nos damos un tierno beso porque de eso... ella y yo sí que sabemos de eso.

—*Decidiste bien.*

—*Decidimos* —la corrijo en esta ocasión yo a ella.

Clavamos la vista de nuevo en la escena. Nash y Emma siguen fuera, en el jardín, con Daniel y la pequeña Brielle en brazos. Con sus dedos entrelazados y mirando hacia el cielo. Los demás han entrado en casa y se oyen las risas y las voces desde aquí.

—*Nos están buscando* —murmuro convencido.

—*Eso parece* —añade Brielle junto a mí.

—Mirad, chicos, ¿veis esas dos estrellas de allí? —Señalan en nuestra dirección—. No los conocisteis, pero son familia. Son parte de esta familia.

—¿Quiénes son, papi? —pregunta Daniel.

Brielle a mi lado me aprieta más fuerte la mano.

—Se llaman Quimby y Brielle. Brielle como tú —comenta Emma abrazando a la pequeña que está en sus brazos—. Se quisieron mucho, tanto que estoy segura de que se han encontrado de nuevo para comenzar su nueva vida tal y como nos contó Quimby que harían. Porque el amor es así de bonito, así de real y así de potente. Y ellos tuvieron un amor único e irrepetible.

—¿Son los que están en lo alto del tejado? —pregunta de nuevo el pequeño.

Nash solo asiente, apretando con fuerza el cuerpo de su mujer contra el suyo.

No tardé mucho en irme, esa es la verdad. Antes de las siguientes Navidades, ya los había dejado. No sufrí, podéis estar tranquilos, solo sentí una enorme paz. Y felicidad, porque mi vida había acabado y estaba dispuesto a reunirme con mi amada. Nash y Emma se quedaron con nuestro hogar, como yo dispuse, y ahora lo están llenando de vida y de amor, del mismo amor que Brielle y yo nos dimos durante tantos años.

—¿Crees que podremos verlos en algún momento, papi?

Nash le revuelve el pelo a su hijo antes de cargarlo al hombro.

—Los vemos todos los días, cielo, porque ninguna persona muere si vive en tu recuerdo y ellos estarán siempre con nosotros.

Brielle me sonríe mientras me levanto. Ella sujeta esa mano que le tiendo.

Sí que lo hicimos bien. Sí que lo están haciendo bien.

—*¿Y ahora? ¿Y ahora qué?* —me dice abrazándome. Cómo echaba de menos esto. Cómo la echaba de menos a ella.

—*Ahora vamos a por nuestra siguiente aventura. Sea cual sea.*

—*¿Juntos?*

Ladeo la cabeza, paso una mano por su mejilla y reconozco su piel tan bien como la mía.

—*Juntos.*

Agradecimientos

A Tamara, porque ni la distancia ni la diferencia horaria nos privan de las conversaciones eternas, los consejos ni las risas. Gracias por estar siempre, por compartir tanto —lo literario y lo que no lo es— y por recordarme que la amistad también puede viajar en wifi.

A Bea, mi lectora cero con superpoderes. Aunque estés lejos, siempre encuentro tu voz cuando dudo. Gracias por cuidar cada historia como si fuera tuya (y por aguantarme cuando mis audios superan los cinco minutos).

A Miri, la prueba viviente de que las revisiones también puede venir cargadas de carcajadas. Gracias por tu humor, por tus notas (las serias y las no tanto) y por hacer que todo sea más divertido.

A Sheila, que empezó siendo lectora y acabó siendo casa. Gracias por prestarme tus ojos, tus ganas y tu cariño. Por creer tanto en mí —y en esta historia llena de nieve y magia navideña; ya sé cuál es tu personaje favorito y siempre que piense en él me acordaré de lo mucho que lloraste en ese audio.

A mi familia, por soportar mis «solo un capítulo más», mis días y mis noches frente al ordenador y mis crisis de escritora mindundi. A mi marido y a mi hijo, por acompañarme, por esperarme y por soportar que mi cabeza viva a veces en otro universo. Sois mi mejor historia.

A Mari Ángeles, lectora incansable, que recomienda, comparte y celebra cada paso. Gracias por ser una de esas personas que hacen que todo esto merezca la pena.

A todas mis lectoras, las que estáis desde el principio y las que acabáis de llegar, las que enviáis mensajes, hacéis capturas o simplemente os emocionáis con lo que escribo. Gracias por leerme, por acompañarme, por ser parte de esto.

Y, por supuesto, a los blogs, bookstagrammers y booktokers, que hacen magia con sus fotos, sus reseñas y su pasión. Gracias por dar voz y luz a nuestros libros, por ayudarnos a brillar un poco más.

Porque, al final, escribir también va de eso: de compartir historias, de crear lazos y de encontrar a gente que te recuerda por qué empezaste.

Y ahora sí… Si Papá Noel pregunta, prometo haber sido buena.

(Más o menos).

Banda sonora

«Jingle Bells», ℗ 2011 Capitol Records, LLC, interpretada por Frank Sinatra.

«White Christmas», ℗ lanzada originalmente en 1963 por Sony Music Entertainment Inc., interpretada por Andy Williams.

«Silent Night, Holy Night», ℗ lanzada originalmente en 1963 por Sony Music Entertainment Inc., interpretada por Andy Williams.